D.I.E.

MEMENTO MORI

A Morte é Legal

Jim Anotsu

1ª edição

Editora Draco

São Paulo
2012

Jim Anotsu
é uma lontra. Ou um dinossauro. Sua aparência muda cada vez que come alface – ele é uma orca há dois anos. Nasceu, cresceu e aprendeu a ler numa caverna no Tibete. Decidiu ser escritor porque é a única profissão que permite exercer agorafobia em paz. E pelo fato de que odiaria sair de casa num dia chuvoso para trabalhar num lugar entediante. É dono de algo chamado Humbug, um alienígena disfarçado de labrador. Morou em Seattle por tempo suficiente para admirar guarda-chuvas e odeia comer aves. Seus autores favoritos estão mortos ou reclusos. Sua família e os cientistas afirmam que a razão de seu comportamento agressivo e antissocial – que inclui morder a perna de idosas no ônibus – é a extensa audição de hardcore emocional e a música britânica triste. Também é autor de *Annabel & Sarah* (2009) – o livro que tem um panda mafioso e tortas de morango – e do conto *Garota Invisível* (2012).
TWITTER @jimanotsu BLOG popdivision.blogspot.com.br

Publisher: Erick Santos Cardoso
Edição: Cirilo S. Lemos
Produção editorial: Janaina Chervezan
Arte e capa: Ericksama (projeto gráfico e vinhetas), Maria Claudia Müller (ilustração dos personagens na capa e págs. 10, 116, 207 e 305), Kenya de Almeida Foschiera (letras da capa)

Dados Internacionais de Catalogação na Publicação (CIP)
Ana Lúcia Merege 4667/CRB7

A 615

Anotsu, Jim
A morte é legal / Jim Anotsu. – São Paulo : Draco, 2012.

ISBN 978-85-62942-74-7

1. Literatura infantojuvenil I. Título.

CDD 028.5

Índices para catálogo sistemático:
1. Literatura infantojuvenil 028.5

1ª edição, 2012

Editora Draco
R. José Cerqueira Bastos, 298
Jd. Esther Yolanda — São Paulo — SP
CEP 05373-090
editoradraco@gmail.com
www.editoradraco.com
www.facebook.com/editoradraco
twitter: @editoradraco

A Morte é Legal

Jim Anotsu

Prefácio

Você está prestes a ser enganado. Talvez tenha sido a capa, ou talvez a sinopse. Pode ter sido o primeiro parágrafo. Não importa. Este livro não é o que você pensa sobre ele.

Isso normalmente acontece com os bons livros. Eles despedaçam expectativas, planos e projeções. Como um namoro. Um bom namoro. Ou como um coelho branco. Esses também nutrem um enorme prazer em acabar com os planos de qualquer um. Pensando bem, talvez a morte também seja assim, enganadora e surpreendente. No fim das contas, a morte pode não ser o fim de tudo, ou a pior coisa passível de acontecer a um ser humano. É. A morte deve ser bem enganadora. Como um bom livro. Como este livro.

Deixe-me dizer: você vai achar que este livro é sobre um relacionamento improvável, ou sobre a busca por um romance não correspondido. Vai torcer para que o mocinho conquiste seu objetivo. Vai vibrar com a primeira cena de beijo. Mas após alguns capítulos você verá que o mocinho não é o único com razão. Que a moral daqueles por quem você torce não está no manual do bom-mocismo. Não estamos em Kansas, diria o protagonista. Não estamos mesmo.

E fora de Kansas, todo tijolo na estrada tem um nome, um significado e uma história para contar. E quando essas palavras-tijolos falarem com você, leitor, você perceberá que foi enganado pela segunda vez. Porque normalmente buscamos conforto nos livros. Mesmo nos bons livros. Queremos uma história que emocione, que surpreenda, que amedronte, até, mas que apenas entregue um bom desfecho. Que seja uma leitura assim: página após página, de cabo a rabo.

Pois aposto que antes da décima página você estará googlando a primeira referência que conseguir pescar. Estará na Wikipedia e nos fóruns da internet tentando juntar cacos de cultura pop que te faltam para entender esses personagens adoráveis e terríveis. Porque, honestamente, pouca gente entende, ao mesmo tempo, de

Crianças de era futura,
Lendo essa página indigna,
Saibam que num tempo passado
O amor, doce amor, foi considerado crime.

– A Little Girl Lost, William Blake

Dar nomes aos gatos é uma tarefa difícil
Não é só um de seus jogos de feriado;
Talvez você pense que sou tão louco quanto um chapeleiro
Quando lhe digo que um gato deve ter TRÊS NOMES DIFERENTES.

– The Naming of Cats, T.S Eliot

Quem é mais forte que a esperança? Morte.
Quem é mais forte que a vontade? Morte.
Mais forte que o amor? Morte.
Mais forte que a vida? Morte.

Mas quem é mais forte que a morte?
Eu, evidentemente.

– Examination at the Womb-Door, Ted Hughes

PARTE UM

DÚVIDA RAZOÁVEL

"Você é tão engraçada. – disse a lontra – Eu gosto de você como lápis de colorir espalhados pelo chão. O que não quer dizer que eu goste de você como latas de ervilha, veja bem. Gosto de usar exemplos claros para que as pessoas entendam o que eu quero dizer."

*– Trecho de "***A Violinista de Fevereiro***".*

Capítulo UM

No tempo dos chimpanzés eu era uma ameba, lamento informar assim tão de repente.

Todo garoto apaixonado é um pouco ridículo. Esta é a história de Andrew Webley: Um garoto muito ridículo. Também é sobre como amor, música, morte e alguma literatura se embaralharam no meio da estrada. As coisas começaram no pior dia do calendário – o dia dos namorados –, com a exclusão de um parágrafo.

Sentado no chão do quarto. Cotovelo sobre a perna e mão no rosto, olhar baixo encarando a página em branco do caderno – escrevia à mão porque não lidava bem com máquinas. Não conseguir escrever o incomodava, como se as palavras fossem rebeldes às suas ideias. Isso lhe dava a impressão de que sua vida corria para fora de controle gota a gota, pernada a pernada.

Olhou para o embrulho vermelho em cima da cama. Um presente de aniversário para sua amiga: Briony O'Hanlon. A melhor amiga que tinha. Briony. Seu amor platônico há três anos. *Bri-o-ny*. Que tocava violino como ninguém.

Fechou o caderno e o guardou. Deixou as canetas na ordem correta sobre a mesinha do quarto e foi terminar de se arrumar. Andrew tinha dezenove anos, era alto e dono do porte físico de alguém em risco constante de ser levado pelo vento. Um bicho da terra sem graça, tristonho e pouco carismático, do tipo que leva uma vidinha emocionante feito alho-poró. Cabelos escuros e curtos que combinavam com seus olhos verdes e o deixavam parecido com uma versão jovem de Damon Albarn sob calmantes. Usava sempre luvas e cachecóis de lã mesmo quando o clima não estava muito ruim, mania adquirida na infância. Naquela manhã, vestia jeans escuro, tênis, camisa preta cuidadosamente engomada e um casaco de *chemois*.

Saiu do quarto. Presente e guarda-chuva na mão. Chave no

bolso da calça. Conferiu o relógio mais uma vez. Todo minuto que antecedia um encontro com Briony fazia com que tremesse, suasse e que seu estômago se comportasse como um epilético na pista de dança. Desceu os degraus. Sua irmã assobiando uma canção *pop* na cozinha. Seu pai, sem pata de dúvida, já trabalhando no banco.

A irmã colocava leite num prato com cereal quando chegou à cozinha. Garotinha de quinze anos com cabelos pretos e algumas sardas no rosto. Parecia-se com a mãe, morta anos antes de uma doença com nome de jogador de beisebol.

– Bom dia, Andrew – disse ela ao vê-lo. – A propósito, você está com uma cara horrível.

– Horrível, mas ainda assim melhor que a sua, Amber. Pense nisso. Até mais.

– Ei, não se esqueça de comprar um microfone novo para mim. Se eu não estiver com ele no próximo ensaio, Jonas vai devorar meu coração.

Amber se interessou por rap aos dez anos de idade, uma forma de se distrair da perda da mãe, comentou seu pai uma vez. O lado ruim foi o sumiço da paz. Andrew conjeturava se a tranquilidade de sua casa havia se refugiado com Thomas Pynchon ou algum outro recluso em qualquer canto do globo. Também ficaria grato em saber se havia espaço para mais um.

– Não acredito que o hábito alimentar dele seja tão ruim.

– Por favor, Andy, não tente fazer piadas, isso é *tão-não-você*.

Andrew deu de ombros e pegou um livro e seu *Ipod* antes de sair de casa. Devia se encontrar com Briony em frente ao Café Nickleby, que ficava a alguns blocos de distância. Caminhava a passos rápidos e vez ou outra cumprimentava alguma pessoa conhecida da vizinhança.

A chuva que caía sobre a cidade era fina. *Sunny Day Real Estate* tocava nos seus fones de ouvido. Não havia momento mais interessante para Andrew do que aquele em que caminhava pelas ruas de Dresbel. As centenas de cafés e livrarias e parques. A sensação de que mesmo num espaço com milhões de habitantes, conhecia a cidade e sabia que sempre havia algo que valia o tempo de alguém em meio ao barulho e agitação constante. O clima fechado e chuvoso não incomodava, acreditava ser o mais adequado do mundo. Mas naquele dia em especial, a cidade não lhe proporcionava o conforto rotineiro. Da decoração aos transeuntes, tudo colaborava para isso.

Odiava o dia dos namorados. O clima romântico incomodava porque remetia a todas as suas experiências amorosas malsucedidas e isso ampliava a sensação de incompetência. Pensava nas meninas que nunca o aceitaram. Como daquela vez na oitava série. Havia essa garota chamada Marie, filha de franceses, pela qual se apaixonou e que lhe deu o fora no ponto de ônibus em frente ao colégio. No dia seguinte ela beijou seu melhor amigo.

Alguém buzinou antes de quase atropelá-lo, fazendo com que o livro que carregava – "Os Moedeiros Falsos" – caísse numa poça d'água. Em Dresbel, o trânsito confuso lhe obrigava a ficar sempre atento. Murmurou um xingamento ao pegar o volume molhado, sacudiu para tirar o excesso e o colocou sob o braço. Andrew entendia bem de livros e música triste alternativa, mas em relação a meninas, era como prego numa parede de gesso. Era um garoto doce e tentava viver, mas faltava-lhe algo e sempre acabava se apaixonando pelas garotas erradas. Íntimo de Holden Cauldfield e Gatsby e Dom Quixote. Conhecia seus corações e deles sabia tudo, enquanto não tinha nem uma ervilha do pensamento autêntico de uma pessoa.

Chegou ao Nickleby depois de algumas ruas. Vários consumidores entravam e saíam. Andrew ficou esperando encostado num poste. Ainda faltavam vinte minutos para que ela chegasse. Observava o fluxo de carros e pessoas.

Andrew viu um casal se escondendo da chuva sob o toldo de uma loja de equipamentos esportivos. Reconheceu a garota como sendo uma ex-colega de escola. Não sentia inveja da pessoa com ela, mas não deixava de imaginar o que havia de tão errado em si próprio para que não conseguisse o mesmo que ele. Pensou em alguns motivos, mas, quando sua lista mental ultrapassou a marca de setenta itens, viu que era melhor deixar de lado e só ficou ali, com o presente de aniversário para a garota que talvez o visse somente como um melhor amigo.

– Poderia ter escolhido outra data para nascer. – resmungou consigo – Seria bem mais educado.

– Ei!

Andrew assustou-se e tropeçou. Pôde ouvir uma risada baixa sendo sufocada. Sem nenhuma outra opção, riu de volta para a garota. Estava tão entretido com seus pensamentos que nem a vira se aproximar.

– Olá, Briony.

Capítulo DOIS

Estou tentando dizer que sorvete é tão legal quanto sabão, mas você não ouve!

Andrew e Briony decidiram procurar algum lugar mais calmo para conversarem. Raramente tinham algo em mente quando saíam, sendo que o mais frequente era caminharem a esmo até que algo surgisse. Andava ao lado dela e a espiava pelo canto dos olhos. Ela dava passos curtos e leves como se caminhasse sobre bolhas de sabão.

– Feliz aniversário. – Disse ao entregar o presente.

Ela mostrou um pequeno sorriso e o abraçou. Gostava desse carinho com o qual era tratado. Aí dormia um dos motivos que lhe impediam de simplesmente falar. Caso não desse certo, perderia sua amiga e, mais do que tudo, gostava da sua presença. Observou-a rasgar o embrulho e tirar uma delicada boneca de pano com aroma de uva.

Iam andando sob a chuva. Havia engarrafamento na maior parte do caminho e os pedestres eram mais rápidos do que os motoristas. Na região central tudo era colorido com múltiplos cartazes de anúncios, placas e televisores. Telões em prédios e vozes suaves que escapavam de alto-falantes ocultos.

– Espero que goste, a moça da loja disse que são ótimos enfeites. Se não gostar, finja que gostou para aliviar a minha consciência por não saber escolher presentes.

– Eu amei! – ela então tirou um pequeno aparelho prateado da bolsa e mostrou a Andrew dizendo: – Comprei um novo, porque no meu antigo não cabiam mais músicas e eu não queria apagar as que já tinha.

Andrew observou sem dizer muita coisa, já que não se interessava muito por tecnologia e sua atenção estava focada em outro lugar. Briony tinha cabelos castanhos e longos, ondulados além dos ombros. Era baixa e naquele dia vestia jeans e uma blusa rosa, tinha a pele bronzeada e lábios finos. Mas eram os olhos que mais chamavam a atenção de Andrew, estreitos e expressivos. Os pontos mais interessantes da via láctea.

– Você já conseguiu alguma ideia para o seu livro? – perguntou Briony.

– Nada. – respondeu coçando a cabeça. – Imagino se vou terminar isso de verdade.

Andrew lutava há dois anos contra "A Violinista de Fevereiro" – um título precário e que nunca revelara para Briony – mas nada parecia surgir em seu auxílio para remediar sua falta de inspiração.

– Não se preocupe tanto. As ideias vão vir até você.

Andrew encolheu os ombros e respondeu:

– Elas deveriam escolher uma forma mais rápida de transporte. O preço da passagem aérea caiu bastante, elas podem abandonar os camelos.

Sentaram num dos bancos da Praça Benjamim W. Era circundada pelas principais avenidas de Dresbel e fontes que se iluminavam durante a noite, estátuas e bancos de madeira, em que várias pessoas se sentavam. As árvores, flores e gramado estavam impecáveis assim como o museu municipal que ficava por ali. Sentaram num banco coberto, próximo a uma garota com mechas verdes no cabelo que brincava com um coelho.

Ela gosta de mim mas não gosta de mim, pensou ele. Que péssimo! Talvez não devessem se misturar no final das contas, como se ele fosse *lo-fi* e ela, *chamber-pop*. Melhor seria afastar esses pensamentos da cabeça.

– O que você vai fazer no próximo fim de semana? – perguntou ela.

– Provavelmente o mesmo de sempre: Nada. O máximo de diversão que a minha vida permite é assistir a reprises de filmes iranianos na TV a cabo.

– Acho que você precisa sair um pouco mais de casa, amigo.

Ela segurou a mão de Andrew. Dedos pequenos e macios, uma coisinha delicada e quente. Talvez esse fosse o momento ideal para se declarar. Havia lido certa vez que o contato físico era a linguagem corporal feminina emitindo sinais de interesse. Seria uma brecha? Mas ela também o chamara de "amigo" e essa palavra é capaz de minar as esperanças de qualquer pretendente.

– Eu e Kayla iremos tocar perto da minha casa. O nome do lugar é "Espaço 319". É bem conhecido.

Andrew deu de ombros e respondeu:

– Farei o possível para estar lá, com certeza.

– Não. Você *vai* estar lá. Eu nem me lembro quando foi a última vez em que você foi a um show meu.

O garoto a ouviu discorrer sobre inúmeras outras coisas, mas sua cabeça estava longe, imaginando como seria agradável silenciá-la com um beijo. E tudo estaria em silêncio. Olhos fechados, seu coração saltaria uma batida. Aos poucos, ambos desapareceriam completamente. Soltou o ar dos pulmões e decidiu que era hora de falar a verdade. As palavras estavam na ponta da língua.

– Briony...eu tenho...sabe... uma coisa. Uma coisa para te contar... – não conseguia evitar o tremor na voz.

Ela o encarou nos olhos. Isso deixava tudo tão mais complicado. Sempre que estava diante dessa situação, lembrava-se de um poema de Elizabeth Jennings que falava sobre a timidez que as pessoas têm para com aquelas que mais amam.

– Sim?

– Eu queria... ter contado isso antes...a verdade é que eu gosto muito...

Mas Briony não estava lhe dando atenção. Estava ocupada procurando o celular que tocava dentro da bolsa. A centésima tentativa falha. Ou intervenção divina para salvá-lo de um vexame. Como se fosse possível fazer o que planejava e não parecer estúpido ao mesmo tempo.

– Era a minha mãe, está numa loja e pediu que eu fosse até lá. Termine o que você estava dizendo.

Andrew balançou a cabeça e apressou-se em responder:

– Não era nada importante. Era só para contar que assisti a um ótimo filme essa semana.

A menina o observou em silêncio. Em alguns momentos ela movimentava os lábios e ele pensava que palavras saltariam. Mas no fim era apenas um suspiro e uma frase banal:

– Tudo bem. É melhor não deixar minha mãe esperar muito.

Os dois se abraçaram e ela deu alguns passos antes de parar e perguntar com um sorriso:

– Andrew... você realmente iria comentar sobre o filme? Sei lá, fiquei com a impressão de que você estava para falar sobre alguma coisa mais séria do que isso.

Um redemoinho em seu estômago. Aquele olhar talvez fosse a indicação de que em algum nível ela soubesse o que as palavras omitiram. Engoliu em seco. Fez um movimento facial parecido com um sorriso e respondeu:

– Não... era isso mesmo. Pura bobagem.

Briony o olhou por mais um momento antes de dar de ombros e responder:

– Tudo bem, então. Até mais, querido. A gente se vê e muito obrigada pelo presente.

– Não precisa agradecer. Feliz aniversário mais uma vez.

Andrew viu o momento em que ela abriu o guarda-chuva amarelo e atravessou a rua para desaparecer numa esquina. A garota não voltou o olhar em nenhum momento. Pensava em si mesmo como um Cyrano sem espada ou poesia.

Capítulo TRÊS

Perturbando o universo e calculando as coisas daquele jardim que você não pode visitar.

Pessoas acordaram em 8 de dezembro de 1980 para descobrirem que o sonho estava acabando porque John Lennon havia morrido. E em 1994 a MTV falava sobre o suicídio de Kurt Cobain. 2003. Elliot Smith morre em Los Angeles. Andrew não se recordava de nenhum desses fatos, mas conhecia bem o sentimento de abandono que um fã sente ao ver seu ídolo partir: era o que acontecia quando Briony sumia de vista.

Deixou a tensão afrouxar e ficou de cabeça baixa, encarando o chão. Como era complicado ser interessante na frente dela. O que poderia fazer? Estava com essas coisas em mente quando notou um passarinho morto a pouco mais de um passo. Olhou para o alto da árvore mais próxima e viu o ninho de onde provavelmente caíra. Estava completamente absorto quando sua atenção foi desviada.

– Problemas com garotas?

Olhou na direção de quem havia falado e viu a garota com seu coelho. Tinha aparência oriental e cabelos negros com mechas verdes. Vestia-se de forma despojada e elegante, com um *trench coat* de gabardine preto sobre calça de mesma cor e sapatos. Ela sentou-se ao seu lado.

Sorriu um pouco constrangido e respondeu:

– Culpado. É tão evidente assim?

– Vamos dizer que você tem essa aura ao seu redor. Meu nome é Ive, sou nova na cidade. Intercâmbio. E essa é a Prozy – disse ela, mostrando o animal em seus braços. Tinha um sotaque leve e agradável.

Andrew balançou a cabeça de um lado para o outro e movendo as mãos respondeu:

– Prazer em conhecê-la, eu sou Andrew. Ive não é um nome

muito oriental. Espero que goste de Dresbel, é um lugar interessante se você gosta de café e bolinhos.

– Eu não vim do oriente. Cara, eu amo essa cidade, sério, as pessoas daqui são engraçadas. E fiquei viciada em chocolate, juro, posso comer milhares e não enjoar, também adoro a chuva, é uma coisa tão... tão diferente.

Andrew riu do entusiasmo com que ela falava. A garota o acompanhou na risada.

– É bom você gostar de chuva. E quanto a chocolates, tem uma loja não muito longe daqui que vende os melhores, posso levar você até lá se quiser – fez uma pausa, e acrescentou: – humor com certeza é uma dessas coisas que muda drasticamente de país para país, afinal, só assim alguém poderia considerar um dresbelino engraçado.

– Mesmo? Eu iria amar! E poderíamos trocar chocolates de amizade por causa do dia dos namorados. Eu adorei esse costume de vocês, no lugar de onde eu venho é quase impossível achar alguma coisa legal assim. Uma sociedade cheia de etiquetas velhas e tal, não tem um pingo de vida.

O bastante. A lembrança do dia fez com que Andrew se abatesse como um narciso no meio do Saara. E a garota pareceu notar isso imediatamente, pois seu semblante perdeu um pouco de graça e sua voz ganhou um tom mais sério ao falar:

– Ei, não fique assim. Ainda pode dar certo, uma das coisas que aprendi na vida é que as pessoas surpreendem. Não se coloque tão para baixo por causa de uma garota, isso pode destruir você. Mas se você acha que existe uma chance, corra atrás.

Não costumava expor seus sentimentos para estranhos, mas ela o deixava à vontade e as palavras simplesmente foram marchando uma depois da outra.

– Você não entende, eu não teria chance. Você nunca viu os caras com os quais ela namorou, eram misturas de tanques de guerra com cachorros. E o pior de tudo: ela é minha amiga e provavelmente nem pensa em mim de outra forma.

Ive colocou Prozy no chão e de modo bem calmo respondeu:

– Tem certeza de que você não é uma garota? Andy, você é um cara legal, mas tem um pensamento bem patético.

– Obrigado. Bom saber que sou a graxa para a máquina de piadas de alguém.

– Não seja tão dramático. Você nunca pode imaginar o que uma garota pensa, porque ela nunca está pensando o que você acha que ela está pensando.

– E você diz isso do alto da própria experiência.

– Nem tanto, nunca me envolvi muito nesse tipo de coisa. E ela provavelmente já sabe que você gosta dela.

Andrew balançou a cabeça negativamente e contestou:

– Isso é impossível. Se ela soubesse, provavelmente as coisas estariam diferentes... a tendência natural seria ela se afastar.

– Não. Isso poderia dizer que ela é egoísta, do tipo: *Se ele falar alguma coisa, eu penso, e, se ele não falar, eu finjo que não sei.* Toda garota gosta de se sentir atraente. Mas como eu não a conheço, estou chutando.

Andrew tinha aquelas palavras como um dos grandes medos dentro de si e odiava não ser capaz de perscrutar a cabeça de Briony em busca das respostas exatas. Levantou-se e forçando um sorriso respondeu:

– Vou torcer para que você esteja errada.

Ive levantou-se e encarou-o de uma forma séria. Havia um jogo nos olhos escuros dela. Um jogo de olhos capaz de fazer com que um urso faminto rolasse e fingisse de morto.

– Você realmente gosta dessa menina?

– Claro que sim.

– E se houvesse uma forma de você ficar com ela sem sofrer, você aceitaria?

– Se fosse possível... Quem não desejaria isso? Mas as coisas simplesmente não funcionam assim.

– Funcionam, Andy, garoto de pouca fé.

Andrew não entendeu de imediato o que ela queria ao se abaixar na grama e apanhar alguma coisa, mas logo viu se tratar do pássaro morto. Ela o segurava cuidadosamente e passou uma das mãos para ajeitar as penas. Sua mente não conseguia adivinhar o propósito daquilo e estava começando a pensar que a garota tinha um sério desajuste mental.

– Nunca conte isso para minha mãe, seria ruim para os negócios da família. E o mais importante... silêncio, bobinho.

– O que você...

– Não diga nada. Eu preciso de concentração.

Ficou observando sem entender o desenrolar da cena. Viu os lábios dela se moverem em silêncio. Estava começando a se sentir desconfortável. Olhou em todas as direções para checar se mais alguma pessoa estava com os olhos postos sobre aquela situação atípica. Mas as pessoas de Dresbel não davam atenção a qualquer coisa que não fosse um obstáculo imediato ao próximo passo.

– O que você está fazendo? – perguntou, a voz esganiçando como na puberdade.

Nenhuma resposta. Talvez o melhor fosse simplesmente se despedir dessa garota esquisita e ir para casa escrever. Imaginou o que um observador casual poderia pensar ao ver aquela cena. Preocupar-se com as opiniões alheias era tão natural quanto respirar para ele. Talvez isso fosse culpa de sua garota de treze anos interior, uma *drama queen* cuja escala Richter de ataques ia de nada a dez num piscar de olhos.

Andrew nunca havia sido raptado por alienígenas nem enfrentado um rinoceronte faminto. Nunca se meteu em uma briga ou nadou além do que seus pés alcançavam. Nem mesmo viu um fantasma ou esteve em um tiroteio. Sua vida tinha sido um grande tédio desde o início. Mas no segundo em que viu o pássaro começar a bater asas e sair voando para o alto e mais um pouco, pensou: *Ah, droga!*

Capítulo QUATRO

Eu dormi em paris e acordei em Tóquio, não entre em pânico, por favor.

Algumas coisas sobre o mundo animal são realmente interessantes. Os crocodilos serem daltônicos e as girafas não possuírem cordas vocais, golfinhos dormirem com um olho aberto e as corujas serem as únicas aves a enxergarem a cor azul. Mas nada é mais surpreendente do que um pássaro que, rebelde às leis da existência, insiste numa vida após a morte. Andrew sabia disso e qualquer pessoa que visse todas as expressões de medo convergindo para seu rosto ficaria ciente do mesmo.

– Como você fez isso? Quer dizer, ele estava só desmaiado, não é? Qualquer resposta negativa será tratada como o fim de uma possível amizade.

Ive sorria, o queixo levemente erguido e as sobrancelhas arqueadas numa demonstração do divertimento que o garoto lhe proporcionava e com um ar indiferente respondeu:

– É por sua conta acreditar ou não, mas no final eu ainda ressuscitei o emplumado. Espero que ele aproveite porque não vai durar muito.

– Você não pode fazer isso. Não. Definitivamente não. Você é maluca, doida como uma beterraba! Por que você está fazendo isso comigo?

A garota deu um passo à frente e antes que Andrew pudesse recuar, ela pegou suas mãos e ficou tão próxima que podia sentir-lhe o hálito. A primeira vez em anos que o sexo oposto invadia seu espaço pessoal daquela forma. Andrew podia sentir uma rigidez tomando conta de seus músculos.

– Eu não sei o que existe de louco numa beterraba, você sabe? O que eu sei é que consigo ver a aura das pessoas, Andy. A sua está vermelha, você deseja alguma coisa, muito. E eu sou a garota que pode te ajudar a conseguir. É coisa de uma vez na vida, a chance de conquistar o seu sonho. – Com um sorriso de canto da boca acrescentou – E ainda por cima ficar na minha companhia, essa é a parte mais incrível!

Náusea e sufocamento. Suas mãos ficaram geladas e úmidas e sua respiração parecia vir mais difícil ao mesmo tempo em que seu coração acelerava. Não sabia a razão disso, mas era o tipo de coisa que acontece quando alguém pressente uma catástrofe. Forçou palavras a saírem dos lábios.

– Quem é você?

– Humn. A pergunta mais adequada seria *o quê* e não quem. Acho que posso explicar da seguinte forma, a minha mãe é dona da empresa que paga o último salário de todos.

– Você está dizendo que...

– Andy, querido, você é legal, mas não é muito esperto, não é? Estou dizendo que sou a filha mais nova da Morte.

Sua mente era um país cindido. De um lado estava a vontade de jogar a cabeça para trás com uma risada alta, de outro estava a neve percorrendo sua espinha e entre as duas coisas estava o passarinho cantarolando num galho, confirmando que a garota não estava mentindo. Morte, pensava consigo mesmo, não era algo com o qual deveria se deparar naquela idade, era algo a se evitar e da qual fugir e sendo a garota quem dizia ser, estava na hora de fazer valer as poucas aulas de educação física de que participara. Gostaria de desaparecer, mas ao mesmo tempo havia uma curiosidade que o inclinava a investigar.

– Eu preciso sair – disse Andrew. – Eu não sei se faz algum sentido, mas eu tenho que ir para casa.

– É melhor acreditar nela. Ive não aprendeu a contar piadas e sinceramente espero que continue assim.

Andrew olhou para os lados a procura da dona da voz e não encontrou coisa alguma. Somente ao olhar para perto dos pés da garota viu quem poderia ser. O medo ia sendo multiplicado e sentia-se como alguém adentrando uma avalanche.

– Não reclame da vida, você sabe quão entediante a morte pode ser.

– A coelha falou... – disse Andrew.

– A Prozy fala bastante, mas é melhor não ouvir as coisas dela, estraga seu humor de verdade. Está mais deprimida que o normal ultimamente. A coitadinha não gostou de ser transformada em coelha porque é alérgica a pelos. Mostre para ele um truque, querida.

– Lamento, não sou um cachorro para pular e fingir de morta – respondeu a coelhinha diante do ainda assustado Andrew. – Resolvam isso depressa, preciso ir para casa e trabalhar meu estágio de negação em paz. Eu sou alérgica a mim mesma, como isso é legal?

– Por favor, não me mate. Eu ainda tenho um monte de coisas, por favor, espere só eu terminar o meu livro e me declarar.

Ive riu com entusiasmo e quando finalmente parou para se recompor, respondeu:

– Eu não vou te matar, ainda sou uma ceifadora estagiária – após uma pausa – Estou aqui para lhe fazer uma oferta, Andrew. Eu posso fazer com que você fique com a menina dos seus sonhos. E isso vai ser mais fácil do que preparar um *waffle* de chocolate. Amor incondicional e sem contestação.

Ele não queria ouvir o que ela tinha a dizer. Tinha mais interesse em sair dali o mais rápido possível. Mas Andrew admitia, ainda que com hesitação, que a garota havia capturado seu interesse, uma chance prodigiosa de ter Briony e sem os sofrimentos que já enfrentava havia três anos. O seu olhar e o de Ive se encontraram e ela estava sorrindo como se houvesse acabado de falar sobre o clima ou como sorvete de morango é melhor do que limonada.

Andrew tentou se afastar, mas ela segurou suas mãos e disse:

– Você não precisa responder agora. Sei que isso deve ser meio estranho e tudo mais. – Ive tirou uma folha de papel verde do bolso – Vamos fazer o seguinte, vou te dar isso e se você mudar de ideia e aceitar a oferta, escreva sua resposta aqui e queime.

– Prefiro não me envolver. – respondeu Andrew. – Eu quero ir embora e não me encontrar com vocês de novo.

– Bem, você pode até não querer, mas uma hora ou outra a gente vai se encontrar, sabe como é... mamãe.

Não houve resposta ou movimento da parte de Andrew quando ela depositou o papel em sua mão. Direcionou seu olhar para baixo e com um ranger de dentes guardou aquilo no bolso, talvez jogasse fora na primeira lixeira. Havia a sensação de estar acordado e inconsciente ao mesmo tempo, incapaz de separar a realidade do sonho.

– Não me procurem – disse Andrew. – Obrigado pela oferta, mas eu acho que é melhor dispensá-la. E nem precisa se preocupar, eu vou manter minha boca fechada, eu juro.

– Ah, mas eu não vou te procurar, ora! – disse ela – Eu tenho tantos lugares para visitar, coisas para comer e gente para conhecer, que perseguir você seria de uma chatice sem igual. Eu já ofereci algo que é do seu interesse. Você sabe como me achar, docinho de tinta. Agora, eu e Prozy iremos ao zoológico. Já te falei que amo zebras?

A garota pegou a coelha em seus braços e antes de começar a se afastar com passos ligeiros e quase saltitantes, falou:

– Até mais, Andy. Mas que ora... acho melhor deixar para depois a nossa visita à loja de chocolates. Quebrou um pouco o clima, não é? Mas... Feliz dia dos namorados.

Ficou lá, medusado, com a mão no coração e sufocando soluços. O aparecimento daqueles novos personagens em sua vida o intrigaria pelo resto das horas seguintes. Olhou para o céu do meio dia que transcorria acima de si e pegou o livro que trouxera. Havia uma luta tão ruidosa em sua mente que Andrew imaginou se no mundo inteiro não havia um esconderijo.

Colocou um pé depois do outro e foi atravessando as ruas de Dresbel, sua companheira indolente. Ganhou amostras de perfume numa loja e deu moedas para uma mulher-estátua no centro da cidade, mas nenhuma dessas coisas fez com que se sentisse melhor. O dia dos namorados continuava uma droga pelo décimo nono ano consecutivo.

Capítulo CINCO

A nossa revolução não será televisionada, mas fará até os ossos de Tutankamon dançarem.

Delivery: Essa é a palavra chave que uma pessoa deve ter em mente quando pensa em rap: ritmo e poesia, porque é disso que consiste o gênero. O *delivery* é a forma de imposição de um MC – mestre de cerimônias; é o timbre, o volume e a entonação, aquilo que se coloca sobre as quatro batidas. É isso que separa os aspirantes daqueles que realmente estão prontos para o jogo. Logo, não era de surpreender que Amber Webley se irritasse profundamente quando Jonas a interrompeu pela quarta vez, não está bom, Amby, disse ele, você não pode metralhar a música dessa forma, está adiante da batida. A garota o fuzilou com uma carranca que faria um rinoceronte louco voltar a pastar.

– Eu estou fazendo o que posso aqui. – respondeu Amber. – Sério, a minha rima estava perfeita! Eu consigo mandar um *flow*[ii] tão rápido que daria mil voltas ao seu redor antes que você pensasse em piscar.

– As suas rimas são ótimas. De boa, você atira palavras como ninguém, é legal e tudo mais, mas nem sempre dá certo. Você está lutando karatê quando a batida está pedindo por xadrez.

Estavam no pequeno estúdio caseiro que ficava no porão da casa do garoto. Jonas Hurston tinha cabelos curtos e negros e pele cor de chocolate. Estava sentado de forma relaxada em frente a um velho sintetizador e, como que alheio ao olhar de censura dela, sorria e tamborilava os dedos na perna. Amber sabia que a música sempre fora tradição em sua família. O avô tocara piano com Miles Davis numa apresentação em 1962, o pai era um habilidoso saxofonista numa banda de jazz enquanto a mãe, professora de História

[ii] É a forma como um rapper encaixa seus versos na batida. O sistema de ritmos e rimas, a cadência.

da Arte numa universidade, integrava o coral da igreja dominical. Não foi muita surpresa quando Jonas se interessou por música, e em especial pelo hip-hop.

Amber tirou colocou o microfone no pedestal e se jogou sobre as almofadas espalhadas pelo carpete. O lugar estava abarrotado de fios, instrumentos musicais e caixas de som. O pai de Jonas havia recoberto as paredes com materiais isolantes, portanto, estavam livres para fazer todo o barulho necessário. Olhou para o garoto que havia acabado de se levantar para conferir no computador o resultado da última tentativa.

– Se eu tiver que repetir isso mais uma vez, eu juro que vou vomitar. Estou cansada e a melhor coisa que vou conseguir fazer vai ser desmaiar.

– Ei, eu produzo batidas pelas quais Marley Marl e Kayne West salivariam, o mínimo que você tem a fazer é jogar algo espetacular pra combinar com elas.

– Você é muito convencido – respondeu a garota atirando uma das almofadas sobre ele.

Jonas riu e não respondeu, deixou que a música começasse a tocar. A garota era obrigada a admitir que ele tinha um dom forte para produzir barulhos criativos e cheios de força. Fechou os olhos e ouviu a linha do sintetizador se misturar com as notas do piano sob as pancadas eletrônicas. Amber sentia as progressões da música e o *crescendo* ganhando mais espaço. Este era o momento em que sua voz vinha cheia de potência e velocidade; respiração perfeita. *Do que ele está reclamando?* , pensou.

Ouviram até o fim. Amber deixou explícito em sua cara que não encontrava nenhum defeito. Estava irritada porque aquela era a quinta tentativa e ela já havia tentado de todas as formas mudar o seu *delivery*, mas sem resultado. Jonas colocou algo para tocar e ela não levou nem um segundo para reconhecer a voz de Tupac Shakur, o ídolo de ambos.

– Eu não sei o que você não gostou, está tudo legal.

– É, eu sei. Está muito bom na verdade mas dá para fazer melhor. Amby, você precisa enxergar de verdade a música, conversar com ela. Ela está pedindo para relaxar, você canta como se estivesse pronta para morrer e não é o que precisamos. As batidas estão pedindo boas vibrações.

– Qual é o próximo passo, hip hop de bom coração? Você acha que usarão isso em palestras motivacionais? Caso você não tenha entendido, esse estilo de música que a gente faz tem muito a ver com rimar força e violência.

Jonas riu e respondeu que talvez ela estivesse certa, mas Amber sabia que ele dizia isso somente para encerrar a discussão. *Cabeça dura*, pensou ela, *simplesmente não entende*. Ele pegou um caderno que estava sobre a mesa de som e disse:

– Temos que nos dedicar bastante porque estou com um plano, coisa grande. Vamos gravar uma fita demo e fazê-la viajar até a Califórnia... até as mãos do Dr. Dre.

Amber demorou um tempo para saber se o amigo estava fazendo uma piada mas percebeu que não era o caso: Jonas tinha o olhar de alguém determinado a fazer algo estúpido. Dr. Dre?! Ele não podia estar falando sério. O maior produtor de rap do mundo nunca daria a mínima para uma dupla de crianças de Dresbel. O que seu amigo esperava? Que colocassem uma fita caseira no correio todo dia até que o dilúvio de gravações rendesse algo?

– Cara, você está bebendo ou usando drogas, não é? A única coisa que Dre vai notar será a pilha de lixo ficando maior. E se você não notou, somos apenas duas crianças.

Jonas sacudiu a cabeça e respondeu:

– Isso não é problema. Os dois garotos do Kriss Kross eram mais novos do que nós quando entraram no jogo e conseguiram fazer sucesso. A gente pode chegar lá, confie em mim, é só nos dedicarmos de verdade.

Amber conhecia aquele olhar: era o mesmo que exibia quando criava algo novo, como se visse coisas sólidas se transformando em som dentro da cabeça. Ponderou sobre o que estava sendo sugerido. E mesmo que não tivessem sucesso, seria uma experiência interessante. Estou dentro disso, disse ela, e o garoto riu satisfeito.

– Amby, nós vamos chegar longe, o céu é o limite, acredite – replicou Jonas divertidamente e, mudando de assunto, acrescentou: – estou trabalhando numa coisa nova para usarmos, acho que está no gravador do meu pai.

A garota o viu ir até o armário onde o Sr. Hurston guardava seus equipamentos e esticar o braço para alcançar o aparelho mencionado. Teria sido uma ação completamente banal se algo não houvesse chamado sua atenção. A camisa de Jonas havia subido levemente quando ele esticara o braço e por um breve momento Amber viu marcas roxas inconfundíveis.

– O que aconteceu com você? – indagou, mais alto do que pretendia.

Jonas ajeitou a roupa apressadamente e a encarou assustado. A calma leve e relaxada trocada por súbita apreensão que não passou despercebida a Amber. Ficou esperando. Nenhuma resposta flutuou dele para ela e a pergunta foi repetida de forma implacável:

– O que aconteceu?

– Não foi nada, eu caí de skate na rua – retorquiu ele.

– E eu tenho um dinossauro no bolso, invente uma coisa melhor – Amber caminhava na direção dele. – Quem fez isso com você? Foi alguém na escola, um vizinho, seu pai?

Ela estava certa de que poderia extrair algo, eram amigos e esse laço implicava em não manter segredos um com o outro. A situação fez com que se lembrasse do irmão e de como era difícil vê-lo falar sobre o que o incomodava ou alegrava, sempre trancado com livros e música ruim no quarto. Contudo, Jonas não era assim e aquela súbita reserva lhe intrigava.

Estavam um diante do outro quando a porta se abriu e puderam ouvir o som de alguém descendo as escadas. Amber olhou para o garoto e a expressão que ele tinha era a de quem por um triz escapara da morte. Ela murmurou que aquilo não havia acabado e ergueu o olhar para ver a Sra. Hurston – magra, alta e simpática – trazendo biscoitos e leite.

– Olá, crianças, trouxe um lanche para vocês, já faz muito tempo que estão aqui em baixo sem comer nada. Amber, você fica para o jantar?

Que devia fazer? Pensou em alguma desculpa para recusar o convite, mas antes que pudesse emitir qualquer resposta, Jonas tomou a palavra e falou:

– Ela disse que já está de saída, parece que tem um compromisso com o pai.

– Uma pena – comentou a mãe e se virou para sair.

Amber olhou para ele e ficou em silêncio. Havia mais significado entre as palavras que não estavam ditas do que todas as longas frases do mundo. Ante aquele evento, decidiu que por ora não forçaria nada. E sem dizer nada, um se afastou do outro e se colocou a guardar as coisas num silêncio incômodo. Sentia raiva por tentar ser uma boa amiga e receber esse tipo de tratamento, mas iria descobrir o que estava acontecendo. Encaminhou-se diretamente para a porta e foi embora. Não se despediu.

Capítulo SEIS

Cervantes escreveu que às vezes é pior que a encomenda, acredito nele.

Norte e Sul – alguém pode muito bem começar por qualquer um deles e caminhar em linha reta até chegar ao outro. Não faz muita diferença, porque você nem sempre está alerta o suficiente para compreender esse tipo de coisa. Andrew com certeza não estava. Sua situação era de alguém longe de encontrar uma estrada aberta.

Àquela hora da noite, empurrava a comida de um lado para o outro no prato – uma lasanha preparada pelo homem de olhar severo do outro lado da mesa. Homem de compleição forte, intimidador, sempre atento feito cão de caça. Comiam em silêncio e um observador casual poderia muito bem ser levado a acreditar que ali se encontravam três estranhos uns aos outros e não um pai e seus dois filhos.

Engoliu mais um pouco e não sentiu gosto algum. Pensava na proposta de Ive. Ora, uma vez que a oportunidade se apresentava, não seria mais lógico que aceitasse? Seus pensamentos voltaram-se também para Sylvia – a protagonista de seu romance – e as dificuldades enfrentadas para solucionar um problema de enredo. Deveria ela fugir de casa ou aceitar o casamento com o odioso príncipe Böll? Não sabia.

Suspirou cheio de irritação – um pouco mais alto do que pretendia. O olhar do Sr. Webley caiu sobre si e as palavras dele vieram logo em seguida:

– Algum problema com o jantar...?

– Não, pai, nenhum problema.

– Você não sabe cozinhar, não é – era uma afirmativa simples e num tom pouco maior que um sussurro. Andrew sabia o rumo que essa conversa tomaria. – Com a sua idade eu já sabia cozinhar e também tinha um emprego, aliás, desde os quinze. Acho que você deveria conseguir um emprego.

Andrew olhou para a irmã que lhe devolveu solidariedade muda com os olhos, incapaz de ir além daquilo. O garoto ficaria em silêncio. Não responderia pela segunda vez que desejava se tornar um escritor – a primeira experiência havia sido ruim o bastante.

– Eu ainda vou arrumar um emprego, pai. Tenho outros interesses no momento.

O pai cruzou os braços. Silêncio. Andrew olhou para o prato. Ali estava uma coisa que nunca conseguiria mimetizar: o ar da incontestável autoridade. O porte de alguém capaz de reger tudo sobre o que põe a vista. Queria desaparecer completamente.

– Você já tem idade suficiente para seguir um caminho reto na vida – prosseguiu ele. – Não pode trancar-se o dia todo com livros, isso é um passatempo e não a vida real. É triste ver uma pessoa sem grandes sonhos nem perspectivas, Andrew. Falo isso porque me importo. Seu primo Aiden tem a sua idade e está na faculdade, será advogado, enquanto você é apenas um pirralho ingrato e egoísta.

– Será que não dá pra você gostar de mim pelo que realmente sou e não pelo que você acha que eu deveria ser? Lamento não ser perfeito de todas as formas possíveis. Lamento ainda mais por não ser igual a qualquer outro adolescente que é *padrão-você* de qualidade. E me desculpe se o meu melhor nunca será o bastante.

Andrew sentiu a mão da irmã segurar a sua por debaixo da mesa. O pai não parecia se incomodar que ela tivesse cantasse rap, mas tudo o que o filho fazia ou não estava errado e não hesitava em demonstrar isso.

– Esse é o problema: você nunca faz o seu melhor. Tanto desperdício de tempo com bobagens e não faz nada de útil para dar um jeito na sua vida. Eu quero me orgulhar de você, filho.

"Eu quero me orgulhar de você, filho", Andrew repetiu a frase em sua mente um milhão de vezes por segundo. Ou seja, não fui motivo de orgulho nenhum, só de aborrecimento, pensou. Seria ele um Van Gogh da arte de fracassar nas coisas simples? Talvez estivesse casado com aquela situação – aquele tipo de casamento no qual nenhum dos lados tem coragem de pedir divórcio.

Andrew riu e nem sabia por que, simplesmente riu e quando palavras saíram de sua boca, eram frias e destituídas de qualquer emoção.

– Eu queria que você e não a minha mãe tivesse morrido. Teria sido bem melhor para todo mundo.

Não houve resposta da parte do homem do outro lado da mesa. A irmã olhava-o, pálida e com olhos grandes, os lábios dela se moviam.

Ou ela não disse coisa alguma ou ele não conseguiu ouvir. Andrew cerrou os lábios e desejou não ter dito nada – queria um barbante vermelho através do qual pudesse puxar as palavras de volta e colocá-las na boca. Mas não poderia fazê-lo: a flecha lançada voava longe. A palavra errada, pronunciada. A oportunidade de calar a boca, perdida.

Levantou-se em silêncio e se retirou. Pegou o cachecol e o casaco no quarto e saiu de casa com os pensamentos escorregando na pista de dança da cabeça. Podia sentir o peso da verdade se avolumar dentro de si: Não tinha o que era necessário para conseguir ser algo. Enxugou as lágrimas com a manga da camisa.

A noite estava fria e o céu não indicava nenhum sinal de chuva. Mas Andrew não ligava para isso. Como seu pai podia ser tão cruel? Estava tão cansado de tudo aquilo que chegava a ser difícil sobreviver àquela melancolia. Dezenove e sem ter conquistado coisa alguma da qual se orgulhasse.

Foi então que um pensamento cruzou sua mente. Tinha sim algo que podia conquistar: Briony. Pensou na proposta de Ive e viu que era a única oportunidade real que surgira em sua vida nos últimos tempos. Sentia medo, mas estava na hora de enfrentá-lo por alguma coisa. Pegou o papel verde que ainda estava no bolso de sua camisa e pegou uma caneta que sempre tinha consigo – para caso tivesse uma ideia para "A Violinista de Fevereiro".

Apoiou-se num prédio e rabiscou sua resposta com força, a ponto de fazer um pequeno rasgo. Agora precisava encontrar uma forma de queimar aquilo, não podia voltar para casa – não estava a fim de lidar com seu pai naquele momento. Pensou em abordar alguns transeuntes e pedir por fogo, mas ficou com vergonha e deu mais passos até encontrar um mendigo que fumava sozinho perto das ruas Corneille e Donne.

– Ei, pode me emprestar fogo? – perguntou, olhando para os lados para confirmar que não havia nenhuma pessoa conhecida.

O homem acendeu um fósforo e estendeu ao garoto que deixou o papel queimar de baixo para cima. Deu uma nota a ele e jogou o papel flamejante numa lixeira, as palavras sendo consumidas pelo fogo: *Eu aceito, me encontre no Lago Lou-Heaney.*

E de coração dobrado Andrew deu início a tudo o que tornaria sua vida um pouco mais fantástica dali em diante. Pensou em Briony, que sempre estava sorrindo, mesmo quando as coisas não estavam tão bem e que conseguia levantar seu ânimo. Caminhava sob as estrelas, um garoto desterrado.

Capítulo SETE

O felino e a barriga da baleia não são assim tão diferentes.

Um homem chamado Samuel Beckett escreveu uma peça – *Esperando Godot* – aos 43 anos de idade, obra que foi lida por Andrew Webley aos dezoito anos, sete meses, três semanas e cinco dias de vida. A história fala sobre dois homens, Estragon e Vladimir, que esperam e esperam por um certo Godot que nunca chega. Andrew também aguardava seu Godot: um Godot que abrisse os olhos de seu pai, um Godot que o tranquilizasse e mais importante – fundamental – um Godot que o tirasse da barriga da baleia.

Caminhou pela calçada que margeava o Lago Lou-Heaney, precisara de um ônibus e quarenta minutos para estar ali. A lagoa era um dos pontos turísticos da cidade e estava sempre bem cuidada, iluminada e movimentada. Esfregou as mãos para afastar o frio. Algumas pessoas caminhavam por ali e outras estavam sentadas no gramado.

Andrew conferiu o relógio e tentou encontrar Ive em algum ponto, mas não obteve nenhum sucesso. Suspirou. Queria ligar para Briony, talvez ouvir a voz dela melhorasse seu ânimo. Isso fez com que pensasse mais uma vez se teria a coragem necessária para fazê-la amá-lo de forma artificial. Teria felicidade em algo no qual não trabalhou nem fez crescer? Mas sempre fora um ótimo garoto, pensou, nao era a hora de finalmente pensar em si e buscar sua própria felicidade?

Pegou uma pedra e atirou-a no lago, bateu três vezes antes de afundar. Tanto incômodo, pensou Andrew, tanto incômodo? Já se sentira péssimo antes, contudo aquela vez era diferente. Sentou-se na relva, murmurava uma canção do *Texas Is The Reason*.

– Você poderia ter escolhido um lugar mais fácil de achar, senhorito, mas sem problemas, aqui é legal também, bonito mesmo.

Andrew olhou de soslaio para confirmar a presença de Ive, com um sorvete de baunilha e sua coelha de estimação. Não se mexeu, mas continuou a olhar as águas calmas e escuras do lago. A garota sentou ao seu lado e deixou que Prozy se aninhasse aos seus pés. Quando Andrew abriu a boca, seu tom era grave e suas palavras pareciam vir de longe.

– Eu vou aceitar a sua proposta. Estou disposto a fazer qualquer coisa se isso me trouxer Briony, é a única coisa que importa.

– É, imagino que sim, caso contrário não teria me chamado. Andy, fico contente que tenha aceitado, vai ser bacana ter companhia.

– Fale por si própria – comentou a coelha. – Eu ainda acho que um humano será tão útil quanto cocô de lhama nessa história. Sinceramente, ter vindo para esse mundo horrível já é sofrimento demasiado.

– Uma coelha *niilista* que fala, vai ser difícil me acostumar com isso – disse Andrew ainda cheio de receios. O mundo inteiro parecia cada vez mais insólito. Afastou-se de Prozy e prosseguiu: – como funciona tudo isso, eu preciso assinar alguma coisa com meu sangue ou coisa assim?

Ive olhou-o com uma expressão de espanto que foi sendo substituída por sorriso incontrolável, combinada a uma risada espontânea e tão alta que chamou a atenção de um e outro transeunte que acontecia de estar passando por ali. Andrew ficou desarmado com aquela reação tendo em vista que havia perguntado seriamente.

– Andy, o humano mais engraçado do mundo. Isso não é pacto com um demônio. Você está ajudando a mim e a ninguém mais, minha mãe pode saber que eu te coloquei nessa história...

– Caso contrário...? – perguntou o garoto, já temendo a resposta.

– Ora, você morreria – respondeu Prozy, como se fosse um fato banal e corriqueiro.

– Mamãe é muito rigorosa com relação a sigilo empresarial – completou Ive. Tomou mais um pouco do sorvete e colocou o pote ao seu lado. Ela parecia mais séria quando voltou a falar. – Dresbel é a cidade mais mágica desse mundo, Andy. É como um farol para todas as criaturas espirituais e ninguém sabe por quê. Estou aqui para procurar os três nomes de um gato...

Andrew deixou que um ponto de interrogação ficasse explícito em sua face, mas não a interrompeu. Não conseguia conceber que sua cidade, uma metrópole como tantas outras, pudesse ser algo além disso. Tanto concreto e asfalto não poderiam abrigar algo além do cotidiano, pensou o garoto, mas sabia que estava errado e esse pensamento ia e voltava feito um bumerangue.

–...Mas não um gato comum, veja bem. Eu me refiro a uma criatura mais antiga do que esse universo e que vagou pelo espaço até cair aqui há mais de três bilhões de anos. Atualmente ele tem a forma de um gato e se uma pessoa descobrir seus nomes verdadeiros terá dois desejos atendidos. Um para mim e outro para você, entendeu?

Ficou em silêncio quando Ive parou de falar e observou Prozy lamber o que restara do sorvete.

– Por que você me colocou no meio de tudo isso? Eu não sou especial nem coisa parecida. Entendo de livros, não sei em que poderia contribuir. Por que eu e não outra pessoa? – perguntou ele.

A garota depositou a mão sobre seu ombro, um gesto leve e que não durou muito. Andrew voltou seu olhar para ela que agora enrolava uma de suas mechas verdes com o indicador, viu um sorriso agridoce no canto dos lábios dela.

– Eu não posso ler mentes... embora adentrar numa com convite seja diferente. Contudo, tenho a capacidade ver a aura das pessoas. A sua é vermelha, Andy, como a minha. Você deseja muito alguma coisa e eu poderia lhe ajudar. E bem... seria interessante ter um amigo durante o intercâmbio.

– E isso será muito perigoso?

A garota confirmou com um aceno de cabeça.

– Extremamente, caso contrário não valeria a pena, certo? E não seremos os únicos procurando. Existe um casal atrás dos nomes, mas não acho que causarão muitos problemas. Está dentro?

Andrew estava.

A nova cadência que pulsava em sua alma lhe assegurava isso. Aquela era a hora em que finalmente lutaria e conquistaria o que desejava – em que sairia vencedor e deixaria sua invisibilidade para trás. O destino o havia ungido com aquela oportunidade, o tempo de covardia devia chegar ao fim. Seu coração confrangeu, mas Andrew tinha certeza de que isso era o resultado da emoção que o tomava. Não disse nada, Ive sabia qual era sua resposta. Não se levantaram nem falaram nada durante um tempo, ficaram lá parados e olhando o lago à medida que as outras pessoas iam embora e o lugar se tornava deserto. Andrew simplesmente era. Briony não estava mais tão longe e dessa vez a luz no fim do túnel não era a de um trem.

Capítulo OITO

Makaveli já havia falado sobre isso e se você não sabia, agora está sabendo.

O sol surgia timidamente entre as nuvens escuras daquela manhã. Um prédio estava sendo construído não muito longe dali e o barulho voava em todos os cantos. Os trabalhadores andavam com seus capacetes e ferramentas, alguém lá em cima havia perdido uma das plantas que caiu num vai-e-vem, sendo empurrada pelo vento até ficar aos pés de Amber e Jonas na arquibancada da pista de *skate* onde vários jovens lutavam contra a gravidade sobre quatro rodas. Um dos garotos trouxera um aparelho de som e doava a trilha sonora para o dia: Jay-Z rimando seu *Takeover*.

A garota sabia de memória cada verso e incluía alguns quando encontrava uma brecha nas batidas. Jonas ouvia em silêncio e olhava para os garotos e manobras. Amber imaginou se ele não estava gostando do que via ou do que ouvia. Ela continuou até que a música foi perdendo volume até ceder lugar para a faixa seguinte.

– Você tem linhas matadoras, Amby, mas não tem um alvo e chuta qualquer coisa.

– O jogo não está procurando Buda, a coisa é mais no estilo Bruce Lee. Você ainda está pensando em mandar a demo?

Jonas sorriu e assentiu com a cabeça, sim, disse ele, assim que terminarmos aquela faixa – que é a melhor coisa que já produzi. Amber realmente considerava #36 – ainda sem um título definitivo – contagiante de forma única e sabia exatamente o que fazer para que funcionasse. Mas precisava, antes de tudo, convencê-lo de que *ela* estava certa sobre como deveria cantar.

– Eu só acho que devemos cair na música com um *flow* assassino. Precisa ser feito com força e velocidade, Jo. Precisamos de napalm nesses versos ou ninguém vai nos respeitar.

– Ou talvez a gente precise de boas vibrações. Você não pode cantar como se estivesse *pronta para morrer*, Amby, aquele som é mais para *vida após a morte*, entende o que eu quero dizer?

As tensões musicais eram frequentes e cansativas entre eles, discutiam sobre um arranjo ou ritmo durante semanas até que um desistisse. Mas era a primeira vez em que realmente falavam sobre tomar uma atitude e não apenas brincar no estúdio do pai dele. Imaginou como foi quando Notorious B.I.G decidiu se devotar à música. Teria ele hesitado antes do primeiro passo? Ela sabia que perseguir um sonho traria um monte de decepções e talvez não trouxesse resultados, via o irmão sofrendo com aquele livro que crescia rápido feito uma pedra – não tinha certeza de que queria terminar como ele. Jonas, disse Amber num tom de voz que parecia distante e despido do ego habitual, você acha que realmente temos uma chance de... sabe, chegar lá?

Ela esperou e Jonas não respondeu, mas fitou a Rua Holton que estava além da grade que circundava a região: os carros e a massa de anônimos apressados que não se esbarravam. Os trabalhadores e o prédio em construção. Uma pequena discussão parecia estar acontecendo entre dois grupos na pista, mas Jonas ignorou isso e apontou a planta arquitetônica que havia voado do prédio e agora estava pressionada pelo vento num poste.

– Olhe um pouco adiante do papel, Amby – disse ele com um sorriso. – Preste bastante atenção e me diz o que você está vendo, acho que é um daqueles momentos em que Bruce Lee ouve o que Buda tem a dizer.

Amber riu e balançou a cabeça. A sombra do que acontecera no estúdio dias atrás desaparecida por um momento. Ainda estava incomodada com toda aquela história, mas talvez devesse simplesmente ficar num canto e esperar que o amigo viesse falar o que estava acontecendo. Estreitou os olhos viu o que ele mostrava: uma flor perto do garoto com o aparelho de som. E entendeu o que ele estava dizendo. Tupac falou sobre isso em um de seus poemas, sobre a rosa que nasceu de uma rachadura no concreto. Sobre a rosa que ganhou força e cresceu mesmo quando tudo estava contra. A rosa que vira uma chance onde todas as outras estavam dizendo 'não podemos'. Shakur estava certo, eles tinham uma chance de sair do concreto e fazer alguma coisa e detonar um monte de outras. Acho que vale a pena tentar, pensou ela, e daí se o Dr. Dre nem ouvir a nossa música? E daí se ele jogar a fita no lixo? O importante é manter as mãos ocupadas e as palavras fluindo. Se perdendo na música e no momento, como Eminem cantava. Amber deixou um sorriso pendurar no canto da boca e respondeu: acho que devemos mesmo fazer a nossa coisa e chutar o universo onde dói mais, entre as pernas.

A dupla riu e conversou sobre inúmeros outros assuntos e também com os outros jovens ali presentes. Alguém pediu para que Amber improvisasse enquanto Jonas fazia o *beatbox*[iii]. Fizeram um circulo e alguns garotos se revezaram para desafia-la. A atenção se desviou da pista e se focou nos adolescentes que riam, aplaudiam e vaiavam uns aos outros. Até mesmo curiosos paravam por um breve espaço de tempo e observavam de longe o que acontecia.

Mas o que ninguém percebeu naquele momento e nem mesmo depois foi que o garoto do aparelho de som, em seus passos até a roda de duelo, pisou sobre a flor branca, aquela que assim como a rosa de Tupac Shakur, nascera de uma fissura no concreto. E ninguém se importou. Não conseguiam parar de festejar.

[iii] Uso de percussão vocal no hip-hop. Reproduzir sons de bateria e outros instrumentos musicais com a voz, boca e cavidade nasal.

Capítulo NOVE

Mãe, eu sou como uma pintura de Banksy nas ruas de Bristol.

Um adulto não entenderia a solidão de Andrew naquela madrugada. Cabeça recostada na janela com o olhar sobre a cidade em chuva, pensando em Briony enquanto ouvia uma canção do *The Get Up Kids* ou *Rites of Spring* – não escutava com atenção suficiente para distinguir. Um adulto não entenderia isso. Kafka, Gabriel García Márquez ou Bukowski entenderiam. Mas não um adulto como seu pai. Pensou nele e não sabia como seus pensamentos haviam transitado de Briony para a face paterna. Ele tão forte e prático e amplo em todas as coisas, enquanto Andrew se aninhava na fragilidade que barrava o caminho da *retidão*. Deveria estudar alguma coisa útil como engenharia ou odontologia, pensava, ou no mínimo procurar um emprego.

Tudo. Exceto escrever. É verdade universalmente conhecida que literatura não serve para nada. O velho Platão expulsou os poetas de sua república ideal! – exclamava consigo. – Contudo, não seria feliz acordando de manhã e indo para um emprego entediante onde colocaria dinheiro nos bolsos de alguém provavelmente menos inteligente do que ele. Apenas Wallace Stevens conseguiu ser escritor e levar uma vida burocrática e calma. Sentia-se como um pássaro que lutava para cantar numa gaiola – lembrou-se do incidente na praça e da paixão de sua mãe por aves.

Sua mãe teria apoiado que continuasse a escrever, ela provavelmente teria apoiado qualquer coisa que escolhesse. O primeiro sinal de que ela estava doente veio quando um copo escapou de suas mãos, subitamente débeis, e dali em diante cada extensão do seu corpo sofreu o mesmo destino até que por fim tudo havia sido derrubado. Foi mais ou menos nessa época que o mundo começou a se tornar mais cru e escuro enquanto seu coração e estômago iam se comprimindo em nós.

Suspirou. Pensava no Etna de erros e fracassos que era sua vida. Como se todas as portas estivessem trancadas. Quando conseguisse reunir os nomes do gato com Ive as coisas seriam diferentes e nunca mais precisaria se sentir tão sozinho. Olhou para o manuscrito inacabado sobre a mesa: *A Violinista de Fevereiro*. A história de uma garota perdida num mar de eventos que não deseja compreender.Mas Andrew não pensaria nisso por enquanto. Estava mais preocupado com a figura encostada na parede. Conteve o grito que subia pela garganta e ficou olhando assustado para a outra pessoa no canto do quarto escuro. Um jovem de aparentemente vinte e poucos anos, alto e magro, pele cor de oliva. Seus cabelos eram pretos, encaracolados e curtos. Lábios eram finos e estavam comprimidos numa linha. Tinha o queixo proeminente e uma barba rala. Os olhos eram intimidantes. Vestia-se com uma calça jeans e uma jaqueta preta de couro sobre camisa de mesma cor.

– Não grite. Ou seus pedaços ainda estarão sendo recolhidos daqui a um mês – disse ele, friamente. – Qual é o primeiro nome?

Com a voz tão tremida quanto o resto de seu corpo, Andrew respondeu:

– Eu não sei de nada.

– Não minta para mim. Eu o vi com ela e tenho observado com atenção. Olhe pra mim e diga a verdade.

Andrew reuniu a coragem que restava dentro de si:

– Eu. Não. Sei. Insistir não vai fazer com que eu fique sabendo através de osmose do ar.

Um soco atingiu seu rosto.

– Qual é o primeiro nome? – continuava a exigir o outro jovem. – Responda.

Seu nariz começou a sangrar. Andrew usou uma das mãos para limpar e repetiu sua resposta enquanto fechava os olhos para esperar um novo golpe. Houve um som de tosse e Andrew foi jogado ao chão. Somente então percebeu uma segunda figura no quarto. Ao contrário da primeira, não era forte e nem jovem. Era uma mulher cujo rosto não ocultava estar farto de anos. Tinha longos cabelos grisalhos e a pele rosada. Usava um longo vestido branco com luvas e estava descalça. Percebia-se que já havia sido muito bela no passado e ao vê-la tomada pelo violento acesso de tosse, Andrew sentiu pena.

O jovem de cabelo escuro a amparou cuidadosamente e com voz mansa disse:

– Desculpe-me, Stella, eu não tinha a intenção de me exasperar. Garoto, se eu não encontrar os nomes logo, ela morrerá. Não se envolva nessa história. Dê-me a informação e se esqueça de tudo.

Andrew podia ver nos olhos do outro uma cólera e abatimento sem par. Ouvia a respiração descompassada e entrecortada dele, fato que lhe afetava. Lamentava que estivessem ambos numa corrida pela mesma coisa.

– Astrophel – murmurou a velha, e após uma pausa acrescentou – Vamos embora, estou cansada.

Andrew ficou em silêncio observador enquanto o jovem ajudava a idosa a se recompor e lhe dirigia a palavra:

– É melhor que você não esteja mentindo. Fale para a sua amiga que estou a um passo dela e que ela escolheu jogar contra a pessoa errada. Os nomes são meus e eu não terei clemência de pessoa alguma. Seja você, garoto, ou a filha da Morte.

Havia uma certeza naquele cenário: Astrophel não estava mentindo. Andrew não viu o instante em que desapareceram. Tudo aconteceu antes que seus olhos registrassem qualquer evento. Ficou sentado no chão durante algum tempo a espera de entender o que havia se passado ali. Quando ficou claro que isso não aconteceria, levantou-se e foi até a cozinha procurar gelo para colocar sobre o rosto. Murmurou todos os impropérios conhecidos. Ainda chovia torrencialmente lá fora.

Capítulo DEZ

Estou dançando por dentro, e isso me dá passos inusitados.

Olharam. Encaravam com os olhos daqueles que respeitam e admiram e temem. A pantera negra se deslocava lentamente, deixando seu corpo balançar de um lado para o outro sem se preocupar com as inúteis opiniões alheias, passos de criatura entorpecida. Existe um sentimento diferente em observar um predador artificialmente pacato, artificialmente dócil e cordial. Para entender isso é preciso ter a consciência de que o felino enjaulado – diversão segura para os observadores – é o mesmo que espreita e dilacera suas presas numa eficácia ímpar. Amber sabia disso. Jonas também.

Os pais do garoto lhe convidaram para se juntar a eles naquele sábado e sem nenhuma outra atividade planejada, Amber terminou no zoológico com a família Hurston. Era uma manhã nublada e fria, mas as pessoas pareciam contentes e interessadas em ver animais exóticos. O passeio começou pelo setor das aves e seguiu pelos anfíbios e répteis e peixes e símios na parte oeste. Estavam se divertindo e embora Jonas ainda se mostrasse levemente reservado com ela por causa do acontecimento de duas semanas antes, o fato de a garota não trazer o assunto à tona deixou tudo num humor mais confortável.

Quando os adultos foram descansar sob um carvalho, as duas crianças correram para ver os grandes felinos. Visitaram um leão sonolento que apenas ficava deitado e bocejando. Um tigre que marchava cheio de pompa e circunstância. O guepardo não saíra de sua toca nem por um minuto, deixando uma multidão de crianças em polvorosa. '*Mãe, eu quero ver aquele gato grande*', choramingava uma delas.

Todos os felinos haviam conquistado a atenção da dupla, mas nenhum mais do que a pantera. *Panthera onca*, dizia uma placa de informação, *felino da família* panthera genus *e é também a única da família panthera que pode ser encontrada nas Américas. Este espécime foi nomeado* Abim. A menina leu as informações e deteve os olhos sobre o animal. Um calafrio pontilhou seu corpo, era como se tivesse visto um fantasma.

– Você acha que ela atacaria pessoas, caso fosse possível escapar daí? – perguntou Jonas.

A menina deu de ombros e respondeu:

– Não sei... Acho que não. É um animal de cativeiro, deve ser bem calma e pacata, provavelmente ficaria perdida e desorientada demais para fazer qualquer coisa. Eu ouvi dizer que quando algumas baleias de cativeiro são libertadas, elas são incapazes de caçar por si próprias.

– Isso não é uma baleia, Amber. Pode ser apenas aparência, fingir estar domada enquanto se prepara para voltar à superfície e chutar o traseiro de todo mundo.

Amber riu daquilo embora soubesse que ele falava sério. Começaram a caminhar para ver os outros animais, iam com passos lentos e se detinham aqui e ali para tirarem uma foto. Compraram bonés em forma de elefante e peixes dourados que vinham em saquinhos plásticos. Não ficaram muito em frente à jaula dos babuínos porque eles tinham o hábito pouco requintado de atirar excrementos em quem passava.

Na entrada do aquário havia um homem entregando panfletos e os dois jovens ficaram próximos para ler o anúncio de um duelo de MCs que aconteceria dali a alguns dias. Amber e Jonas se entreolharam cheios de excitação.

– Nós temos que ir – disse a garota.

– Meus pais chamariam a polícia se eu fizesse isso. É muito tarde, eles nunca levariam a gente até lá.

– Eles não precisam nos levar, podemos muito bem ir sozinhos. Eu não posso afirmar quanto a você, mas eu não sou um bebê que não sabe se cuidar. Eminem não teria se tornado o segundo melhor rapper se tivesse ficado com medo de sua mãe não deixar que andasse por Detroit.

Jonas sentou-se num banco e respondeu:

– Você sinceramente acha que meus pais vão me deixar por aí à noite? Ambie, pessoas são roubadas e mortas quando isso acontece. E por favor, não tente forçar comparações: Eminem morava num trailer e não se preocupava em pedir permissão para a mãe porque os dois se odiavam.

Ela sentou-se ao lado dele e segurando-lhe o ombro, disse:

– Eles não precisam saber. Nós vamos sair escondidos e voltaremos antes de eles sequer perceberem que não estamos em sono profundo.

Amber viu diversas coisas passarem pelo rosto do garoto – vontade, medo e desejo. Era uma oportunidade que não poderia perder, mas ao mesmo tempo não queria se arriscar. Talvez ele fosse dizer alguma coisa quando uma voz os distraiu.

– Ei, Hurston! – disse um garoto pálido e gordo que estava cercado por outros de aspecto pior. – Estamos precisando de mais um no time de futebol. Acho que você é perfeito para servir de bola.

Amber olhou para o amigo. Ele fechava os punhos e sua respiração estava entrecortada. Medo. Podia senti-lo escapar de cada poro do amigo. Os outros garotos riam e trocavam apertos de mãos como se houvessem acabado de marcar um gol numa partida importante. Jonas permanecia quieto e mudo e apático e apenas observando os outros virarem as costas. Sabia agora como ele havia se machucado e não gostava disso.

– Você tem que fazer alguma coisa! – disse ela.

Jonas balançou a cabeça negativamente e retorquiu num murmúrio:

– Aquele é Gabe e seus amigos idiotas, ninguém gosta deles na escola. É melhor deixar para lá. Eles perdem a graça se você não dá muita atenção.

– Não é assim que funciona – respondeu a garota e começou a caminhar no rumo dos garotos. Gritou por eles, mas ninguém se virou. Jonas a seguiu pedindo para que não fizesse aquilo. Amber ignorou e continuou andando. A raiva estava subindo dentro de si. Eles não tinham o direito de ofender seu amigo daquela forma. Pegou uma lata de Coca no chão e atirou com toda sua força. O gordo soltou um grito de raiva e colocou a mão na cabeça. Os olhos dele e da garota se encontraram.

– Você enlouqueceu? – perguntou ele, de forma exasperada.

– Não, isso foi apenas um aviso, fique longe do meu amigo. Você faz isso para descontar o fato de que você não tem cérebro? Eu não ficaria triste se fosse você, aposto que consegue emprego num circo.

– Eu não ligo de bater em meninas – respondeu ele, dando passos adiante.

Amber riu e disse:

– Eu também não ligo se a outra menina for você, mas te

machucar é errado. Ouvi dizer que as baleias do seu tipo estão em extinção.

Os amigos do primeiro garoto tomaram partido e dispararam insultos contra a dupla. Amber simplesmente deu de ombros e começou a caminhar na direção oposta.

– Seu amigo está marcado e eu vou me certificar de que ele ganhe o que merece – gritou um deles, que foi prontamente ignorado. Jonas, que havia ficado em silêncio durante acompanhou a amiga. Os impropérios continuavam e nenhum dos dois ligou para aquilo.

Corriam tanto que os transeuntes se afastavam com burburinho. A pantera rugiu com violência quando passaram em frente a ela mais uma vez. Foi um rugido cheio de potência e força. As duas crianças riram e conversaram em voz alta. Aquele estava sendo um bom dia.

Capítulo ONZE

**Talvez exista somente um rei,
o rei do sorvete.**

– Ei, acorde, a moça de cabelos verdes está aqui. Você não contou traria sua amiga. Ou melhor, você nunca contou que tinha uma amiga.

Andrew foi acordado pela voz da irmã. Tentou virar para o lado e continuar a dormir, mas não seria possível, podia ouvir passos subindo a escada e as vozes de Ive e Amber. Estavam imersas numa conversa agradável a julgar pelo som de risos. Sentou-se na cama e tocou levemente os lábios. A madrugada anterior infelizmente acontecera.

A porta foi aberta e Ive entrou. Amber estava com Prozy nos braços e perguntou o que havia acontecido com seu rosto. Inventou uma desculpa qualquer e a irmã saiu para cuidar de suas coisas. Ive o observava atentamente e ele sabia que ela estava ciente de que alguma coisa acontecera, mas conversariam sobre isso quando estivessem fora de casa.

– Levante e brilhe, estrelinha, vamos a uma sorveteria!

– Tenho alguma outra opção?

– Sim. Morrer.

– É sempre bom conhecer pessoas abertas ao diálogo.

Andrew se levantou e foi tomar um banho enquanto Ive olhava os livros de sua estante, detendo-se com entusiasmo entre um e outro. Agasalhou-se e arrumou sua cama rapidamente. Ela pediu um volume emprestado e, embora o garoto odiasse que fizessem isso, acabou cedendo, afinal, a mãe dela era uma pessoa ligeiramente importante. Tentou não ficar se lembrando de que aquela era uma edição raríssima de *O Vento nos Salgueiros* e que Ive provavelmente abriria o volume num ângulo maior que noventa graus. Suspirou e desceu as escadas.

Deparou-se com seu pai tomando café e absorto na leitura do

jornal municipal. O homem o cumprimentou com um leve aceno de cabeça e voltou-se para a leitura. Andrew sentia como se suas roupas estivessem cada vez mais apertadas. Ive se despediu e, após tomar a coelha em seus braços, a dupla ganhou a rua.

Iam a passos rápidos ao longo da Rua Astilbe. Por sorte não havia chuva nem muito vento naquele dia e os oito graus nem pareciam tão ruins quando comparados aos níveis inegavelmente frios do ano anterior. Pegaram um ônibus duas esquinas adiante e se sentaram no fundo. Prozy teve uma crise de espirros por causa de sua autoalergia e comentou:

– Buda disse que a vida é sofrimento, mas se ele me conhecesse com certeza acrescentaria: nada em excesso.

– Não seja tão pessimista, querida – disse Ive. – Veja o lado bom das coisas, você não é um poodle ou uma chinchila.

– Eu não sou pessimista, mas uma realista... Nada tem o mínimo valor, sentido ou propósito. Será que essa coisa não anda mais depressa?

– Sou *quase* capaz de gostar dela às vezes – comentou Andrew e acrescentou: – Ive, ontem à noite, as pessoas sobre as quais você falou apareceram no meu quarto. Astrophel não vai parar enquanto não conseguir os nomes.

– Astrophel e Stella... Eu não esperava que eles soubessem sobre você, provavelmente estavam me seguindo. Bem, Andy, parece que o jogo vai ficar mais emocionante.

– Emocionante?! – indignou-se o garoto. – Lamento, mas não foi você quem levou uma surra. E você pode me explicar quem são eles?

– Ninguém sabe muita coisa. Podemos resumir assim: Astrophel era um mago e Stella uma fada, eles se apaixonaram. Aí o resto é bem lógico. Astrophel era humano e não poderia viver para sempre ou pelo menos não tanto quanto ela. Stella encontrou uma forma de mantê-lo vivo, usando das energias dela.

– E esse dreno de energia a envelheceu – constatou o garoto. – É por isso que Astrophel está procurando pelos nomes, para fazê-la voltar ao normal.

– Não me diga. – murmurou Prozy.

A dupla desceu na Avenida Freesia e Ive apontou adiante: *O Rei do Sorvete*. Era um lugar bastante simpático. Pintado em branco e de telhado vermelho. Heras cuidadosamente plantadas subiam pelas paredes até certa altura e um letreiro iluminado mostrava o nome e o horário de funcionamento. Um bom número de pessoas podia ser visto pela vitrine. Ali perto, um homem tocava seu violão azul e ganhava alguns trocados:

Vermelho não é bom,
Roxo é bem melhor,
Coração de teflon,
Podia ser pior...

Andrew esboçou um leve sorriso pela música do homem e deixou algumas moedas no estojo aberto. A dupla entrou na sorveteria e escolheu uma das mesas ao fundo enquanto Prozy se encolheu aos pés de sua dona e fez aquilo que deveria ser o som de uma coelha espirrando.

– Tem certeza de que esse é o lugar certo?

Ive riu e respondeu:

– Sim, senhor, senhor. Você não sabe, mas Dresbel fica bem em cima do ponto mais mágico do seu mundo. Apenas alguns pontos da Austrália e do Marrocos conseguem ser tão espirituais quanto aqui.

Andrew, que comentava para si próprio que gostaria de olhar seu cotidiano e vê-lo mais mágico, achou graça da ironia que era a situação exposta pela menina.

– E você está dizendo que vamos encontrar a localização do primeiro nome nessa sorveteria?

– Claro que não, Andy, você é tão estranho... A entrada para o reino das fadas fica debaixo desse lugar e quem cuida de tudo é um homem em dívida com a minha família.

O reino das fadas, pensou , era uma das coisas que nunca pensara em ouvir como algo sério ou como um lugar no qual efetivamente chegasse a pisar. Considerando que levava uma vida tão emocionante quanto um longo artigo sobre química orgânica, isso era muito mais do que podia conceber. Tentou não deixar sua perplexidade chegar ao rosto. Falhou miseravelmente.

Estava a ponto de indagar alguma coisa quando a atendente se aproximou para tomar os pedidos. Ive escolheu um milk-shake de chocolate para viagem e disse que gostaria de conversar com Tord Sandspittown, o dono, e que dissesse que era a filha de uma amiga quem o chamava.

O homem que veio ter com eles dali a pouco era loiro, magro

e de rosto grande e feio, caso fosse uma estátua, poder-se-ia dizer que fora esculpido por um bêbado.

– Olá, Ive, Princesa do Fim Inevitável – disse ele. – Vejo que tem companhia.

– Olá, você, Tord. Andrew é o meu amigo e está me ajudando com algumas coisas e Prozy você já conhece.

Andrew apertou a mão de Tord Sandspittown, que pegou uma cadeira e sentou-se. O garoto nunca imaginaria que o dono da sorveteria mais conhecida da cidade fosse algo além disso e se colocou a imaginar quais outras pessoas escondiam segredos.

– Estou aqui porque preciso de uma coisa – disse Ive. – Quero ir ao reino das fadas me encontrar com Mirtza Sosostriz. E o mais importante: minha mãe não pode ficar sabendo.

O homem estava em silêncio, mas era evidente que desaprovava o pedido. Olhou para os dois jovens e após conferir o relógio, disse:

– Você sabe a dívida que tenho com sua família... Mas o que você está me pedindo é arriscado. O caminho está cheio *deles* e eu não gostaria de ser o culpado por te colocar em perigo, estou cansado desse mundo. Lamento, mas não abrirei a porta, caso contrário eu permaneceria aqui para sempre.

– Só existe essa forma de ir até lá? – perguntou Andrew.

– Sim, a menos que você se mude para Naracoorte na Austrália – respondeu Tord. – Ive, pessoas são atacadas lá embaixo, e o fato de sua mãe ser quem é não faz diferença para eles.

A conversa foi interrompida quando a atendente veio entregar o pedido feito. Havia tensão girando ao redor da mesa durante todo aquele breve momento de silêncio que foi partido apenas quando a garçonete se afastou e Ive respondeu entre um gole e outro:

– Eu sou uma garota crescida, sei me cuidar e realmente preciso ir até o lado de lá – disse Ive, no tom de uma criança que pede para colocar o dedo na tomada. – Minha mãe te deixou encarregado de cuidar desse lugar para sanar sua dívida, mas confie em mim, ela nem vai saber. Eu não vou estar sozinha, Andrew irá comigo.

Prozy, que até então escutava a conversa numa mistura de espirros alérgicos e tédio, comentou:

– Ive, isso é a mesma coisa que ir sozinha.

– Não é surpresa que você seja alérgica a si própria, eu também não me aguentaria se fosse você, sua coelha rabugenta.

– Se é isso que você deseja, eu não posso impedi-la – disse Tord

Sandspittown, circunvagando o olhar pelo estabelecimento. – Sou um mero servo de sua família, você bem sabe.

Andrew viu a garota concordar com um entusiasmo mil vezes maior que o dele, que era nulo. Sabia pelo nível da conversa que as coisas seriam piores do que a surra que Astrophel lhe deu. O coração saltou batidas e lhe disse para tomar um táxi e nunca mais conversar com a filha da Morte ou tentar conquistar Briony. Mas não era inteligente o bastante para escutar um bom conselho.

– ...a minha irmã já foi de lá para cá um milhão de vezes e nunca aconteceu nada – dizia Ive.

– Rayla é a capitã da D.I.E e todos conhecem o tamanho de suas habilidades.

– D.I.E? – indagou Andrew.

– Divisão de Investigação Espiritual – respondeu Tord – A irmã de Ive é a capitã mais jovem da história e a chefe de operações. Venham, abrirei a porta, mas depois disso estarão sozinhos.

Andrew pegou a coelha e seguiu a garota e o homem até o fundo da loja onde entraram numa pequena sala abarrotada de caixas e livros de contabilidade. Andrew fechou a porta e ajudou Tord a empurrar uma estante que era quase do tamanho da parede. Puderam então ver que uma porta vermelha se escondia ali.

– Essa é a entrada – disse o homem.

Não tinha nada de especial ou anormal que chamasse a atenção de alguém, feita de madeira e sem nenhum adorno. Mas Andrew sabia que as aparências do mundo estavam erradas e que desde que conhecera Ive, qualquer coisa sólida poderia se desmanchar no ar de um instante para o outro.

– Se acontecer qualquer coisa, você pode dizer a minha mãe que eu te forcei a abrir – disse Ive. – E a propósito, seu milk-shake é ótimo.

Tord Sandspittown tirou uma chave dourada do bolso e a colocou na fechadura. A porta se abriu com um movimento suave e uma forte lufada de vento escapou, batendo em seus rostos e espalhando papéis. Havia somente uma escada que descia em caracol e escuridão.

– Acho que é hora de irmos – disse Andrew. – Não que eu esteja muito ansioso para isso.

O grupo se despediu do homem. Ive, carregando Prozy, foi a primeira a começar a descer os degraus, sendo seguida por Andrew. Não haviam descido muito quando a porta vermelha se fechou atrás deles. Andrew estava plenamente consciente de que caso algo acontecesse dali em diante, seu corpo nunca seria encontrado. Um barulho vindo de baixo. Isso possivelmente não era um bom sinal, pensou Andrew, mas alguém que aceitava descer aquelas escadas com a garota das mechas verdes não devia ser muito sensato desde o início.

E deste modo começaram os eventos que colocariam o rei na guilhotina, ou melhor: Andrew em apuros.

Capítulo DOZE

É apenas o que você diz, um gubbinal.

Andrew mal podia acreditar em sua própria situação. Cada pelo do corpo eriçado. Aquela escuridão acumulada impedindo a visão do milímetro seguinte. Tropeçou num degrau quebrado e quase rolou, mas foi amparado por Ive, que tomou sua mão enquanto continuavam. Sua alma estava ancorada no medo, nem firme ou segura. O mau agouro pousado em seus ombros.

Estava a mais de meia hora descendo a escadaria quando um barulho chamou sua atenção. Podia ouvir um formando cada vez mais alto. Invadia seu ouvido lentamente e não era irreconhecível: o som de água corrente.

– Estamos chegando – murmurou Ive.

Os olhos de Andrew, agora mais acostumados à escuridão, conseguiam divisar os degraus e até mesmo as pinturas rupestres nas paredes. Quando finalmente terminaram a descida, estavam no início de um longo túnel. Prozy foi colocada no chão e sua dona disse:

– Você sabe o que fazer.

– Infelizmente – respondeu a coelha.

Andrew observou o pequeno animal começar a tremer e riscar o chão com suas patas, no mesmo instante cada um de seus pelos começou a brilhar num leve tom azul turquesa. O caminho se iluminou permitindo que Andrew pudesse ver milhares de pinturas em todos os cantos – cenas que pareciam ter sido extraídas de um filme assustador. E ossos espalhados pelo chão, nem todos humanos.

– Onde estamos? – perguntou Andrew.

– No meio do caminho para o mundo das fadas – respondeu a garota. – Mas não precisa se preocupar, docinho de tinta, está tudo sob controle, não pense demais nisso. Fique em silêncio, não podemos chamar atenção aqui embaixo.

Como se pudesse fazê-lo, constatou para si, era o equivalente a jogar uma pessoa sangrando no mar e pedi-la para não pensar nos enormes tubarões que a rodeavam. Olhou para os restos ao longo do lugar e confirmou que sim, iria pensar demais no assunto.

Ive desvencilhou-se de sua mão e foi caminhando logo atrás de Prozy. Andrew a seguia bem de perto. O barulho de água ia se tornando mais presente. Avançavam com cautela. Viraram à direita no fim do corredor e foram seguindo o túnel.

Andrew apontou para um contorno nas sombras, no fim da curva. Ive assentiu com a cabeça e foi se aproximando lentamente. Havia uma multidão de novos temores à medida que discernia a forma esparramada no chão: Tinha o aspecto de uma pessoa com quase dois metros, estava envolto em uma túnica carmesim esfarrapada. Uma coisa tão magra que a pele – branca como leite e suja como esgoto – se esticava sobre os ossos protuberantes. Não possuía orelhas, os olhos eram verdes e fixos, a boca era uma fenda costurada.

– O que é isso? – perguntou Andrew, tampando o nariz com a mão.

– Um gubbinal morto, provavelmente de fome. Eles vivem no caminho entre os mundos e se alimentam de cores, imaginação e pensamentos – eles têm bocas nas mãos. Uma criatura assim só consegue viver num mundo feio onde as pessoas são tristes.

Andrew nunca sentiu tanto medo quanto naquele instante. Para uma pessoa como ele, ter sua imaginação roubada seria o pior tipo de sofrimento possível. O pequeno conceito de felicidade que habitava sua vida provinha da imaginação e se isso fosse tomado, não haveria muito pelo qual viver. Olhou para o gubbinal e pediu do fundo da sua alma que não encontrassem outros pelo caminho. Seria válido pôr em risco a coisa mais importante por causa de uma garota? Começava a se perguntar.

– Temos que ir – disse Ive.

O barulho de água foi se tornando cada vez mais forte. Andrew olhou para a garota e viu que ela, apesar de não deixar transparecer tanto, estava tão assustada quanto ele – tremendo e olhando para todos os lados. Foi sua vez de segurar a mão dela. Ive o olhou e mexeu os lábios em agradecimento, nenhum som veio, mas ele soube o que ela quis dizer. Havia um brilho não muito distante e por isso caminharam mais depressa.

Chegaram até a origem do som e luz. Estavam à margem de um rio volumoso e enorme em todos os sentidos, e havia vários outros túneis que desembocavam ali. As margens eram cobertas de grama e pedras redondas que pavilhavam o caminho até uma ponte vermelha em estilo japonês que levava até uma porta do outro lado.

Contudo, não foi nada disso que capturou a atenção do garoto. Ao se aproximar da água viu coisas brilhantes que não reconheceu de imediato, mas ao fixar sua atenção reconheceu serem letras dos mais diversos tipos e feitas de luz. Também havia as carpas que arrastavam os nomes em suas caudas.

– O que é isso? – perguntou.

– Um rio de nomenclaturas. Quando uma pessoa morre o nome dela vem parar aqui e corre até voltar para o lugar de onde vêm, nem a minha mãe sabe onde fica. Aqui é o ponto exato que divide o mundo mortal da terra das fadas.

Andrew se abaixou e esticou o braço para tentar colocar a mão em algum nome, mas antes que fizesse isso, Prozy lhe disse:

– Eu não faria isso se você fosse. Um nome é apegado ao seu dono e irá te atacar se tocá-lo sem permissão.

Eu poderia incluir algo assim no meu livro, pensou Andrew, e a violinista teria que atravessar um rio para chegar até algum lugar muito importante para ela. As ideias o inundavam de caminhos sobre os quais trabalhar. Talvez essa descida de morte fosse o que precisava para conseguir de volta seu impulso criativo. Surpreendeu-se por conseguir pensar em literatura nos momentos mais inesperados. Perdido em seus devaneios, não chegou a ver quando Ive ergueu a mão e desferiu um tapa. Sentiu a dor se espalhar pelo rosto, o som ecoou pelo túnel.

– Você enlouqueceu? – perguntou com raiva. – Por que você fez isso?

– Porque você estava imaginando coisas.

– Você por acaso aprendeu a ler pensamentos também?

– Não, mas sei que o cheiro deles é atraente.

Ocorreu a Andrew que sua sorte era como um oceano que tinha um sério problema de vazamento de petróleo. O silêncio que se seguiu foi longo e perturbado e mais alguma coisa que o silêncio costuma ser em momentos assim. E depois o barulho de respiração pesada, como o de uma pessoa sendo submersa. Seu estômago estava gelado, despencar oitenta andares dentro de um elevador, sim, essa era a sensação. Olhou adiante e concluiu que Ive deveria tê-lo estapeado antes. Vários gubbinals saíam dos túneis e caminhavam em direção ao grupo.

– É por isso que é tão difícil gostar de você – comentou Prozy.

Capítulo TREZE

... Mais verdadeiro e mais estranho.

A coragem abandonou o coração de Andrew numa velocidade surpreendente e é bem possível imaginar o desespero que lhe acometeu. Era como se a energia que mantinha o universo coeso fosse se dissolvendo até que sobrasse somente um caos de sentimentos. Uma entropia emocional.

Estavam cercados em todas as direções. Os gubbinals vinham em blocos e com braços que se arrastavam pelo chão. Seus passos não faziam som algum. Andrew ouvia os murmúrios que escapavam pelas bocas costuradas. Olhou para Ive em busca de alguma solução e o semblante dela não lhe forneceu nenhum motivo para esperança.

– É melhor a dupla pensar em alguma coisa ou não iremos pensar em mais nada daqui a pouco – disse Prozy.

Podia sentir o cheiro das criaturas e o efeito que elas produziam sobre ele. Tinha os olhos secos, náusea e uma sensação de afogamento comprimindo seu peito. Esse sentimento sem nome era como uma árvore, simplesmente estava ali. Andrew olhou em todas as direções e sabia que a única saída estava na porta do outro lado.

– Temos que passar por eles e depressa! – disse ele recuando alguns passos.

Ive não respondeu de imediato, Andrew notou que a garota estava buscando alguma solução alternativa. Ela pegou a coelha nos braços e disse:

– Eu posso distraí-los – disse ela – mas será por pouco tempo. Iremos passar no meio deles e correr para a ponte o mais rápido que pudermos.

Andrew olhou adiante e ficou pouco contente. O cerco se fechava por todos os ângulos e Prozy brilhava fraca, tudo retornando às sombras. Apanhou algumas pedras no chão e atirou contra os gubbinals mais próximos. Surtia pouco efeito. Ive murmurava algumas palavras desconhecidas, como fizera com o pássaro no parque.

– Eu odeio te apressar, mas as coisas estão ficando complicadas por aqui – disse o garoto, estremecendo.

Ive não deu atenção, mas continuou a murmurar palavras ininteligíveis, seu rosto suava e cada palavra parecia vir de um enorme esforço interno. Parecia que nada daria certo até que algo lhes deu mais esperança. Andrew viu uma pequena esfera de luz púrpura surgir na mão dela e girar. A garota olhou para os gubbinals, que estavam agora a poucos metros de distância, e com um pequeno sorriso de triunfo, atirou no meio deles.

Houve um estampido que ressoou em todos os caminhos, fazendo com que Andrew fosse obrigado a cobrir os ouvidos. Uma explosão de luz foi derramada, o brilho de mil sóis roxos. Os gubbinals irromperam em brados de ódio e se encolheram, cegos e desorientados.

Andrew sentiu a garota puxar sua blusa e dispararam por entre as abominações. Sentia seu corpo bater de encontro com os deles e o fedor invadia suas narinas, fazendo com que a náusea ficasse ainda pior. Dezenas de mãos tateavam em busca do pequeno grupo e Andrew as repelia com socos desajeitados e o máximo de sua força, o que não era muita coisa.

– O que você usou? – perguntou.

– Uma granada de anti-imaginação. É a coisa que mais odeiam, é como sal para lesmas, e...

A conclusão foi substituída por um grito de horror, um gubbinal havia acertado a garota no estômago e a atirado contra a parede. Andrew ficou de pé com dificuldade. Viu quando a criatura se ajoelhou perto de Ive e agarrou seu pescoço. Estava se alimentando. Gritou seu nome repetidas vezes, mas Ive estava inconsciente. Localizou Prozy tentando empurrar inutilmente o adversário com a cabeça, a coelha insultava furiosamente.

O toque frio dos gubbinals em suas costas e rosto, fazendo com que um pensamento sinistro ganhasse voz: *eles vão me pegar*. Andrew levantou-se e teve uma ideia que esperava ser o suficiente para ajudá-la. Empurrou o gubbinal que segurava sua amiga e usou seu cachecol numa tentativa fraca de enforcar a figura que, apesar da aparência frágil, tinha o dobro de sua força. O jovem e a criatura se debateram enquanto os outros lentamente iam recobrando as forças.

Rolaram pelo chão. Andrew fazia um esforço considerável para se afastar, contudo, nada parecia ser o suficiente. Sua cabeça bateu com força numa pedra. Estava sendo dominado facilmente e sem que pudesse fazer qualquer coisa, mãos geladas circularam seu pescoço. E então foi como se uma faca perfurasse sua mente e suas veias se tornassem vazias.

O mausoléu que abrigava seus pensamentos estava ruindo. Fios e fios de ideias desapareciam. Era uma luta injusta. Forçou-se a pensar em coisas insignificantes. Precisava manter os pensamentos sobre seu livro a salvo da criatura, não podia dar-se ao luxo de entregar aquilo, lutaria até o último suspiro. Sabia que era necessário se afastar *daquilo*, mas nenhum músculo lhe obedecia, estava inerte feito um paciente anestesiado.

Encontrava-se a um passo de abandonar a luta quando houve uma forte explosão de luz verde e o gubbinal foi atirado longe, para dentro das águas revoltas do rio de nomes. Sentiu as mãos de Ive lhe ajudando a se pôr de pé. *Ive,* murmurou, ou pensou tê-lo feito – não sabia e nem se importava.

A visão de Andrew abandonou a escuridão e discerniu o contorno das coisas. Olhou para o rio e viu quando vários nomes luminosos envolveram o gubbinal que batia os braços em desespero e o apertaram como uma cobra faz com sua presa. O sentimento de felicidade pelo sofrimento alheio gritou forte dentro de Andrew.

– Ei, moleque, firme seus passos.

– Vamos, Andy, temos que sair daqui!

Consentiu com um movimento de cabeça e olhou adiante, faltava pouquíssimo para chegar na ponte. Fizeram uso das pernas com o máximo de vontade. Ive tentava afastar os agressores da forma que conseguia. Iam passando por entre os vários braços que se esticavam como longos galhos de uma árvore sem folhas. Andrew tropeçava e se esforçava para não se perder de Ive, que o puxava bruscamente.

As tábuas rangeram quando pisaram sobre a ponte. Ive lhe lançou um pequeno sorriso, como se dissesse *estamos quase lá*. Os perseguidores se aglutinavam para ganhar passagem, causando a queda de iguais no rio, onde eram imediatamente destruídos pelos nomes que corriam nas águas.

– E tem gente que não acredita nos benefícios da natação – comentou Prozy.

Chegaram até a porta vermelha e a expectativa voltou a brotar dentro dele. Não suportaria muito mais o suplício de continuar naquele lugar. Ive estendeu a mão e girou a maçaneta que cedeu sem reticência. Houve vento e luz e um cheiro estranho. Fecharam a porta bem a tempo de ouvirem as batidas dos gubbinals do outro lado, irados pela refeição perdida. Andrew suspirou e olhou para a paisagem que se estendia adiante de seus olhos. Surpreendeu-se o suficiente para uma vida inteira e não afrouxaria tão cedo essa expressão do rosto.

Capítulo QUATORZE

Yo! Se você acha que está pronto para chutar, é disso que estou falando, a hora é essa.

Astenia. Demasia. Analogia. Pagofagia. Amber lia uma palavra qualquer no dicionário e imediatamente buscava alguma rima para ela. Embora fosse uma péssima aluna na escola, sucessivamente metida em confusões, sempre fora boa com palavras. Gostava de colecioná-las. E o surrado dicionário de bolso que carregava de um lado para o outro, era como uma despensa que podia assaltar. Queria ter todas elas a sua disposição, armazenadas e prontas para serem puxadas quando estivesse fazendo música. Ou num duelo. Estava cada vez mais confiante de que conseguiria participar do duelo de MCs que vira no panfleto do zoológico. Sentiu eletricidade passando pelas veias, competitividade eminente tinha esse efeito sobre ela. Ela sabia que todos os *rappers* são competidores por natureza. Amber também tinha noção de que suas habilidades eram boas e sabia criar letras ofensivas sem muito esforço.

Eu não tenho medo não, mordo que nem cão/
Com empenho eu desenho e desdenho/
Eu te derrubo no chão, quebro o seu dedo/
Otário, perdeu o enredo, aprende meu abecedário/
Nessa pista de retardatário, vê se me entende...

O sacolejar do metrô quebrou sua concentração, fazendo com que os versos seguintes se perdessem numa nuvem de outros pensamentos. Encostou a cabeça na janela e observou o céu cinzento e carregado de nuvens, os pequenos pingos que batiam de encontro ao vagão e os arranha-céus do centro da cidade. Colocou seus fones no ouvido e deixou que a voz de Nas fluísse os versos de *One Mic* para a sua cabeça. Aquela era uma música que ouvia várias e várias vezes sem cansar.

Colocou a mão no bolso para conferir se o presente que havia comprado para Jonas estava lá. Uma voz metálica saiu dos alto falantes anunciando que havia chegado à Estação 12. Amber ajeitou a mochila nas costas e seu capuz enquanto saía do vagão. Centenas de pessoas iam e vinham em todos os lados. Um grande relógio mostrava sua situação naquela manhã: trinta minutos atrasada. Droga, murmurou, já caminhando pelas ruas do centro.

Evitava as poças que se acumulavam nas calçadas. Tomou a Nona Avenida e passou pelas lojas que exibiam suas mercadorias. Conferiu as horas novamente e andou um pouco mais depressa. Levou outros quinze minutos antes de avistar a Queensbridge Discos. Uma loja antiga e de dois andares especializada em Hip-Hop. Amber guardou os fones e entrou.

O movimento estava calmo, apenas alguns jovens conversando com Maurice, o dono da loja, um homem negro e careca que usava óculos grandes e muitas joias. Cabeças se viraram quando a porta se fechou atrás dela. Maurice cumprimentou, com seu sorriso costumeiro, mas os outros garotos cochicharam algo e riram, exceto um deles, o garoto mais novo do grupo – tinha *dreadlocks* e a encarou sem nenhuma expressão. Amber devolveu o mesmo tipo de olhar e foi se encontrar com Jonas na parte de cima.

– Você está atrasada... Como sempre – disse Jonas quando ela se aproximou.

– Cara, eu não tenho culpa se você escolhe os piores horários. É sábado, eu deveria estar na minha cama.

– Pare de agir feito uma garota, é um longo caminho até o topo do hip hop.

– Não sei se você percebeu, mas eu sou uma garota. Ei, quem é aquele pessoal conversando com Maurice? Eu nunca os vi por aqui.

Jonas a puxou para um canto da loja onde tinha certeza de que não havia ninguém por perto.

– É a turma do HOL-K e a gangue dele – começou a dizer. – Ele é o maior. Dizem que ele comanda todo o tráfico de drogas na zona leste da cidade. Os outros quatro são uns cachorrinhos que o seguem de um lado para o outro. O garoto menor é o irmão dele, Lil Darryl-D, e dizem que ele é um fenômeno, indestrutível em duelos. Já existem gravadoras interessadas nele.

Amber riu e balançou a cabeça.

– Ele nunca duelou comigo, Jo. Eu provavelmente vou enfrentá-lo no dia da batalha de MCs e você vai ver quem é de verdade. Se eu derrotar aquele que eles acham ser o melhor... – deixou a frase em suspenso.

A dupla demorou um longo tempo escolhendo os discos que iriam comprar e eventualmente acabavam discutindo sobre as qualidades das escolhas de um e outro. Os dois jovens preferiam comprar discos a simplesmente tê-los num arquivo de computador. Amber costumava dizer que não era a mesma coisa. Estavam numa discussão sobre qual seria o melhor álbum de rap de todos os tempos – *Me Against The World* de Tupac Shakur ou *Illmatic* de Nas, sendo que Amber preferia o primeiro – quando Amber enfiou a mão no bolso e tirou um pequeno embrulho.

– Ay-yo, eu comprei isso pra você há uns dias. Você devia ter me contado que havia garotos mexendo com você, eu sou sua amiga, cara.

Jonas sacudiu a cabeça e abrindo o pacote, respondeu:

– Amby, não faria diferença e além do mais, você não entenderia o que é isso, sabe?

– Eu não entenderia?! OK, gênio, eu sou uma menina branca que canta rap e não liga a mínima para o que qualquer outra da minha escola acha legal. Eu não sou a pessoa mais popular do mundo, entende? Dane-se, você tem um pé e eles têm algo entre as pernas, promova um encontro entre essas duas coisas.

Amber observou Jonas retirar seu presente dali de dentro: um pequeno dragão alaranjado feito de porcelana. O garoto leu em voz alta o bilhete que acompanhava o presente:*O dragão é visto como guardião incansável e venerado por afastar influências malignas, ao carregá-lo, estará protegido contra energias negativas*. Jonas sorriu e disse:

– Obrigado.

– Não precisa me agradecer. Apenas crie as batidas perfeitas pra mim.

– Pode deixar comigo, Amby.

Amber e Jonas fizeram um toque de mãos e começaram a descer as escadas. Não ficariam mais sentimentais do que aquilo, seria pouco hip hop e arruinaria a pouca credibilidade de rua que não tinham. Estavam no meio dos degraus quando se esbarraram com a turma de Lil Darryl-D.

Amber ficou parada e deixou espaço para que o grupo subisse. Ela já estava pronta para continuar o seu caminho quando o garoto assobiou chamando sua atenção. Ela não se virou:

– Ei, Maurice falou que você sabe fazer rap – disse Darryl, em tom de deboche. – Apareça lá no próximo duelo, estou cansado de acabar com as mesmas pessoas. Sempre bom ter prato novo.

Amber revirou os olhos e respondeu:

– Cara, você é tão patético. Andando de um lado pro outro com suas babás, tem certeza de que você consegue rimar? Oops! Sai da frente quando você me vir.

Os garotos que estavam com Darryl começaram a rir e a fazer piadas. Amber e Jonas foram até o balcão e pagaram pelos discos. Amby, ele não gostou daquilo, disse Jonas quando saíram da loja, ele com certeza quer acabar com você agora. Você zoou com Lil Darryl-D em frente à gangue dele.

– Eu sei o que eu acabei de fazer, não precisa me contar.

Ela sentiu uma onda de ânimo percorrer todo o seu corpo. Era o desejo de competir e mostrar do que realmente era capaz. Olhou para os discos que carregava nas mãos e sentiu que sabia o que deveria ser feito e como deveria ser feito. Independente do que acontecesse com o mundo, duelaria com Darryl e mostraria quem era a rainha da cidade.

Capítulo QUINZE

Como descobrir um bom lugar para comer sanduíches de pepino.

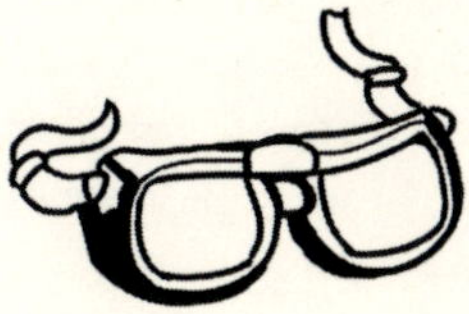

O olhar vagava. Não tomou atitude imediata. Os sentidos, ocupados com a experiência do choque, aquela erupção de novidade que vinha de encontro à pele. Estava num mundo novo –– literalmente. Paisagem que se abria diante do garoto e lhe provocava um amálgama de familiaridade e estranhamento.

– Seja bem-vindo à Cidade de Hoon, Andy. Bem-vindo ao mundo das fadas – disse Ive.

O vento soprava como se estivesse anunciando que o verão abandonara aquele lugar e o inverno estivesse apontando no horizonte. O céu estava cinza e fez com que o garoto se lembrasse de sua cidade natal. Silêncio.. As ruas, amplas e asfaltadas, tinham mais rachaduras do que deveriam e as árvores tinham mais galhos do que o esperado. Casas e prédios velhos em ruína, tinham cores em tom pastel e já estavam descascados em sua maioria, sendo que pichações ocupavam grandes partes de tudo. A arquitetura tinha muitos detalhes e grandes estátuas de animais estavam à vista.

– Eu corri por um túnel infestado daquelas... coisas – Prozy começou a dizer –, apenas para ver esse monte de entulho? Se eu quisesse observar o vácuo bastava uma trepanação em algum de vocês.

– Ive, eu mal posso acreditar – disse Andrew em voz baixa e ignorando a coelha. – Eu nunca pensei que isso pudesse existir.

A garota bagunçou os cabelos dele e sorriu enquanto começava a dar os primeiros passos. Andrew notou que ela ainda sentia o ataque do gubbinal e deixou que se apoiasse em seu braço. Pensou na garota e em como era fácil esquecer quem ela era de verdade. A contenda entre sua mente e seu coração: Tinha empatia por ela e talvez estivessem se tornando amigos, mas no fim ela continuava a ser a filha mais nova do maior medo humano.

Andavam com passos cautelosos. Andrew olhava ao redor em

busca de algum movimento, mas nada surgia. Seus passos produziam os barulhos. Observou Ive levar os dedos até a boca e dar um assovio alto que correu pelas ruas.

– O que você está fazendo? – perguntou ele.

– Avisando que estamos aqui – disse ela olhando ao redor. – Não encontraremos a casa de Mirtza Sosostriz sem ajuda.

Sem resposta. Caminharam até uma estátua de girafa em tamanho real e sentaram-se aos pés dela. Prozy soltou um longo suspiro e comentou: ter vindo até aqui não vai levar a coisa alguma e vocês sabem que estou certa.

Andrew não respondeu o que ela disse, mas lá dentro de sua cabeça o mesmo pensamento começava a se formar. E se não houvesse mais ninguém na cidade? Como poderia voltar para a casa? A pequena euforia por estar no mundo das fadas sendo trocada por ondas de medo que chegavam cada vez mais fortes à praia. Tentou não dar voz a todos os pensamentos de insegurança que surgiam, falhava tragicamente. Crispou os punhos. Olhou para Ive e notou que ela estreitava os olhos e deixava que um pequeno sorriso se colasse ao canto dos lábios. Sim, pensou Andrew, talvez ela esteja perdendo a razão... Ou talvez nunca tivesse tido.

– Por que você está sorrindo desse jeito? – perguntou.

– Temos companhia.

Andrew prestou atenção e escutou o som de vozes e sininhos tocando cada vez mais próximos. O trio ficou olhando na direção do som e viu silhuetas ganhando forma ao longe. Um grupo de crianças em bicicletas vinha em alta velocidade e fazendo barulho. Contou cinco delas. Não sabia se aquilo era uma coisa boa ou ruim. E se fossem canibais ou coisa parecida? O grupo não levou mais do que dois minutos para se acercar deles e estacionar a alguns metros de distância.

– Fiquem onde estão, coisa estranha e moça bonita – disse o garoto ruivo que parecia ser o líder.

– Só para constar, ele se referiu a você, Andrew – murmurou Prozy.

O jovem olhou com desprezo para a coelha aos seus pés.

Um bando de crianças esfarrapadas e estranhas, todas na faixa dos dez anos de idade. Havia o garoto ruivo com sua jaqueta larga demais para o seu tamanho e óculos de aviador. Um outro de olhar perdido e que carregava livros na cesta da sua bicicleta. Duas garotas – uma loira e outra de cabelos castanhos, sendo a primeira tímida e a segunda de olhar feroz. E um garoto encorpado que apontava um estilingue para o trio.

– Você acha que eles vieram de... lá? – indagou a garotinha loira.

– É o que vou descobrir agora, camarada Nina – disse o líder e logo em seguida ergueu o braço e fez um gesto.

Fique calmo e não faça nada, disse Ive. Andrew fez esforço para obedecer e teve mais dificuldade ao ver dezenas de outras crianças saírem às janelas com arcos e flechas e estilingues apontados. Estiveram observando durante todo o tempo. Murmúrios se espalharam em todos os cantos. Latas sendo batidas e gritos e berros de todos os tipos, mais de duzentas crianças em algazarra. Nós somos as crianças de Hoon, disse o líder ruivo, e nós não gostamos de gente grande.

– Não queremos briga – começou Andrew – estamos apenas procurando uma pessoa. Mirtza Sosostriz, você a conhece?

– Sim, eu conheço a feiticeira... – virando-se então para o garoto dos livros, disse: – Horatio, eu quero que olhe bem para eles e me diga o que são... Hum, grandes, mas não parecem ter vindo do Outro Lado.

Viram o garoto dos livros pegar uma enciclopédia no seu cesto e folhear avidamente pelas páginas até se deter em uma e concentrar-se numa leitura qualquer. Andrew preferiu não comentar que estava de cabeça para baixo. Uma criança pediu a outra que fizesse silêncio até que todo o lugar ficou numa paz tensa enquanto aguardava as palavras do pequeno conselheiro Horatio. A resposta veio numa voz tremida e oscilante:

– Caro líder, Yorick Cabeça-de-Chiclete-Doido, eu pensei muito nisso e só posso afirmar uma coisa... Eles são, hum... kookies.

Houve uma lufada de *ohs* e *ahs* e comentários do tipo "eu sabia desde o início" ou "eu conheci uma pessoa que tinha um desses no porão" se espalharam de um para outro feito vírus. Andrew não sabia se deveria sentir-se embaraçado ou divertido.

– Kookies, meus bons camaradas – continuou o sábio Horatio –, são bichos estranhos, não são gente de verdade como nós, mas nem crescidos feito as coisas que moram do lado de lá. É um problema de má formação no sangue e nos miolos. Eles ficam no meio do caminho, e não sabem se sobem ou descem. Triste.

Ive largou o braço de Andrew e deu um passo adiante, se inclinou até que seus olhos pudessem encontrar os de Yorick, e com a mão estendida, disse:

– Não somos do outro lado. O meu amigo ali é de *outro* lado e eu sou de um terceiro ainda. Leve-nos até Mirtza Sosostriz, iremos embora logo em seguida. Juro por uma barra de chocolate.

As outras crianças continuavam observando cheias de curiosidade. Yorick coçou a cabeça e por fim aceitou a mão da garota, dizendo:

– Esse é um juramento sério, moça do cabelo engraçado. Eu levarei vocês até a bruxa. Se Horatio, o mais inteligente da tribo, disse que vocês não são de lá, está tudo certo. Sigam-me.

As crianças voltaram a berrar e a correr de um lado para o outro. Quando os intrusos deixaram de ser entretenimento, foram se dispersando e formando grupos para se perderem na cidade e continuarem a se comportar de forma malcriada. Era como se fossem incapazes de prestarem atenção por muito tempo numa mesma coisa.

– Obrigado – disse Andrew.

– Sem necessidade de agradecer, irmão-médio. Yorick Cabeça-de-Chiclete-Doido dispensa esse tipo de coisa.

Foram caminhando pelas ruas agora barulhentas. As crianças iam empurrando suas bicicletas e nesse intervalo Andrew descobriu o nome das crianças restantes. Pirrip era o garoto forte e braço direito do líder. Mary, a garota de cabelos castanhos, criara inúmeras máquinas estranhas, como um sistema de alarme feito de cata-ventos. Andrew também ficou sabendo que eles se mantinham através de furtos em cidades vizinhas e nas estradas usadas pelas fadas e pessoas grandes. Ive conversava com Horatio e Prozy era abraçada e apertada por Nina e Mary – que não ligavam muito para as reclamações desta.

– E o que tem do lado de lá? – perguntou quando passavam por uma velha ponte de madeira.

Yorick tinha uma expressão que misturava nojo e raiva. É uma cidade horrível chamada Yoknapatawphaa Jr., disse ele, é lá que vive o povo grande e eles não prestam, são lixeiras que andam. Querem nos ensinar a ler, escrever e a falar apropriadamente.

Andrew, que não conseguia aceitar que ler e escrever e falar corretamente fossem coisas ruins, tentou argumentar em tom apaziguador:

– Aprender ler e escrever não deve ser tão ruim assim, seu amigo Horatio é um bom leitor.

– Horatio é diferente. Você não pode deixar os homens grandes tomarem as coisas que são suas. O respeito e a tal educação que eles oferecem não passam de enrolação. Eles querem que sejamos obedientes e isso, senhor, não é direito. Não dormimos nas horas deles e comemos doces quando temos vontade, entende, irmão-médio? Não queremos expandir nossos traseiros em cadeiras duras para aprender a tal matemática.

Andrew foi seguindo o pequeno líder enquanto observava tudo o que havia ao seu redor. Tomava notas mentais e deixava que o ambiente impregnasse em seus poros. Olhou para Ive que lhe lançou um grande sorriso e mostrou as flores estranhas que nasciam numa árvore qualquer. As crianças faziam guerra com balões d'água e o jovem era obrigado a se desviar. Se alguém perguntasse a um professor ou a uma babá como seria o Inferno na concepção deles, provavelmente a resposta retrataria alguma coisa bem próxima da Cidade de Hoon e suas centenas de crianças hiperativas. Passavam por sobre uma ponte de tijolos amarelos quando uma garotinha chegou e entregou uma maçã a Andrew. Isso significa que ela gosta de você, comentou Yorick Cabeça-de-Chiclete-Doido. Talvez e apenas talvez, nem tudo fosse ruim, pensou Andrew e mordeu a maçã.

Capítulo DEZESSEIS

Eu sou um peixe e meu agosto não tem luzes, tarde demais.

Astrophel via a cidade se movendo trinta andares abaixo. Os pensamentos conflitantes em sua cabeça enquanto o olhar pescava os acontecimentos noturnos de forma distraída. A sacada do moderno apartamento era castigada por ventos frios e ele não se importava muito, apenas segurava o casaco um pouco mais rente ao corpo. Talvez não chovesse aquela noite, pensou, apenas por aquela noite. Passara alguns minutos lendo a previsão do tempo no jornal, mas não se recordava de nada do que vira por lá. Mais de cinco graus, menos de cinco? Dias de sol, não os via há algum tempo. Olhava a cidade aberta, encarava aquela prisão. Lembrou-se do Príncipe Hamlet e de como ele proclamara que se não fossem os maus sonhos que tinha, sentir-se-ia rei de espaços infinitos mesmo que confinado numa casca de noz. Suspirou. Estava dentro da casca e mesmo assim os pesadelos persistiam.

Apertou as mãos na pedra da sacada até que os nós dos dedos ficassem brancos. Vinha se dedicando tanto a encontrar os nomes para salvar Stella e tudo levava a uma montanha de nada. Era difícil afirmar qual profundeza ele não sondara e qual livro não folheara. Consultara os espíritos dos mais sábios da Antiguidade, os elementais em suas florestas, lagos e montanhas. E nem uma pista sobre como encontrar o primeiro nome e salvar a mulher que amava.

– Você precisa descansar.

Estava tão concentrado em seus pensamentos que não vira Stella se aproximar. Enxugou uma lágrima insurgente e virou-se para ela. É uma noite fria, disse ele tirando o casaco e colocando sobre ela, você não deveria vir até aqui desse jeito. Ela não lhe respondeu, apenas ficou ao seu lado na varanda com um sorriso. Permaneceu ali, serena, frágil e envelhecida.

Abraçou-a. Astrophel olhou para o reflexo de seu rosto num dos vidros e foi atingido por uma pontada de remorso. Era por sua causa que ela se encontrava naquela situação, tendo abandonado a imortalidade das fadas do fogo para lhe dar uma vida longa e eternamente jovem. Ele a amava em tempo integral, mas às vezes não gostava dela, afinal, a face de Stella funcionava como um memorial erguido ao seu egoísmo de ter permitido que tudo chegasse tão longe.

– Você se lembra de um verão que passamos com amigos no castelo do Barão das Névoas ... ou foi um inverno, estou um pouco confusa. Foi naquela época em que podíamos ter amigos, você se lembra, meu amado?

Astrophel balançou a cabeça numa negativa e respondeu:

– Lamento, mas eu não me lembro... O tempo é o ladrão da mente. Mas se é você é capaz de se lembrar, quer dizer que vale a pena saber, conte-me o que aconteceu.

Astrophel sentiu um leve estremecimento quando ela segurou-lhe o rosto e com olhos brilhantes, começou a contar a história. Eu não era farta de dias e nem você o era, disse ela, ainda estávamos em um de nossos primeiros invernos juntos, perdoe a minha memória se eu me esquecer de algo. Você e os outros homens saíram para caçar uma raposa na floresta que ficava lá perto. Eu te esperei durante muito tempo e continuei esperando quando a neve começou a cair e todos os outros voltaram, exceto você. Ficamos esperando durante muito tempo, querido, muito tempo. Todos faziam planos sobre sair à sua procura quando a nevasca parasse, mas ela não parava e éramos obrigados a ficar na casa, ouvindo os ventos correndo. Sim, eu me lembro agora, seu cavalo voltou sem você e um dos cavalheiros lhe deu como morto, vítima de algum infeliz acidente. Mas eu não poderia acreditar nisso, seria demais para mim. Depois de enfrentar um mar de oposições, tomei um casaco, ainda pouco acostumada com o frio desse mundo, e saí contra a branquidão. Eu andei e andei até quase perder as esperanças e imaginar se minha família aceitaria uma filha arrependida. Depois de mais algumas horas encontrei você rente a uma árvore, a raposa morta ao seu lado, e os cinco filhotes dela encolhidos ao seu redor. Você havia tirado o seu casaco e improvisado um ninho para elas, querido... Você pedia desculpas por ter-lhes tirado a mãe. Não sorria desse jeito, é a mais pura verdade. Eu te dei o meu casaco e te levei para a casa, o que não foi serviço dos mais fáceis. Você permaneceu desacordado por dias e mesmo assim perguntava pelas raposinhas, meu amor.

Astrophel sorriu e perguntou:

– O que fez com que você se lembrasse disso?

– Eu te observava. Você tinha o mesmo aspecto daquele dia. Hoje é uma bela noite, não é?

– Sim, é – focou a vista ao longe, na enorme torre iluminada que ficava quase no fim da cidade, então suspirou e respondeu: – Eu acho que sei o que fazer para te salvar. Eu juro que tentei pensar em alguma outra coisa, mas não temos mais nenhum recurso se quisermos vencer a filha da Morte.

– O que você está querendo dizer com isso?

Ele viu a expressão da esposa mudar de leve divertimento para tensão silenciosa. Ela o encarava com seus grandes olhos vermelhos e penetrantes. Fez esforço para não desviar o olhar e tentar dizer exatamente o que estava passando por sua mente. Não podia deixar que o medo que sentia transparecesse, não podia permitir que ela soubesse que estava assustado, ou isso poderia deixá-la pior. Tomou as mãos dela e respondeu:

– Estamos perto dos nomes e de salvar sua vida. Sabemos que estão aqui, mas não é o suficiente. Precisamos jogar sujo ou a filha da Morte os encontrará antes de nós. Eu não permitirei isso.

– Você ainda não me falou o que pretende fazer.

Astrophel pressionou os lábios e voltou para a sacada. A possibilidade que estava aventando era perigosa e sabia que talvez pudesse não sair vivo no fim das contas, ou coisa pior. Fale o que está pensando, insistiu Stella mais uma vez. Ele suspirou e respondeu:

– Invocarei Mefistófeles, o demônio. Oferecerei um pacto a ele em troca da localização dos nomes.

Stella entrou na sua frente e segurou-lhe com força.

– Você não pode fazer isso, demônios são vermes traiçoeiros, você não pode se arriscar dessa forma. Eu não abandonei o meu povo apenas para vê-lo estragar sua vida. Astrophel, reconsidere, deve haver outra saída.

– Eu saberia se houvesse. Lamento muito, meu amor... É um momento em que precisamos ser mais ousados. Acredite em mim, venceremos – respondeu, numa voz entrecortada.

Abraçou-a sem permitir que ela soubesse que mentira. Não tinha a mínima certeza de que venceria. Nada. Tinha esperança, mas não poderiam viver disso. Também não contou que mentira sobre a história que ela contara. Lembrava-se de tudo. Ela se esquecera de uma parte importante da narrativa. O momento em que partiu o pescoço de cada um dos filhotes porque não havia mais nada que pudesse fazer por eles. Ainda ouvia o som dos ossos se partindo com um estalo. Abraçou Stella com mais força. E quando nenhuma solução se apresentasse para ela? Fechou os olhos, preferia não pensar nisso. Pequenas raposas uivavam dentro de sua cabeça.

Capítulo DEZESSETE

É uma coisa estranha e eu não sei como explicar isso para você, mesa de borracha.

Andrew apreciava Hoon. O ambiente de novidade e a sensação liberdade, quase inexistente em seu mundo natal, permitiam que alguma coisa nova se movesse dentro dele, uma engrenagem complexa que ali encontrara espaço para girar.

Um dos pequenos capturou o olhar de Andrew, passeava uma tartaruga numa coleira. Gostava das crianças dali. Elas faziam com que se sentisse jovem outra vez e faziam com que pensasse na forma com que sua vida fora conduzida desde que nascera, como se não tivesse tido escolha. Yorick e os outros eram felizes de uma forma simples que ele invejava, simplesmente eram. Não precisavam de nenhuma coisa grande, apenas uns dos outros e de liberdade. Enquanto ele, um bom garoto educado e culto, parecia viver numa gaiola que construíra para si mesmo.

E as coisas pelas quais estava passando para encontrar a chamada felicidade? Teria algum valor? Era real? As coisas são assim, você tem um dia bom e pensa na vida. Embora, parte de seus pensamentos também se voltasse para a filha da morte. Seria o mundo dos mortos parecido com os das fadas?

O jovem caminhava distraidamente e aproveitava o clima, não deixava de observar as obras que se espalhavam pela cidade. As ruas e as árvores. Yorick, Mary, Horatio, Nina e Pirrip correram na frente para disputarem uma pipa que cairia algum ponto bem adiante. Ive e Prozy se aproximaram dele.

– Eu gosto daqui – disse Ive.

– É um bom lugar. Eu adoraria poder sentar em algum canto e escrever minhas histórias– respondeu Andrew. – É tudo tão diferente.

Ao ouvir isso, Prozy riu e falou:

– Esse lugar é um calvário. Dezenas de crianças, centenas... E você não foi apertado e jogado de um lado para o outro, eu fui. Que lindo e maravilhoso, quintessência da felicidade ao contrário.

– Você é deprimente – disse Ive.

– Eu sou irônica.

– Não, você é dramática.

– Uma ironista dramática – respondeu a coelhinha e continuou a caminhar cabisbaixa.

Ouviram os gritos e risos de Yorick acima dos demais, ele havia pego a pipa. O garoto apenas riu daquilo e continuou a caminhar com elas. A garota das mechas verdes fazia alguns comentários leves sobre algumas outras cidades do mundo das fadas, como por exemplo, uma que tinha a forma de cone e era habitada por pessoas do tamanho de moedas. Andrew ouvia a tudo isso com atenção e guardava as informações em sua cabeça.

– Andy... – começou ela a dizer – você nunca falou muito sobre o livro que está escrevendo. Estou curiosa.

Andrew ficou sem reação por um tempo. Nunca conversara sobre *A Violinista de Fevereiro* com ninguém. Nem mesmo Briony sabia muito sobre o assunto do livro, melhor dizendo, não sabia coisa alguma. Olhou para o lado, a garota o encarava com um sorriso e olhos interessados. Ele não se acostumaria tão cedo com a forma com que ela não parecia se importar em invadir seu espaço pessoal. Às vezes seus braços roçavam.

– Humn... Não é nada demais, sério, é só uma história boba.

– Ora, sou eu quem deve julgar isso. Eu gosto de histórias, ouvi todas que alguém pode ouvir durante uma vida inteira e por mais seis meses. Acho que é porque conheci muitos escritores e poetas do outro lado e eles não aguentam ficar de boca fechada. Você ainda vai ver as brigas que Bill Shakespeare e o Sr. Molière travam perto da minha casa. Tem muita gente legal lá.

Estavam passando por uma ponte de madeira vermelha. O rio que corria abaixo era pouco volumoso e seguia feito uma linha em direção ao leste, uma linha cruzando a cidade até se perder de vista por entre escombros.

– Eu não duvido. Os bons autores já estão mortos – respondeu Andrew e fez uma pausa antes de prosseguir – A violinista... É uma história idiota. Uma garota mora num velho castelo cheio de regras e etiquetas, mas seu sonho é ser artista de rua e tocar violino nas cidades grandes, mas está destinada a se casar com Bertolt Böll, o grosseiro príncipe dos duendes, para salvar a família da falência.

– Andy, isso não é uma história ruim de forma alguma. Eu adoraria saber o que acontece com ela. Sou a mais nova leitora de testes que você têm.

O garoto riu ao ouvir interesse genuíno na voz dela. Por algum motivo que nem ele poderia explicar, preferiu não contar que começara a escrever o livro como um presente de aniversário para Briony. Convenceu a si mesmo com o pensamento de que aquilo não seria do interesse dela. Estava feliz de que pela primeira vez em sua vida, alguém se interessou pelo que considerava seu único talento. Sentiu um pequeno arrepio. Uma vontade de erguer a mão e passar na cabeça dela para demonstrar o quanto ficara feliz. As pontas dos dedos se moveram, abrindo e fechando. Mas nada aconteceu, ele suspirou e continuou caminhando.

Horatio acenava para eles do fim de uma avenida repleta de tijolos verdes. Todos os muros e paredes daquela parte da cidade haviam sido decorados por virtuoses do giz de cera, do lápis de cor e da tinta guache. Poucas casas se mostravam uma encostada na outra. Eram tortas e pareciam permanecer em pé apenas pelo mesmo tipo de teimosia que certos idosos têm quando passam dos cem anos de idade.

Andrew se aproximou das crianças.

– É Aqui, irmão-médio – disse Yorick Cabeça-de-Chiclete-Doido.

A moradia se diferenciava de todas as outras. Era uma casa de tijolos turquesa e telhados rosa, as janelas eram enormes e com vitrais coloridos e delicados com uma porta triangular. E também havia mágica. O jardim estava sendo cuidado por anões de jardim cantantes. Um quinteto de vassouras trabalhava na limpeza do passeio enquanto três gatos esfregavam as janelas. Abóboras rimadoras cantavam cirandas aqui e ali pelo gramado. Uma placa dizia: *Não alimente os tomates!*

– Esse lugar é incrível, Mirtza Sosostriz sempre está na última moda – disse Ive.

Andrew sentiu algo bater de leve em sua cabeça e levou a mão até lá. Um pequeno catavento de papel colorido estava aninhado em seus cabelos. Olhou para o alto apenas para ver centenas de centenas dos mesmos voando em todas as direções pelo céu da Cidade de Hoon.

– Isso também é mágica da bruxa? – perguntou Andrew deslumbrado. – Boas vindas?

– Não – respondeu a pequena Mary. – Isso é o meu sistema de alarme avisando que o povo grande está invadindo a cidade para nos prender.

Capítulo DEZOITO

Os horríveis e espantosos feitos e proezas do mui renomado Mendigo, rei de ninguém.

Barulhos. Vindos de longe. Eram como explosões de fogos de artifício. Gritos estridentes cortavam o espaço e o coração de quem ouvia. Cata-ventos iam cobrindo as ruas formando o que se assemelhava a um grande lençol de mil cores estendido sobre uma cama vazia. Vinham empurrados por todos os ventos de todas as direções. O pequeno contingente que estava com Andrew e Ive se entreolhava. Estavam assustados e preocupados com os companheiros que poderiam ter sido pegos. Yorick despachou Nina, Mary e Pirrip para ajudar a resgatar os menores. O líder e Horatio ficariam para pedir a ajuda de Mirtza Sosostriz.

– Não temos tempo a perder – disse o líder ruivo invadindo o jardim. – Temos que conseguir ajuda, eles têm medo da bruxa.

Andrew viu que Ive estava assustada, olhando para os lados enquanto carregava Prozy nos braços e caminhava com seus passos curtos e ligeiros. Teria feito qualquer comentário de simpatia para a garota caso não estivesse trabalhando suas próprias coisas. Olhou para o que acontecia ao redor: As abóboras pararam de cantar, os anões de jardim se tornaram estátuas, as vassouras caíram duras e esticadas ao tempo que os gatos sumiram de vista num átimo de segundo.

– Nós passamos por um monte de gubbinals e quando eu penso que nada pode piorar... Isso! – comentou Andrew. – A vida é muito injusta.

– Você diz isso porque a Morte não é sua mãe – respondeu Ive.

A porta se abriu sozinha e o quinteto entrou na casinha. Era um lugar aconchegante com uma lareira que crepitava ruidosamente. Várias fotos amareladas e artigos de decoração estavam visíveis, almofadas coloridas, livros dos mais diferentes tamanhos e formatos, um toca discos girava um *jazz* que Andrew não reconhecia, móveis de madeira envelhecida completavam o ambiente. E debruçada sobre uma mesa na cozinha, estava a dona do lugar. Mirtza Sosostriz era uma jovem pouco mais velha do que Ive, tinha longos cabelos castanhos, rosto claro e sardento, boca pequena e olhos verdes, suaves. Ela sorriu ao ver que tinha visitas.

– Olá, Ive Princesa do Fim Inevitável, você cresceu bastante e trouxe companhia humana. Olá, Prozy, seja bem vinda. Estou testando uma nova receita de doce de quimera fúcsia. Ou seria de quimera púrpura? Sempre confundo. As pessoas querem coisas novas. Estão cansadas das lasanhas de sempre – as mesmas receitas e formas e fôrmas. Em que posso ajudá-los?

O barulho de revolta crescia do lado de fora e ficava mais próximo. Andrew achou por bem ficar calado e apenas observar enquanto Ive caminhava acompanhada por Yorick e Horatio. Ela trocou um abraço com a bruxa e apoiando-se na parede, começou a explicar.

– Eu e Andy estamos procurando os nomes do gato. Pensei que você pudesse me ajudar com isso, pelos velhos tempos. Como você pode ver, não podemos ficar aqui, por isso eu preciso da sua ajuda agora.

Antes que Mirtza Sosostriz pudesse dizer qualquer coisa, Yorick se adiantou e com a voz recheada de urgência, falou:

– E as crianças precisam da sua ajuda, nós sabemos que o Povo de Lá tem medo de você. Se não fizer nada, todas as crianças serão obrigadas a ler, escrever e falar apropriadamente.

– Isso seria o fim de tudo – acrescentou Horatio entrelaçando os dedos como se estivesse rezando.

Andrew viu a mulher rabiscar uma e outra coisa no livro de receitas. Ela coçava a cabeça e arrancava fios de cabelo distraidamente. Todos aguardaram até que ela olhasse para os dois pequenos e dissesse:

– Traga todas as crianças para a minha rua, os adultos não têm coragem de me enfrentar. Yorick Cabeça-de-Chiclete-Doido, eu preciso que você fique e leve os meus visitantes até a saída da cidade quando terminarmos de conversar.

Andrew notou que o garoto não estava contente em ter de ficar ali enquanto seus amigos estavam em perigo, mas sabia que dependia da ajuda da bruxa e por isso apenas fez um sinal para que Horatio fosse correndo avisar as outras pessoas sobre o combinado.

O garoto leitor lançou um último olhar de soslaio aos presentes e saiu correndo em disparada pelas ruas cobertas de cataventos.

– Você vai nos ajudar? – perguntou Andrew.

– Ora, é claro que sim – respondeu Mirtza Sosostriz. – Que tipo de bruxa eu seria se não o fizesse. E acima de tudo, Ive é uma amiga que eu odiaria desapontar. Os nomes do gato. Isso não é uma coisa com a qual deveria se meter. Sua mãe seria a primeira pessoa a desaprovar esse tipo de coisa e sua irmã... Bem, você conhece Rayla melhor do que eu.

– Aleluia! – murmurou Prozy. – Alguém que tem o mesmo bom senso que eu.

– Minha mãe não imagina que nada disso está acontecendo. E minha irmã é a última pessoa em qualquer universo que pode desconfiar disso.

– Você tem tanto medo da sua irmã? – perguntou Andrew com assombro.

Foi Prozy quem respondeu:

– Rayla já condenou uma alma ao Inferno apenas porque o passaporte de assombração havia expirado um dia antes. Acredite em mim, moleque, ela faria a mesma coisa com a gente antes que você pudesse dizer *tédio*.

Andrew então se deu conta do tanto que ainda precisava aprender sobre Ive e mais ainda, sobre o que havia relacionado ao lugar de onde viera. Nunca fora obrigado a pensar tanto na pós-vida como vinha fazendo nos últimos tempos. Andrew, que sempre tivera tanto medo da morte que não teria coragem de entrar em um avião, mesmo que estatisticamente seja o meio de transporte mais seguro.

Mirtza Sosostriz convidou todos a se sentarem à mesa, onde ofereceu chá e um cesto cheio de madalenas. Andrew pegou uma delas e molhou no chá antes de comer. Yorick deu uma fungada irritada, foi até a janela e encostou a cabeça no vidro, estava inquieto e calado desde que seu amigo saíra.

– Bem, vocês vieram até aqui por causa do primeiro nome, acho que posso ajudar vocês. – Mirtza então olhou para Andrew e continuou: – o primeiro nome é o mais fácil. É um nome cotidiano e sensível. Fica escondido num cemitério.

– Dresbel tem mais de cinco cemitérios, como saberemos em qual deles vai estar? – perguntou Andrew exasperado.

A bruxa fechou o seu livro de receitas e respondeu:

– Não sei muito mais do que isso. O gato é um brincalhão, ele se diverte em ver as pessoas à procura dos nomes dele.

– Como você sabe de tudo isso?

Mirtza Sosostriz deu uma risada e ficando bem próxima dele, respondeu:

– Porque eu sou a única pessoa a ter reunido os nomes. Façam como eu digo e caso encontrem o primeiro, existe alguém que pode ajudá-los: Obie, o livreiro do Mercado Central. Ele era amigo do gato até que se desentenderam por causa de uma briga de bar.

Andrew viu Ive sorrir e falar:

– Fico muito feliz de poder contar com a sua ajuda, Mirtza. Eu gostaria de poder ficar mais um pouco e experimentar seu doce de quimera fúcsia, mas hoje não parece ser um bom dia para visitas. Prometo voltar com mais tempo da próxima vez.

– Você virá sozinha – disparou Prozy.

– Tempos loucos, realmente, loucos – disse a bruxa. – Yorick levará vocês até a Fonte do Pêssego. Basta pular na água e gritar o nome do lugar onde vocês querem estar e ela os levará até lá. Obrigada pela visita e fico feliz em poder ajudar.

Andrew estendia a mão para pegar mais uma madalena quando Mirtza franziu o cenho e pegou sua mão no ar. O garoto fez um gesto para fugir ao toque, mas o aperto dela era forte. Olhou para Ive em busca de algum auxílio, a garota apenas sorriu. A bruxa examinava a palma de sua mão meticulosamente, como se estivesse fascinada.

– Você tem linhas interessantes. Cuidado com o período de escândalo e sedução que se aproximam de você. Tenha paciência e aceite as mudanças que estão acontecendo – disse ela. – A parte ruim disso é que a sua linha do amor é catastrófica. Lamento te informar, a pessoa que você ama irá te desapontar e te destruir.

Andrew ficou sem reação. Levou um tempo para que as palavras começassem a reverberar dentro da mente. Elas iam se impregnando como perfume numa roupa, aos poucos. Respirou fundo e olhou para o teto. Estava sentado no ponto em que a respiração troca de lugar com suspiros curtos.

Estaria ela dizendo a verdade? Uma pessoa qualquer poderia sentir-se seduzida a acreditar naquilo, mas ele não era esse tipo de pessoa, afinal, era, sim, um garoto culto e moderno, sem tempo para superstições. Pessoas atrasadas acreditam em quiromancia, pensou ele. Contudo, Ive estava ali ao seu lado e ele estava no mundo das fadas. E se fosse verdade? E se Briony servisse apenas para desapontá-lo.

– Os primeiros camaradas estão chegando! – gritou Yorick – Vamos, irmão-médio e moça do cabelo estranho, vamos agora, tenho que leva-los e voltar para ajudar.

Andrew não sabia o que fazer. Era uma maré ascendente dentro do peito. Uma semidepressão, um passeio pelos subúrbios dos batimentos cardíacos. Como se cada pensamento traísse e condenasse. Queria poder chorar, mas tinha consciência de que nenhuma lágrima viria, estava seco. Eu já devia estar acostumado, pensou, eu não sei ganhar ou ser feliz. Eu sei perder e ser derrotado. Olhou para o chá que esfriava e para as madalenas no cesto. As memórias acertaram com a força de uma divisão *panzer*. Ficou ouvindo a si próprio durante um momento. A tristeza musical que as pessoas escutam quando o coração delas se parte e o era uma vez se torna apenas *era*. Música de câmara cheia de ambiências, ruídos, camadas e elementos. Lento desfazer. Cada imagem fraturada, evaporando. Cada sorriso, cheiro, som e sensação tátil. As recordações eram venenosas. Pensou em livros. As palavras escritas lhe forneciam imagens para ilustrar seus sentimentos. "Homem Invisível" de Ralph Ellison lhe veio à mente, uma cena em particular que lhe assombrara durante anos. Um jovem que após lutar boxe vendado é obrigado a pegar moedas espalhadas por um tapete eletrificado. A felicidade cumpria o papel de tapete na vida de Andrew: podia ver as moedas, mas caso ousasse toca-las, seria fulminado por 2300 volts de pura decepção.

Ive se levantou e colocando a mão em seu ombro, disse:

– Precisamos ir, Andy. Mesmo que isso esteja nas suas linhas, nada é absolutamente certo. E pense assim: talvez isso fosse realmente acontecer, mas agora eu estou ajudando você e sou bem teimosa.

Andrew retribuiu com um sorriso torto e se despediu de Mirtza Sosostriz sem dizer muitas palavras. Não estava com humor para nenhuma observação de etiqueta. Queria estar em casa, posição fetal debaixo de um cobertor, fones no ouvido e música alta. O grupo começou a caminhar em silêncio. Ive afagou seus cabelos e lançou um sorriso de suporte.

Era hora de partir. E ninguém estava inclinado a se incomodar com isso.

Capítulo DEZENOVE

Eu prefiro ficar sozinho. Em qualquer lugar e com você. Eu não estou pronto para começar.

Astrophel mordeu o dorso da mão. Segurou o soluço que subia de dentro. O banheiro estava frio. Controlou o medo que ameaçava tomar conta de si. Lavou o rosto e tentou se controlar. Podia ouvir Stella ajeitando a mesa e os vidros do lado de fora. Sabia o que e como devia ser feito, mas o seu coração não estava firme, confiante – estava alojado no medo. A morte é a única certeza, pensou, não fique assustado, mas preparado. Respirou fundo e saiu do banheiro.

Seus passos eram pesados. Poderia voltar atrás?

A sala do apartamento estava mergulhada numa semi-escuridão e Stella colocava os castiçais em seus devidos lugares. Fingiu não notar o medo e reprovação no olhar dela, já era suficiente ter que lidar com seus próprios anjos e bestas interiores. Abriu o cofre que ficava atrás de uma pintura com a qual Caravaggio presenteara o casal.

– Você tem certeza de que é a única saída? – perguntou Stella.

Tinha certeza? Não. Nunca houvera certeza nenhuma em nada do que se propusera a fazer. Daria certo ou daria errado. Uma breve questão de sorte ou azar. Surpreendeu-se ao conseguir responder friamente:

– O único caminho, meu amor. E se para salvar você for preciso vender minha alma, que seja! Aos Infernos com isso.

– Você será condenado e ficará *lá* até o fim dos tempos.

Astrophel riu:

– Sim, quando eu morrer. Assim sendo, não morrerei nunca e nem você irá.

Tirou um enorme livro do interior do cofre e deixou que os dedos deslizassem sobre a capa de madeira e couro. As páginas de velino cheiravam a setecentos e oitenta anos de segredos. Havia roubado o volume de um frade que fora emparedado vivo num mosteiro na Boêmia. Um miserável que quebrara seus votos monásticos e que em uma noite, com o auxílio de um demônio, escreveu o livro que continha todo o conhecimento negro da humanidade.

Sentiu Stella tocar o seu cabelo, beijou os lábios dela e tentou confortá-la com um abraço, a comunicação silenciosa que haviam desenvolvido com o passar dos anos. Tudo ficará bem, dizia o aperto dos braços. Era o que queriam acreditar. Astrophel sentia-se cansado. E se isso não desse certo? Estaria disposto a arriscar sua alma apenas pela possibilidade de salvar Stella? Havia um nicho em seu coração pelo qual um pensamento se esgueirava: Tudo seria devastado no fim.

– Hora de começar – disse Astrophel se desvencilhando do abraço ao mesmo tempo em que usava uma pequena magia para acender as velas e a lareira.

Passou as páginas até encontrar aquela que procurava e se deteve enquanto buscava a coragem necessária para recitar as palavras de invocação. Palavras do mundo espiritual que pessoas comuns vislumbravam apenas em transes e delírios. Seus lábios tremeram quando começou a pronunciar lentamente cada sílaba:

Rhumn talaballa kanta shurianta lahia,
Bathury kori barithala shumann doremi,
Allenthui nacai kalantaras orikanti-bandias.

A entoação demorou ainda mais uma hora entre gestos invocatórios e riscos traçados no ar. Stella o auxiliava trazendo os ingredientes necessários ao ritual. Era uma tarefa extenuante que fazia com que um torpor fosse subindo da ponta dos dedos até a cabeça. O suor fazia com que sua camisa ficasse colada as costas como uma segunda pele. Colocou seu foco de volta no que estava fazendo.

Astrophel sentia o ambiente se tornar mais frio, imaginava se era verdade ou apenas seu corpo exausto. Não era cansaço. A temperatura havia caído o suficiente para embaçar todos os vidros e criar uma cortina de neblina dentro da sala. Afastou-se do livro e foi se colocar ao lado de Stella, que tremia e usava uma cadeira como apoio.

Ele sabia que o demônio se aproximava. As chamas da lareira crepitavam e mudavam de tamanho, ganhando formas assustadoras. Cheiro de enxofre dominou. Estava dando certo. O mal estar provocado pela presença demoníaca estava impingido em cada centímetro. Não demorou muito para que uma voz sibilante e pausada surgisse do fogo.

– Astrophel, Bruxo da Terra Velha – disse a voz. – Por acaso não sabe que não se deve perturbar aquele que moram no Inferno?

– Eu não perturbaria se não precisasse de algo. Mefistófeles, meu caro, sua presença não é tão agradável quanto você imagina e definitivamente gostaria de me ocupar com coisa melhor.

– Como pode querer um favor meu quando me dispensa tão enorme grosseria?

– Eu te trato como convêm tratar um demônio. E, além disso, não vim até aqui para suplicar um favor ou trocar amenidades, mas para estreitar laços comerciais.

Houve silêncio da parte da criatura, Astrophel sabia que ela estava apenas fingindo estar em dúvida. Mefistófeles era um negociador que se divertia em negociar favores com humanos desde que saísse com a alma deles no final. O demônio responsável por seduzir e corromper pessoas e – o mais importante – detentor dos segredos do mundo humano.

– O que você busca, Bruxo da Terra Velha? – indagou a voz que vinha do fogo. – E o que você me oferece em troca?

– Astrophel... Não – murmurou Stella.

– Eu busco os nomes do gato e te darei um desejo em troca. Ajude-me a encontrar os nomes e compartilharei o grande prêmio com você. Ou será que aquele que atende todas as vontades não tem desejo próprio? Eu posso te ajudar. Quer dominar o Inferno? Eu te darei isso. O sangue de mil milhões? Estará ao alcance.

– O que você me pede é perigoso, feiticeiro. E estarei dependendo do seu sucesso para receber o meu pagamento. O que eu tenho a ganhar?

– Você sairá ganhando em qualquer situação. Eu te darei a minha alma caso não consiga obter todos os nomes. Meu espírito pelo resto da eternidade e mais seis meses. Acho que é uma boa oferta.

Ficou imóvel, sem desviar os olhos das chamas. Lembrou-se de uma conversa recente que tivera com Stella na qual ela lhe dissera que o universo conspirava para punir aqueles que lutam contra o destino. Uma opinião com a qual os gregos concordavam, disse para si mesmo. Tenho medo de que assim seja, pensou ele e voltou a se concentrar no que acontecia. Segurou as mãos nervosas dela.

– De fato – respondeu a voz sibilante. – É um bom acordo e uma boa meta para se perseguir. Eu te darei a localização do primeiro nome e localizarei os restantes. Você cumprirá a sua parte. O primeiro deles está cravado nos dentes da afogada. Numa terra sagrada, proibida para moradores do mundo inferior.

Astrophel entendeu exatamente ao que o demônio se referia e com um sorriso, respondeu:

– Fico feliz que tenhamos um acordo, Mefistófeles. Acho que não temos mais o que conversar aqui. Até o próximo encontro e saia por onde entrou.

– Nos veremos em breve. De hoje em diante você tem uma dívida comigo.

O fogo foi diminuindo de tamanho e brilhava em cores diversas a cada movimento. O feiticeiro acompanhou até que somente restassem brasas avermelhadas na lareira. O ambiente foi se aquecendo lentamente. O casal estava sozinho. Astrophel pensava: demônio, você não sairá com nada.

Stella segurou-o pela mão, trazendo-o para junto de si. Tremia. Astrophel apertou-a em seus braços e acariciou seus cabelos prateados. Até então ela se mantivera forte, a confiança de que conseguiriam escapar ilesos enchiam-na de força. Mas e agora que via o caminho mais sinuoso que nunca? É possível conter lágrimas quando ainda há uma réstia de luz, uma porta aberta. Mas ao que poderia se apegar quando já haviam tomado a mais desesperada das medidas?

Astrophel permitiu que ela chorasse e não disse nada. O que havia para ser dito?

Capítulo VINTE

Sim, eu peguei o que era seu, você estava usando errado.

Crianças corriam pela avenida e se aglomeravam na rua de Mirtza Sosostriz. Andrew reconheceu os rostos de algumas delas como estando presentes na praça anteriormente. Também podia avistar outras que vinham ao longe. Gritos e choros podiam ser ouvidos enquanto os mais velhos tentavam acalmar os mais jovens da forma como podiam. Andrew viu Yorick Cabeça-de-Chiclete-Doido conversando com Pirrip e Nina, estava desgostoso em ter que sair dali para levá-los até o ponto indicado pela bruxa.

– Precisamos ir agora! – gritou o garoto ruivo.

– Aí está uma coisa com a qual eu concordo – disse Prozy.

Pediu para que o garoto indicasse o caminho e puxou Ive para perto de si. Mais e mais crianças chegavam com os rostos sujos e joelhos machucados, vinham caindo e se atropelando. Uma sirene tocava e uma voz escapava de um alto falante em algum lugar, mas longe demais para entender o que dizia.

Andrew tinha um mau pressentimento enfiado na garganta. Despediu-se de Horatio e das outras crianças e segurou a mão de Ive. Não fique com medo, Andy, vai dar tudo certo, murmurou ela em resposta. As crianças desejaram boa sorte e pediram para que fizessem uma nova visita numa ocasião melhor. Andrew tinha certeza de que essa era a última coisa que queria fazer na vida. Viu Yorick ajeitar seus óculos de aviador e gritar para que corressem. Estavam prontos para começar.

Havia um aperto em seu coração, um suor frio que escorria pelas costas e a sensação de que alguma coisa não estava certa. O sentimento de que seu universo interior estava fora dos eixos.

Andrew pensou por um momento que suas pernas não fossem obedecer, mas elas deram um passo após o outro e dessa forma o pequeno grupo foi deslizando por entre a multidão que vinha no sentido inverso. Dezenas de cataventos no chão iam sendo quebrados. Os prédios iam passando ao seu lado sem que o jovem registrasse nenhum deles com o olhar. Passavam por uma rua deserta e escura, sons mais altos.

– Eu te compenso por isso quando chegarmos a Dresbel, Andy – disse Ive. – Um pote de sorvete por minha conta.

– Se chegarmos – respondeu Prozy, que corria aos pés de sua dona.

A cidade sem crianças era uma visão estranha. Hoon era um mausoléu e cada esquina parecia lamentar isso. A corrida por entre becos e ruelas não ajudava a amainar essa impressão. Detiveram-se numa bifurcação e avistaram a praça mencionada por Mirtza. Ela juntava as avenidas principais da cidade e no centro estava a fonte que os levaria para casa. Silêncio. Esculturas e velhos cafés abandonados dividiam a vista. Yorick colocou a cabeça num canto, olhou para os dois lados e, com um pequeno sorriso, disse:

– Eu prometi a bruxa que levaria vocês até lá, acho que vou conseguir sem problemas. Sinceramente, quando tudo isso acabar, vou pedir a Mary que crie novas invenções para manter o povo grande longe daqui... E também vou preparar uma grande festa para celebrar a vitória de hoje.

Andrew observou sua amiga afagar a cabeça do menino antes que começassem a andar em direção a fonte. Uma pequena emoção crescia dentro dele, estava quase voltando para casa. Começaram a rumar para a praça. Ao olhar para o lado, viu a expressão de alívio surgir no rosto de Yorick. Ive era outra que parecia estar menos tensa, embora às vezes fosse difícil perceber o que ela sentia ou pensava.

– Hora de nos despedir uns dos outros – disse a filha da Morte. – Espero poder voltar aqui e experimentar aquela receita de Mirtza, o doce de quimera...

Ive não teve tempo de terminar o que estava dizendo, pois a praça começou a ser invadida por adultos em todas as direções, vinham em grandes jipes, triciclos ou a pé. Seus rostos eram pintados de branco e preto, usavam nariz de palhaço, vestiam ternos pretos e idênticos chapéus. Riam e causavam destruição na praça, quebrando vidros e pichando estátuas. Um grupo de quatro homens e uma garota grávida carregava uma mulher gorda num caixão, a velha berrava impropérios e maldições. Aquela é a Addie Peixe-Morto, disse Yorick cheio de medo, é a matriarca deles.

Andrew sentiu seu estômago dançar. Estavam cercados por todos os lados e o cerco ia se fechando cada vez mais. Os adultos gritavam e gargalhavam para o pequeno grupo. O caixão da velha foi posto no chão e ela se colocou de pé, olhando para o grupo, gritou:

– O meu pai já havia me dito que eu deveria estar preparada, oh, eu estou, estou, estou. Yorick, o destino finalmente colocou você no meu caminho para que possa ser educado convenientemente.

– Eu nunca irei para sua cidade nojenta! – respondeu Yorick.

A multidão riu da bravata infantil. Andrew viu que não seria possível atravessar toda aquela multidão e chegar até a ponte. Olhou para Ive em busca de ajuda, a garota tinha o rosto tenso e olhava em todas as direções à procura de uma saída.

– Andy, eu preciso que você corra quando eu mandar, leve Prozy – disse ela. – Vou tentar criar bastante confusão aqui.

O jovem pegou a coelha em seus braços e segurou a mão de Yorick. Olhou para a fonte e torceu para que nada desse errado. Lutava contra as lágrimas presas no canto dos olhos. Observou Ive fazer alguns movimentos com as mãos, uma mistura entre dança e alguma arte marcial. Era a primeira vez que Andrew via a garota demonstrar tanto prazer em alguma coisa. Seus olhos pareciam maiores e brilhantes, seu sorriso era ameaçador.

– Corra! – gritou Ive.

Andrew obedeceu imediatamente e tudo foi imerso em caos. Vidros que explodiam e o som precipitado de gente que ia ao chão como pinos de boliche. O jovem assistia a tudo como que num sonho, tentando se refazer do pânico que invadia seu espírito. De repente, viu perto de si uma claridade, enormes labaredas verdes acertavam os adultos assustados. Ive causava uma destruição sem precedentes e algumas pessoas eram queimadas até as cinzas. Um festival de destruição. Então esse é o poder da Princesa do Fim Inevitável, pensou um Andrew assustado.

Iam empurrando e chutando quem estivesse na frente. Addie Peixe-Morto exigia que alguém detivesse a garota e que capturasse o garoto ruivo a qualquer custo. Andrew soube o que era desferir um soco quando alguém segurou seu braço.

Havia uma adrenalina subindo pelo seu corpo, uma única palavra vibrava na freqüência baixa de sua mente: *casa*.

A fonte não estava longe, iriam conseguir. Estava na metade do caminho quando algo chamou sua atenção, não havia mais nenhum adulto gritando em dor e nenhuma chama verde pelo ar. Virou a cabeça e entendeu o motivo: Alguém acertara uma pedra na cabeça de Ive, que estava ajoelhada e segurada por dois homens fortes.

Andrew, Yorick e Prozy ficaram estacionados, sem nenhuma alternativa. Addie Peixe-Morto ria e batia palmas.

– Eu não preciso de vocês, coisas médias que não são nós nem eles – dizia a mulher. – Eu só quero o ruivo. Eu fico com ele e o caminho estará livre, caso contrário, o seu intestino verá a luz do sol. Não é muita coisa.

Yorick segurou forte em sua mão e implorou cheio de água nos olhos:

– Não deixe ela me levar, irmão-médio, não deixe. Ela quer me educar. Ela quer me educar, por favor, não deixe ela me levar, por favor.

Olhou para Ive e sentiu uma urgência em querer ajudá-la, sua amiga estava sangrando e não podia fazer nada. Andrew tinha a impressão de que havia acordado de um pesadelo apenas para descobrir que estava em outro. Não queria saber o que motivava uma briga tão grande entre aquelas duas cidades. Deixou que seus olhos repousassem sobre Yorick. Ele era um bom garoto que havia se arriscado para que chegassem até ali, não poderia simplesmente entregá-lo. Pôs a mão sobre o ombro dele.

– Por favor, não deixe ela me levar.

Pôde ver que Ive tentava se debater para usar alguma magia, mas era brutalmente impedida. Não sabia qual deveria ser sua conduta. Salve o garoto. A ordem era repetida vezes seguidas por sua razão. Ouvia as pessoas rindo de sua indecisão. Lembrou-se do porque estava ali, naquela situação.

– Ajude-me, irmão-médio.

Náusea. Começava a pensar em coisas que não devia pensar. Aferrava-se ao pensamento de que estava numa luta maior. Talvez um pouco de educação não fizesse tão mal assim ao garoto. Sempre estudara com afinco na escola e se tornara uma pessoa melhor por causa disso, pensou Andrew.

– Ajude-me, por favor.

Por algum motivo qualquer, lembrou-se da Segunda Guerra Mundial. Cerca de trinta e sete mil pessoas haviam morrido na Batalha da Normandia, contudo, essas baixas pavimentaram o caminho para que os Aliados vencessem a guerra. E Andrew estava numa guerra. Era um garoto em busca da felicidade e no caminho para ficar com seu amor. Sempre fora uma boa pessoa, agora, precisava fazer o que era bom para si.

Respirou fundo e antes que pudesse perder a coragem, segurou Yorick pelo colarinho da jaqueta.

– Eu vou entregá-lo a você, mas deixe que a minha amiga venha até aqui – disse Andrew.

– Não faça isso, moleque! – gritou Prozy.

Houve barulho e festa da parte dos habitantes de Yoknapatawphaa Jr. Eles gritaram e bateram palmas. Andrew cerrou os olhos. Sentia Yorick tentando se soltar, gritando e chorando. O jovem estreitou seus pensamentos para que ignorasse aquilo. Uma perda de sensibilidade consciente. Não queria pensar no que estava fazendo. Queria sentir-se como um operário que recebe a ordem de trocar o motor de um carro.

– Você fez a escolha certa – disse Addie Peixe-Morto. – Deixem que a garota ande!

Andrew segurou o colarinho do garoto com mais força, com toda a energia que tinha dentro de si. Saliva escapava por entre seus lábios por causa do esforço. Fixou seus olhos adiante enquanto Ive era erguida do chão e amparada por um dos homens. Ela se locomovia com dificuldade. Qual era a expressão que ela tinha no rosto? Desgosto pela sua atitude? Ou seria apenas dor? Não sabia. Um momento longo que proporcionava o conforto de gás mostarda. Ela caminhava num passo lento, e parava, fazia um esforço e continuava.

Quando ela estava perto o suficiente, o homem que a amparava, disse:

– Parabéns pela sua atitude, têm o coração de um dos nossos.

Andrew não respondeu nada, apenas tomou a mão da garota e deixou que o homem pegasse Yorick e enfiasse num enorme saco preto que tinha nas costas. Podia escutar cada grito da criança. Queria que o garoto xingasse, amaldiçoasse e falasse os palavrões mais terríveis, mas Yorick Cabeça-de-Chiclete-Doido não fez nada disso, apenas implorou para que o irmão-médio o salvasse.

– Você fez o que precisava fazer – disse Ive. – Vamos, temos que ır para casa.

O jovem não respondeu coisa alguma. Optou por um silêncio ferido. Foi seguindo o espaço aberto pelos adultos que lhe davam tapinhas nas costas. A fonte estava logo ali, com suas águas que o levariam de volta para casa. Cansaço. Uma prisão na Sibéria não seria pior do que os pensamentos que tinha. Tentou pegar Prozy, mas a coelha se afastou do seu toque. Não estava correndo atrás do seu sonho? Então por que aquele mal- estar?

Deixou que a filha da Morte liderasse o caminho. Em breve estaria fora daquele mundo. Sua única especulação era se aquele mundo sairia dele.

Capítulo VINTE E UM

Diretamente de Dresbel, a maior ameaça à sociedade desde o cubo de gelo.

A noite de sexta-feira era fria e disposta a manter pessoas longe das ruas, mas essa opção não passava pela cabeça de Amber Webley. Era uma noite de guerra. Ela saiu pela porta da frente às dez da noite, passos leves e olhando para os cantos. Jonas a esperava do outro lado da rua, parecia estar com medo da própria respiração. Conferiu mais uma vez se seu pai ou irmão não haviam acordado com o barulho. Tudo em paz. Ajeitou o agasalho e colocou o capuz sobre a cabeça. Seu amigo se juntou a ela e juntos começaram a descer a rua que levava em direção a área central da cidade. Ia murmurando alguns versos de *Ghostface Killah* e improvisando outros para se aquecer mentalmente.

– Amby, a minha mãe vai me matar quando ela descobrir.

A garota riu e respondeu:

– Não seja tão medroso, cara. Vamos estar de volta antes que qualquer um perceba que saímos da cama. Jo, eu tenho que derrotar Lil Darryl e cada um que aparecer na frente. Eu só vou ganhar credibilidade de rua se fizer isso.

– Eu ouvi dizer que a coisa fica bem pesada por lá. Você está preparada, Amby?

– Sempre pronta, Jonas. Vai ser um massacre quando eu terminar, eu vou levar drama pra eles.

– É bom ver que você está confiante. Vai precisar disso quando estiver lá em cima.

O duelo de MCs havia ocupado espaço na mente de Amber durante cada minuto dos últimos dias. Ela sabia que não chegaria a lugar algum se ficasse apenas no porão da casa de Jonas, o respeito nasce das vitórias em batalhas. Estava preparada para os ataques que receberia, usariam o fato de que era uma garota branca e de que estava tentando entrar no jogo. Vencer é a única opção, pensou, eles não querem me ver no topo, mas vou fazer cada um deles se ajoelhar e beijar minha mão. Tinha essa fome de provar que não era uma fraude. Provar que todos estavam errados.

– Vamos nessa, Jonas.

Iam tomando as ruas mais movimentadas da cidade. O centro de Dresbel estava sempre apinhando de carros e pessoas a procura de atividades para o fim de semana. As avenidas eram barulhentas e os dois jovens evitavam tomar ruas ermas. Os telões de propagandas brilhavam. Anúncios de automóveis, cosméticos e tênis esportivos. Amber ergueu o olhar e durante um momento deixou que este se detivesse ao longe, sobre a iluminada Torre de Dresbel. Continuaram a caminhada. Após quarenta minutos, começaram a notar alguns jovens que aparentemente se dirigiam ao mesmo destino, eram garotos que brincavam de improvisar rimas e que riam alto.

Quase lá.

Já havia participado de inúmeros duelos em sua cabeça e improvisado rimas na pista de skate com seus amigos, mas o sentimento era diferente ali. Era a coisa de verdade, como ter um buldogue na coleira e estar a poucos instantes de soltá-lo em cima de um desafeto.

Amber socou o braço do amigo com excitação. Já começavam a ouvir o som de música, um *sample* de "The Message" do *Grandmaster Flash*. Os duelos eram realizados debaixo do viaduto Santa Balbina – um dos marcos da cidade, uma enorme construção em concreto armado que servia para unir o centro ao bairro West Coast. O lugar era sujo, coberto de grafites nas paredes. Alguns policiais faziam a vigilância andando de um lado para o outro. A dupla foi se aproximando até ver uma grande movimentação perto do palco. Havia um círculo desenhado no chão e jovens se revezavam numa batalha de dança. A dupla ficou ali durante um tempo, assistindo a animação que pairava. Todos riram quando um mendigo entrou na roda e tentou improvisar alguns movimentos do *street dance*. Um número maior de curiosos ia chegando.

Aquele lugar era um ringue lhe chamando para ser Muhammad Ali, acertá-los como Mike Tyson. Pensou em todas as coisas que lhe irritavam. As meninas da escola que lhe incomodavam por não ser como elas, as pessoas que faziam piadinhas porque era uma garota no hip hop, a irmã ruim. Deixou todos aqueles pensamentos serem inalados, sabia que é impossível fazer rap se não há raiva passando nas veias. Mas ela tinha sua *Glock 9mm* carregada com munição de palavras na câmara. Era a chance de fazer como Roxanne Shanté, mostrar que nenhum menino estava no nível dela.

Jonas puxou a manga de sua blusa e apontou para o outro lado do viaduto. Um velho *Hummer H2* prateado cantou pneus ao estacionar. A gangue do HOL-K desceu como um exército e foi passando por entre as pessoas que abriam caminho, todos vestiam jaquetas amarelas com o nome de cada um estampado. Amber sabia que até aquele momento a credibilidade de rua estava com eles, mas isso estava para mudar. Eu não vou perder, pensou ela, eu não vou perder. O olhar de Amber se cruzou com o de Lil Darryl-D, que apenas sorriu com o canto da boca e mostrou o dedo médio para ela. Ela respondeu com o mesmo gesto. A tensão estava instalada e isso era bom.

– Amber, você não acha melhor apenas assistir ao duelo hoje e participar outro dia? – perguntou Jonas ao ver os possíveis adversários dela. – Dessa forma você poderá ver o estilo de Lil Darryl antes de duelar.

– Eu não preciso disso. Ele vai ser apenas um cara com uma faca em um tiroteio.

A música ia sumindo enquanto os participantes da roda de dança saíam. Toda aquela parte ia sendo invadida por pessoas ansiosas pelo duelo. O palco foi iluminado e lá estava o DJ, um homem oriental gordo e Maurice, o dono da loja de discos – servindo de apresentador aquela noite. Um *hype man*[iv] também surgiu no palco e pediu para que todos fizessem barulho. Era um garoto de uns dezoito anos que corria de um lado para o outro e fazia alguns refrões de pergunta e resposta enquanto as coisas eram preparadas.

– Está na hora, Amby. Boa sorte, vou torcer por você aqui. Não deixe Lil Darryl te assustar. Eu ouvi dizer que o *flow* dele é lento e que ele coloca humor nas linhas dele, é assim que ele costuma atrair o povo.

Dane-se Lil Darryl!, pensou Amber, eu sou a melhor MC. Sentiu um frio no estômago. Ficou repetindo seus pensamentos feito um mantra. O mais importante era manter sua cabeça em ordem e não deixar que nenhum pensamento de medo entrasse, ou poderia acabar gaguejando ou não conseguindo rimar e isso seria o fim. Olhou para o garoto do HOL-K e se concentrou em uma ideia: iria derrotá-lo.

– E ai, família! – gritou Maurice, sua voz amplificada pelas caixas de som. – Todo mundo fechando aqui com o Duelo de MCs de Dresbel?!

[iv] No mundo do rap e hip hop, é a figura responsável por aumentar a excitação da plateia com suas intervenções. Pode ou não ter aspecto humorístico.

Quero todo mundo que vai participar aqui no palco e colocando o nomezinho na lista do Dr. Seung-Hwa, nosso DJ da firmeza.

Amber trocou um aperto de mãos com Jonas e sem dizer nada foi em direção ao palco. Algumas pessoas apontaram e fizeram comentários quando ela subiu, a única garota no meio de doze. Ela fechou os punhos e respirou fundo. Limpou o suor que começava a escorrer pela face. Imaginou se estaria começando a sentir medo quando menos deveria. Um garoto esbarrou nela de propósito ao passar. Volta pra casa, branquela, comentou o outro pouco atrás. Amber tentou não dar atenção, sabia que Tupac ou Missy Elliot ou Nas nunca seriam intimidados por coisas inferiores. Escreveu seu nome num pedaço de papel e colocou na caixa de papelão ao lado do DJ. Após todos terem feito a mesma coisa, Maurice voltou ao palco e gritou:

– To vendo que a coisa vai ser da boa! Uma MC no duelo, galera, pode rolar de tudo aqui. Será que hoje é o dia em que Lil "Prodígio" Darryl-D, vai perder o trono? Então vai lá, Dr. Seung-Hwa, organiza a bagunça.

O DJ fez um *scratch* quando Maurice acabou de falar e começou a tirar os pedaços de papel e fechar as chaves do duelo. Não demorou muito, mas para Amber foi como se a eternidade inteira estivesse acontecendo enquanto os nomes eram retirados e escritos num quadro improvisado. Procurou o rosto de Jonas no meio da multidão. Não achou. Onde estava ele, droga? Limpou a testa e foi conferir como tudo ficou organizado no fim.

As pupilas de Amber foram seguindo a tabela em busca de seu nome. Houve uma mistura de sentimentos estranhos quando finalmente avistou seu nome na lista. Eu não vou perder, repetiu dentro de si. Conferiu mais uma vez a lista e foi tomar o seu lugar em frente ao Dr. Seung-Hwa.

DUELO DE MC's DO VIADUTO SANTA BALBINA	
6º duelo:	Vinny Jones X Jaz Wallace
5º duelo:	Christopher Corey X Calvin Young
4º duelo:	O'Shea Patterson X Eric Hale
3º duelo:	Warren Brown X Jack York
2º duelo:	William Todd X Bruce James
1º duelo:	Lil Darryl-D X Amber Webley

Amber encheu os pulmões de ar. Estava a um passo de colocar seu nome no mapa ou na lixeira. Sabia que havia chegado a um ponto sem volta e sua única opção era fazer com que todos vissem o seu potencial. Estava na hora de tomar tudo.

Capítulo VINTE E DOIS

A vida e as opiniões do cavalheiro Andrew Webley. Pequenas memórias.

Quem te ensinou a se odiar? Malcom X proferiu a pergunta num de seus discursos em 1962 e décadas depois, isso ressoava na mente de Andrew. O garoto já havia falhado em tudo e de tantas formas diferentes, que sabia que o problema era com ele. Coisa ruim no sangue que o tornava horrível, um traidor.

Andrew sentou-se no chão do banheiro após ter vomitado o pouco alimento ingerido nas últimas horas. Ouvia o som da chuva. O sol da melancolia brilhava forte ao passo que o verdadeiro se recusava a aparecer. Era como sentir-se cansado, apenas. Uma agonia indescritível – intolerável – que fervia na boca do estômago e se espalhava. E se eu tentasse escrever, pensou, talvez ajudasse. Acabou descartando o pensamento quase que imediatamente. Nem um número infinito de palavras seria o suficiente para descrever o que se passava. Tantas coisas na cabeça e todas ao mesmo tempo, desespero por saber que não existia forma de transmitir aquilo.

– Droga – murmurou.

Os dias que transcorreram desde que voltaram do mundo das fadas vinham sendo cansativos, tendo que vasculhar cada um dos cemitérios de Dresbel em busca do primeiro nome. Sem resultado, mas ainda restavam dois. Andrew odiava ter que visitar lugares assim durante a noite. Outra coisa que também havia acontecido era que a frequência das visitas de Ive a sua casa aumentou e ela se tornara presença conhecida por seu pai e irmã. Não faziam muitas coisas em dias assim e nem sempre conversavam sobre a busca dos nomes, mas sobre filmes, livros e curiosidades da vida humana. E baleias, lembrou-se, Ive gostava muito de baleias.

Andrew levantou-se e escovou os dentes vigorosamente. Havia um silêncio pesado na casa. Tudo vazio naquela manhã. Caminhava lentamente pelo corredor em direção ao seu quarto. Pensou em

Yorick e no que havia feito com ele. Uma frase que Prozy dissera ressoava em sua mente: *"Rayla já condenou uma alma ao Inferno..."*. Isso significava que *havia* um Inferno. E qual seria o processo de julgamento de alguém? Estaria condenado pelo que fizera ao garoto de Hoon? Pensou em começar a fazer caridade para salvar sua alma, doaria todas as suas economias a um hospital infantil. Também iria começar a rezar todas as noites antes de dormir e fazer as refeições.

Então se lembrou de que talvez nada disso fosse o bastante. O objetivo de sua busca era o amor de Briony e caso tivesse sucesso, estaria tomando o livre arbítrio dela... E nem todas as economias do mundo consertariam isso. Uma garota não deveria ser o motivo de uma peleja tão grande. A única razão de estar mergulhando nesse pântano era o fato de que tinha a autoestima tão baixa quanto grama e era incapaz de conseguir alguém por mérito próprio.

Fechou o quarto e deitou-se na cama após ligar o rádio. *Christie Front Drive* tocava em volume baixo. A mente de Andrew ainda burilava alguns pensamentos quando ouviu a porta ranger atrás de si. Voltou os olhos assustados apenas para ver Ive entrar com um pequeno sorriso e carregando um livro nas mãos. Prozy estava ao lado dela e fitava o garoto de forma feia. Ficou calmo, mas também chateado, ficar sozinho naquele momento.

– Você sempre entra na casa das pessoas sem pedir permissão?

A garota deu de ombros e replicou:

– Bem, se você não quiser que eu entre, basta cingir a sua porta com sangue de ovelha. Dá um trabalho enorme e faz uma sujeira maior ainda, mas funciona... Ou pedir para que eu não te visite. Eu estava preocupada com você, sabia?

– Eu disse que seria uma péssima ideia visitar esse moleque – disse Prozy. – Ou será que eu deveria chamá-lo de Brutus? Existe uma parte no outro mundo para gente assim.

Andrew fingiu não dar importância ao que a coelha disse e voltou a se sentar na cama. Ive ficou ao seu lado e lhe deu o livro que tinha em mãos. Era o exemplar de "O Vento nos Salgueiros" que havia emprestado para ela.

– Você abriu mais do que noventa graus, isso deixa marcas na lombada, Ive. Eu ganhei esse da minha mãe, você deveria tomar mais cuidado. Bem, de qualquer forma, espero que tenha gostado.

– Desculpe-me, Andy, vou tomar mais cuidado da próxima vez. Eu não entendo porque você cuida tanto assim de um livro, sempre pensei que o mais importante fosse a história. Eu gostei muito, meio que me identifiquei com ele.

Andrew ficou a imaginar o que havia no livro para a filha da Morte se identificar. Não era capaz de entender a relação. Notou que Ive parecia cabisbaixa e seu sorriso não era leve e bobo como antes. Ela parecia cansada e distraída, andando de um lado para o outro até ficar parada olhando os títulos na estante. Andrew percebeu que os eventos em Hoon não haviam sido incômodos apenas para ele. Em algumas conversas banais que tivera com Ive, descobriu que ela estava no mundo dos vivos há cerca de um ano e que havia aprendido muita coisa desde que chegou, mas era a primeira vez que a enxergava tão *humana* e por isso perguntou:

– Está tudo bem com você, Ive?

– Sim, estou apenas um pouco melancólica hoje – ela foi até a janela e ficou observando as gotas de chuva batendo na janela. – Andy, não se sinta culpado pelo que aconteceu em Hoon, você não teve escolha e o resultado teria sido o mesmo.

Andrew não disse nada, planejava evitar o rumo daquela conversa. Gostaria de esquecer tudo e isso fez com que se recordasse de uma interessante passagem de "O Vento nos Salgueiros" em que o Deus Pã apaga a memória do Rato e da Toupeira "*a fim de que as lembranças horríveis não permaneçam e cresçam, sombreando a alegria e o prazer*". Gostaria que alguém esvaziasse sua mente, uma tabula rasa na qual estivesse livre de suas indagações.

– Ive... Posso te fazer uma pergunta?

– Sim, você é meu amigo, Andy. E pelo que entendi durante esse tempo, amigos contam coisas uns pros outros. Você passou por um bocado de coisas comigo, ser honesta é o mínimo que posso fazer.

Olhou para a garota de olhos ingênuos e distantes. Ela parecia uma pessoa que esperava o retorno de algum náufrago, por um breve momento isso o fez pensar que a *Violinista de Fevereiro* não era tão diferente dela. Andrew não fez a pergunta de imediato, precisava formular a frase de uma forma que não parecesse muito intrometida. Por fim, decidiu ir direto ao ponto.

– Por que você está procurando os nomes? Você é a filha da Morte, não existe nada que você não possa ter.

Ive suspirou e olhou para o teto, desconfortável. Era curioso para o garoto enxergá-la sem o verniz do humor corriqueiro e dócil. Prozy olhava a cena em silêncio. E foi somente após um longo momento, que ela começou a falar.

– Querido, ninguém tem tudo. Eu sempre vivi num não-lugar que é feito por sombras e burocracia. É o ponto mais chato e brega do universo e eu estou destinada a tomar conta dele. Ser eternamente obrigada a assistir a existência de vocês sem travar nenhum contato, sem tato ou olfato. E quando se é uma forma sem corpo – um rascunho de pessoa – existe muitas coisas que se pode querer.

Andrew ouvia atentamente e se aproximou da garota, ficando ao seu lado, sem, no entanto, atrever-se a encará-la. Ive parecia mais estar fazendo um monólogo do que falando diretamente a ele. Bem, Andy, disse ela em voz baixa, isso não é a pior parte. Você não imagina o que é crescer com uma irmã como Rayla, que é competente e bem sucedida desde que nasceu. Invariavelmente alguém acaba por comparar você com ela. Mas isso também traz coisas que não são legais, Andrew. Eu vi Rayla sorrir apenas uma vez na vida, e ela estava condenando uma pessoa ao Inferno. Eu não quero isso para mim. Não quero que todos me temam como fazem com minha mãe e irmã. E eu encontrei *interesses* aqui.

O coração de Andrew bateu mais rápido ao perguntar.

– O que você quer dizer com isso?

Viu-a forçar um sorriso e responder:

– Vou tentar exemplificar de uma forma bem simples. No livro que acabei de lhe devolver, a Toupeira se cansa de fazer uma limpeza e caminha até encontrar o rio, que nunca vira. E ao conhecer o Rato, faz um passeio de barco durante dias, aprende um monte de coisas inesperadas e passa por experiências que fazem alguma diferença. Andrew, o seu mundo é o meu passeio de barco. Eu quero me tornar humana. Não quero ser apenas uma sombra.

Ele levantou os olhos e mirou a garota. Sentia que de alguma forma, ela era igual e que talvez não precisasse ter medo de confiar nela. Havia borboletas e pterodátilos voando em seu estômago, eletricidade na pele e uma vontade de abraçá-la. Momento de respiração interceptada. Colocou a mão sobre o ombro dela e sorriu.

– Ive, eu vou te ajudar naquilo que for possível. Eu sei o que você sente. É como gostar de maçãs num mundo que serve apenas bananas. A gente pode ser diferente de todos e realizar os nossos sonhos.

Os dois jovens se abraçaram. Ive limpou as lágrimas com as mãos e com seu sorriso normal, disse:

– Acho que o momento merece um milk-shake no Tord.

– Eu também acho – disse Prozy, que até então ficara calada.

– Eu vou expelir meus olhos pelo nariz se tiver que ficar trancada com vocês por mais um minuto.

Os dois jovens riram da coelhinha e o humor do ambiente melhorou consideravelmente, ainda estavam chateados, mas havia chegado a um nível suportável. Andrew pegou um casaco e seu cachecol para acompanhar a garota pelas escadas, até ganharem as ruas de Dresbel. Até mesmo Prozy já parecia mais inclinada a perdoá-lo.

A cidade se abria movimentada diante deles. Iam abraçados como amigos às vezes fazem, sorrindo e falando sobre coisas como sabores de sorvetes e indie rock canadense. Já estavam quase no fim da rua, quando algo chamou a atenção do garoto.

Subindo no sentido contrário, vinha Briony segurando um guarda-chuva e o estojo do violino de encontro ao corpo. Ela tinha passos ligeiros e curtos. Não olhava para os lados em nenhum momento e passou sem sequer notá-lo. Andrew enfiou a mão no bolso e continuou a andar. Seus pensamentos dissociados de qualquer coisa que sua amiga de mechas verdes estivesse dizendo.

Capítulo VINTE E TRÊS

As grandes verdades são encontradas no meio da lama e da noite, sem curvas.

O mundo do hip hop sempre foi fundamentado sobre lutas e desafios e batalhas de egos. Fosse a rivalidade que tomou conta das Costas Leste e Oeste dos Estados Unidos nos anos de 1990 – culminando com as mortes de Tupac Shakur e Notorious B.I.G. Ou quando Commom atacou Ice Cube com a *diss track* "The Bitch In Yoo". Passando pelas ofensas que Nas e Jay-Z trocaram entre 2001 e 2005. A luta estava sempre presente. Eminem contra Ja Rule. Canibus atacando L.L Cool J. E naquela noite, Amber Webley entrava naquele mundo.

Amber podia sentir o cheiro da plateia voando em sua direção: suor, bebidas, cigarros. Uma onda de calor se espalhando pelo corpo. Abafamento. Mãos suavam, pernas tremiam e sua boca estava seca. O que era aquilo que experimentava? Não sabia. Excitação? Não. Medo? Não poderia ser. Deixou que seus olhos passeassem pela plateia. Todas aquelas pessoas, um monte de adultos – e não simplesmente outros jovens da pista de skate – estavam ali para lhe julgar e caso ela falhasse, resultaria tudo em constrangimento. Ela não podia fraquejar agora. Sentiu alívio ao finalmente encontrar Jonas, ele havia ido para um lugar de onde podia enxergar melhor. Respirou fundo e tentou se focar no que estava acontecendo ali.

– Isso aí, família – gritava Maurice – o primeiro duelo da noite: Amber Webley contra o campeão da liga dos MC's: Lil Darryl-D! Todo mundo fazendo barulho na quebrada. A rua é nossa.

Amber olhou para o garoto a sua frente. Devia observar Lil Darryl rapidamente para encontrar as rimas adequadas para usar contra ele. Roupas, trejeitos, aparência, qualquer coisa serviria. Ele era mais alto do que se lembrava, tinha um jeito tranquilo e olhava para ela com um sorriso cheio de deboche. Ele cuspia no chão e fazia algumas improvisações em voz baixa até o momento em que Maurice chamou os chamou para perto e disse:

– Darryl é o campeão, por isso escolhe quem começa. Vocês têm trinta segundos, depois disso o povo decide quem fica e quem some daqui chorando.

Lil Darryl-D riu e disse:

– Deixe-a começar, vamos ver o que rainha do subúrbio sabe fazer.

– A decisão é sua, cara – disse Maurice e entregou um microfone à Amber.

Isso não era uma coisa boa. O fato de ser a primeira lhe daria menos tempo para analisar o seu oponente e descobrir quais eram suas fraquezas. Tinha que se contentar com o pouco que sabia e rezar para que ele não tivesse nada guardado. Droga, pensou, tenho que ganhar todos eles logo no início e encontrar uma brecha na credibilidade dele, mas do que posso falar? Ele com certeza usará o fato de que sou uma garota branca.

– Plateia, plateia, plateia! – gritava Maurice ao microfone. – E ficou decidido que a novata começa. Duelo de bate e volta, com a possibilidade de uma terceira rodada caso o respeitável público assim decida...

O apresentador ainda continuava a falar, mas a mente de Amber não estava ali. Olhou para o público. Barulho, muito barulho, tantos e tantos rostos. Seu coração acelerado. Sentia os músculos do seu pescoço se contraindo, frio na ponta dos dedos. Limpou a testa com a mão. Por algum motivo, mal enxergava as coisas mais próximas direito, mas conseguia ver as expressões faciais das pessoas lá em baixo. Começava a respirar pesadamente. Toneladas de ar entrando pela boca seca.

–... E não se esqueçam de que na próxima sexta-feira, o MC Big Vinny vai estar aqui lançando o seu novo trabalho num *pocket show* exclusivo. Todo mundo apoiando ele, galera. Então, agora é a hora que todos estavam esperando, o duelo de MC's. Preparada aí, Amber?

A garota se limitou a olhá-lo sem responder nada, o que pode ter dado a impressão de que seu silêncio era um consentimento, pois a próxima coisa que Maurice disse, foi:

– DJ Seung-Hwa, faz essa *pick up* coreana girar, mano!

Não houve muito tempo para pensamento, pois o DJ fez com que as batidas começassem imediatamente. Amber olhou para as pessoas e em especial, Jonas. Levou o microfone até perto da boca. Lá se iam as quatro batidas, correndo desenfreadas sem que ela as perseguisse. Olhava para o público que a encarava entre risadas e expressões de descrédito. Tinha que fazer alguma coisa sobre isso. Abria a boca, mas nenhuma palavra vinha, era como um peixe fora da água.

Sem travar, pensava, não posso travar. Apertou o microfone com mais força. Sabia que Lil Darryl estava rindo, tinha certeza disso. Sentiu uma lágrima escorrer pelo rosto. Droga! Aquela não era a ocasião para choro, mas para dar a eles a nova vinda de Rakim[v]. O kung fu lírico. Era hora de dobrar palavras e criar rimas. Contudo, é impossível fazer isso quando as palavras se tornam escorregadias e a plateia começa a vaiar. O momento foi se estendendo como um elástico infinito. Teria Rakim travado alguma vez? Eazy-E? Roxxane Shantè? Ghostface Killah? Lady Sovereign? Notorious B.I.G? Não, ela tinha certeza. Não eram tão fracos quanto ela estava sendo. Trinta segundos. Quatro batidas por quatro. Repetidas. Nenhuma palavra. Nenhuma. Nenhuma. As pessoas gritavam, ela não entendia, mas estavam rindo e gargalhando. O que seu pai pensaria se a visse naquela situação? Provavelmente se sentiria envergonhado. O que seu irmão sempre certo e organizado diria? O que as pessoas de sua escola comentariam quando soubessem da sua falha? O fluxo de todos os pensamentos foi deslizando pela sua mente, se exibindo com todos os detalhes crus.

Olhou para suas mãos, estavam marcadas pela força com a qual segurava o microfone. Tudo o que ela precisava era um palavra, uma linha, um verso com o qual provar que conseguia fazer aquilo, que era tão boa quanto Andrew em alguma coisa. Ele era o inteligente, organizado e promissor, enquanto ela sempre ficava em segundo lugar em qualquer comparação. Ele tinha tudo. E ela não tinha nada no qual fosse boa, o rap havia sido apenas uma ilusão na qual se fiara mesmo sabendo que não conseguiria. Tudo estava tomado. Perdido. Que fossem todos para o inferno!

Jogou o microfone no chão e saiu correndo do palco. As lágrimas a acompanhavam enquanto saía por entre as pessoas que gritavam, empurravam e passavam a mão em sua cabeça. Um corredor polonês formado por cem pessoas. E ela correu. As batidas continuavam em sua cabeça mesmo quando se sentou na calçada de uma avenida distante.

---

[v] Amplamente reconhecido como o rapper mais influente de todos os tempos. Responsável pela concepção atual de *flow* em 1986, e por criar estruturas mais complexas, como o uso de rimas internas e inovações formais, o que levou a comparações com o jazzista Thelonious Monk.

Capítulo VINTE E QUATRO

As coisas que eu gostaria falar para você, mas grito para um abacaxi.

Bem, Andy, disse Ive em voz baixa, a grande festa será aqui. Aquele era o último cemitério que havia para vasculharem, o Cemitério Municipal de Dresbel. Ficava longe do centro da cidade e foi o primeiro a ser construído. Tinha um enorme muro branco que circulava todos os 30 hectares do lugar. Milhares de túmulos dos mais diversos tamanhos e formatos tinham seus contornos cobertos pela noite. O vento frio corria por entre as árvores e pedras para se chocar contra o trio que acabara de saltar o muro. O ar fez com que os olhos de Andrew lacrimejassem. Estava surpreso pelo fato de não estar com medo. Respirou e apertou o cabo da pá que tinha em mãos com mais força. Lembrou-se de que sua mãe estava ali em algum lugar. Tudo o que fazemos vai nos trazer até aqui, pensou, independente do que seja. Mudou o curso de seus pensamentos. Não era hora para se deprimir mais do que o normal.

– Então... – disse Andrew – o primeiro nome está aqui.

– Será que dá pra você ser mais óbvio? – respondeu Prozy. – Você é quase uma comédia romântica de tão previsível.

– E você é absurdamente chata, mas eu quase te amo, sabia? Você mora no meu coração.

– Não. O coração é um pedaço de bife saltitante no seu peito e mesmo se uma pessoa pudesse viver no coração da outra, certamente começariam a cobrar aluguel.

– Já cobram – comentou Ive, que até então estivera apenas invocando magias que afastassem qualquer um que pudesse estar por perto. – Bem, vamos nos dividir. Prozy, ande naquela direção e procure sentir alguma energia diferente. Eu e Andrew vamos por aqui.

A coelha fez um aceno de cabeça e saiu correndo. Andrew e Ive foram pelo caminho indicado por ela. Tinham que tomar cuidado para não tropeçar em pedras e galhos. Iam passeando pelo silêncio. A mente de Andrew não conseguiu afastar-se do fato de que os restos de sua mãe estavam por perto. Algumas coisas da infância pulavam em sua mente. Quando se sentava no sofá da sala para jogar vídeo-game com ela ou quando ela trouxe um chaveiro do Mickey Mouse de presente. Ela lhe deu seu primeiro disco do Weezer – The Green Album – e sua edição de "Romeu e Julieta" para crianças. Essas imagens fraturadas vinham em relâmpagos.

– Andy, o que incomoda você? Sua aura está com uma cor estranha.

– Posso te perguntar uma coisa?

– Sinta-se à vontade, docinho de tinta. Responderei se puder.

– Você pode ressuscitar coisas, não é? Você fez isso com o pássaro no parque. Eu queria saber se você...

Ive o interrompeu colocando dois dedos sobre seus lábios.

– Eu sei o que você quer, disse ela, e a resposta é não. Andy, isso é demais até para mim e não é certo... Existe uma ordem natural e, mesmo se eu pudesse, a pessoa não teria uma *vida*, entende, seria no máximo uma casca que anda.

Andrew não disse nada, apenas continuou a colocar um passo depois do outro. Não havia criado esperanças de uma resposta positiva por parte da filha da Morte, mas, ainda assim estava decepcionado em certo nível. Sentia-se tão sozinho desde que sua mãe falecera. Sem nunca ter encontrado alguém que o ouvisse ou aceitasse. Sempre existiria dentro dele essa incapacidade de absorver a perda. E como ela se sentiria ao ver que o filho ia ficando mais velho, medroso e parado no ponto em que não conquistara nada de que se orgulhasse na vida.

Iam parando vez ou outra para verificar onde poderia estar o primeiro nome. Ive ficava imóvel como um cão de caça que se ergue para encontrar um rastro e dava prosseguimento a busca.

– É minha vez de fazer uma pergunta, Andy. Quem era a pessoa?

O garoto não respondeu. Não sabia se deveria ou não falar. Nunca falara sobre isso com ninguém. Sempre que alguém lhe perguntava alguma coisa sobre sua infância ou sobre sua mãe, a resposta era sempre única e invariável: *eu não me lembro*. Era mais fácil matar o assunto dessa forma a ter que enfrentar o que realmente sentia, mas sentia-se diferente com relação a Ive, como se pudesse confiar nela. Buscou as palavras e deixou que escorregassem numa voz tremida e cheia de altos e baixos.

– Minha mãe. Ela morreu quando eu era bem jovem, teve uma doença com nome de jogador de beisebol. Ela foi a mulher mais forte que já conheci, Ive, e isso não foi suficiente para que ela ganhasse da sua mãe. Eu estava ao lado dela quando os primeiros sinais apareceram e sei lá, eu queria poder ter notado, feito algo. Eu a vi ficar cada vez mais fraca até que ela não conseguia se levantar de uma cama.

– Andy, eu lamento. Não se culpe, não havia nada que você pudesse fazer. As coisas têm o seu tempo, e ninguém consegue evitar a minha mãe, não para sempre.

– Sabe o que é o pior? Eu não me lembro da voz dela. Era um timbre bem específico, e eu não me lembro. Quando a doença dela avançou até o estágio em que ela não conseguia mais se mover, eu segurava a mão dela e fazia carinho na minha própria cabeça, mas ainda assim, Ive, eu não me lembro da sensação do toque das mãos dela. Eu sou tão fraco, fraco, fraco, fraco, fraco, fraco, fraco.

Andrew pegou um vaso de flores que estava sobre um túmulo e atirou com o máximo de suas forças, apenas para ouvi-lo se estilhaçar metros adiante. Não sabia o motivo de ter feito aquilo, simplesmente pegou mais um e outro e repetiu a mesma coisa, até que várias flores vivas e murchas estivessem sobre o chão de pedra. Foi surpreendido quando Ive o envolveu com um abraço.

– Não seja tão duro consigo mesmo, Andy. Você tem que deixar as pessoas irem embora quando a hora delas chegar, eu não entendo muito disso, mas o Sr. Shakespeare comentou comigo uma vez que amar também é deixar partir.

– Você não entende, Ive. Eu nunca tive ninguém ao meu lado. É exatamente por isso que estou aqui com você hoje. Porque se eu não usar os nomes do gato para poder ficar com Briony, eu nunca vou ter ninguém ao meu lado até que meus dias aqui terminem.

Ive segurou seu rosto com as duas mãos e com um sorriso, respondeu:

– Docinho de tinta, cale a boca – respondeu ela.

Andrew teve sua capacidade de maravilhamento testada mais uma vez. Aconteceu da mesma forma com que um aluno atento termina olhando para as nuvens ou desenhando na última folha do caderno. Os lábios dela sobre os seus fizeram com que seus pensamentos ficassem empalhados. Embotamento dos sentidos. A língua dela tocando a sua tinha um gosto doce. Olhos abertos se fecharam, coração que escapulia de algumas batidas. Suspensão, encantamento e silêncio.

Capítulo VINTE E CINCO

Eu andei por aí caçando tigres de papel, mas no fim, tudo estava em seu devido lugar.

Surpresa. Um sentimento indefinível cujo aspecto varia de pessoa para pessoa. Como Sansão teria se sentido ao notar que Dalila havia cortado seus cabelos? Ou como se sente um ganhador da loteria ao conferir seu bilhete premiado? Qual sentimento teria tocado o peito de Pip ao descobrir quem era seu benfeitor e pai de sua grande paixão? Andrew Webley tinha uma mistura de todos esses sentimentos quando os lábios de Ive deixaram de pressionar os seus. Labirintos e caminhos se formaram instantaneamente em sua cabeça, seu mundo havia perdido toda linearidade – se é que já houvera alguma.

– Eu não entendo – disse ele – por que você fez isso?

Nenhuma resposta saiu dela, apenas um olhar que estava no meio do caminho entre diversão e constrangimento. Ive bagunçou os cabelos dele e respondeu:

– Porque beijos deixam as pessoas felizes e eu achei que você estava precisando.

Andrew ficou sem reação. Não sabia o que pensar sobre aquilo. Tentou se convencer de que aquilo ocorrera apenas porque Ive provavelmente não conhecia as regras de interação humana detalhadamente. As pessoas não beijam umas as outras do nada, pensou. E ele era apaixonado por Briony. Suas pernas não deveriam estar tremendo e muito menos, seu coração disparado. Será que Ive poderia gostar dele? Não, pensou, ninguém nunca gostará de mim, não de verdade, talvez alguém até chegue a fingir que goste, mas se cansaria depois de algum tempo e procuraria alguém melhor. Uma garota – imaginava se podia chamá-la desse modo– que mal conhecia, não poderia fazer com que se sentisse assim. Poderia continuar amigo dela da mesma forma. E se ele estivesse assustado demais para ser? Era obrigado a dizer alguma coisa e quebrar seu constrangimento silencioso. Apoiou sua pá no ombro e disse:

– Ive, você não pode sair beijando as pessoas aleatoriamente por aí. Você sabe que sou apaixonado por Briony.

– Você é estranho, Andrew Webley – respondeu ela. – Estranho de um jeito engraçado, mas estranho. Parece que leva algo constantemente escondido em você. Parece que você leva você mesmo escondido. Pessoas como você me assustam.

– O que você está querendo dizer, além de comprovar minha teoria de que você é mentalmente instável? Você é a filha da Morte e eu sou a criatura assustadora?!

– Andy, é como pensar em nadar numa praia à noite. Quando eu tento enxergar algo, tudo está escuro, tudo está escondido. Fico sempre com a sensação de que há mais do que você mostra – Ive deu uma risada curta e baixa, parecia mais estar falando consigo própria do que com ele. – Você é um garoto doce, capaz de colocar a si mesmo nas linhas que escreve. Um menino que guarda seus tropeços, docinho de tinta, talvez isso te faça misterioso.

Ive parou de falar e deu de ombros, como alguém que simplesmente houvesse acabado de comentar sobre o clima – '*acho que vai chover hoje*' – ou algo como '*doces de abóbora são os favoritos da minha avó*'. Ela continuou a enveredar por entre os túmulos, seus sapatos fazendo barulho no chão do cemitério. Andrew permaneceu imóvel e sem uma resposta, mesmo porque não havia uma a ser dada. Sentia-se nu. Sem nada que pudesse aliviar o impacto de ser lido como um cardápio de restaurante. Foi caminhando atrás da garota. Seus pensamentos foram interrompidos quando Ive estalou os dedos em frente a sua cara, dizendo:

– Prozy encontrou o primeiro nome!

O choque tirou Andrew de seu torpor emocional, fazendo com que se lembrasse do por que de estarem ali. Finalmente, após tamanho esforço e situações problemáticas, estavam com o nome quase em mãos. Ive corria por entre as sepulturas de forma ágil, já ele tinha dificuldade e se chocava contra qualquer coisa à sua frente. Talvez devesse pedir um pouco de coordenação motora ao gato, isso o permitiria viver por mais tempo.

– Andy, ande mais depressa – disse a garota. – Você é mais lento do que a minha avó... Acredite, ela é bem velha.

– Estou fazendo o meu melhor, Ive, lamento não estar à beira de um ataque cardíaco. Caso você não tenha percebido, eu não sou a criatura mais atlética do mundo.

– Fale menos, corra mais, moleque – Prozy gritou de algum lugar.

Andrew já conseguia enxergar a coelhinha parada em frente a uma lápide de mármore. Colocou-se perto da garota e de Prozy. Ao olhar a inscrição na pedra, o garoto se deu conta de onde estava: *Adelpha Barrie, amada irmã e amiga* – 1835-1847. Adelpha era uma garota que morava em Sounding Side, um dos primeiros bairros de Dresbel, e que foi morta e jogada no lago Lou-Heaney por um vendedor de doces itinerante. Até hoje, os pais usavam a história dela como exemplo para fazer com que as crianças não conversassem com estranhos, uma espécie de conto moralizante local.

– Está aqui! – disse Ive. – Eu consigo sentir o nome, tem a mesma intensidade de um achocolatado quente. Andy, precisamos começar a cavar.

Ele mal podia acreditar que estavam tão próximos assim do primeiro nome. Um passo mais perto de conseguir qualquer coisa que quisesse.

– Quanto mais rápido começarmos, mais rápido vamos embora – falou Prozy. – Ande, moleque, cave como se o seu jantar dependesse disso.

– Cale-se como se sua vida dependesse disso, sua coelha irritante! – respondeu o garoto.

Andrew enfiou a ferramenta na terra e deu início as atividades. Era a primeira vez em que fazia algo como aquilo. Era uma tarefa chata e cansativa que fazia com que as palmas de suas mãos doessem. Ive se limitava a observar e assoviar uma cantiga natalina ao passo que Prozy se queixava de alguma coisa. Andrew ia cada vez mais fundo no solo, implorando para que seu próximo movimento fosse aquele que daria fim ao trabalho. Mas não era. Sempre havia um e mais outro para presenteá-lo com um e outro calo.

– Ive – comentou Andrew – eu acho que nunca conseguiremos chegar até o fim.

– Não, vocês morrerão antes de conseguirem.

Andrew ficou sem reação e tremores passaram por cada pedaço de carne. Reconheceria o dono daquela voz mesmo entre um milhão de pessoas. Era o som que avisava que tudo estava prestes a piorar. O garoto virou a cabeça apenas para ver Astrophel e Stella se aproximando em passos lentos. Tudo do que eu precisava, pensou, como se cavar sem alguém tentando me matar não fosse difícil o bastante. Viu quando o casal parou a cerca de quatro metros de distância. Astrophel disse algo inaudível à sua mulher e a deixou sentada sobre um tronco caído.

– Astro, você parece tão saudável! – disse Ive. – Suco de juventude feérica, não é? Minha irmã diz que faz maravilhas para a pele.

Andrew viu o rosto de Astrophel se contorcer numa expressão furiosa e Ive se colocar em posição de ataque. Os dois oponentes trocaram olhares enquanto Andrew pegava Prozy em seus braços e se afastava dali. Enfie o dedo no olho dele, Ive, gritou a coelhinha, morda o nariz. Não houve tempo para uma resposta, pois o evento seguinte foram pedras voando contra o feiticeiro, que as repeliu com um movimento mínimo das mãos. Andrew conseguiu ver um sorriso aparecer por um breve segundo no rosto da garota, que repetiu seu ataque de forma mais violenta, fazendo com que lápides e vasos de flores convergissem contra Astrophel. Eu cuido de Astrophel, gritou Ive, você continua a cavar. Andrew assentiu com a cabeça e voltou a cavar enquanto a filha da Morte continuava em sua peleja contra o homem. Terra, pedra e vidro voavam em todas as direções. Vez por outra o garoto era obrigado a se abaixar ou desviar de algum projétil rochoso. Tinha esperança de que saísse vivo dali no fim daquela confusão.

Astrophel repelia todos os movimentos de Ive e se limitava a recitar algumas palavras que Andrew mal conseguia entender. Ela passou a atacá-lo com magias que faziam com que a noite fosse invadida por explosões coloridas que arrancavam as plantas desde os talos e rachavam sepulturas ao meio. Andrew imaginava se sua amiga conseguiria segurar aquela luta por muito tempo. Para sua sobrevivência, esperava que sim. Os pensamentos foram interceptados quando uma pedra atingiu sua perna, fazendo com que até seus antepassados sentissem dor.

– Ei, moleque, eu já estou começando a ver – disse Prozy.

Andrew também já enxergava um pedaço de bota marrom. Começou a cavar com mais força, atirando os montes de terra e restos de madeira apodrecida por sobre o ombro. A primeira coisa a golpeá-lo foi o odor de coisa podre. Mais e mais partes ficavam evidentes, deixando o garoto imerso em susto ao constatar que, passados mais de cento e sessenta anos, o corpo de Adelpha Barrie continuava intacto. Era uma garota de longos cabelos castanhos e com um simples vestido branco, ainda tinha a aparência de quando foi retirada do lago. Os lábios dela estavam roxos, fissuras abertas pelos peixes na pele amarelada e viscosa. Andrew não sabia o que imaginar daquilo, sentia seu estômago se revirar.

Olhou para Prozy, que retribuiu o olhar de nojo. Ive ainda lutava violentamente. Foi então que Andrew compreendeu o que Astrophel fizera ao recitar palavras. Reconheceu os murmúrios antes mesmo de ver quem os produzia, a sensação ruim que invadia seus pulmões e o som de braços que se arrastavam. Andrew olhou ao redor, torcendo para que estivesse errado. Odiou estar certo. Gubbinals surgiam das sombras e avançavam contra eles.

– Quem disse que as coisas ruins não podem piorar? – queixou-se o garoto.

Prozy soltou uma risada nervosa e respondeu:

– Agora você está começando a compreender minha filosofia de vida.

Andrew podia ver a amiga fazendo o possível para derrubar o maior número de inimigos possível, mas os gubbinals não paravam de surgir, infestando todo o cemitério. Ive era obrigada a se defender de Astrophel e protegê-lo dos monstros que se aproximavam. Luzes, pedras e gritos cortavam a noite ininterruptamente. Ele sabia que tinha que se focar no que viera fazer e pôs-se a vasculhar os bolsos e as mãos da menina morta, não tinha noção do que devia estar procurando, mas deveria encontrar logo, caso tivesse algum plano na vida. Ainda estava em busca de alguma pista quando ouviu Ive lhe gritar algo. O nome está na boca dela, dizia a garota que enfrentava três gubbinals ao mesmo tempo. Andrew e Prozy olharam para o corpo no buraco e trocaram outra careta de nojo. Talvez não fosse tão ruim assim ter sua imaginação devorada e ser morto por aquelas criaturas.

Os gubbinals persistiam na tentativa de chegarem até Andrew, mas a garota fazia um esforço considerável para impedi-los e atacar Astrophel ao mesmo tempo. O garoto sentiu um novo acesso de náuseas quando o cheiro do corpo entrou em suas narinas, o que não deixava sua missão nem um pouco mais fácil. Tentou afastar todo o nojo que sentia para um canto da mente, em seguida, ajoelhou-se ao lado da menina do cemitério. Eu não vou conseguir fazer isso, pensou. Seu pai sempre dizia que Andrew era – nas palavras dele – um "fresco", e pela primeira vez, foi obrigado a concordar que a afirmação era mais verdadeira do que nunca.

– Não se preocupe com o tempo, acho que você ainda consegue uma brecha para um cereal – disse Prozy.

Lançou um olhar cortante para a coelha e chamou o que restava de coragem dentro de si, prendeu a respiração e segurando o queixo da garota morta com uma mão, deu início ao procedimento. Seus dedos invadiram a boca fria e úmida com hesitação, roçando levemente nos lábios. A aspereza da língua correndo sob o toque. O indicador e o dedo médio procurando por algo cuja forma lhe era desconhecida. Ainda estava empenhado no exame quando algo fez com que seu estômago se trancasse. A garota morta abrira os olhos e o encarava. Um olhar cheio de ódio. Com o coração aos saltos, Andrew soltou um palavrão. Ainda estava à procura do nome quando seu braço foi segurado pela garota morta. Droga, droga, droga, pensou. Deixou que seus dedos escorregassem até tocarem algo duro e puxou o mais rápido que pôde, afastando Adelpha Barrie com um chute.

– Cuidado! – gritou Prozy.

Andrew saia da cova quando foi erguido ao alto pelo pescoço. Sentiu a traquéia sendo pressionada e o ar desaparecendo. O garoto olhou para o seu agressor, apenas para constatar que Astrophel não tinha nenhuma expressão no rosto ao fazê-lo. Colocou o primeiro nome no bolso e tentou se libertar de todas as formas possíveis com socos e pontapés, mas era como se estivesse sendo esmagado por uma cobra. Eu não posso morrer aqui, pensava cheio de angústia, não agora, não aqui. Não conseguia mais escutar o barulho de Ive lutando contra os gubbinals, queria que ela estivesse ali. Queria ter tempo para fazer mais coisas na vida, como terminar "A Violinista de Fevereiro". Sua visão começava a ficar embaçada e as forças para continuar a resistir minguavam. Estava a um passo de conhecer a mãe de sua amiga.

Um grito cortou o ar do cemitério. O aperto em sua garganta afrouxou e sentiu seu corpo desmoronar no chão. Uma voz feminina. Seria Ive? Não poderia ser. Não. Era diferente. Apoiou-se numa árvore e se levantou para ver o cenário que se desenrolava diante seus olhos. A filha da Morte havia destruído todos os gubbinals e sorria sentada de pernas cruzadas sobre um túmulo, enquanto Astrophel permanecia caído no chão e rolando em dor. Prozy aproximou-se e encostou o focinho em sua perna, tinha os olhos grandes e assustados. Ao olhar um pouco mais adiante viu o que impedira o feiticeiro de lhe tirar a vida. Uma cena que deixou o garoto dividido entre o alívio e a pena. Era como se sua mente estivesse paralisada e todo o ar recuperado houvesse fugido uma vez mais. Não conseguia sentir suas pernas. Não conseguia sentir nada. Seus olhos dançavam entre olhar para a Ive, que caminhava com passos leves e assovios para o seu lado, e para a imagem paralisante. Stella erguida no ar por galhos de árvores e trespassada por um deles na perna esquerda.

Ive passou por ele sem dizer nada, aproximou-se de Astrophel e disse:

– Astro, Astro, Astro, danadinho. Você acha mesmo que eu não saberia da ligação que você e a fada possuem – que sua vida depende da dela? Imaginei que fôssemos competidores com respeito um pelo outro, acho que me enganei. Bem, tenho apenas uma coisa a dizer: saia de Dresbel e não volte, este é o meu jogo. Não serei tão simpática da próxima vez.

– Eu vou te matar – respondeu o feiticeiro. – Eu juro por todos os deuses antigos que arrancarei a sua cabeça com as minhas próprias mãos, sua...

– Não precisamos desse tipo de comportamento, Astro. Esse tipo de linguagem atrai muita energia negativa. Não leve a vida à sério demais, caso contrário, não conseguirá aproveitá-la direito. Boa sorte e tudo de bom na sua jornada. Mais uma coisa, não se esqueça de limpar aqui antes de ir embora, não é de bom tom deixar o parquinho sujo depois de brincar.

Andrew acompanhou todo o diálogo sem conseguir mover um músculo e com os olhos deitados sobre a fada cujo sangue caia em gotas que se transformavam em borboletas vermelhas no chão. Seus pensamentos flutuavam sem ordem por um mar de caos. E mais uma vez, uma pergunta soou em sua mente. Briony valeria todo aquele esforço? Todo aquele sofrimento?

– Ei, Andy, acho que podemos ir embora – disse Ive. – A propósito, tem sorvete na sua casa? Um milk-shake seria ótimo para relaxar depois de um dia cansativo como o de hoje.

A garota pegou sua coelhinha com uma mão e passou o braço livre ao redor dele. Começaram a caminhar para fora daquele lugar. O garoto virou a cabeça e lançou um último olhar para o feiticeiro que se arrastava em direção à fada inconsciente. Andrew ficou em silêncio durante todo o trajeto, girando entre os dedos a moeda que retirara da boca de Adelpha Barrie. Olhou para Ive e seu coração não soube dizer o que estava sentindo. Deveria agradecê-la? Temê-la? A única certeza era a de que desejava sumir dali, dormir e esquecer. Ive cantarolava “Over The Rainbow” e Prozy permanecia muda. Dessa forma, o pequeno grupo ganhou as ruas da cidade, onde um vento frio serviu de anúncio para uma chuva fraca.

PARTE 2

DE VOLTA PELA PRIMEIRA VEZ

"Meu nome é Lolita, tenho onze anos e estou muito deprimida. Eu gostaria muito de colocar um piercing no nariz. Por causa disso, minha mãe foi obrigada a revelar uma coisa: eu não tenho nariz. Papai tenta me consolar. Ele diz que muitas pessoas nascem sem nariz. Que eu até poderia encontrar um marido caso ele seja cego. Nunca serei popular sem um piercing."

*– Trecho de **"A Violinista de Fevereiro"**.*

Capítulo VINTE E SEIS

Eu cuidarei do seu coração como faço com minhas unhas: usando acetona e alicates.

O som dos carros estava longe e aquela noite caia sobre a praça como lençol numa cama. As pessoas que passavam por ali pareciam simplesmente ignorar a jovem ruiva e a raposa albina de cinco caudas ao seu lado. Passavam, desviavam e davam espaço, mas nunca a *viam*. Era um dos pequenos detalhes que permitiam a Rayla fazer seu trabalho sem maiores incômodos.

Ela caminhava lentamente, como se não quisesse dar um passo além do necessário, observando a grama e as árvores, os bancos e ruas. Ive esteve aqui, disse ela numa voz calma, ainda consigo sentir traços da presença dela. A raposa sentou-se sobre as patas traseiras e ergueu o focinho, após um momento de farejar, respondeu: o cheiro dela ainda está presente, mas alguma coisa está bloqueando o meu sentido. Rayla sorriu, era de se esperar que Ive não deixasse nenhuma imagem mental para que a raposa-do-pensamento lesse. Teria que trabalhar da forma antiga e descobrir o que havia acontecido. Bem, ossos do ofício. Olhou para o chão e seus olhos caçaram pistas: pegadas, fios e resíduos espirituais. Sabia que a irmã deixara alguma coisa para trás, afinal, não era uma criminosa Alguma coisa estava ali, bastava encontrar.

Afastou uma lata de refrigerante com o pé e se aproximou de uma árvore. Colocou a mão sobre o tronco. Nenhuma distorção espiritual, mas sabia que estava perto de algo, sua intuição gritava isso. Parte de si esperava que Ive fosse inocente, apesar de pouco provável.Não gostaria de punir outra irmã. Havia muita burocracia envolvida nos processos de extradição familiar para o Inferno. Formulários para preencher e julgamentos intermináveis, seria um prazer evitar todo esse transtorno.

Rayla caminhou ao redor da árvore. Alguém esteve com ela,

pensou, um par de pegadas a mais, parece ser o formato de um homem, um e oitenta de altura. Continuava a procurar alguma coisa em terra quando algo chamou sua atenção no ar.

– Você está sentindo isso? – perguntou. – Alguma coisa está vibrando mais forte do que o normal aqui.

A raposa assentiu. Rayla ergueu a mão e um pássaro voou para ela como se estivesse sendo puxado por uma corda invisível. Seus dedos se fecharam como garras ao redor da pequena ave. Sentia os fiapos de magia que Ive usara para trazer aquele animal de volta à vida. Um crime grave por si só, pensou, o suficiente para abrir um inquérito espiritual.

– O que você pretende fazer com esse detalhe? – perguntou a raposa. – Não há provas que conectem Ive a esse incidente. Existem milhões de fadas, espíritos e demônios espalhados pelo mundo humano.

Rayla sorriu com o canto dos lábios e respondeu:

– Eu ainda não tenho todas as evidências, Shaitiri, contudo, algo me diz que elas surgirão em breve.

A capitã da D.I.E sentiu um cansaço repentino abater-se sobre ela. Sabia como as coisas aconteceriam dali em diante e como investigações seriam extenuantes. Faria o seu melhor para manter a ordem e no fim, teria somente a alcunha que as pessoas sussurravam pelas suas costas, Rayla Mão-de-Ferro. Bem, não se importava com isso. O importante era terminar aquele trabalho e seguir para o próximo tão rápido quanto pudesse.

– Devemos prosseguir – disse a raposa.

Rayla circulou a árvore em busca de mais pistas e Shaitiri a acompanhou. Seus olhos iam das pegadas para o pássaro em sua mão, sabia que tudo o que precisava estava ali, bastava ligar os pontos como fizera no caso do assassino em série no Nepal. Sabia o que trouxera sua irmã até Dresbel, isso era óbvio desde o início, mas era preciso remontar o que acontecera ali e pensar como ela. Ive não sabia encobrir seus rastros. Fechou os olhos por um momento e deixou que diversas teorias cruzassem seu cérebro, formando pedaço por pedaço a explicação que lhe parecia mais plausível. As palavras jorraram de sua boca com entusiasmo à medida que explicava:

– Ive está procurando os nomes do gato. Ela deu o primeiro passo e escolheu um humano que se encaixasse, revelou sua identidade e ofereceu alguma coisa. O humano não acreditou nela, então, ela foi obrigada a fazer algo que não deixasse dúvidas.

– Por isso o pássaro ressuscitado. — disse Shaitiri.

– Exato.

– Humn... Isso é uma possibilidade. Qual será o próximo passo?

–Ela precisa começar de algum ponto. No lugar dela, eu procuraria alguém com experiência nisso, alguém que já encontrou os nomes.

– Mirtza Sosostriz.

– Exato. Acho que é hora de fazermos uma visita. Contudo, preciso consertar uma coisa antes.

Rayla pressionou a mão em que o pássaro estava preso, uma criaturinha leve, quente e macia, podia sentir um minúsculo coração batendo. Os dedos da garota se fecharam como um compressor, esmagando lentamente o corpo do pássaro que a bicava na tentativa inútil de se libertar. O esforço não durou muito tempo. Em menos de meio minuto, a ave estava morta pela segunda vez.

– Shaitiri, alimente-se – disse a capitã.

A raposa não hesitou em obedecer sua dona. Ficaram ali durante mais um tempo, a observar o mundo humano e conversando sobre o próximo evento. Rayla sabia que o fim daquela história não seria agradável. Esperava conseguir salvar o humano antes que fosse tarde demais.

Chuva.

Capítulo VINTE E SETE

As piores pessoas do mundo são as velhas que derrubam geleia no chão.

Coco Chanel fazia roupas bonitas e odiava domingos. Para sua tristeza, a alta costura não era capaz de desfazer alguns nós de ironia da existência. Acabou morrendo num domingo. Por outro lado, Andrew Webley era mais democrático: odiava todos os dias igualmente. Apenas ficava em dúvida para escolher o mais excruciante. Quando a campainha tocou na manhã daquela segunda-feira, tirando-o de um sono tão profundo quanto a Fossa das Marianas, houve um vencedor.

Andrew levantou-se e saiu da cama sem ânimo nenhum. Mais uma péssima noite de sono, assombrado pelas memórias do que houvera no cemitério. Vislumbrava os olhos de Adelpha Barrie em seus sonhos inquietos, assim como a expressão que Stella tinha no rosto. Tinha a sensação de que algo queimava dentro de si, irradiando do estômago até a garganta em ondas ácidas. Estava desnorteado pelo que sua vida havia se tornado.

Desceu as escadas de pijamas e arrastando os pés. Seu pai estava na sala terminando o café da manhã antes de ir para o trabalho. Trocaram um olhar e um leve aceno de cabeça. Sua irmã já havia saído para a escola. Abriu a porta e viu Ive lhe esperando com metade de uma barra de chocolate na boca e Prozy adormecida dentro de sua bolsa.

– Olá, Andy – disse ela, e foi entrando sem cerimônia. – Hoje nós iremos até uma livraria.

A filha da Morte era a última pessoa que desejava encontrar naquele momento, queria ficar na cama em posição fetal pelo resto do ano.

Andrew fechou a porta e esperou que todo o sono estampado em seu rosto servisse como uma negativa irrefutável. Não era apenas preguiça que lhe enchia de vontade de permanecer ali, Ive fazia com que se sentisse desconfortável. A garota cumprimentou seu pai com um aceno de mão. O garoto coçava a cabeça e andava encarando os próprios pés. Dirigiram-se para o quarto enquanto o Sr. Webley deixava o lar.

– Eu preciso de algum livro cheio de gravuras e cores, estou contente por termos o primeiro nome, docinho de tinta. Espere um pouco, vou até o banheiro e já volto.

Ela deixou a bolsa em cima da cama e saiu cuidando para não encostar nada com seus dedos sujos de chocolate. Andrew ligou o rádio e deixou que Rivers Cuomo desfiasse toda a tristeza do mundo em alguma música de Pinkerton. Prozy murmurou algum xingamento e voltou a dormir. Caminhou até a janela e ficou observando a chuva e a neblina. Ponderava se Briony valia todo aquele esforço. Várias pessoas estavam sofrendo para que ele conseguisse o que queria. Talvez não merecesse o desejo, usá-lo-ia apenas para conquistar um amor falso. O que significava isso comparado com Astrophel? Que buscava salvar a mulher que amava.

Ive voltou ao quarto com uma escova na mão e um tubo de pasta dental, dizendo:

– Eu peguei a sua escova de dente, OK? Não coloquei a minha na bolsa antes de sair de casa.

– Você está louca? – respondeu ele, sem conseguir controlar o volume da voz. – Não se usa a escova de outra pessoa, Ive!

– Ei, calma, Andy. Não é como se você fosse pegar uma Doença Mágica Lenta e Dolorosa. Eu tenho uma prima que trabalha nesse departamento, eu sei como essas coisas funcionam.

O tom casual de Ive fez com que sua raiva ficasse ainda maior. Nunca imaginou ser capaz de liberar tanta ira de uma só vez. Deixou que as palavras viessem num jorro incontrolável. Seu coração era uma orquestra sem ritmo. Por algum motivo, sentia vontade de magoá-la, como se aquele pugilismo verbal pudesse liberar todas as coisas selvagens. Um impulso que não podia ser estancado. Permaneceu de olhos fechados enquanto as pancadas eram desferidas na forma de sons.

– Se você quer ser humana, que tal começar a agir como uma? – sua voz saía alta, rouca e por entre dentes rangidos. – Você não pode sair beijando qualquer um, nem usar a escova de quem você bem entender. Ah, pendurar idosas em árvores também não é legal.

Ive o encarava sem reação, com os olhos grandes. Prozy estava alerta e olhando de um para o outro sem tomar atitude. A garota movimentou a boca e nenhum escapou. Tremia e balançava a cabeça. Numa voz quase inaudível, disse:

– O que deu em você?

Não respondeu. Weezer continuou a tocar até que Ive desligasse o aparelho com violência. Andrew queria poder gritar e quebrar tudo na sua frente. Sua raiva vinha de não ter nenhuma referência num mundo que compreendia cada vez menos. A sensação de entrar num metrô lotado e saber que ninguém ali é mais solitário que você. As lágrimas começaram a escorrer pelo seu rosto. Não fez nenhum esforço para segurá-las, deixou que viessem.

– O que deu em mim? – parou em frente a ela. – Pergunte para Yorick ou para Stella. Estou cansado de me sentir sujo, Ive. Quão humanos seremos no fim dessa história se for preciso machucar todo mundo que aparecer na frente. E se alguma coisa acontecer com a minha irmã, por exemplo?

Ive o encarou durante algum tempo, certificando-se de que a explosão de raiva passara, e o envolveu em seus braços. Era um aperto forte, sentia a respiração dela e o calor do corpo através da roupa. Andrew tinha uma mistura de sentimentos estranhos ao rememorar o beijo no cemitério. Outra coisa da qual se lembrava também era a tendência da garota para a crueldade. O que tinha com relação a ela? Aquela coisa bela e terrível em carne viva. Sentiu todo seu corpo se arrepiar e congelar quando ela falou em seu ouvido.

– Nada vai acontecer com sua irmã, eu dou a minha palavra. Andy, eu poderia ter eliminado tanto Astrophel quanto Stella naquele dia. Ele estava te machucando e eu só queria fazer com que ele parasse com aquilo, você precisa entender.

Sua mente percorreu caminhos sinuosos até encontrar um ponto onde atracar. Queria que a paisagem conturbada dentro de si ficasse estável por um instante. Queria um sentido para aquele rádio sem sintonia. Ficaram abraçados por um longo tempo, em silêncio. Quando se viu ligeiramente mais calmo, soltou-se do abraço e disse:

– Me desculpe, Ive.

Andrew sentou-se na cama e de cabeça baixa, falou:

– Sendo quem eu sou... – começou ele – não é surpresa que ninguém se sinta atraído por mim, sem nem um pingo de interesse. É como se o meu destino fosse ficar sempre sozinho e buscar os nomes fosse a única chance de reverter isso. Eu não quero mais ser assim.

– Você não tem noção de quão especial você é. E Briony seria uma burra se não enxergasse isso. Agora, que tal irmos até a livraria e tomarmos um milk-shake no Tord depois?

– Você não se cansa de tomar sorvete?

– Nunca.

– E eu sinceramente já me cansei de vocês – comentou Prozy, ao notar que a tensão havia se dissipado. – Tudo o que eu queria: um dia de paz. É por isso que gosto do mundo espiritual é bem mais fácil lidar com gente morta.

Andrew sorriu e pediu um momento para trocar de roupa antes de saírem. O garoto escolheu roupas simples que consistiam em jeans, uma camisa do Radiohead e um cachecol vermelho que ganhara de Amber no último aniversário. Pegou um guarda-chuva e se encontrou com Ive no andar de baixo.

– Andy – disse Ive quando já iam saindo da casa. – Eu me esqueci de te mostrar uma coisa.

Ela abriu sua bolsa e entregou uma moeda a Andrew:

– Você tem que concordar que ele tem senso de humor.

Girou aquilo por entre os dedos. Ela tinha a gravura de um gato sorridente em uma das faces, enquanto exibia uma pequena mensagem do outro lado: *Um nome bem sensível e diário*. Ali estava o primeiro nome do gato, uma moeda de ouro tirada da boca de Adelpha Barrie. Tão pequena e desejada, pensou Andrew.

– Fique com ela – disse Ive. – É para que se lembre de que estamos no caminho certo.

Não respondeu. Estava com a cabeça muito longe, numa casca de pensamentos que não podia ser penetrada. Guardou o primeiro nome dentro da carteira e fechou a porta. Respirou. A besta, o anjo e louco que habitavam dentro de si estavam quietos por ora, mas ainda assim, Andrew não podia acreditar que estavam no caminho certo.

– Acho que o clima será horrível durante o resto da semana – disse ele e deu seus passos pela calçada.

Capítulo VINTE E OITO

Ela disse que não deixaria os robôs verdes devorarem-me, mentirosa, estou num deles agora.

"Tha Carter II" tocava em volume alto, mas Amber Webley não prestava atenção. A música ia de um lado para o outro do quarto, fazendo os vidros da janela vibrarem. O olhar dela percorria os pôsteres de seus ídolos, as roupas e discos espalhados pelo chão, a parede grafitada e os cadernos lotados de letras e rascunhos. Seus pensamentos caminhavam preguiçosos no sótão da mente. Isso tudo é muito injusto, pensou. Sabia que Lil Wayne na idade dela já havia dado passos concretos em direção a uma carreira no mundo do hip hop, e ela não conseguia nem duelar num viaduto. Era obrigada a reconhecer que talvez fosse apenas uma MC mediana e sem nada de especial.

Rolou na cama de um lado para o outro até não conseguir mais. Não tinha vontade nem ânimo para fazer coisa alguma. Colocou um agasalho e saiu. Podia escutar o irmão conversando com a amiga, havia notado que eles vinham passando muito tempo juntos. Olhou para o relógio do corredor e viu que passara a maior parte do dia dentro do quarto. Quatro horas da tarde. Havia coisas sobre a mesa, o jornal de Dresbel anunciava na primeira página que Abim, a pantera do zoológico morrera engasgada com algo atirado em sua jaula. Pelo menos eu não sou a única morrendo engasgada, pensou rancorosa. Pegou um gibi que estava jogado no sofá e saiu de casa, gostava de sentar na escada da entrada e observar a rua. O movimento de carros indo e voltando.

Estava frio – foi a impressão que seu corpo registrou primeiramente –, estava muito frio e o chão estava umedecido.

As imagens daquela noite continuavam a voltar a todo o instante. Sentia-se um lixo. Quantas mil vezes ela já se imaginara no palco, vencendo a todos um por um? Setenta vezes sete por dia. Jonas me disse para não entrar no duelo , pensou, folheando a revista em quadrinhos displicentemente, para assistir ao menos uma vez... Como eu poderia ao menos pisar na loja de Maurice novamente? Não, não, não! Fracassara diante do amigo, da plateia e, ainda pior, diante de seu rival. Ela era apenas uma faca cega no meio de um tiroteio. Oh, sim, exclamou consigo mesma, agora serei motivo de piada de todo mundo.

Amber tirou os olhos do papel a tempo de ver Jonas descer a rua em seu skate. A última pessoa que queria ver naquele momento. Será que ele não tinha noção de que ela queria ficar sozinha? Ele atravessou a rua e sentou-se ao lado dela.

– Estava preocupado com você – disse ele.

– Como você pode ver eu estou viva, agora, já pode me deixar em paz.

Esperava que isso funcionasse e o fizesse ir embora, seu humor não suportaria muita conversa. Jonas olhava para o alto, como se fosse encontrar alguma coisa no céu que acabasse com aquele momento constrangedor. O garoto colocou a mão em seu ombro para oferecer apoio, Amber afastou a mão dele com um tapa.

– Você não entende, não é? Não sabe o que é se sentir incapaz. Quem engasgou lá em cima fui eu, passei vergonha na frente de todos os MC's da cidade e saí correndo. Claro que você não entende, está sempre fazendo seus batuques sem ter que levar na cabeça. Credibilidade de rua, que ilusão. Se eu estivesse morta, eu estaria melhor. Não quero mais saber de duelar, não quero saber de rap.

– Amby, não diga isso.

Amber se levantou e rasgou a revista em quadrinhos, deixando que os pedaços caíssem como pedras sem peso. Jonas se moveu, perturbado. A maré que se agitava dentro dela não podia ser contida ou transmitida em palavras. Quanta frustração havia, que raiva, que surto, ânsia verdadeira. Ficou ali, olhando para o garoto, que estava de cabeça baixa girando uma das rodas do skate com a mão. Sentia-se como alguém que fica na ponta dos pés para alcançar o topo de uma escarpa inabordável. O garoto a olhou serenamente e esperou até que ela estivesse menos furiosa. Você não pode desistir do que é importante para você dessa forma, disse ele. A vida é desafio, Amby. Eu não gosto de ir para a escola, onde as pessoas riem do meu cabelo, da cor da minha pele e do que eu sou de forma tão chata que eu gostaria de ter nascido diferente. Sinceramente, ninguém sabe como aquele lugar é o inferno, eu levo surras nos banheiros, nos corredores, sou enfiado dentro de armários e tenho que encontrar desculpas todos os dias para os machucados novos. E dia após dia, eu não consigo reagir, fico parado, rezando para que pelo menos uma vez, eu passe despercebido e ninguém preste atenção em mim. Isso é um dia bom, quando ninguém mexe comigo. E eles não acontecem com frequência. Então, sim, eu sei o que é se sentir incapaz. A minha música é a única coisa que tenho, porque sou eu contra o mundo. Acredite, eu tenho que levar muito na cabeça para fazer os meus *batuques*.

A garota ficou parada, processando a avalanche de palavras do amigo. Era a primeira vez que o ouvia falar daquela forma. Nunca imaginara que Jonas pudesse ter tanta coisa guardada dentro de si. Sentiu-se mal por ter agido como se ela – e apenas ela – fosse o centro do mundo. Voltou a se sentar ao lado de Jonas e passou o braço por sobre os ombros dele.

– Foi mal, Jo – disse ela. – Não sei com que eu estava na cabeça. Acho que só estou chateada pelo o que aconteceu no viaduto.

Jonas forçou um sorriso e respondeu:

– Está tudo bem, Amby. Eu só quero que você não desista de tudo por causa do que aconteceu lá. Esse tipo de coisa é normal. Você terá outras chances para chutar o traseiro de Lil Darryl. Ou todo aquele papo de ser a rainha da cidade era besteira?

Amber ficou em silêncio. O olhar perdido na distância, além da Torre de Dresbel no fim da cidade. Estava com raiva e assustada, o medo de falhar escapando pelos cada poro. Fechou os olhos por um instante. Se Jonas pode superar os medos dele para fazer isso, pensou, o mínimo que eu posso fazer é mostrar o dedo para quem entrar na frente e me mover. Sentiu a velha vontade de brigar dando partida no cérebro, a competitividade que a movia. Eles podiam ter cuspido no túmulo dela aquela noite, mas ela estava de volta e com vontade de usar a coroa. Subiria naquele palco e queimaria a alma de Lil Darryl bem lentamente. De agora em diante, seria uma ameaça à solta, uma renegada.

Limpou uma lágrima que começava a sair. Tinha um objetivo para guiá-la. Olhou para o amigo e com um pequeno sorriso, disse:

– Prepare suas batidas, vamos voltar ao jogo e ensinar as donzelas como versos de verdade são feitos. Eu não vou perder, Jonas.

Viu Jonas abrir um largo sorriso e se aproximar dela. Estava visivelmente contente por vê-la melhor. Não perfeita, contudo, visivelmente melhor, e isso por ora seria o suficiente. O garoto enfiou a mão dentro do bolso e tirou um pequeno disco azul.

– As últimas batidas que criei, esperava que você jogasse algumas linhas nela.

Amber tomou o disco em suas mãos e assentiu com a cabeça. A melhor coisa que tinha a fazer era se concentrar em algo para esquecer os eventos passados. Iria trabalhar nessa faixa até que seus olhos sangrassem. Guardou o CD no bolso e convidou Jonas para ajudá-la com a música. Por um instante, tudo estava bem, como se nada tivesse acontecido e eles estivessem apenas brincando de fazer rap no porão.

Jonas se levantou e foi com dela. E durante algum tempo houve silêncio, mas, caso alguém esperasse diante daquela mesma casa por mais alguns minutos, começaria a ouvir batidas e versos rápidos sendo disparados.

Eu sou a lei e a sina, olhando a corja de cima/
É, eu sei, me mover por instinto, caminhando/
Expressando o que sinto, uma homicida da rima/
Eu mando bem, você é ninguém elevado ao cubo/
Não pergunto quem, eu sou ouro e eles, adubo/
(...)

Capítulo VINTE E NOVE

Eu te mostrei as ruas da sua cidade e te contei que elas eram feitas de papel machê.

A manhã começava fria e silenciosa às cinco da manhã. O orvalho recobria as árvores e os carros estacionados. Os primeiros trabalhadores já eram vistos descendo a Avenida Chillingworth, desciam apressados e esfregando uma mão na outra. Vapor escapava dos bueiros e a garoa não dava trégua. Nada naquelas primeiras horas da manhã tinha algo de diferente ou extraordinário. Exceto para Andrew Webley, que observava Ive caminhando em sua direção. Era o início da busca pelo segundo nome do gato. Apreensão percorria seu estômago. Enfiou as mãos nos bolsos e esperou até que Ive e Prozy se aproximassem. Eu fiquei com medo de você não aparecer, disse Ive. Sacudiu a cabeça numa negativa e começou a acompanhá-la. Não poderia simplesmente desistir, e, além disso, sentia uma curiosidade maior do que o medo em descobrir esse mundo secreto.

Prozy se ajeitou dentro da bolsa de Ive e disse:

– Eu sei que o meu bom senso não faz diferença para vocês, mas, não acho que chegar até Obie e pedir o nome seja de muita utilidade.

– Você é sempre tão pessimista – disse Ive. – Relaxe, eu andei pesquisando nos arquivos e descobri como resolver isso. Ao que consta, Obie é suspeito de contrabando espiritual e de organizar uma quadrilha de imigração ilegal para o mundo humano, trazendo fadas, espíritos e outras coisinhas para cá.

– Essa é a pessoa que a gente está indo procurar? – indagou Andrew estupefato.

A coelha riu e respondeu:

– Nem mesmo Rayla conseguiu provar isso, não acho que uma estagiária faria muita diferença.

Ive fingiu estar ofendida e respondeu:

– Coelha de pouca fé, por que duvidar de mim? Você nunca vai pagar o seu carma se continuar agindo dessa forma – ao notar a expressão de confusão no rosto de Andrew, explicou: – Prozy era uma criminosa muito famosa no lado de lá. A punição dela é ser meu espírito-guia.

– Moleque, eu fui a melhor que já existiu. O recorde de roubo no mundo espiritual ainda é meu, vinte e sete bancos no mesmo dia.

Andrew riu e continuou a seguir pela avenida em direção ao centro da cidade. Olhava para Ive algumas vezes, se lembrando do beijo que trocaram no cemitério. A recordação nítida daquele evento lançou uma aura de embotamento sobre tudo o que acontecia ao seu redor, como se por um momento, a memória fosse mais tangível que a realidade. Mas que acesso de emoção era esse? – Essa explosão de calor no peito – O que era? Coisa sem princípio nem fim. Essa vontade de segurar a mão dela. Será que estava começando a ter sentimentos por ela, então? Quando ela anda, pensou, os cabelos dela se movem levemente. Como um gato que se move numa viela, ou como um jejuador em seu retiro, deu um passo atrás do outro, ainda flutuando em pensamentos. A voz dela o interrompeu.

– Como anda a violinista?

– Eu... não tenho escrito muito ultimamente, muita coisa na cabeça.

– Pois deveria voltar a fazê-lo, ora. Histórias são importantes, Andy.Mais importantes do que a maior parte daquilo que importa. Porque se você fizer direito, elas podem viver para sempre. Quando eu era menor, o Sr. Shakespeare costumava me dizer que enquanto houver pessoas vivas no mundo, as histórias viverão e as pessoas viverão nas histórias.

– Como ele é? Digo, William Shakespeare.

– Estranho – respondeu Prozy imediatamente. – É a melhor forma de definir aquele homem. Eu me lembro de quando ele decidiu criar um monólogo musical com tubas e castanholas. Ele chamava de a *fase progressiva* dele.

Ive riu, como que se lembrando de velhas histórias.

– É um homem engraçado e cheio de manias estranhas, consegue ser bem dramático às vezes, mas todo mundo gosta dele por lá. Tem um senso de humor que só ele entende e está sempre metido em algum tipo de rivalidade com o Sr. Ben Jonhson.

Andrew foi obrigado a imaginar como seria viver no outro lado, onde todos os mestres desde a Antiguidade eram apenas vizinhos de porta. O garoto perguntava-se por que temer a morte se tinha a certeza de uma continuação do outro lado. Qual a graça em viver num mundo tão banal se existia um novo mundo onde poderia se dedicar apenas aos seus interesses – sem responsabilidades e sem limite de tempo. Onde pudesse flanar sem sentimento de culpa.

– Bem, Andy,estou curiosa para ler sua história. Por isso, escreva-a – estavam perto do encontro entre as ruas Bruton e Walsh. – Estou quase terminando o livro novo que comprei.

Ive havia comprado uma bela edição ilustrada de Peter Pan numa das lojas da Rua Florence Nettle. A garota tinha o hábito de ir até seção de livros infantis e ficar sentada no chão lendo ou olhando as figuras de livros, movendo-se apenas para alternar a posição ou pegar outro calhamaço. Gostava de conversar sobre livros com ela, ao contrário de Briony, que gostava de ler romances açucarados e bobos, Ive tinha um gosto por coisas inusitadas.

– Um dos meus livros favoritos quando eu era criança. Meu pai costumava ler para mim – respondeu Andrew.

– Eu gostaria tanto de visitar a Terra do Nunca. Imagine só, viver num lugar onde você pode ser criança para sempre! Voar pelos céus – ela abriu os braços e girou –, enfrentar piratas, dançar com índios e fazer tudo, tudo, tudo o que quiser. Se você pudesse ser personagem de algum livro, qual você seria?

– Não sei, talvez um do tipo Werther que sofre por amor durante a história inteira e se mata no final.

– Moleque, a graça dessa brincadeira está em imaginar ser alguém diferente do que você já é.

– Morra, sua coelha maldita.

Já estavam caminhando há mais de meia hora quando pararam em frente a um terreno baldio, onde uma placa dizia: Não entre. Olhou de um lado para o outro, procurando alguma coisa que servisse para mostrar que estavam perto de alguma coisa. Não encontrando nada, voltou os olhos questionadores para sua amiga. Ive sorriu e respondeu:

– Não se preocupe, você vai entender. Será um pouco nojento, mas vai dar tudo certo. Poderia fechar os olhos, por favor.

Andrew obedeceu, sem conseguir supor o que Ive poderia querer com isso. Ouviu quando ela se aproximou e segurou sua cabeça com uma das mãos, logo em seguida, sentiu algo frio e úmido sendo passado sobre suas pálpebras. Todo o seu corpo se arrepiou e seus olhos arderam como se tivessem sido mergulhados em pimenta.

– O que você fez? – perguntou em dor.

– Não muito, só cuspe e lama para clarear sua visão – disse Prozy.

– Cuspe! Você passou cuspe nos meus olhos, sua louca?! – respondeu Andrew, irritado e se limpando com uma ponta do cachecol.

Talvez tivesse protestado ou se enfurecido mais, caso não tivesse perdido a voz momentaneamente. Diante de si, onde antes havia apenas um terreno vazio, erguia-se uma enorme construção de três andares. Podia ver um fluxo de pessoas e coisas que definitivamente não eram humanas em nenhum aspecto ou circunstância. Andrew permanecia completamente imóvel e boquiaberto, mais até do que estivera em Hoon. Uma placa de neon avisava: MERCADO CENTRAL DE DRESBEL. Sua boca formou apenas um som:

– Uau.

Capítulo TRINTA

Existe um movimento que não se pode ver, uma dança que porcos cantam.

Um dia como todos na história da humanidade. O sol se erguera num lado e se pusera no outro – sem falta – como fazia todos os dias. Absurdamente comum em todas as suas vinte e quatro horas. Com tudo aquilo a que tinha direito: movimentos, acidentes, mortes, risos e nascimentos. Tudo estava exatamente como deveria ser, embora, houvesse divergências nesse ponto. O que distingue uma data do ano de outra qualquer, é a importância que se atribui a ela. Um veterano de guerra talvez seja acometido por memórias em determinada época, ao relembrar o dia de seu alistamento ou o desembarque de sua tropa. Uma pessoa pode se lembrar de onde estava quando alguma personalidade importante morreu ou quando conheceu o amor de sua vida. Para Astrophel, aquele era o dia em que celebrava mais um ano de casamento com Stella.

Astrophel passou a mão pelo rosto deixando que as unhas arranhassem a carne, como se uma dor pudesse aliviar outra. Atirou a garrafa de uísque que tinha em mãos na parede e sentou-se no chão da cozinha, encarando a chama do fogão enquanto a água era fervida. Seus olhos ardiam e o cansaço fazia com que cada músculo de seu corpo se retesasse como as cordas de um violino. Dormira mal nos últimos quatro dias, desde que voltara do cemitério sem o primeiro nome e com sua esposa ferida. Era como estar em coma debaixo d'água.

Os últimos eventos passavam pela sua cabeça de forma incessante. A imagem de Stella pendurada numa árvore com um destaque maior do que o desejado. Aquela falha significava que sua alma estava mais próxima do Inferno. Nunca fora religioso em toda a sua vida, mas não conseguiu evitar fazer uma prece para que conseguisse resolver tudo aquilo sem matar muitas pessoas. Embora tivesse a intenção de infligir o maior sofrimento possível à filha da

Morte e ao amigo dela. Tudo parecia tão sem vida... Os aposentos vazios, os livros espalhados e os rostos austeros das pinturas que o encaravam. Nisto, como acontece com as pessoas que saem de um devaneio vívido e se surpreendem por terem dedicado muitas horas alheias à realidade – ergueu-se do chão e foi terminar de preparar o chá de sua esposa.

Despejou a água quente na xícara abarrotada de folhas prateadas e agitou levemente. A infusão devia ser feita com o máximo de cuidado possível, caso contrário, o chá não faria efeito algum. Trabalhou naquilo durante mais algum tempo. Os pensamentos o levaram até seu velho amigo Lu Yu, ele sabia preparar chás como nenhuma outra pessoa. Gostaria que ele estivesse ali para ajudá-lo a salvar Stella. Carregou a tigela de chá com cuidado em direção ao quarto, lugar que tentava evitar nos últimos dias.

O quarto estava escuro e as enormes cortinas, cerradas. O ar estava abafado e apenas o som de uma televisão preenchia o espaço, uma reprise de "*A felicidade não se compra*". A mulher deitada na cama e não notava a presença do marido entretida com o drama natalino de Frank Capra. Não conseguia entender o que fazia com que Stella assistisse a filmes bobos mais de uma vez. Ora, era o bastante para ela comer tortas e assistir a coisas velhas? Por acaso não sentia falta de seus poderes e das maravilhas que podia realizar?

Aproximou-se da cama tomando cuidado para não derramar nada. Stella havia notado sua presença e o seguia com um olhar curioso e sorrindo levemente.

– Chá de *Austras Koks* – disse ela. – Nunca gostei muito dessas, você sabe.

– Vai te ajudar a melhorar. Como você se sente? Eu prometo que farei com que ela pague pelo que fez a você.

Stella usou o controle remoto e desligou a TV antes de responder:

– Um pouco melhor, minha perna já não dói tanto. Nós tínhamos consciência de que isso poderia acontecer quando começamos a procurar por esses nomes. Infelizmente, não podemos no separar enquanto você luta sozinho, isso o mataria. É um risco que corremos – após uma breve pausa, acrescentou: – Você não tem se alimentado bem, querido. Quer assistir a um filme comigo?

– Você não sente raiva?

– Por que eu deveria sentir? As coisas acontecem, Astrophel, e não podemos alterar o passado. Esse é o grande problema de vocês, jovens, são muito impacientes. Quando realmente aprender isso, tudo ficará mais fácil – ela se ajeitou na cama e tomando um gole do chá, continuou – Ah, sempre tão amargo, mais de duzentos anos bebendo isso e nunca melhora. Querido, me leve até a sacada, quero ver as estrelas, não é agradável celebrar nosso aniversário de casamento numa cama.

Astrophel colocou Stella em seus braços. Ela era leve como uma pluma e magra, tão frágil, pensou ele, que um pouco mais de força quebraria seus ossos. Olhou para as linhas no rosto dela, a calma ali presente o desconcertava. Como ela conseguia permanecer tão serena quando tudo o que ele sentia era apenas um ódio frio e uma vontade gigantesca de machucar alguém? Andavam, andavam pelo piso de madeira; todas as gotas de chuva do céu caiam lá fora. Se ele a deixasse morrer, pensou, o seu destino seria o mesmo. Em determinados momentos, chegava a se cansar de estar vivo. Cansado da mulher em seus braços, cansado de si mesmo. Já vira civilizações se erguerem e todas as pessoas com as quais se importara nascerem e morrerem ano após ano. E se conseguissem salvar suas vidas? Estava dado a pensamentos demais. Ora, continuariam simplesmente a viver um dia após o outro.

– Astrophel – disse ela num tom distante. – Este mundo já pertenceu ao meu povo uma vez, vivíamos nos bosques e nos rios, os humanos nos respeitavam e adoravam. Tudo isso foi antes de novos deuses surgirem, antes que fôssemos caçados e expulsos e muito antes de as histórias começarem a morrer. Este mundo já foi bonito.

– Gostaria de poder ter visto – respondeu ele.

Stella pediu para ser colocada no chão e se segurou no parapeito. Observavam a noite acontecendo muitos andares abaixo. Tudo parecia tão certo e em seu devido lugar visto de cima. Você acha que ela gostaria de viver aqui, perguntou a mulher com os olhos fixos na distância. Não soube o que responder de imediato, fazia anos que não falavam sobre ela.

– Eu tenho certeza de que nossa pequena Anthea gostaria de ver esse mundo. É por isso que estamos lutando, meu amor. Para que possamos tê-la aqui. Sua mãe não nos separará dela para sempre. Precisamos apenas ter os nomes e tirar Mefistófeles do caminho.

Astrophel a abraçou e deixou que as lágrimas dela escorressem.

– E se não conseguirmos os nomes? Perderíamos tudo, até mesmo a menor das possibilidades de termos nossa filha de volta. Minha mãe é a Rainha das Fadas, ele não volta atrás em suas decisões, somos apenas criminosos aos olhos dela.

– Eu vou conseguir nos salvar, todos nós. Acredite em mim. Anthea estará conosco em breve e ninguém vai nos separar outra vez.

– Sabe o que é o pior de tudo? Eu não me lembro mais do rosto dela, nem do cheiro ou da cor dos cabelos, tudo se foi, tudo se foi.

Queria poder encontrar uma forma de fazer com que o sofrimento dela acabasse, queria fazer com que o próprio também encontrasse um fim. Mas naquele momento, não confiava em si mesmo para fazer isso. Tentava colocar os pensamentos abruptos que surgiam em ordem. Astrophel abraçou a esposa bem forte e sussurrou em seus ouvidos:

– Ela é linda. Tem olhos enormes, azuis e curiosos que brilham. Os cabelos dela tinham esses cachos que você passava horas enfeitando quando morávamos naquele castelo, lembra-se? Anthea corria por todos os cantos e tinha uma risada que fazia com que alguns duendes da região ficassem ali perto para pegar estilhaços do riso dela.

Astrophel sabia que essa garotinha que descrevera não existia mais e que Anthea já era uma mulher, que talvez nem soubesse sua verdadeira ascendência. Uma jovem que vivia na corte das fadas,destinada a ser a próxima na linha de sucessão e a caçar seus pais pelo crime de ter dado vida a ela. Não gostava de pensar nela dessa forma, preferia imaginá-la quando criança, sentada aos seus pés ouvindo poemas e histórias. O silêncio intenso ficou entre eles. Pensar em Anthea não era um consolo, mas, antes, fonte de dor ao conjecturar qual seria a realidade. Pôs-se a acariciar os cabelos de Stella. Gostaria de conseguir derramar uma lágrima como ela fazia, mas até isso lhe parecia vedado. Então, naquele tom de voz que uma pessoa tem ao dar seu último suspiro, disse:

– Feliz aniversário de casamento.

Era apenas mais um dia na história da humanidade.

Capítulo TRINTA E UM

Todos os pavilhões levam até a desolação, as crianças estão desidratadas.

Andrew Webley não era o tipo de pessoa que gostava de compartilhar suas coisas. Talvez, isso se devesse primeiramente pelo fato de não gostar de seres humanos em geral. Por exemplo, odiava quando algumas de suas bandas favoritas começavam a fazer sucesso e todas as pessoas começavam a, de repente, amá-las também. Geralmente, costumava abandonar aquilo que se tornava muito conhecido. O mesmo se aplicava aos seus autores, livros, quadrinhos, discos, revistas e marcas de roupas. As músicas do *Arcade Fire* e as roupas *Abercrombie & Fitch* eram os últimos alvos dessa mania. Entretanto, pela primeira vez na vida, quis ter alguém mais com quem compartilhar aquilo que via. O Mercado Central das Fadas de Dresbel se erguendo diante dos seus olhos como um lembrete de que seu mundo havia ganhado novos e infinitos horizontes.

Havia uma sensação estranha em notar que dentre todas as pessoas da cidade, apenas ele conseguia enxergar aquela obra entre mundos. Ive o puxou pelo braço e fez com que entrasse no mercado. Havia dezenas de corredores abarrotados de lojas de artesanatos e restaurantes. Andrew buscava dentro de si formas de nomear todas as criaturas que via passando por ali, mas nenhuma palavra poderia fazer paralelo ao que se desdobrava diante dele. Que inusitado ver duendes e animais falantes na sua frente quando passara seus últimos anos os descrevendo em folhas de papel. Era como ver um desfile dos personagens de *A Violinista de Fevereiro* andando de um lado para o outro. Não faça muito contato visual, disse Ive, eles não gostam desse tipo de coisa por aqui.

Estavam passando por uma parte do mercado onde havia animais exóticos amontoados em gaiolas, dodôs em oferta, um tigre-de-bali recém-nascido, ovos de cocatrice e uma ninhada de *chupa-cabras* trazidos diretamente de Porto Rico. O cheiro era insuportável e cada mercador tentava segurá-los para fazer uma oferta. Mas nada foi mais complicado do que abrir caminho entre uma banda de vinte e nove duendes que cantavam pop sueco.

– Onde estamos indo? – perguntou Andrew.

– É logo adiante, Obie é dono de uma livraria aqui.

Deram inúmeras voltas pelo labirinto de corredores até chegarem a uma grande livraria, onde um pequeno servo de orelhas pontudas varria o chão e resmungava xingamentos na entrada.

– Olhe o pobre Puck, ai de mim, ai de mim. Tanto trabalho e pouca recompensa. Robin Goodfellow sempre foi um bom companheiro e ganha somente uma vassoura. Ai de mim, não mais o alegre andarilho da noite, mas o pobre varredor.

Ive riu baixo e perguntou:

– Olá, Puck, como andam as coisas?

A criatura fez uma mesura e respondeu:

– Oh, Princesa do Fim Inevitável, elas não andam. É um prazer tê-la aqui. Diga no que o pobre Robin Goodfellow, seu querido Puck, pode ajudá-la. Vejo que trouxe uma companhia inusitada.

– Estamos procurando Obie. Este é Andrew e ele está me ajudando.

O duende colocou sua vassoura num canto e pediu para que o grupo entrasse na loja. O interior era pouco iluminado e bastante empoeirado, com livros que ocupavam cada espaço do chão até o teto. Títulos em tantos idiomas que era impossível reconhecer menos da metade deles. Lontras bibliotecárias limpavam e organizavam os livros por ordem de nome dos autores. Um cartaz na entrada indicava aos visitantes onde poderiam encontrar o que buscavam, desde manuscritos, mapas, pinturas e microformas, até gravações de áudios. O que realmente chamou a atenção de Andrew foi um manuscrito dentro de uma caixa de vidro sobre o balcão. Leu a etiqueta com curiosidade: *"Poética" de Aristóteles, edição completa e autografada, não está à venda.*

Um dos livros mais raros na história da humanidade. Andrew sabia que muita coisa sobre o modo como as pessoas entendiam as histórias havia nascido com aquela obra. Era demais para sua cabeça, imaginar que diante de si estava uma coisa pela qual todos os amantes de livros enlouqueceriam. Sentiu uma vontade inigualável de tocar e sentir a textura do material. Se aquilo estava ali, o que mais não poderia haver espalhado pelas estantes?

– Eu imaginei que você iria gostar daqui – disse Ive.

Estavam caminhando por entre as estantes enquanto Puck fora buscar seu mestre. Andrew e a garota folheavam tudo e qualquer coisa e corriam para trocar cada nova descoberta; fosse um exemplar de *Alice no País dos Espelhos* ilustrado por Gustave Doré post-mortem ou livros de Edward Lear com comentários de Napoleão Bonaparte. Ive escolheu dois livros e pagou a uma das lontras. Havia livros que não faziam sentido algum, outros que eram apenas a mesma palavra repetida milhares de vezes em fontes diferentes. Algumas etiquetas evidenciavam as bibliotecas de Alexandria e Babel como donos originais de algumas partes do acervo.

Foi nesse momento que Puck e seu mestre chegaram.

– Sejam bem-vindos, queridos – disse o dono. – Ive, Princesa do Fim Inevitável e amigos, vocês são convidados em minha casa.

– Olá, Oberon do Mar de Histórias. É um prazer vê-lo novamente.

– Sintam-se a vontade, é como dizem, *mi casa, su casa*.

Oberon era uma criatura pouco mais alta que Andrew e tão gordo que suas vestes pareciam lutar para não explodir. Sua pele era verde, coberta de escamas e seus olhos eram grandes e vermelhos. Vários brincos estavam pendurados nas orelhas pontiagudas e seus dentes eram grandes e pareciam lápides cobertas de um musgo que seria melhor não identificar. Ele estendeu a mão grossa e trocou um aperto com os convidados.

– Como tem passado? – perguntou Ive. – A última vez em que nos encontramos foi durante a Inquisição Espanhola e nem pudemos conversar direito. Pobre mamãe, estava sempre ocupada naquela época.

– Tempos difíceis, tempos difíceis. Ninguém espera a Inquisição Espanhola! Eu estou indo bem, como pode ver, vivendo numa brisa calma. Tirei alguns dias de férias em Gondal, uma ilha no Pacífico Sul, ótimo lugar para descanso.

– Nunca ouvi falar nessa ilha – comentou Andrew.

– Não está nos mapas – respondeu Obie. – Apenas para associados. Agora, vamos aos negócios, em que posso ajudá-los?

– Precisamos de sua ajuda para encontrar uma coisa.

Andrew podia sentir que o clima mudara num instante. O sorriso aberto no rosto de Oberon deu lugar a uma expressão fechada, como se já esperasse o que estava por vir. Puck se afastou em silêncio, reconhecendo que aquele não era o momento ideal para ficar ali. O livreiro passou as mãos em seus cabelos grisalhos e fez um gesto pedindo para que continuassem.

– Estamos procurando o segundo nome do gato – disse Andrew. – É muito importante que você nos ajude.

Oberon sacudiu a cabeça negativamente e respondeu:

– Vocês perderam a razão. Eu e o patife não somos mais amigos, aquele gato trapaceiro. Isso é demais até para você, Ive. Se essa informação caísse nas mãos erradas, sua família arrancaria os meus dentes com um cortador de unhas.

– Isso não vai acontecer – disse Ive. – Eu sei que Titânia lhe abandonou para ficar com ele... Veja bem, essa é a sua chance de dar o troco. Eu juro que não deixaria que minha irmã soubesse de nada, o segredo estará a salvo comigo.

– Isso vai além de uma briga por causa de uma mulher, Ive – respondeu ele. – Pode significar até mesmo o fim do mundo. Eu sei que Astrophel também está atrás dos nomes, esconder-me dele é o máximo que uma pessoa pode aguentar. Eu não saio dessa loja há mais de quarenta anos.

Andrew sabia que ele não entregaria a localização do nome facilmente se nem mesmo Astrophel era o bastante para assustá-lo, teriam que pensar em algo impossível. Estava absorvido em seus pensamentos quando uma lontra bibliotecária se aproximou e disse:

– Mestre, o Sr. John Dee enviou uma carta dizendo que aparecerá por volta das três horas da tarde para negociar aquelas enciclopédias de feitiços da Dinastia Ming.

– Eu já disse a ele que não está a venda, são obras de estimação. Esse homem acaba com os meus nervos, veja só – Oberon voltou sua atenção aos visitantes. – Como podem ver, hoje será um dia cheio. Lamento que eu não possa ajudá-los na busca, mas acho que chegarão à conclusão de que isso não é uma coisa com a qual devam brincar. Fiquem à vontade para desfrutar da loja, mas não contem comigo para nada além de livros.

Andrew olhou para todos aqueles que estavam próximos, deixando que um plano aflorasse em sua cabeça. Havia uma forma de fazer com que saíssem dali com a localização do segundo nome. Seria perigoso e de caráter absolutamente duvidoso, nada que não houvessem feito antes. Ive enfiou as mãos no bolso e perguntou:

– Sua última palavra sobre o assunto?

– Sim, Ive Princesa do Fim Inevitável. Mande lembranças a sua família.

A garota deu de ombros e respondeu:

– Bem, então, acho que não vou mais te incomodar. Darei lembranças suas à minha mãe – olhou para Andrew e piscou. – Andy, eu acho que é hora de irmos para a casa, acho que temos um pouco de jardinagem para fazer.

Ive sabia que estava se preparando para fazer alguma coisa, talvez alguma mudança em sua aura houvesse indicado isso, o que era bom. Despediram-se do livreiro e se viraram para sair. Estava na hora de colocar sua ideia em prática. Surpreendeu-se ao notar que estava tomando uma atitude, sendo que isso nunca fora o seu ponto forte de maneira alguma. O único problema em escolher um lado é: alguém termina insatisfeito.

Andrew tinha esperanças de que não fosse ele.

Capítulo TRINTA E DOIS

O que mais podemos dizer? Boa noite, você perdeu o seu emprego, Sr. Cha-cha-cha.

Para cada linha que Amber rabiscava em seu caderno, milhares já haviam sido riscadas. Ergueu a cabeça e ficou olhando o grupo se divertindo na pista de skate. O barulho das pessoas e da construção ali perto tirava sua concentração. Foi levada a pensar em seu irmão, Andrew conseguia escrever suas coisas em qualquer momento. Como da vez em que estavam na festa de casamento de sua prima Charlotte e ele escrevera uma história num guardanapo. Algo sobre um garoto mudo que gostava de uma menina e se embrulhava de presente para ela em uma caixa em forma de coração. Era uma história cômica, pelo que se lembrava, no fim de tudo, a garota cometia um engano e mandava o embrulho para o polo sul. Fazia muito tempo desde que lera alguma coisa dele, costumavam ser muito ligados quando ela era mais nova, agora, era raro conversarem por mais que dez minutos. Nunca brigavam, é verdade, contudo, não se importaria em ter seu irmão mais velho lhe ajudando.

Soprou a mecha que caíra sobre seus olhos e voltou a se concentrar nas rimas e versos. Era o melhor que tinha a fazer. O único problema era o fato de que não conseguia pensar em nada que tivesse força o suficiente. Tocou mentalmente a batida que Jonas criara para a fita demo, mas era impossível fazer com que qualquer coisa coubesse. Nada que lhe agradasse. Seu irmão costumava dizer que para criar algo, uma pessoa deveria ter um pensamento divergente, para pensar em um monte de coisas aleatórias, e um pensamento convergente, para fazer com que essas ideias possam trabalhar juntar e criar algo diferente. Até esse ponto estava tudo bem, o tal pensamento convergente era o grande problema. Gostaria que ele pudesse explicar melhor como isso funcionava. Mas Andrew não teria tempo para isso, pensou, tinha sua nova amiga com a qual passar todos os dias.

Amber estava distraída, tentando fazer a palavra «laranja» rimar com alguma coisa coerente, quando Jonas sentou-se ao seu lado e comentou:

– Eu sinto que fui roubado.

– Por quê? – indagou sem tirar os olhos do papel.

– Lil Wayne me assaltou. Eu passei mais de um ano me esforçando para não escutar o último disco dele. Sério, *Rebirth* é como um Frankenstein de tudo o que existe de ruim no hip-hop e no rock ao mesmo tempo, e isso não é pouca coisa.

A garota riu, insistira durante meses para que ele não escutasse aquele disco – o que, evidentemente, não surtira efeito. Colocou a mão sobre o ombro do amigo e respondeu:

– Eu te avisei e você não acreditou, cara. Depois de *Tha Carter III*, Lil Wayne era o melhor rapper vivo, nem dá pra entender o porquê de ele inventar um disco de rock. Houve apenas um bom casamento entre rap e rock até hoje: RUN-DMC e Aerosmith em *Walk This Way*.

– Eu tenho que concordar, embora eu ache que você esteja limitando as coisas. *Rage Against The Machine* também é um bom exemplo. Eu não sei o que acontece com alguns artistas que parecem escolher fazer música ruim de propósito. O que Tupac pensaria caso pudesse escutar isso?

Amber estava pronta para responder alguma coisa quando sua atenção foi extraída do assunto. Atravessando a pista de skate, vinha Lil Darryl-D com suas correntes no pescoço e seus passos gingados. Amber fechou o caderno e chamou a atenção de Jonas para o convidado indesejado. Respirou fundo e tentou manter a calma. Não esperava que fosse ser obrigada a confrontá-lo tão cedo, embora, já estivesse na hora de exorcizar o que acontecera no duelo. Sabia que Darryl estava ali para tripudiar sobre ela, mas não deixaria que ele saísse dali sem ouvir algumas coisas.

– Acho melhor a gente sair daqui – disse Jonas.

– Sem chance, isso daqui é sobre mim e eu não vou fugir. Não dessa vez.

Lil Darryl chegou com um sorriso torto no rosto e ajeitando o boné na cabeça. Ele é apenas pose, pensou Amber, não há nada que ele possa fazer para me atingir. Deixou que isso circulasse pela sua cabeça como um mantra. Segurou o caderno de notas com força, os dentes rangeram. Quando ele se aproximou, a garota deu as boas vindas:

– Que surpresa, você consegue andar na rua sem suas babás.

Lil Darryl deu de ombros e respondeu:

– E você consegue falar uma frase inteira sem engasgar. Isso sim é de causar surpresa.

– Fale de uma vez, o que você quer comigo?

– Com você? Eu não consigo pensar em nada que eu possa querer com uma perdedora. Branquela, por favor. Eu vim para conversar com o amiguinho aqui.

Amber sentiu como se tivesse acabado de levar um soco. Jonas olhava de um rosto para o outro sem saber o que dizer. Algo frio subiu pela sua garganta. Ficou imaginando o que Darryl poderia querer com seu amigo. Tinha essa vontade de se levantar e desferir um soco no rosto petulante do rival, mas, ao invés disso, deixou que ele desse procedimento ao que iria falar:

– Maurice me mostrou algumas das batidas que você fez, gostei muito delas, sabe. O que eu quero dizer é que quero você comigo. Eu e a turma vamos mandar uma demo pra *Young Money* e achei que você pudesse ter interesse em crescer.

Amber se levantou num salto e empurrou Darryl com as duas mãos. Sentia toda a raiva do mundo correndo nas veias. Era um carro desgovernado. Ele já a humilhara diante de uma plateia, não tinha o menor direito de ir até ali e tentar levar o seu parceiro. Jonas era *seu* melhor amigo e ninguém o levaria para a porcaria de lugar algum. Era uma das únicas pessoas com a qual podia realmente contar. Odiava Lil Darryl, o filho da mãe queria tomar tudo o que ela tinha. As palavras foram caindo sem que ela ao menos pensasse no que dizia:

– Você tem bosta na cabeça?! Arrume outro *beatmaker* porque esse daqui já tem dona. Some daqui! Se você não sair agora, eu vou te arrastar até o asfalto rachar.

Darryl segurou os braços da garota e a empurrou para longe de si com facilidade, em seguida, apontou para Jonas e disse:

– Você tem talento e o dinheiro não dorme, não pode ficar aí servindo de muleta para a *Feminem* aqui. Ela só quer se aproveitar de você, mano. Eu estou te oferecendo uma chance de fazer direito. Esse negócio de ser Tio Tom[vi] nos dias de hoje não cola. Fique com os seus.

– Amber é minha amiga – respondeu Jonas com firmeza.

[vi] Termo pejorativo usado para descrever um negro que age de forma subserviente às figuras de autoridade do branco, ou procurando a integração por meio de uma desnecessária acomodação. O termo “Uncle Tom” deriva do personagem que deu o título ao romance de Harriet Beecher Stowe, A cabana do Pai Tomás.

– E você é apenas o *beatmaker* dela. Acho que está na hora de você andar com os do seu tipo e usar suas batidas para a coisa certa. Pensa no que falei e decide o que vai ser.

Ao ouvir os gritos de Amber, os outros jovens que estavam na pista de skate largaram todas as suas atividades e correram para prestar auxílio à amiga. Troot, um dos maiores garotos do grupo foi o primeiro a chegar e se interpondo entre Amber e Darryl, disse:

– *Qualé*, mano, tá de *zuera* com a irmãzinha?

Houve um instante de tensão em que ninguém soube direito se o outro garoto reagiria ou não. Mais pessoas se juntaram ao redor da confusão e começaram a gritar ameaças. Amber segurou a mão de Jonas com força. Ele não iria a lugar nenhum. Darryl estava errado, o lugar de Jonas era ao seu lado. Porque ele e ela eram uma equipe. Como Eminem e Proof. E ninguém poderia ir contra o fato de que a amizade deles ia além dos objetivos no rap. Firmou seu semblante e rebateu o olhar raivoso que Lil Darryl lançava. Os dois se encararam durante alguns segundos, até que o garoto mostrou os dois dedos médios para todos e começou a caminhar para fora da pista. No instante seguinte, vaias romperam o ar e persistiram até que o invasor desaparecesse.

– A rua é *nóiz*! – gritou um dos garotos, dando tapas nas costas de Amber.

A garota se aproximou de Jonas e buscando as palavras certas, disse:

– Jo, eu quero que você saiba que...

– Eu sei, Amby – respondeu o garoto. – Eu já ouvi tanto o disco novo do Lil Wayne quanto as besteiras de Darryl, acho que é o bastante de porcaria por um dia. Vamos embora, você ainda tem que gravar a sua parte na música nova.

Ela sorriu e concordou com um aceno de cabeça. As congratulações mútuas ainda duraram mais algum tempo. O grupo que se reunia na pista de skate, conquanto não se encontrasse com frequência, tomava conta de cada um de seus membros como se fossem parentes, embora, uns não soubessem nem mesmo os nomes verdadeiros dos outros. Um tipo de união estranha que parece surgir apenas em grupos de pessoas deslocadas da corrente principal, que estão à margem das pessoas comuns. Porque eles eram a rua.

Capítulo TRINTA E TRÊS

Eu não posso nem mesmo correr, as abóboras são altamente perigosas.

Já estavam de saída da loja de Oberon. O sangue começou a correr mais rápido nas veias. Seu rosto pareça queimar e suas mãos tremiam incontrolavelmente. Enquanto andava por ali, divagou por um momento em quão longe chegara e com que sorte. Contudo, não havia tempo para isso. Estava na hora de colocar seu plano em prática. Andrew não pensou muito em sua ação seguinte. Haveria apenas uma tentativa. Liberou sua mente e deixou que seu corpo fizesse o serviço.

Fez um sinal de aviso para Ive. A garota se virou nos calcanhares e de forma inesperada para todos os presentes, acertou um soco no rosto do antigo rei das fadas, que foi derrubado com um estrondo por sobre Puck e uma prateleira de livros de culinária *Khoisan*. Andrew aproveitou a confusão para subir no balcão e pegar a caixa de vidro que guardava os escritos de Aristóteles. Segurou a caixa com firmeza e a levantou bem alto, dizendo:

– Ninguém faz nenhuma besteira ou eu posso deixar alguma coisa cair.

Ive deixou que Prozy se escondesse atrás de si e criou um círculo de fogo esverdeado para protegê-las. Andrew deixou que o seu olhar pescasse o de Oberon e o que viu ali confirmou que seu plano estava dando certo. O livreiro tinha os olhos bem abertos e a boca contorcida numa careta de ódio. O garoto conhecia aquela expressão. Era a que todo amante de livros pendurava no rosto quando via alguém dobrar ou amassar uma das peças de sua coleção. A mesma expressão que tinha quando Ive pegava um de seus livros para folhear e abria num ângulo maior do que o necessário. Tinha certeza de que se Oberon fosse minimamente parecido com ele nesse quesito, a ameaça de destruir uma obra seria o bastante.

– Não se atreva! – gritou o livreiro.

– Então diga onde está o segundo nome ou teremos um papel higiênico autografado de dois mil anos de idade – gritou Prozy.

Andrew viu o clima de horror se instaurar entre as lontras bibliotecárias que olhavam tudo como se estivessem prestes a serem transformadas em casacos – começaram a chiar, assobiar, e guinchar. O garoto desceu do balcão e entrou no círculo de proteção da filha da morte. Dezenas de olhos seguiam os movimentos do grupo.

– Onde está o nome, Obie? – perguntou Ive calmamente. – Você sabe como fogo mágico é uma coisa difícil de ser controlada. Não gostaríamos de ver tantas e tantas páginas queimando, não é? Acredite, não é um prazer queimar.

Oberon tentou se aproximar, mas a garota ergueu a cortina de fogo, queimando suas sobrancelhas e a ponta dos cabelos – assim como um exemplar do mais novo romance de Franz Kafka. Por favor, Princesa do Fim Inevitável, disse o desesperado livreiro, entenda a minha situação, eu não posso fazer isso.

– Onde está o nome, Obie? Não me faça repetir isso mais uma vez.

Andrew esperava que sua amiga não queimasse nada de verdade. Aquilo tudo deveria ser apenas um blefe. A temperatura subia gradativamente dentro da loja. Apesar de ter sido um aluno medíocre nas aulas de História, uma coisa nunca saíra de sua cabeça. A queima de livros que os nazistas cometeram em 1933, quando destruíram mais de vinte mil livros. Imagem que ficou gravada em sua cabeça e chegou a lhe causar pesadelos. Talvez, a ameaça de páginas em chamas fosse incentivo o bastante para o livreiro.

– O nome está com Josephine, na Cidade dos Ratos! – gritou Oberon. – Deixem a minha loja em paz.

O garoto nadou em alívio ao escutar aquelas palavras. Olhou para Ive que tinha um sorriso de triunfo, a garota ainda manteve as chamas por um momento, enquanto Andrew colocava a caixa com os papiros em lugar seguro e começava a dar os primeiros passos em direção a saída. Espero que você não esteja mentindo, Obie, disse ela, caso contrário, eu sei onde te encontrar. Oberon olhava para o grupo cheio de ódio. Quando a filha da Morte apagou suas chamas, uma frase explodiu da boca de Oberon:

– PEGUEM ELES!

Andrew olhou para trás apenas para ver um exército de lontras bibliotecárias vindo em sua direção e um Puck mal humorado no comando com uma vassoura em punhos. Ive surgiu correndo logo atrás e usava algumas magias para criar obstáculos no caminho dos perseguidores. Por aqui, gritou a garota tomando sua mão e guiando-o pelo labirinto de corredores e lojas. Iam se espremendo no vão entre mesas de restaurantes e lojas de temperos, As lontras vinham numa debandada destrutiva, não deixando que nada ficasse em seu caminho.

– Vocês não poderiam simplesmente sair de um lugar sem causar problemas, não é? – queixou-se Prozy. – Alguém sempre tem que tentar acabar com a nossa raça.

Andrew sentia seu coração bater tão rápido que parecia estar a ponto de explodir. Segurava na mão de Ive com força e se esforçava por manter o mesmo ritmo que ela, o que se mostrava uma atividade mais do que complicada. Eram obrigados a empurrar pessoas pelo caminho e derrubar os duendes que tocavam pop sueco numa parte qualquer.

– Tenho uma ideia – gritou Ive e o puxou em direção ao setor de animais.

O lugar tinha cheiro de ração e excrementos. Puck e as lontras arremessavam uma chuva de coisas contra os fugitivos, copos, cadeiras, panelas e até mesmo um vaso sanitário. Ive fazia o possível para protegê-los e encontrar a saída ao mesmo tempo.

Corriam por uma parte completamente ocupada por gaiolas de aves, penduras no teto e empilhadas umas sobre as outras e invadindo os corredores. Os pios aumentaram quando a confusão chegou até ali. Andrew cuspiu uma pena que entrou em sua boca e somente então, compreendeu o plano de Ive. A garota murmurou algumas palavras e tudo o que aconteceu a seguir foi confuso e sonoro. Todas as gaiolas abriram suas portinholas ao mesmo tempo e o espaço teve cada centímetro ocupado por criaturas voadoras. Os donos das lojas tentaram inutilmente apanhar suas mercadorias de volta, assobiando, lançando comida para o alto e pulando.

Andrew não conseguiu deixar de se sentir maravilhado com o estouro de sons, cores e formas. O canto de mil aves se tornou ensurdecedor e muitos foram obrigados a tapar seus ouvidos com as mãos – especialmente um grupo de sapos roxos da Cornualha, que, de acordo com bruxos pesquisadores ingleses, tem baixíssima tolerância a ruídos.

Os pássaros tomaram conta de tudo como um dilúvio e avançaram contra Puck e suas lontras bibliotecárias. Uma desordem generalizada interrompeu a perseguição enquanto lontras e aves tentavam se livrar umas das outras.

– E se eles nos seguirem até lá fora? – perguntou Andrew.

– Não podem sair do mercado. E além de tudo, Obie tem medo demais de Astrophel para ousar sair de seu espaço protegido.

Uma placa vermelha com uma seta indicava a saída. Andrew podia enxergar a luz do mundo comum. Repassou a localização do nome em sua mente, aquilo o deixava um pouco mais perto de conseguir ficar com Briony. Via os carros passando lá fora e já escutava as buzinas em alto e bom som. Olhou para Ive que ria como uma criança que acabara de passear numa montanha-russa. Ela apertou sua mão com mais força e disse:

– Você tem que admitir que foi bem divertido!

Atravessaram o Portão e ganharam as ruas de Dresbel. O vento frio tocou suas faces e Andrew olhou para trás somente para ver Puck estacionado na entrada, sem conseguir sair e continuar sua perseguição. Andrew arqueou as costas e apoiou as mãos nos joelhos, respirando com dificuldade, então, olhou para Ive, e com um sorriso no rosto, falou:

– Divertido? Você tem sérios problemas mentais.

Capítulo TRINTA E QUATRO

Misturar chocolate e café nem sempre funciona, vinho e ginástica olímpica combinam melhor.

A casa estava silenciosa e coberta por uma neve fina quando Rayla e Shaitiri voltaram para lá. Haviam saído para desanuviar a cabeça dos acontecimentos das últimas horas. Esfregou as mãos para se esquentar. O clima inconsistente no mundo das fadas sempre fora um dos motivos que a mantivera afastada por longos períodos, no entanto, aquela visita não pudera ser adiada. Estava ali há dois dias e sem nenhum resultado concreto. Atravessou o pequeno jardim e entrou na casa, agradecida por ter deixado o frio do lado de fora e ter uma lareira acessa do lado de dentro. Pegou uma xícara e tomou um pouco de café que estava na garrafa sobre a mesa.

– Acho que nossa amiga está acordada – disse Shaitiri.

– Por favor, me solte. Eu sou amiga da sua família, eu já troquei *suas* fraldas.

Os olhos de Rayla se viraram para o meio da sala. Mirtza Sosostriz estava deitada e imobilizada numa tábua de madeira com a cabeça inclinada para trás, um balde com água e uma toalha estavam ao seu lado. Ficou surpresa por ver que ainda havia um resto de energia na bruxa. Estava começando a ficar irritada com toda aquela situação. Sentia um incômodo se agitar dentro do peito, mas não poderia dar atenção a isso agora, estava ali para fazer o seu trabalho, cumprindo seu juramento de usar suas melhores qualidades para proteger todos os mundos existentes.

– Mirtza, diga tudo o que você sabe. Acredite em mim, as coisas poderiam estar sendo bem piores. É justamente pela consideração que minha família tem por você que estou sendo razoável nos últimos dois dias.

A mulher no chão riu em escárnio e por entre lágrimas, respondeu:

– Não sei se razoável descreve bem a situação. É isso o que você se tornou, garota? Uma burocrata vazia de pensamento? Não é de surpreender que Ive não seja muito próxima de você.

– As suas palavras não me atingem em nada, essa é forma como as coisas são feitas. O que Ive deseja? Eu quero tudo.

– Eu não jogarei a menina em suas garras, Rayla, eu sei muito bem o que acontece quando alguma irmã se aproxima demais de você. A propósito, você a tem visitado no Inferno? Se bem que não acho que ela sinta sua falta.

Rayla deu alguns passos adiante e em completo silêncio, ajoelhou-se ao lado de Mirtza Sosostriz. Acho melhor você me dar alguma coisa, disse ela friamente, ou começarei a lhe tratar como uma criminosa comum. Você sabe exatamente o que vai acontecer a seguir, estamos nessa brincadeira há dois dias e isso é apenas o começo.

A bruxa cuspiu no rosto da capitã da D.I.E, que simplesmente balançou a cabeça negativamente e limpou o rosto com a manga do casaco. Pegou a toalha suja que estava ali perto e colocou sobre o rosto de Mirtza, abafando os gritos dela. Esticou o outro braço e pegou o balde d'água que foi sendo despejado sobre o rosto coberto. A prisioneira se debatia violentamente contra as amarras sem sucesso.

– Eu aprendi isso com os humanos, sabia? – disse Rayla, enquanto derramava mais água. – Os músculos da sua faringe se contraem involuntariamente, então, você experimenta sufocamento e inspiração de água ao mesmo tempo, daí, a dor intensa que está sentindo. Deve ser horrível, não é? A incerteza da continuidade da existência.

Sabia que a bruxa não conseguiria aguentar muito mais que aquilo. Já havia feito procedimento inúmeras vezes e em incontáveis pessoas, porém, não estava conseguindo se distanciar como sempre fazia. Sua única esperança era que Mirtza cedesse, já havia gastado tempo demais no interrogatório de apenas uma pessoa. Rayla retirou a toalha do rosto de Mirtza, que tentava buscar ar e tinha uma expressão de pânico em seus olhos. Shaitiri se aproximou e disse:

– As defesas mentais dela estão caindo, já tenho o que precisamos. Ela contou a Ive onde está o primeiro nome. O humano que está junto dela se chama Andrew e preenche todos os requisitos necessários. Mirtza a mandou procurar Oberon e acredita que sua irmã já tenha o segundo nome.

Rayla sorriu e respondeu:

– Obrigada, Shaitiri – e dirigindo-se à bruxa, continuou – Viu como tudo fica melhor quando você coopera com a Divisão? Eu não vou te punir como você merece por causa do passado compartilhado. Nunca mais fique no meu caminho. Adeus.

A capitã fez um movimento de mãos e as amarras que prendiam Mirtza Sosostriz se afrouxaram, deixando-a livre após dois dias de sofrimentos. Rayla e Shaitiri se dirigiram até a porta. Estava aliviada por ter conseguido o que precisava sem usar de métodos mais extremos, podia considerar aquela missão um sucesso. Já estava quase saindo quando uma lufada de vento cortou o recinto e Shaitiri foi atirada contra uma parede. Os instintos de defesa de Rayla gritaram e fizeram com que ela saltasse no exato instante em que uma segunda lâmina de vento explodiu a porta em milhares de pedaços.

Rayla se virou em posição de luta para encarar uma Mirtza fraca e cambaleante. Você não está me deixando nenhuma escolha, disse a mulher, você é má, Rayla. Um segundo ataque caiu contra a moça, vasos de flores e outros objetos pesados. Rayla não precisou de muito esforço para derrubar cada ameaça. Conhecida cada objeto espalhado por ali, um dos primeiros passos de seu treinamento foi aprender a se familiarizar com qualquer terreno, sabia o que fazer. Fez com que as lenhas da lareira se erguessem e investissem contra a bruxa como lanças.

Houve um grande barulho quando a bruxa partiu as toras de madeira no ar e as redirecionou contra Rayla, que se escondeu atrás do sofá.

– Está acontecendo de novo, não é, Rayla? Caçando mais uma irmã para condenar ao Inferno. Nem mesmo sua mãe te aceita, aberração. Acha que eu não ouço o que as pessoas comentam em voz baixa pelos corredores do mundo espiritual?

Rayla deixou sua mente livre. Não poderia deixar que ela desestabilizasse seu emocional. Subestimara os poderes de Mirtza Sosostriz, que mesmo enfraquecida era capaz de ser uma oponente mediana. Estava na hora de terminar com aquele jogo. Levantou-se num salto e fez chamas roxas varrerem a casa, incendiando desde as cortinas até as luminárias.

Mirtza soltou um grito tão dolorido ao ver sua casa em chamas que Rayla foi obrigada a cobrir as orelhas. A bruxa começou a lançar coisas aleatoriamente, sem mira que justificasse. Ela gargalhava e chorava ao mesmo tempo, num espetáculo que era assustador e digno de pena. Rayla estava com a vantagem emocional e bastava esperar por um deslize que não tardou. Mirtza fez com que todas as gavetas da cozinha se abrissem e garfos e facas se dirigissem contra a oponente. Rayla esperou o momento certo e fez com que todos os projéteis caíssem por terra.

– Sua... – Mirtza deixou a frase incompleta.

Não houve tempo para isso. Uma das facas cortara o ar e estava cravada em seu coração. Rayla observou enquanto ela desabava no chão e o brilho em seus olhos se extinguia num silêncio agonizante. Viu o fogo mágico engolir tudo ao seu redor e caminhou em direção a Shaitiri, tomando a raposa-do-pensamento em seus braços. Tinha que cuidar dela o mais rápido possível, uma das patas dianteiras estava quebrada.

Saiu dali com seus próximos passos em mente. O fogo subindo pela casa inteira e devorando o jardim. Podia sentir o cheiro da fumaça se prendendo aos seus cabelos e roupas. Lembrou-se de quando ajudou sua mãe a recolher almas quando Nero incinerou Roma, as coisas queimavam do mesmo jeito. Afastou aquelas memórias e tomou uma avenida de pedras coloridas. Rayla deu seu trabalho do dia por feito e foi embora com a raposa nos braços.

Um grupo de crianças chegou dali a pouco e outras foram se ajuntando em minutos.

Capítulo TRINTA E CINCO

Eu gostaria de ser uma bailarina, mas não consigo, sou uma aberração que não merece nada disso.

A noite chegou. Andrew havia comprado roupas novas e adquirido um novo corte de cabelo – que lhe cairia ainda melhor caso fosse um ex-militar com noventa anos de idade. Escolheu um de seus cachecóis e conferiu o relógio mais uma vez. Ive estava atrasada. A apresentação de Briony seria dali a pouco. Pegou sua carteira e saiu do quarto. Amber e seu pai estavam na sala assistindo a um documentário sobre mangustos. Sentou-se ao lado da irmã enquanto esperava pela filha da Morte. Deu um pequeno sorriso ao imaginar como sua vida mudara desde que a garota de mechas verdes entrara em sua vida.

– Andy, esse bicho é muito esquisito, cara. Ele é todo bonitinho, mas, debaixo dessa pele tem um assassino, ele come serpentes como se fossem lasanhas.

– Quem diria – respondeu o garoto.

Seu pai, que estava deitado de braços cruzados no outro sofá, lançou-lhe um olhar e perguntou:

– Vai sair?

– Briony irá tocar num lugar hoje, estou esperando Ive para que possamos ir juntos.

– Precisa de carona?

– Não. Vamos de táxi.

– Tome cuidado.

Amber riu e falou:

– Ive é a namorada dele. Eles não desgrudam um do outro mais – começou a cantar – *Andy e Ive, sentados numa árvore, se beijando...*

– Fique quieta – respondeu Andrew, jogando uma almofada na cara da irmã.

Amber ainda estava cantando a música irritante quando a campainha tocou e ele se levantou para atender.

Conferiu o relógio pela milésima vez, ela estava quarenta minutos atrasada. Abriu a porta, se preparando para reclamar antes de dizer boa noite, mas foi obrigado a recuar dessa ideia. Ive estava tão diferente que Andrew não conseguiu dizer nada a princípio, ficou parado, observando-a da cabeça aos pés, como um ornitólogo que houvesse acabado de avistar uma fênix. A garota usava um vestido curto de musselina preta, de corte simples, e um colar de pérolas. A maquiagem acentuava os traços de seus olhos e sua boca.

– Você está linda, Ive – disse Andrew. – Aguarde um segundo, vou pegar o meu casaco.

– Obrigada, docinho de tinta. Você também não está muito feio.

Sentiu o rosto esquentar e uma revoada de pterodátilos no estômago. Correu até o quarto para buscar seu casaco enquanto Ive conversava com seu pai e irmã. Andrew parou por um momento, observando como a filha da Morte aprendera a se comportar em sociedade melhor do que ele jamais faria. Desceu as escadas e despediu-se da família antes de sair. O táxi que trouxera Ive os aguardava e singrou rumo ao sudeste de Dresbel.

– Prozy não quis nos acompanhar – disse Ive. – Ela falou que ficaria em casa assistindo Casablanca, é o filme favorito dela.

Andrew sorriu e respondeu:

– Eu nunca imaginei que ela gostasse de histórias de amor.

– É uma história de amor onde no fim nada se concretiza, Humphrey Bogart e Ingrid Bergman são separados e nunca mais se veem. O que existe ali para Prozy não gostar?

– Acho que você tem razão.

Passavam pelas ruas iluminadas e pelos telões com suas propagandas. Os restaurantes que lotavam em e as centenas de pedestres nas calçadas. Até mesmo o trânsito parecia querer cooperar e fluía sem nenhum engarrafamento ou acidente. Andrew olhou para Ive, que sorria abertamente olhando tudo o que passava ao seu lado.

– Olhe aquilo – disse ela apontando a Torre de Dresbel. – É dali que vou partir quando o meu intercâmbio acabar – ou qualquer outra coisa. O garoto observou a torre por um segundo, se dando conta de que sua nova amizade seria interrompida em determinado momento. De certo modo, estava prestes a acabar. A busca pelos nomes chegaria ao fim em breve e seguiriam caminhos diferentes.

Mais dia menos dia, seria obrigado a se despedir daquela menina, estaria mais uma vez, sozinho no mundo.

– Ei, tem uma sorveteria ali, Andy, e está aberta, podemos ir até lá.

As palavras de Ive e a freada do carro lhe arrancaram do meio de seus pensamentos. Haviam chegado. A dupla pagou ao motorista e saiu do veículo. O "Espaço 319" era um restaurante que ficava numa rua calma e repleta de outros bares. Havia tochas acessas na entrada e decoração feita de bambu. Um pequeno caminho de tijolos levava até o centro do lugar.

– Acho que ainda não começou – disse Andrew.

Uma faixa na entrada anunciava: *Apresentação com Disco Sushi.* Andrew sempre considerara o nome da banda de Briony uma das coisas mais sem sentido que já ouvira. Ela havia tido a ideia numa tarde em que assistiram a um filme comendo sushi, Andrew usava uma camisa *do Panic At The Disco* no dia – e assim nasceu a *Disco Sushi.*

Buscou um pouco de coragem. Moisés pedira a Deus que abrisse sua boca, Andrew fazia a mesma coisa para que fosse capaz de conversar com Briony sem que um desastre tomasse forma. Entraram e se dirigiram para uma mesa não muito longe do palco, onde alguns técnicos de som faziam os últimos ajustes. Estava na metade do caminho quando sentiu alguém tocar seu ombro e ouviu:

– Oi, Andy. Pensei que você não viesse!

Andrew sorriu e trocou um abraço apertado com Briony

– Estava com saudades de você, Bri. Deixe-me apresentar alguém, essa é Ive, ela está fazendo um intercâmbio.

Briony trocou um aperto de mão com Ive e perguntou:

– De onde você vem?

– Humn... Do extremo norte. É um lugar frio e meio sem vida. Andrew me falou muito de você.

– Bem, espero que goste de Dresbel, está convidada para me fazer uma visita – respondeu Briony sem desconfiar de nada. – Andy, eu tenho um presente para você. Espere um segundo.

Briony saiu para buscar algo enquanto Andrew e Ive ficaram na mesa dividindo uma lata de refrigerante, na falta de sorvete. Era capaz de reconhecer alguns rostos: os pais de Briony, amigos, um ex-namorado dela e até sua colega de banda, Kayla – uma garota negra que tocava flauta e violão.

– Ela é tão normal, Andy – disse Ive sem desgrudar os olhos de sua bebida – e coisas normais são tão... *desinteressantes.* O que você vê nela?

Andrew encarou Ive com a expressão fechada e respondeu
– Você não entende. Ela é a garota mais legal que eu já conheci. Nós gostamos das mesmas coisas e somos bem parecidos.

– Eu gosto da mesma coisa que milhares de pessoas e não me apaixono por elas. Andy, sinceramente, eu acho que você é apaixonado pelo sentimento de estar apaixonado, entende. Acho que ela é apenas o meio que você usa para satisfazer sua paixão através da imaginação.

– Você está errada, as coisas não funcionam assim...

Andrew estava pronto para se engajar num monólogo infinito sobre o assunto quando Briony voltou com um embrulho em mãos.

– Eu vi isso numa loja e achei que fosse a sua cara – disse ela.

O garoto tomou o presente em suas mãos e tomou cuidado ao abrir. *A Menina Que Roubava Livros.* Andrew já havia lido aquele livro alguns anos antes, em que a Morte conta a história de uma menina e sua relação com os livros. Ficou tentado a imaginar o que a mãe de Ive pensaria acerca daquilo. Sorriu e agradeceu. Ive tomou o livro em suas mãos e leu a sinopse com um sorriso que apenas o garoto compreendera. Foi nesse momento que um garoto se aproximou de Briony.

– O palco já está pronto, Kayla está esperando – disse ele.

– Já estou indo. A propósito, deixe-me apresentar vocês dois. Andy, este é Phil, ele é meu namorado – virando-se para o outro, falou: – Andy é um grande amigo meu, vocês vão se dar muito bem, ele também gosta de livros.

O mundo desabou debaixo de seus pés e tudo o que existia perdeu a forma por um momento. Como tratar aquilo que ouvira com alguma serenidade ou coerência? Seus pensamentos eram uma televisão fora de sintonia. O que era aquilo? O que era aquilo? Talvez fosse a polícia do karma, brincando de lhe prender pelo crime de desejar que algo desse certo em sua vida. Ive segurou sua mão numa tentativa silenciosa de apoio enquanto Briony e o namorado subiam no palco.

– Boa noite, nós somos Disco Sushi e agradecemos a presença de todos – falou Briony.

A garota pegou seu violino e começou a tocar enquanto Kayla e o namorado acompanhavam com violão e bateria. Era alguma música do *The Corrs* cujo nome Andrew não se recordava. Os sons foram passando pela sua cabeça sem se fixarem. A voz de Briony era um chicote que o golpeava.

– Lamento por isso, Andy – falou a filha da Morte.

– Não lamente. Isso não foi nada. Eu só tenho que me dedicar ainda mais para encontrar aqueles nomes.

– Você tem certeza de que quer fazer isso? Não seria melhor, sei lá, encontrar alguém que simplesmente goste de você do jeito que você é, seu cabeça dura?!

Andrew riu e respondeu:

– Como se isso existisse. Você não é humana, não vai entender como é isso.

Ive sacudiu a cabeça negativamente e se levantou colocando a bolsa no ombro. Não conseguia compreender por que o humor dela mudara tão rapidamente. Ela rangia os dentes e soprava como se fosse capaz de criar furacões dessa forma. Tentou segurar o braço dela.

– Aonde você vai? O show acabou de começar.

A garota pegou o refrigerante e jogou contra o rosto de Andrew, então, saiu correndo. O que aconteceu a seguir foi inesperado e assustador em medidas iguais. Lâmpadas se apagaram, mesas tremeram e caixas de som explodiram ruidosamente, incendiando cortinas. Gritos e pessoas correndo eram as únicas coisas perceptíveis naquilo que se tornara um pandemônio generalizado. Andrew olhou adiante e viu que Briony estava em segurança. Toda a sua noite havia sido reduzida a nada. Segurou o livro que ganhara de presente e foi para a rua em busca de Ive..

Olhou para todas as direções e não viu a garota de mechas verdes em lugar algum. Uma voz interior lhe dizia que ela havia ido embora, o abandonado ali e levado com ela todas as esperanças. Nunca seria capaz de conseguir os nomes sem a ajuda dela, e ainda pior que isso, não teria uma amiga como ela em nenhum outro lugar do mundo. Continuou descendo a rua e algo chamou sua atenção do outro lado da rua. Atravessou o mais rápido possível, apenas para encontrar um par de sapatos de salto que reconheceu como sendo de Ive. Ela não poderia ter ido muito longe. Olhou todos os restaurantes e de repente, ocorreu-lhe onde ela poderia estar.

Pegou os sapatos e continuou a descer a rua, pisou em algumas poças de lama e nem mesmo se importou. Esbarrou contra várias pessoas até chegar em frente a uma sorveteria pela qual haviam passado no caminho. Entrou com a cabeça esticada, em busca das mechas facilmente reconhecíveis. E lá estavam elas, na mesa da janela, com três copos de *milk-shake* diante de si. Andrew pensou nas próximas palavras com cuidado. Foi silenciosamente e sentou-se ao lado dela, que se afastou num susto, mas ao reconhecê-lo, apenas virou o rosto.

– Aí está você – disse Andrew. – Não precisava ter destruído tudo.

– O que você quer? Eu não conversaria comigo se fosse você. Não sou humana e nem tão legal quanto vossa majestade Briony.

Andrew passou a mão pelos cabelos e numa mistura de culpa e vergonha, falou:

– Me desculpe, eu fui um idiota.

– Você sempre é idiota. Eu só te aguento por dó.

Andrew notou que, apesar do esforço em parecer sob controle, a garota tinha os olhos cheios de lágrimas e a maquiagem borrada. Não sabia o que poderia dizer para ajudar. Talvez nem houvesse algo a dizer. Colocou seus braços ao redor dela e deixou que Ive chorasse como nunca a havia visto fazer. Eu me sinto tão ruim, Andy, dizia ela, tão ruim... É como se eu estivesse perdida, eu não sei o que eu sou. Eu não sou humana, eu não quero ser o que eu sou, eu não posso ser igual a minha irmã. Estou tão sozinha. Por favor, Andy, eu não quero ficar sozinha.

Ficaram naquele abraço de tempo indeterminado, cabeça contra ombro. Em silêncio de impasse. E então, seis palavras escorregaram da boca de Andrew.

– Eu não vou deixar você sozinha.

Ficaram na sorveteria até depois da meia-noite, conversando sobre todas as coisas triviais da vida. Naquela espécie de conforto e leveza que alguém pode sentir após chorar durante uma noite inteira, quando se ganha um coração leve e menos tímido. O livro que Briony lhe dera de presente continha uma dedicatória escrita na letra firme e cheia de curvas da violinista. *Para Andrew, com muito carinho, não há pessoa melhor para extrair deste livro seu maravilhoso significado*. Uma dedicatória bonita e verdadeira que não cumpriu o seu papel. Pessoas escrevem dedicatórias quando sentem a necessidade de expressar o que sentem por uma pessoa. Assim são os autores com seus livros e, também, as pessoas com seus presentes. No entanto, elas só justificam sua existência quando o destinatário corre os olhos pelas letras e extrai dali o seu sentido. Isso não aconteceu naquela noite.

Andrew jogou o livro numa lixeira.

Capítulo TRINTA E SEIS

Quando todos os rios do mundo se chocam no fim da estrada e fazem uma grande explosão de sal.

Na Rua D. havia um velho cinema chamado Belle Époque. Era propriedade de um homem com quem Astrophel costumava jogar xadrez uma vez a cada cinquenta anos mais ou menos. Vinham jogando há muito tempo. O homem se chamava Baz e era um apreciador do cinema desde o momento em que os irmãos Lumière fizeram a primeira exibição de um filme em 28 de dezembro de 1895. Astrophel e Baz haviam se conhecido na plateia daquele evento e a amizade permanecera desde então. Logo, não foi surpresa quando o homem decidiu abrir um cinema todo seu. Haviam jogado pela última vez quando os Beatles se separaram. Astrophel pensava que já era hora de uma nova partida. Arrumou a gravata e sorriu consigo mesmo.

Chegou ao Belle Époque às oito horas da noite. Vários carros estavam estacionados e pessoas entravam. Algumas senhoras que Astrophel conhecia de algum ponto do século passado, pessoas que assim como ele, viam os anos passarem e passarem. O cinema era um dos pontos de encontro da alta sociedade mágica naquela cidade, um grupo fechado e sem muitas variações. Cumprimentou alguns e entrou na antessala das bilheterias. Um saguão oval em decoração art déco com uma escadaria que levava ao segundo andar, onde encontraria Baz cuidando dos rolos de filmes – o homem era orgulhoso demais para aceitar modernizar qualquer coisa ali dentro. Até mesmo os filmes. Olhou para os cartazes espalhados, exibiriam *Cinema Paradiso* naquela noite – era a coisa mais recente que já vira passando por ali.

Subiu as escadas sem muita pressa, sabendo de cor o caminho que deveria fazer. Passou pela sala de projeção e seguiu para o escritório que ficava no fim do corredor. Bateu na porta e esperou alguma resposta. Erguia o braço para uma nova batida quando a porta se abriu e o rosto de uma jovem surgiu. Era ruiva e tinha olhos grandes e verdes.

– Posso ajudar? – indagou ela.

– Estou procurando por Baz Kandinsky. Diga que Astrophel o procura.

– Já ouvi histórias sobre você. Baz era meu pai.

– Era?

– Morreu durante o sono na primavera passada, deixou o cinema para mim.

Aquelas palavras o deixaram desnorteado e sem uma reação. Após ter atravessado tantas dezenas de anos se encontrando com aquele homem, era uma triste surpresa ouvir aquilo. Deixou que os ombros caíssem e com um sorriso forçado, respondeu:

– Entendo, lamento. Não vou mais tomar seu tempo, tenha uma boa noite.

– Por que você não fica e assiste ao filme dessa noite? Teremos uma delegação de vampiros críticos da Rússia que fará uma palestra sobre ele mais tarde. Eles se orgulham de ter sido patronos de Serguei Eisenstein.

– Eu já assisti a esse filme. Fico grato pelo convite, filha de Baz. Adeus.

Deu as costas e saiu em rumo às ruas. Parou brevemente numa esquina, olhando para a lua gorda que brilhava no céu. A mesma lua que puxava as marés e uma vez por mês, permitia que se afastasse de Stella por algum tempo sem que morresse. No fim, todos, inclusive ele, desejavam fugir da morte. Mas poderia isso ser possível? Baz estava morto. Morto feito cravo de aldrava, diria Charles Dickens. Stella caminhava para o mesmo buraco. Qual era mesmo o lema da D.I.E? Vasculhou sua mente e lá estava. *Memento Mori*, lembre-se de que vai morrer. Que coisa frágil era a vida! Não importava quanto tempo alguém conseguia se esconder, o final da peça seria sempre o mesmo.

Entrou num café da Rua Finn e pediu um *macchiato*. Seus olhos passavam ora sobre as garotas que conversavam animadas e ora sobre os homens de terno que discutiam números e investimentos. Será que algum deles pensava no fato de que iriam morrer? Eram conscientes de que viviam numa peça insignificante? Um palco onde atuavam e morriam e nada fazia sentido. Lembrou-se de alguns versos do Totentanz, em que a Morte se dirige ao imperador:

Imperador, a espada não vai te ajudar,
Cetro e coroa são inúteis aqui,
Eu tomei-te pela mão,
Para que você venha para a minha dança.

Os pensamentos alcançaram Stella. Era estranho não estar perto dela. Como se ficasse sem um braço momentaneamente. Tinha plena consciência de que o fim de ambos estava conectado e um não poderia existir sem o outro, aquela benção e maldição que os ligava tão profundamente, incompreensível ao olhar alheio. Estamos numa encrenca, pensou. Todos os últimos acontecimentos eram apenas consequências de sua inaptidão em aceitar a mortalidade. Sua esposa estava velha e cada vez mais fraca, sua filha, perdida num mundo onde ele não era bem vindo.

Olhou para o relógio, já estava quase na hora de ir para casa. Deixou o dinheiro sobre a mesa e saiu. A morte de Baz ainda rondava sua mente. Lembrou-se da época em que passaram todo um verão numa casa de praia na Irlanda em companhia de um escritor. Gastavam suas tardes e noites em longos passeios e em teatros. Foi a época em que os sonhos pareciam plausíveis. As músicas tocadas em frente a lareira. Os bailes e os amigos e as cores. Nada restara. Ao seu redor estava um mundo destituído de cores ou consolo. Sentia-se como estivesse vivendo apenas por teimosia.

Tomou um atalho entre a Décima Avenida e a Rua Greenwood.

Os nomes do gato. Essa era outra questão com a qual precisava lidar. Já havia perdido o primeiro para o garoto e a filha da Morte. Sorriu amargamente ao se dar conta de que a família dela era sempre uma parte de seus problemas. Bem, pensou, talvez eu possa fazer algo acerca disso. Os dois lados sabiam que a busca pelos nomes era uma tarefa na qual pessoas saiam feridas. Stella era a grande prova disso. Talvez fosse a sua vez de levar isso aos seus inimigos. De uma forma que os fizesse recuar sem objeções.

Estava quase chegando ao seu prédio. Além de tudo, havia sua questão com Mefistófeles. Precisava dar um jeito nisso também. Nunca fora sua intenção entregar sua alma numa bandeja para o demônio. Tinha um plano e sabia como fazê-lo dar certo, mas para isso, Andrew Webley seria necessário. Precisaria sacrificar o jovem para que seu castelo de cartas não desmoronasse. Uma pena.

Chegou ao edifício, mas não entrou. Deteve-se ali, olhando para a luz acessa na janela de seu apartamento. Ponderando as coisas que vieram e ainda viriam. Pensou em seu amigo morto. Pensou no garoto que iria matar. Como desejava que aquilo não estivesse acontecendo e ele não estivesse ali. As lágrimas vieram no mesmo instante. Rolando pelo seu rosto sem pedirem licença. Olhou para a lua. E velhas palavras ecoaram dentro de si.

Amanhã, e amanhã, e amanhã,
Rasteja em ritmo mesquinho, de um dia para o outro,
Até a última sílaba do tempo registrado,
E todos os nossos ontens iluminaram dos tolos
O caminho até a poeira da morte. Apaga, apaga, breve chama!
A vida é uma sombra que anda, um pobre ator
Que se agita e se pavoneia no palco,
E então é esquecido. É uma história
Contada por um idiota, cheia de som e fúria,
Sem significado algum[vii]

[vii] A memória de Astrophel faz uma citação de "Macbeth", Ato 5, Cena 5, Linhas 22-31 sem se incomodar em dar crédito a William Shakespeare.

Capítulo TRINTA E SETE

As coisas mais entediantes do mundo são semáforos e pessoas. Contudo, esquilos são confiáveis.

Sim. Aquilo aconteceria. Andrew havia aprendido uma coisa em sua vida recente. Não importava quão ruim uma situação estivesse, poderia ficar ainda pior. Era como ir à festa de final de ano do banco onde seu pai trabalhava – onde as músicas eram de gosto duvidoso e os participantes ainda irritantes. Esse é o exemplo de algo ruim. E então havia uma coisa pior: o que faziam naquele exato momento da noite. Andrew, Ive e Prozy se encontravam num beco, prontos para ir esgoto abaixo. Havia alguns prédios ao redor, mas tudo era calmo e silencioso por ali. Ive lançou um feitiço para despistar qualquer observador casual e conferiu se não deixara nada passar.

Os olhos de Andrew encontraram os da garota, que sorria enquanto tirava um par de lanternas e máscaras cirúrgicas da mochila. Eu não consigo acreditar que vamos fazer isso, disse Prozy, claro, vamos levar a coelha alérgica para dentro do esgoto.

Andrew também não estava ansioso para sujar sua nova camisa do *Neutral Milk Hotel* e seu cachecol. Estavam ali porque era a única entrada para a Cidade dos Ratos e em algum lugar lá embaixo estaria Josephine e o segundo nome. Retiraram a tampa de metal e recostaram numa parede.

– Bem, acho que está na hora – disse Ive. – Isso é tão emocionante, pessoal.

Andrew fez uma cara feia e respondeu:

– Eu não sei o que existe de particularmente emocionante em fazer isso.

– Eu nem sei por que a gente está fazendo isso. Claro que eu poderia estar no mundo espiritual, cuidando da minha morte e tudo mais, mas não, estou aqui com duas cabeças de mesa! – resmungou Prozy.

Andrew colocou sua máscara, pegou a coelha e seguiu logo depois de Ive. O cheiro do esgoto lhe golpeou feito um trem. Era como mergulhar num pote de maionese podre. A galeria se alongando por centenas de metros e se bifurcava em labirintos capazes de levar a qualquer parte da cidade ou fazer com que alguém se perdesse indefinidamente. Podia escutar ratos correndo de um canto para outro no escuro, os guinchos que viajavam os túneis.

– Ligue sua lanterna e aponte para as paredes – disse Ive.

Andrew fez o que a garota lhe pediu e começaram a caminhar.

– O que estamos procurando? – perguntou Andrew.

– A maneira de encontrar a Cidade dos Ratos, existe uma marcação por aqui que pode nos levar. Essas lanternas são feitas para detectar qualquer substância mágica. Roubei de um armário da D.I.E antes de vir para cá.

– Ótimo, agora se Rayla nos encontrar ainda responderemos por furto – disse Prozy.

– Não seja tão pessimista, Prozy, isso pode lhe dar um monte de rugas – disse a garota e acrescentou: – Eu me sinto estranha aqui em baixo, é como se eu estivesse fora de sintonia.

Iam pelos túneis, e cada passo deixava Andrew mais nauseado. Odiava o fedor, odiava escutar baratas sendo esmagadas sob seus pés, e ainda mais, odiava sentir seus tênis ficando encharcados com a água suja que corria cada vez mais volumosa, formando um rio podre. Continuava procurando o tal símbolo que Ive mencionara, entretanto, sua mente vagava e vagava até chegar ao dia da apresentação de Briony. Um pensamento havia se infiltrado em sua cabeça dias após o ocorrido. Lembrava-se exatamente de onde estava quando a pergunta se insinuara com força pela primeira vez. Deitado na cama, rabiscando algumas linhas de *A Violinista De Fevereiro*. Lá estava a interrogação, ressoando e gritando com um par de bongôs tocados por um bêbado. Poderia estar se apaixonando por Ive? Seus olhos espiaram-na para ter certeza de que ela realmente existia. Lembrou-se de como sua primeira preocupação durante o incêndio não fora com Briony e não chegou nem mesmo a lhe dar um telefonema – desses dados quando a etiqueta é maior do que a verdadeira preocupação. E ali estava a filha da Morte, com quem transitava por vários assuntos durante horas. Livros, músicas, piadas e sonhos idiotas. E seria também possível um avesso nessa história? Não conseguia deixar de se perguntar isso. Poderia Ive estar gostando dele? Ora, ela já o havia beijado uma vez. Por que não? Eles se davam super bem, se entendiam e gostavam. Por que não? Mas... Não. E onde se encaixariam seus sentimentos por Briony? E outra pergunta. Quem era Briony? A garota que arrumou um namorado e que provavelmente – que horrível era o reino das suposições! – nem o tinha como melhor amigo. Seria possível que Ive estivesse correta e no fim das contas tudo o que sentira nos últimos três anos não passasse de um simulacro de amor? Transformara o amor na coisa amada. Seria a verdadeira Briony uma garota normal e desinteressante com quem tinha pouco ou nada em comum? Teria errado por três anos sem chegar a lugar algum? Perguntas e perguntas e perguntas. Não sabia interpretar aquelas *inquietações da alma e da vida*. Era impossível traçar a linha onde pudesse escrever essas respostas. Meu Deus, pensou, parece que isso nunca chegará ao fim.

– Andy? Acho que encontramos alguma coisa.

A voz de Ive fez com que saísse dos devaneios. Olhou para a garota que lhe indicava algo na parede adiante. Compreendeu o que ela quis dizer ao apontar sua lanterna naquela direção. Toscamente escrito em roxo, estava: *Cante para os surdos*. O único problema era entender aquela mensagem. Procuraram mais alguma coisa, mas não havia nada que pudesse ajudá-los. Ive tentou usar uma magia para localizar a entrada, mas havia uma proteção que anulava seus poderes – o que era uma péssima notícia, pois estariam completamente desarmados quando chegassem lá.

– É sério que não entenderam o que isso quer dizer? Por favor, não acabem com todas as minhas esperanças em pensar que não são tão idiotas quanto parecem – disse Prozy.

Andrew olhou para a coelha em seus braços e perguntou:

– Você entendeu?

–Vocês *são* tão idiotas quanto eu imaginava. Cante para os surdos, ou seja, é preciso cantar para as paredes, tolos.

O garoto e Ive se entreolharam incrédulos, não podiam acreditar que Prozy estivesse certa. Também não estavam levando aquela interpretação a sério, a coelha poderia estar fazendo isso apenas pelo prazer de vê-los passar vergonha.

– Andy,você é o garoto musical, vá em frente, cante – falou Ive. – Eu não conheço muitas músicas e nenhum de nós gostaria de ouvir Prozy cantar. Sobra a sua pessoa.

– Eu não sei cantar. Eu nunca participei nem mesmo dos musicais da escola. Desculpe, mas não farei nada disso.

– Andrew Webley, não seja uma menina, comece a cantar agora antes que eu faça você beber água de privada. Nós já chegamos até aqui...

Andrew fechou a cara e ficou em silêncio. Odiava quando as pessoas o mandavam fazer as coisas, fosse quem quer que fosse. Não respondeu coisa alguma, faria o que as duas queriam que fizesse e quando não funcionasse teria o prazer de estar certo. Vasculhou dentro de seu repertório mental alguma canção que conhecesse bem. Passou por um acervo de músicas do Frank Sinatra que sua mãe escutava pela casa, coisas aleatórias que assistia na MTV. Um pequeno clique na sua cabeça e se lembrou de uma canção que sabia de cor.

– Andy, eu estou esperando – disse Ive.

– Calma, isso não é a coisa mais fácil de se fazer assim do nada.

Respirou fundo e buscou a trilha sonora dos anos escolares. As palavras de *Creep* foram saindo de sua boca com grande esforço e respeito – que aqui pode ser definido como uma tentativa de não desafinar mais de três vezes por palavra. O que ainda assim faria Thom York corar em vergonha alheia se fosse obrigado a ouvir.

Andrew já estava desistindo, entretanto, foi obrigado a mudar de ideia quando algo tornou evidente que isso não seria necessário. Símbolos brilhantes surgiram nas paredes, brilhavam em vermelho vivo e seguiam por todo o túnel. Os três se entreolharam maravilhados.

– Deu certo. – falou Prozy. – Isso é para vocês não esquecerem quem é o cérebro aqui.

– Não fique tão convencida, coelha idiota, é a primeira vez em que você foi útil – respondeu Andrew.

Seguiram as marcas na parede por diversos túneis. Era como passear por um labirinto sem fim. Iam de um lado para outro, viravam aqui e ali, subiam, desciam, atravessavam galerias e não estavam nem um pouco mais perto. Tiveram que engatinhar por um duto, atividade que fez com que Andrew vomitasse e falasse mal de toda a sua existência.

Andrew imaginou em que parte de Dresbel estariam. Sem a ajuda daquelas marcas seria impossível voltar para casa. As lanternas estavam começando a piscar. Olhou para Ive, ela também parecia preocupada com isso, seus poderes ainda não estavam funcionando. Os dois se deram as mãos numa espécie de conforto silencioso. As marcas brilhantes os haviam levado até uma porta verde numa galeria repleta de manequins amontoados.

– Aqui estamos – disse Ive. – Temos que ser cuidadosos, eu não posso usar meus poderes enquanto não sairmos daqui, alguma coisa está me impedindo desde que entramos.

Andrew e Prozy assentiram em silêncio. A garota deu algumas pancadas na porta. Não houve tempo de espera, pois o evento seguinte foi uma portinhola se abrindo e dois enormes olhos amarelos hostis. Estamos procurando Josephine, disse Andrew. A coisa do outro lado os encarou com ainda mais intensidade. O trio sentiu que estava com problemas.

Sim.

Capítulo TRINTA E OITO

808 estados da mente e nenhuma relação com o velho Roland e suas batidas.

Andrew costumava lhe contar histórias sobre um Monstro de Espaguete Voador que criara o mundo e que a devoraria caso não se vestisse de pirata numa data específica, também falava sobre esse deus-polvo que vivia adormecido no fundo do oceano e que um dia acordaria para destruir o mundo. Estas eram as histórias que seu irmão lia na hora de dormir. O problema em crescer era descobrir que as coisas assustadoras não estavam vagando pelo espaço, em águas desconhecidas ou reinos distantes, mas sim em cada esquina da vida comum. Que cada canto reserva menos esperança do que o anterior, que o número de pessoas relevantes é sempre menor que o de irrelevantes.

Amber continuou a pedalar, o vento em seu rosto e os cabelos soltos. Era obrigada a subir na calçada para se desviar de carros. Ouvia algumas pessoas xingando e isso não fazia a menor diferença naquele momento. Jonas precisava de sua ajuda. Recebera a ligação alguns minutos antes, o garoto havia sido atacado pela turma de Gabe, o gordo idiota com quem se encontraram no zoológico, e não tinha coragem de chamar os pais. A garota pegou algumas roupas emprestadas do irmão, montou em sua bicicleta e saiu disparada pelas ruas em direção à escola.

Pegou a Rua M. e seguiu direto até avistar o grande edifício branco onde Jonas estudava. Já era hora da maior parte dos alunos ter ido para casa, mas Jonas ficara um pouco mais para compor algo usando instrumentos da escola e foi abordado na saída.

Amber deixou a bicicleta no estacionamento e entrou no prédio, que já conhecia de visitas anteriores. Perguntou a um aluno onde ficava o banheiro e foi andando até lá em passos ligeiros. Ia com passos rápidos pelo corredor quando algo fez com que estacasse onde estava, Gabe e seus amigos empurravam um garoto menor contra a parede e tentavam tirar as calças dele. Amber sentiu uma pontada fria no estômago, ali estava a versão masculina das meninas da sua escola. Imaginou se pessoas tão idiotas nasciam desse jeito, com uma tatuagem de boçalidade nos genes ou se aprendiam isso em qualquer lugar. Conseguia escutar o choro da nova vítima de Gabe, que tentava escapar enquanto os outros riam e puxavam sua cueca para cima. Amber tomou fôlego e deu dois passos adiante, dizendo:

– Parem com isso.

Todos os olhares se voltaram para ela. O garoto sem calças foi largado no chão e aproveitou a brecha para sair pulando dali. Gabe abriu um sorriso, como que satisfeito por ter encontrado uma presa há muito esperada.

– Olha só, a macho-fêmea de orelhas grandes veio tirar com a gente, Mike? – disse ele se dirigindo a um dos garotos. – Eu falei que ia pegar o seu amigo e cumpri. Demos um novo visual para ele, sabe como é.

Amber riu. Já esperava alguma coisa desse tipo, pessoas assim são previsíveis. Havia aprendido uma coisa no rap: acertar onde *dói*. Deixou seus olhos capturarem tudo o que poderia usar de volta, qualquer coisa ao redor, roupas, ambiente, tiques, tudo era uma arma. Valentões não têm criatividade, basta tensionar um pouco e o arco cede.

– Deve ser bem legal mexer com alguém mais fraco e que não consegue se defender, não é a verdade, Free Willy? Você faz isso por diversão ou tem um motivo secreto? Sei lá, papai bate na mamãe, ou porque garotas não vão querer saber de um menino que tem seios maiores do que elas.

– Cale a boca, sua vaca. Ou eu vou...

– Fazer o quê? – atalhou Amber. – Rolar em cima de mim? Aposto que você fedia quando criança e todo mundo te chamava de feio. Você é um fracote, galinha, falso, quarenta anos nas banhas e fica zoando com crianças no recreio. Faça as contas e me diga uma coisa na qual eu não sou melhor que você. Quantas pessoas a senhorita pode enfrentar sem a ajuda das namoradas?

Amber podia ver o rosto dele corando e a determinação esmaecendo, somente aqueles que já perderam começam a gaguejar. Os amigos dele não sabiam como reagir, estavam acostumados a ver Gabe com a resposta final. Existe algo de mágico em ganhar de outra pessoa com palavras, em atingir tão forte que intercepta a voz ainda na garganta. Os garotos podiam ser mais fortes do que ela, mais populares, com roupas melhores e até levarem vidas mais interessantes do que a sua, mas nunca seriam capazes de igualar o que fazia. Inventar, criar e dobrar palavras como ela. Amber pendurou um sorriso de escárnio nos lábios e esperou uma resposta, estava carregada e engatilhada. Vamos embora, disse Gabe para seus amigos e virou as costas depois de lançar um olhar furioso em direção a ela. Os garotos falaram alguma coisa e o acompanharam sem olhar para trás.

A garota cruzou o corredor e tirou o pedaço de madeira que barrava a porta do banheiro. As luzes estavam apagadas e o chão estava cheio de água, tufos de cabelo e papel higiênico. Um sentimento ruim se alojou na boca do estômago. Viu um tênis pendurado no lustre do teto e a camisa do Tupac que dera a Jonas no último natal rasgada dentro da pia. Escutou soluços baixinhos. Abaixou-se para descobrir em qual cubículo o amigo poderia estar. Viu os pés descalços no terceiro à direita.

– Jonas, sou eu. Não precisa ter medo, eu já dei um jeito em Gabe e nos outros.

Não houve resposta. Imaginou que o amigo não quisesse muita conversa naquele momento. Caminhou até a porta e passou a mochila com roupas por baixo. Aguardou enquanto Jonas se trocava. Sabia o que havia acontecido ali, já haviam feito a mesma *brincadeira* com uma garota da sua escola: Tirar a roupa de uma pessoa, cortar seus cabelos, e deixá-la trancada apenas com um telefone no banheiro. Depois de longo silêncio, a porta se abriu e Jonas saiu com os dedos do pé encolhidos e o cabelo repleto de falhas. Seus olhos estavam vermelhos e Amber teve que se segurar para não fazer a mesma coisa. Isso fez com que todo o ânimo por ter vencido Gabe desaparecesse.

– Obrigado, Amby – disse ele e pegou seu boné no chão. – Eu agradeceria muito se você não contasse nada disso para.

– Jonas, você precisa contar isso para os seus pais. Alguém precisa fazer aquele idiota pagar.

O garoto sorriu e sacudiu a cabeça. O tipo de sorriso acabrunhado que se dá porque não há o que dizer. Estava tão acostumada a vê-lo sempre empolgado com alguma música e naquele momento, era obrigada a uma faceta diferente do amigo – cansada e assustada. Deixaram o banheiro em silêncio e foram até o estacionamento.

Não havia nenhum ritmo, timbre, volume, rima ou batida no mundo que pudesse aliviar o fardo preto e cinza que pesava sobre aqueles jovens. Tupac havia dito em uma de suas músicas que sempre há um dia brilhante após uma noite escura, mas a cada segundo ficava ainda mais difícil manter a cabeça erguida. Quando eram eles contra o mundo e não havia um livro com as respostas certas. Quando ser leal ao jogo parecia não fazer a diferença.

Jonas parou e disse:

– Você me trouxe uma camisa do *The Backstabber's Club*, essa banda é horrível.

– Eu não tenho culpa se meu irmão gosta de música ruim.

Os dois riram e continuaram a andar. Amber sabia que aquela história não havia acabado e que muitas coisas ainda iriam acontecer. Podiam não ter a melhor disposição de ânimo naquele momento, entretanto, possuíam um ao outro e isso deveria ser o bastante por agora.

Capítulo TRINTA E NOVE

Você ainda não me colocou em um altar, tudo bem, eu tenho uma coleção de facas.

Andrew encarou os olhos que piscavam atrás da portinhola. Imaginou o que estaria para acontecer e pensou que nada poderia assustá-lo ou surpreendê-lo: já vira mais coisas estranhas do que um enfermeiro de hospício. A porta começou a se abrir e o porteiro pode ser visto. Ive e Prozy trocaram um olhar assustado. Ali estava um rato que atingia a cintura de Andrew em tamanho, vestia-se com roupas esfarrapadas e joias falsas. Era uma das coisas mais feias que já vira em toda sua vida, de cheiro insuportável e sujeira acumulada que faria um mendigo se passar por uma atriz de Hollywood.

– Estamos procurando por Josephine – disse Andrew,

– Como chegaram até aqui? – perguntou o rato.

– Oberon nos deu o caminho – falou Ive. – Leve-nos até ela, diga que Ive, Princesa do Fim Inevitável, está aqui.

O rato os encarou durante um longo tempo e em seguida fez um sinal para que o seguissem, estava visivelmente desconfiado e olhava para trás constantemente. Começaram a seguir por um túnel repleto de sucatas amontoadas onde outros ratos trabalhavam arduamente procurando por coisas de interesse. Andrew foi obrigado a imaginar como todo um povo era capaz de viver logo abaixo de seus pés e ninguém nunca ter imaginado. À medida que iam passando, várias cabeças se viravam para acompanhá-los.

Andrew pôde observar que todos os ratos trabalhavam incessantemente separando, catalogando e carregando coisas. Eram metódicos e eficientes em suas atividades. Estavam se aproximando de uma enorme galeria de onde vinha o barulho alto de música. Andrew não conseguiu discernir muita coisa.

– Nossa amada Josephine estará fazendo um concerto – alertou o rato que os guiava –, vocês devem permanecer em silêncio durante o evento.

– Ela é uma cantora? – perguntou o garoto.

O rato guia abriu pela primeira vez um sorriso largo e sua voz adquiriu o tom de alguém que fala sobre o melhor chocolate do mundo.

– Ela não é apenas uma cantora. Uma raridade, isso sim. Seu canto belíssimo nos ajuda a suportar os duros dias de trabalho. Quem nunca escutou nossa rainha não conhece música.

Andrew olhou para Prozy que fazia uma cara de tédio para cada palavra que o rato dizia. Fez um sinal para que a coelha ficasse quieta e não atraísse atenção indesejada. Ive caminhava ao lado deles, mas ia calada e tinha o semblante sombrio, como se alguma coisa a incomodasse profundamente. Aproximou-se dela e cochichou:

– O que há de errado?

– Eu sinto como se toda a minha magia estivesse trancada. Eu não sei por que isso está acontecendo, mas significa que estamos completamente indefesos.

Haviam acabado de chegar ao local onde Josephine se apresentava. Era um teatro oval e muito grande, onde dezenas de ratos se sentavam imóveis ouvindo sua líder cantar. O guia os levou pelo corredor até estarem bem em frente à cantora, que embora tenha percebido a presença deles, não parou sua apresentação. Josephine era uma figura frágil e esquelética, que se vestia com roupas de cores vivas e joias falsas. Uma pequena banda lhe fazia companhia tocando metais. Andrew não soube muito bem o que pensar. Platão havia dito que a música tem efeito direto sobre a alma, ele devia estar certo, porque tudo o que a alma do garoto queria naquele momento era ficar surda. Não havia como formular nenhum julgamento acerca do valor e da excelência da música de Josephine – pelo simples fato de não existir nem uma coisa nem outra ali para julgar. Era uma balada sentimental e de sofisticação peculiar. Josephine, de voz tão melodiosa, doce – a Björk dos ratos! – que uma pessoa em são consciência não seria capaz de ouvir por mais de um segundo.

(Refrão x8)
Eu que sinto paixão, jogada
Na solidão, sem um coração,
Seu sorriso, meu paraíso,
Não pode ser o fim, você sem mim,
O que dizer, o que fazer?

Andrew concluiu que os humanos não eram os únicos com uma tendência inexplicável para gostar de ruídos duvidosos. Alguns ratos choravam e levavam lenços aos olhos como se Billie Holiday ou Ella Fitzgerald houvesse descido dos céus e cantado algo da discografia dos anjos. O grande problema em assistir ou escutar uma coisa cuja estética não ajuda, é que existe a possibilidade de que um efeito inesperado aconteça, como por exemplo, uma risada involuntária. O garoto só foi perceber tarde demais que sua indiscrição fora mais alta do que esperava e chegou aos ouvidos de Josephine, que interrompeu a canção no meio e cravou os olhos em cima do trio.

– Minha canção te diverte? – perguntou ela, segurando o microfone com suas longas unhas.

– Não é isso... – Andrew se apressou em dizer.

– Então quer dizer que ela *não* te diverte – falou Josephine.

Houve comoção na plateia. Começavam a gritar em protesto contra o garoto. Josephine se aproximou ainda mais da beira do palco e deixou que sua raiva transparecesse.

– Sabe o que você é? Um crítico! E ninguém gosta de um crítico que esnoba grandes talentos quando os encontra. Qualquer um pode ser um crítico hoje em dia, veja só. Eu tenho inúmeros fãs e eles não gostariam de mim se eu não fosse boa.

– Se você não gosta, faz melhor – gritava um dos ouvintes.

– Você não gosta dela porque tem inveja! – berrava outro. – Você não tem mais o que fazer além de falar mal dos outros?

Andrew sabia que algumas pessoas tinham uma enorme tendência para levarem qualquer crítica para o lado pessoal e alguns fãs são levemente obcecados com seu objeto de adoração. Também sabia que críticos podem ser tomados por arrogantes com a mesma facilidade com que se corta um pedaço de bolo, mas nunca pensou que uma crítica fosse colocar sua vida em risco. Claro que se estivesse num meio onde a plateia não possuísse dentes afiados, comentaria sobre a parte em que música é outra coisa, mas preferiu ficar em silêncio e deixar que Ive tomasse as rédeas da conversa.

– Desculpe o comportamento de meu amigo, como vossa majestade pode ver, ele não é muito culto e por isso não é capaz de compreender toda a beleza da música – disse Ive.

A rainha dos ratos pareceu se acalmar diante daquele argumento e fez um sinal para que todos ficassem quietos. O público os encarava com raiva crescente, entretanto, obedeceu à ordem. Eu encontrei o nome, cochichou Prozy para o garoto, é a tiara na cabeça dela. Andrew olhou disfarçadamente e notou a única peça verdadeira em todo o traje dela, uma tiara repleta de brilhantes e com uma pedra azul no centro. Colocou seu cérebro para pensar em uma forma de conseguirem aquilo.

– O que vocês querem? – indagou Josephine.

– Eu sou Ive, Princesa do Fim Inevitável e estou procurando o segundo nome do gato.

– Como ousa? Esse nome foi dado a mim e a mais ninguém. O gato aprecia boa música e me presenteou, não é como se eu fosse entregar isso a qualquer um que me pedisse.

– Eu não faria isso se fosse você, senhora. Ela é a filha da Morte, acredite em mim, a família dela adora uma encrenca – falou Prozy. – E ela tem um monte de poderes coloridos...

– Que não funcionam aqui em baixo – respondeu Josephine. – O gato nos abençoou com sua proteção, queridos, nenhuma magia funciona nos esgotos de Dresbel.

Então ali estava o motivo por Ive estar de mãos atadas. E mais uma vez, não pela última, imaginou se ter entrado nessa história não havia sido um erro. Uma coisa era enfrentar ameaças sabendo que a filha da Morte estava pronta para salvá-lo com uma granada de anti--imaginação ou coisa do tipo, outra era estar cercado de ratos fãs de uma cantora ruim – intimidavam-lhe muito, porque não cessavam de murmurar ofensas e cutucá-lo. Tinha ainda uma saída, todavia: conseguir a tiara. Puxou a coelha para mais perto e sussurrou seu plano. Prozy protestou contra a ideia e usou palavras grosseiras para isso. Andrew não deu importância e se limitou a enfatizar a importância de erro nenhum. O guia que os trouxera estava a dois passos de distância, seria o suficiente para fazer o que pretendia. Ive se mantinha perto, mas parecia estar desligada do mundo, chocada por não ter como usar seus poderes. Bem-vinda à existência humana, pensou Andrew.

Josephine batia um dos pés no palco e um sorriso lhe ganhava a face, dirigindo-se ao público, falou:

– Cortem a cabeça deles – fez uma pausa e acrescentou: – Mas deixem as orelhas intactas, que é para que me ouçam mesmo após a morte!

O instante seguinte foi um momento confuso para o trio. O mundo perdeu sua organização e a paisagem se tornou um emaranhado de pernas e braços de roedores que se impelia contra o grupo. Andrew olhou para todos os lados e com um grito tratou de pôr seu plano em ação.

Capítulo QUARENTA

E todos os hipopótamos foram sacrificados num pote de maionese sem prazo de validade.

Havia uma réstia de sol iluminando aquela tarde. Pessoas faziam piqueniques em diversas partes e algumas crianças soltavam pipas, alheias a todo um mundo. O dia está bonito, comentou Stella, já faz algum tempo que não via tanto brilho. Astrophel concordou com um movimento de cabeça. Olhava para os patos no lago, eram quatro e seguiam um atrás do outro. Gostava de observar aquilo, aquela ordem invisível e silenciosa que permeava a natureza, lembrando-lhe que em algum lugar havia uma coerência. Abriu o cesto e pegou uma maçã, em seguida cortou metade para si e a outra parte deu a esposa.

Estava começando a se preocupar com a demora em obter qualquer novidade sobre o segundo nome. Conversara com toda e qualquer criatura mágica que habitava Dresbel, seguira todas as pistas que pudera e subornara até mesmo uma das funcionárias de Oberon, tudo em vão. Ainda tinha outra tangente com a qual esperava se encontrar ali. Conferiu o relógio mais uma vez e suspirou de impaciência.

– Ele está atrasado – murmurou por fim.

– Eu devo admitir que não ficaria triste caso ele sumisse de nossas vidas para sempre.

– Já conversamos sobre isso, é um mal necessário.

Houve um momento de silêncio entre eles. Astrophel lia na face dela que alguma coisa além daquilo a incomodava, o tipo de conhecimento que existe quando se conhece tudo sobre uma pessoa, quando se sabe que o menor dos movimentos possui um significado: o modo como ela coçava os cabelos quando estava intrigada, ou a forma como cruzava os braços em seguida num silêncio de estátua.

– O que te aflige? – indagou.

– É verdade o que dizem por aí? – começou ela. – Rayla está nesse mundo?

– Sim, ela está investigando as anomalias que têm ocorrido aqui. Um dos meus contatos no mundo das fadas disse que ela matou Mirtza Sosostriz.

– Pela Deusa, isso é terrível, imagino o que ela não seja capaz de fazer. Aquela mulher é uma assassina.

Essa era a palavra certa! Uma assassina. Seus pensamentos se voltaram para Rayla. Ambos tinham medo da filha mais velha da Morte, seria imprudente caso não fosse assim. Muito pouco se sabia sobre ela e aquilo já era motivo o bastante para que não se entregasse a atitudes irracionais. As informações que sabiam acerca dela estavam naquela charneca onde fatos e lendas se mesclavam. Já havia escutado a história dela uma vez, seu amigo Baz lhe contara. Estavam sentados numa das ruas de Viena, duzentos anos atrás quando ele começou a falar sobre ela.

– Eu não sei o quanto é verdade – disse ele –, mas é história que tribos na África contam. A Morte viu muitas almas das quais cuidar e poucos trabalhadores na tarefa, assim sendo, resolveu criar três filhas. As três ajudavam-na a receber as almas ceifadas. A primeira filha, Kivian, ficou responsável por criar mundos onde os espíritos de todas as criaturas encontrariam conforto. 'Criarei sóis e estrelas', disse ela, 'e um mundo para cada dia do ano'. A segunda filha, chamada de Rayla, ficou responsável por manter a ordem nos novos mundos espirituais. 'E não haverá criatura viva que não obedeça a tal regência', foram as palavras dita por ela. A terceira filha, menor e mais frágil, de nome Ive, não parecia estar apta a receber alguma obrigação, visto que não tinha a criatividade da primeira ou a liderança da segunda. Sua função seria a de não atrapalhar o trabalho das outras. As irmãs viveram em paz até o dia em que a primeira delas decidiu visitar o mundo humano e se apaixonou por um mortal. Kivian convocou sua família e todos os parentes para anunciar que abandonaria suas funções para viver como uma mortal. Houve discussões e oposições, já que, pessoas morriam todos os dias em todos os mundos existentes e sem ela, não haveria espaço para mais ninguém. Com isso, o caos tomaria conta de tudo, pois sua mãe já não era tão ágil quanto antes. Após longa deliberação, Rayla julgou sua irmã culpada de traição contra a família e a lançou no abismo, onde ficaria até o fim dos tempos pagando por seu erro de ter desejado amar.

– No que você está pensando? – perguntou Stella.

A voz da esposa o arrancou de seus devaneios.

– Estava apenas me lembrando de Baz, acho que ainda estou surpreso pela morte dele – disfarçou e lançou um sorriso.

– Lamento por isso, eu também gostava muito dele – respondeu a mulher, satisfeita com a resposta.

O fato era que a filha mais nova da Morte estava ali, na mesma cidade que ele, e aquilo não era bom. Não poderia levar em conta o que ela aparentava ser. Ive era tão ruim quanto qualquer uma de sua família, ou aquilo que ela fizera a Stella não havia sido evidência o bastante? Ela estava tão interessada e disposta a ir tão longe quanto ele. E havia outra questão: qual longe estava disposto a ir? Nunca quisera tirar vidas ou machucar pessoa alguma, tudo o que queria era poder salvar a mulher que amava e ficar com a filha. O que Ive e o garoto poderiam desejar tanto que não conseguissem de outra forma? Cruzar fronteiras entre o bem e o mal é fácil, a parte complicada é tentar voltar uma vez que isso acontece. É como uma gota de sangue que cai no mar e se espalha até que tudo esteja vermelho.

Sua atenção foi chamada para algo adiante. Um garoto de uns dez anos de idade e boné azul caminhava em sua direção, andava de cabeça baixa e com passos desajeitados. Astrophel reconheceu seu contato de imediato.

– Ele chegou. – disse, sem tirar os olhos do visitante.

Stella aproximou-se e segurou suas mãos. Foi obrigado a admitir que ela parecia estar ainda mais fraca que antes. Era uma enfermidade galopante, ficando silenciosamente mais agressiva. A única coisa que poderia fazer era conseguir os nomes e salvá-la. Focou sua mente nisso.

Mefistófeles, o demônio, havia possuído o corpo de um garoto para que pudessem se encontrar. O demônio já estava mais próximo, suas feições eram fechadas e seus olhos estavam completamente azuis.

– Boa tarde, Bruxo da Terra Velha – disse ele ao chegar. – Quase lamento que não tenha conseguido o primeiro nome, mas não se preocupe. Estou preparando um lugar especial no Inferno para você.

– Não tenho tempo para cortesias, demônio. O que tem para mim?

O garoto demônio fez um muxoxo e cruzou os braços, aborrecido com o tratamento dispensado pelo feiticeiro.

– Astrophel, somos dois cavalheiros aqui. Seria bom se mantivéssemos o nível.

– Que seja, não é como se você valesse muita coisa. Fale.

– O segundo nome está com Josephine, rainha dos ratos. Existe um problema nisso: o lugar foi abençoado pelo gato e nenhuma magia funciona por lá. Coloquei um vigia atrás da filha da Morte e soube que ela e o garoto pretendem ir hoje à noite. É a sua chance de matar dois coelhos.

Aquilo atiçou a curiosidade de Astrophel e um plano aflorou imediatamente em sua cabeça. Ocorreu-lhe que nem tudo estava perdido, deveria começar seus preparativos desde já. Olhou para o demônio e isso serviu de lembrete que não poderia fracassar dessa vez, sua alma dependia disso. Você já entregou sua mensagem, disse Astrophel, vá embora antes que alguém note sua falta no Mundo Inferior.

O demônio lançou um olhar de quem se regozija e foi andando para longe do parque. Chegou a imaginar o que aconteceria com o corpo usado por Mefistófeles, mas a preocupação foi logo substituída pela necessidade de se preparar para a grande noite. Os jovens desceriam até a cidade de Josephine e Ive estaria indefesa, nunca tivera chance maior. Talvez pudesse até mesmo chamar de volta o corvo que pusera para seguir a irmã do garoto. Qual era mesmo o nome dela... Ah, sim, Amber Webley. Uma garota interessante, tinha de admitir. Os olhos dela lembravam os de Anthea.

– Querido, você tem certeza de que precisamos disso? – perguntou Stella.

– Claro que sim, já viemos até aqui. Não há volta – e num tom mais baixo, como que afirmando para si próprio, repetiu: – Não há volta.

A verdade era que sentia uma melancolia sem precedentes e outra coisa estava no meio disso. Um sentimento frio que nascia na boca do estômago e se espalhava como ervas daninhas; a planta chamada medo, que ia fincando suas raízes e se alastrava com vigor por todo seu corpo. Não gostava de pensar nisso, mas a verdade era que estava com medo. O peso de todo o mundo estava sobre seus ombros, sentia-se como uma espécie de Atlas que nunca pode perder a compostura. Mas sua mulher contava com ele, não estava sujeito a mostrar esse medo, nunca. Segurou a mão de Stella. Tinha medo de perdê-la, medo de morrer, de nunca mais ver sua filha e de como se sentiria depois de matar o garoto.

Um vento frio varreu o parque, virou-se para a mulher e disse:

– Acho que está na hora de irmos. O tempo está esfriando.

Capítulo QUARENTA E UM

Se você olhar bem de perto, poderá ver flocos de madeira na cauda de um arco-íris.

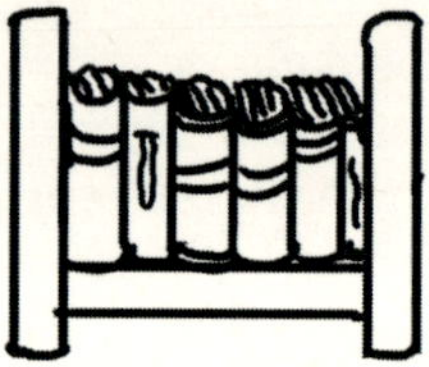

Rayla chegou ao mercado perto das onze horas da noite. Havia uma pequena movimentação de últimos clientes. Shaitiri caminhava silenciosamente ao seu lado, com todos os ferimentos curados e ambas estavam prontas para prosseguirem na missão. Vestia o uniforme da D.I.E naquela noite, a farda preta com o corvo branco no braço e o lema: *Memento Mori*. Ajeitou a boina e foi seguindo pelos corredores que levariam até a livraria de Oberon. Algumas pessoas se assustavam quando a viam passar e tratavam de sair do caminho o mais rápido que podia – ao contrário do que acontecia com humanos, permitia que as criaturas mágicas a enxergassem. Um duende fechou as portas de seu comércio e rezou para algum deus de seu povo. Ele contrabandeia ovos de ursos escamados, disse Shaitiri após ler a mente do duende. Rayla fez uma nota mental, mandaria um batalhão fazer vistoria em todas as lojas no dia seguinte. Seus passos iam soando pelos pisos de mármore. Era estranho ver o Mercado Central das Fadas tão quieto, sendo que durante o dia toda a movimentação do universo parecia se encontrar ali.

Pensou em tudo o que estava acontecendo ultimamente. Ive tinha um papel reservado a ela no outro mundo, tinha obrigações, deveres que assim como ela, deveria cumprir. Ela não teria pensado em quais poderiam ser as consequências? O mundo espiritual entraria em colapso se ela fizesse a escolha errada. Kivian estava presa, tudo bem, isso não lhe incomodava tanto, mas que Ive seguisse o mesmo caminho era um absurdo. Comandar a D.I.E já era mais trabalho do que qualquer um poderia sequer imaginar. Sua mãe somente a muito custo conseguia manter a organização e o transporte de almas em funcionamento, sendo obrigada a terceirizar a criação de mundos para um grupo de deuses indianos. Caso a irmã optasse por fazer o que Rayla imaginava que desejava, seria impossível prever os danos em todos os universos existentes.

– Acho que chegamos, Shaitiri.

A loja de Oberon estava se preparando para fechar, as lontras bibliotecárias recolhiam os cartazes e Puck colocava o lixo para fora. Rayla mostrou o distintivo e entrou na loja.

– Todos para fora ou serão despachados no primeiro comboio para o Inferno! Oberon, precisamos conversar com você.

Todos os funcionários largaram imediatamente o que estavam fazendo e saíram sem olhar para trás. Puck deixou a vassoura sobre o balcão e resmungou alguns xingamentos enquanto deixava o lugar, visto que era obrigado a sair de onde morava. Rayla procurou algum sinal da presença da irmã ou que a ajudasse na investigação. Algo sobre o balcão soou um alerta. Shaitiri viu sua linha de raciocínio através do pensamento compartilhado, e se aproximou. Havia poeira sobre várias coisas, o que era de se esperar, exceto sobre um pedaço do balcão, onde ficava evidente que um tipo de caixa havia sido retirado após muito tempo. Qual poderia ter sido a causa? Seus olhos continuaram a procurar algum vestígio, até que encontraram um pedaço de papel queimado. Uma das funcionárias tinha deixado escapar. Chamas dentro de uma livraria. Provavelmente sua irmã teria ameaçado o livreiro, fogo é uma das magias que Ive controlava melhor.

Imaginou o que faria caso descobrisse que Ive estava realmente buscando uma forma de repetir os passos de Kivian. Era uma pena que não pudesse contar a ela toda a verdade, talvez fosse o suficiente para fazer com que voltasse para casa sem causar maiores problemas. Tudo o que gostaria era de salvar Ive antes que fosse tarde demais. Dentro do seu coração havia uma parte que sentia falta de suas irmãs reunidas em casa, no entanto, era impossível perdoar Kivian pelo que ela fez. Chegou a pensar por um momento se não seria errado da parte de sua mãe designá-la para lidar com o caso atual.

O livreiro chegou dali a pouco, metido em seu pijama e com os olhos arregalados. Rayla o olhou da cabeça aos pés e isso confirmou o que estava pensando. Suas sobrancelhas estavam chamuscadas e a raposa comunicou ser capaz de sentir um leve cheiro de algo queimado escapando dele – não seria difícil lograr vitória sobre o antigo rei das fadas.

– Eu quero saber de tudo – disse a capitã sem se dar ao trabalho de cumprimentar.

Oberon gaguejou por um instante e respondeu:

– Como eu poderia saber do que a senhora está falando?

– Ele está tentando nos enganar – disse Shaitiri. – Está com medo do que você pode fazer com ele. Sua irmã esteve aqui ontem e em companhia de um humano. Foi realmente ela quem causou danos por aqui, usando seus poderes.

As cores fugiram da face do livreiro. Tudo o que Rayla precisava fazer era esperar que ele começasse a ceder informações. Poderia até mesmo dar um incentivo a ele.

– Vamos fazer o seguinte... – começou Rayla – eu te ajudo e você me ajuda. Diga tudo o que eu preciso saber e eu não te prendo e nem mesmo abrirei um inquérito sobre o seu tráfico de fadas para o mundo humano, cassinos ilegais, sonegação de impostos. Mamãe não gosta nem um pouco das pessoas que sonegam impostos, porque assim como ela, eles são uma das únicas certezas na vida, Obie.

Oberou passou a mão pela testa e respondeu:

– Eu disse que Josephine, a rainha dos ratos, tinha o segundo nome. Ela estava com um garoto da cidade. Eles já conseguiram o primeiro nome e... o garoto é o escolhido, os sinais são claros nele.

Rayla lamentou isso, estava atrasada. Essa visita não lhe acrescentara muitas informações úteis, mas a única que providenciara era o bastante para colocar o batalhão em alarme. Estava na hora de pedir reforços – tudo ficaria um pouco mais complicado. O primeiro de tudo seria conseguir uma quebra de sigilo da irmã, afinal, um dos benefícios em ser filha da morte era ser invisível aos rastreadores de aura. Descobriria o paradeiro de Ive e então faria uma visita.

– Lamento não poder ajudar mais – disse Oberon.

– Não se preocupe, sua ajuda foi valiosa. E o nosso acordo permanece.

– Agradeço muito a sua bondade, senhora.

– Não agradeça.

Fez um sinal para que Shaitiri a acompanhasse. Precisava colocar algumas medidas em ação. Saíram da loja e fizeram o mesmo trajeto pelo qual vieram. Shaitiri concordou com o plano proposto e sugeriu algumas opções caso algo saísse diferente do previsto.

Antes de alcançarem as ruas, porém, Rayla fez outra nota mental. Uma viatura seria enviada para prender Oberon e atirá-lo na prisão mais distante que poderia imaginar, onde nem mesmo um verme se arriscaria a se arrastar. Essa era a punição merecida por alguém que entrega um dos nomes do gato para uma garota. Era preferível que ele deixasse que cada livro de sua loja queimasse até as últimas páginas do que deixar que algo assim ocorresse. Chutou uma lixeira para aliviar a raiva e saiu do mercado. Tinha que afastar o garoto da irmã o mais rápido possível.

Afagou a cabeça de Shaitiri e saiu sem olhar para trás.

Capítulo QUARENTA E DOIS

Abril não é o mais cruel dos meses, Sr. Prufrock, agora, fique deitado sobre a mesa.

O mundo é feito por coisas curiosas e elas vêm em todas as formas e tamanhos, como por exemplo, uma coelha niilista numa tentativa de voo. Andrew segurou Prozy firmemente em suas mãos e a atirou sobre a cabeça de Josephine. Ive não conseguiu esboçar nenhuma reação além de espanto. Os gritos da cantora eram horríveis e ela rodopiava tentando se livrar dos dentes furiosos da coelha, até que – ploft!– aproximou-se demais da beira do palco e caiu mais rápido do rápido. O garoto e Ive chutaram os ratos que avançavam e pegaram Prozy e a tiara no chão – que Ive se apressou em guardar na bolsa. Estava com o segundo nome, era hora de fugir dali o mais rápido possível.

Os ratos se agarravam nas pernas da dupla e tentavam roer e cravar dentes. Josephine já se recobrara do choque e liderava a multidão de perseguidores. Andrew pegava pedras no chão e as atirava numa tentativa patética de atingir alguma coisa.

– Temos que sair daqui! – gritou.

– Não me diga – disse Prozy. – Achei que você fosse querer um chá. Vai levar um ano para tirar o gosto de ratazana da boca.

Foram passando pelos túneis até alcançarem a porta em que foram recepcionados. O povo dos ratos vinha logo atrás, passos ruidosos, gritos de ódio e palavras de ofensas proferidas pela rainha. Eles corriam como um único bloco, amontoados, sendo impossível distinguir onde começava um e o outro terminava – alguns vinham em bandos ligados pelas caudas, sangue e sujeira. Era uma visão infernal que fazia com que Andrew chegasse à conclusão de que enfiar a mão na boca de uma garota morta não era assim tão ruim. Passaram pela porta e a fecharam rapidamente, sabiam que aquilo não funcionaria por muito tempo.

Apertou a coelha firmemente sob um dos braços e usou a mão livre para segurar a de Ive. Estavam perdidos nos túneis e sem lanterna. O barulho do esgoto corrente reverberava pelas galerias, assim como o som das portas derrubadas pelos ratos. Foram se esgueirando por túneis a esmo, pisoteando baratas e todos os dejetos de Dresbel. Os ratos se espalhavam por todos os lados.

– Não vamos conseguir sair daqui, Andy – Ive sussurrou.

Andrew não precisava enxergar para saber que ela estava chorando. E pela primeira vez, viu uma garota comum e amedrontada como qualquer outra. Tinha consciência de que ela tremia e que lágrimas corriam pela sua face. Sentiu vontade de abraçá-la, prover alguma espécie de conforto dizendo que ficaria tudo bem, mas não faria isso, não era a hora certa para chorar, era tempo de correr, abraços não salvam ninguém. Também estava assustado, mas faria *tudo* o que precisasse para que saíssem dali.

– Vamos – disse, e puxou a garota pelo braço.

Uma ideia cruzou sua mente. Havia uma lanterna em seu celular, aquele que carregava mais por hábito do que por uso. Vasculhou o bolso traseiro até encontrar e iluminou o caminho adiante, ainda que toscamente. Foram prosseguindo com pés mudos. O esgoto estava infestado dos súditos de Josephine, vez por outra vultos podiam ser vislumbrados passando ao longe. Andrew prendeu a respiração em medo, seu coração batia forte contra o peito. Ive engolia o choro e retomava o controle. Vem alguém aí, murmurou Prozy, e eles se esconderam num tubo. Um bando das aberrações passou em alta velocidade e não deu por eles. O garoto sugeriu um caminho baseado em pura intuição, que consistia em seguir as águas do esgoto até encontrarem uma rota para cima, já que ninguém parecia ter ideia melhor, foram por essa mesmo. O guinchar dos roedores os lembrava de que o perigo estava cada vez mais perto.

Sua intuição e sorte pareciam estar de mãos dadas, pois não esbarram com nenhum rato e passaram por um e outro lugar conhecido, que supostamente ficava perto da saída. Já estamos quase lá, Ive, disse ele, vai ficar tudo bem. A garota apertou sua mão com mais força. Correram o mais rápido que podiam e com a ajuda da lanterna improvisada, enxergaram uma escada que servia de saída. O trio riu e se congratulou com aquilo.

– Eu disse que conseguiríamos! – disse Andrew. – Hora de ir para casa, estou precisando de um banho.

No entanto, era cedo demais para isso. Saída praticamente de lugar nenhum, apareceu Josephine e saltou sobre Ive com ferocidade. A rainha dos ratos praguejou e bateu com suas patas finas, não perdendo a chance de morder onde pudesse. Ive gritava de dor e tentava se libertar. Todo aquele tumulto atraiu as ninhadas mais próximas, que se apressaram em prestar auxílio a sua líder. Andrew fechou o punho e desferiu um soco contra a garganta de Josephine, que caiu sem ar. Os ratos foram se aproximando e se aproximando. Deu-se conta de que precisaria tomar a responsabilidade para si e dar um fim naquilo. Segurou a roedora numa chave de braço e gritou:

– Ninguém se aproxima ou eu acabo com a sereia do esgoto.

Os ratos se detiveram e olhavam de Andrew para a cantora. Fez um sinal para que Ive subisse e levasse Prozy. Ela obedeceu imediatamente e saiu o mais rápido que pôde.

– Você não vai escapar assim – disse Josephine. – Eu vou te caçar até o último dia da sua vida.

Andrew não deu ouvidos ao que ela disse e olhou para confirmar se Ive e Prozy já estavam fora. Ao ter a certeza de que estavam a salvo, aproximou-se mais da cantora e falou:

– Não se esqueça de ter bons sonhos.

Os ratos sempre foram uma das maiores pragas a assolarem a humanidade, impossíveis de serem detidos, capazes de se esgueirarem por qualquer fresta, assim era o coletivo, mas, um indivíduo da espécie – isolado de seus parceiros do crime – é uma das criaturas mais frágeis do mundo. Por isso, não era de espantar que Josephine fosse desacordada com tanta facilidade – um mero soco na cabeça – e tombasse num segundo. Houve grande clamor em todos os canos e galerias. Andrew aproveitou o instante em que toda a ninhada ficou sem reação e se pôs a subir a escada. Os ratos avançavam sedentos de vingança e raivosos. Já estava quase nos últimos degraus quando foi ajudado pelas mãos de Ive. Rolou sobre o asfalto e apenas observou enquanto a tampa era colocada de volta no lugar. A filha da Morte, uma vez mais em posse dos seus poderes, lacrou a saída e caiu ajoelhada no chão, rindo e chorando ao mesmo tempo.

A chuva forte começou, a companheira mais fiel daquelas ruas. Olhou para Ive, caminhando em sua direção, ela tinha alguns ferimentos e filetes de sangue escorrendo pela testa, suas roupas estavam destruídas e imundas, mas ela nem parecia se preocupar. Suas risadas eram altas, assim como os gritos de felicidade.

– Andy, nós consegui...

A frase foi deixada em aberto. Ive foi atirada para longe e se chocou contra um poste. Andrew se levantou a tempo de ter os cabelos agarrados pelas mãos de Astrophel, que colocou uma faca contra seu tórax e disse:

– É bom te ver mais uma vez. Acho que essa cena me traz lembranças.

– Se você tiver machucado Ive, eu juro que mato você.

Astrophel riu, parecia divertido com a bravata. Andrew se debateu na tentativa de fuga, mas não deu certo. Localizou Stella parada pouco atrás deles. Prozy foi para perto de Ive, que tentava se erguer com dificuldade. O sorriso da garota foi substituído por uma expressão de fúria e faíscas verdes brotavam na ponta de seus dedos.

– Astro... – disse ela – eu pensei que você tinha aprendido a sua lição, eu não estou a fim de mandar a vovó para o hospital de novo.

– Não se mova ou eu mato o seu namorado. – respondeu o feiticeiro. – Eu quero o segundo nome, *agora*.

Andrew sentiu a lâmina roçar em sua pele. Aquilo não poderia estar acontecendo, pensou, era impossível que houvesse passado por tudo apenas para que Astrophel roubasse o nome. Olhou para Ive, ela parecia analisar a situação, procurando alguma saída alternativa. Logo chegaria à mesma conclusão que ele, não havia outra forma: precisaria entregar a tiara.

– Entregue o nome, garota – disse Stella. – Não precisamos deixar a cena ainda mais complicada. O seu namorado parece ser um bom garoto, não precisamos que nada aconteça a ele.

Ive riu.

– Ele não é meu namorado. Ele é apenas um humano, não tem nenhum valor para mim. Você sabe de quem eu sou filha, a morte é apenas um amontoado de fichas no escritório da minha mãe. Deixe Andrew em paz, ele é inútil para você.

Andrew tremeu, uma descarga de estresse fervia seu cérebro, deixando-o na porta do desespero, não era a hora certa para Ive tentar ser esperta. A ponta da faca já havia feito um furo em sua camisa e se pressionava contra uma de suas costelas.

– Você tem certeza do que está dizendo? – perguntou o feiticeiro.

– Ele não significa nada para mim. Deixe-o ir e brigue comigo pelo nome, Astro. Está com medo de levar outra surra?

Astrophel deu uma risada de escárnio e retorquiu:

– Resposta errada.

– NÃO! – gritaram Ive e Prozy.

Uma explosão de dor. Andrew sentiu a faca penetrar camadas de carne, cortando tudo em seu caminho até o pulmão direito. Sentiu sua pele sendo rasgada e arder como se queimasse. O ar fugiu e sangue escorreu. Viu Ive jogar a bolsa com o nome para Astrophel e correr em sua direção. O feiticeiro e sua esposa sumiram com um estampido. Sua visão ficou turva, Ive o segurava nos braços. Fique comigo, Andy, dizia ela, não me deixe, por favor, por favor, fique comigo. Os sentidos iam adormecendo e uma onda de frio se espalhava pelo seu corpo. Então, aquilo era morrer. Não era tão ruim. Sua vida não passou diante de seus olhos como um filme, nem houve música tocada por anjos ou um ente querido para lhe recepcionar. Apenas uma escuridão que ia lhe puxando para dentro da inconsciência. As imagens sumindo e os sons morrendo ao longe. Seus olhos se fecharam. A última coisa na qual pensou foi em como lamentava não terminar *A Violinista de Fevereiro* e de não ter levado Ive na loja de chocolates.

Capítulo QUARENTA E TRÊS

Sou tão simpática quanto sopa de repolho sendo bombeada pra dentro de seus olhos.

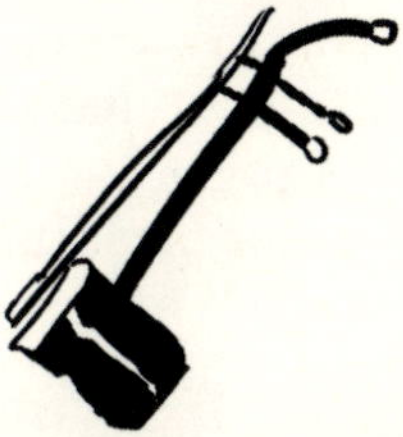

Amber estava no ponto de ônibus. A chuva caia e formava um rio na beira da calçada. Outras pessoas se espremiam na tentativa de não se molharem demais. A garota aumentou o volume dos fones de ouvido, não gostava de conversas paralelas e fazia questão de não deixar brechas para que alguém puxasse assunto. Focou-se nas palavras dentro de sua cabeça – precisava concluir aquela letra. Jonas queria gravar a música naquele dia, pois já estavam atrasados. Era a única coisa que faltava para que enviassem a demo para o Dr. Dre. Essa era a razão de estar escutando a composição do amigo há mais de duas horas, em busca de um *flow* que parecia se esconder. E que porcaria era aquele violino no começo da música, perguntou-se. Tecnicamente não era um violino, mas um *erhu*, Jonas dissera, um instrumento chinês – o que ainda assim não combinava com nada do que ela criava.

– Será que não poderia parar de chover por um minuto? – resmungou.

O ônibus chegou dali a pouco, sentou no fundo e retirou o caderno da mochila. Repetiu a música mais uma vez e foi murmurando tentativas de rimas. Sabia que a resposta estava próxima, bastava prestar atenção. Riscou uma linha e substituiu algumas palavras. Pensou em seus artistas favoritos, Tupac, Missy Elliot, Nas, Eminem e Ice Cube. Pensou em como eles desfiavam as músicas como se rasgassem uma cortina de cima a baixo. Já estudara todos eles, decorado cada letra e até mesmo a forma como dobravam palavras. Agora, precisava fugir da influência deles. Não queria fazer um novo *Illmatic* ou *Marshall Mathers LP*, essas coisas já existiam.

Seus pensamentos foram interrompidos ao ver que duas

garotas apontavam para ela e riam. Abaixou a cabeça e tentou voltar a trabalhar em suas músicas, mas, o fluxo havia se quebrado. Não conseguia entender por que as pessoas sempre a tratavam como se tivesse um terceiro olho na testa. Você não se cuida, seu pai costumava dizer. O que não fazia sentido, tomava banhos frequentemente, não tinha piolhos e nem chulé, como alguém poderia dizer que ela não se cuidava? Se "cuidar-se" fosse um eufemismo para passar maquiagem até se parecer com um palhaço, estavam certos. Não gostava de se vestir ou se maquiar como as outras garotas, sentia-se estranha quando era obrigada a fazê-lo, mal sabia fazer um penteado simples. Gostaria de gostar, mas não funcionava dessa forma.

Uma idosa sentou-se ao seu lado e abriu uma revista semanal, Amber incomodou-se pelo fato de a mulher esbarrar em seu braço durante todo o tempo. Imaginou se teria sido uma garota diferente caso sua mãe não tivesse morrido. Sua avó costumava dizer que a falta de uma presença feminina tinha feito a diferença. Seria isso verdade? Não se lembrava de muita coisa dela e preferia dessa forma. As pessoas sempre comentavam como ela era uma mulher bonita e vaidosa, que encantava a todos. O oposto de tudo o que a filha se tornara. Não era bela, nem elegante e tampouco era simpática – pelo contrário – ríspida e desbocada com frequência, que preferia brincar com os carrinhos de Andrew do que com suas bonecas.

Uma das únicas lembranças que tinha de sua mãe não era das mais agradáveis. Ela estava de cama, com tubos que lhe ajudavam a respirar e outros para que pudesse se alimentar, havia algumas flores no quarto e o médico ia uma vez por dia injetar alguma coisa – para ajudá-la a lidar com isso, dizia seu pai. Lembrou-se de não ter tido coragem de entrar algumas vezes – tinha medo, seu irmão estava quase sempre por lá, ficava lendo ou assistindo TV. Amber então se lembrou da última vez em que conversou com ela. Havia acabado de ganhar um álbum de figurinhas e falou sem parar sobre cada uma delas – pensando agora, havia sido uma coisa egoísta, nunca perguntara como ela estava, como se sentia, falara sobre si mesma e suas coisas.

Estava quase na sua hora de descer do ônibus, passou com dificuldade pela velha e antes de sair, aproveitou a ocasião para mostrar um dedo para as garotas que riram dela – não foi o indicador nem o anular. Correu sob a chuva em direção a casa de

Jonas. Seus pensamentos iam se avolumando até a borda em que a composição de música se misturava com imagens aleatórias de seu passado. Precisava daquele *flow*, o tempo em que podia se frustrar havia acabado. A música era a única forma de conseguir o que desejava: respeito. Talvez fosse verdade que se sua mãe não tivesse morrido, ela e o irmão estariam em situações melhores, mas isso não fazia diferença.

Ao chegar à casa de Jonas, tocou a campainha e ficou tremendo na varanda enquanto esperava-o. Já tinha em mente o que fazer com aquela música, como abordá-la pelos flancos. Talvez seu amigo estivesse certo e ela não pudesse ser domada com força bruta, logo, teria que tentar uma nova abordagem, precisava sentir-se no mesmo ritmo das batidas.

A porta se abriu e a Sra. Hurston atendeu. Olá, minha querida, disse ela, Jonas está lá em baixo e pediu para que mandasse você descer. A garota agradeceu com um sorriso e seguiu o caminho tão conhecido. Notou mais uma vez como os pais de Jonas o apoiavam em seu interesse por música e não pareciam se importar muito com o enorme período de tempo que passava trancado no porão. Queria que seu pai fosse um pouco mais parecido com eles. Afastou isso da cabeça e desceu as escadas até o estúdio. O garoto a esperava sentado na mesa de edição e compondo novas batidas.

– Você demorou – disse ele.

– Eu teria chegado mais rápido caso tivesse um barco. Pego o de Noé emprestado da próxima vez.

– Tão ruim assim?

– Pior. Agora, vamos gravar essa coisa de uma vez.

Amber colocou o microfone e os fones no lugar enquanto o garoto preparava os equipamentos.

– Acho que já sei o que fazer com essa música, Jo, disse ela depois de que tudo estava pronto.

– Então, faça sua mágica – respondeu Jonas e assumiu sua posição na mesa de gravação.

Amber pegou o seu caderno e conferiu alguns detalhes pela última vez. Aquela era a música na qual vinham trabalhando há meses, a última coisa que faltava para que a demo ficasse pronta e pudessem mostrar um trabalho de verdade para as pessoas. E estava nas mãos dela fazer isso funcionar. Respirou fundo e colocou os fones. Precisava se conectar com o que estava fazendo, esquecer-se de tudo e deixar fluir. Fechou os olhos e relaxou, eliminando a tensão indesejada, estava dentro de sua área de concentração, apenas ela e o microfone. Quando sentiu-se pronta, pediu para que Jonas soltasse a batida.

Houve um clique e a música começou. Lá estava o *erhu* e logo vinham as notas. Sua mente foi seguindo as linhas do velho Roland TR-808. Podia sentir todas as influências de Jonas convergidas naquela música. O estilo suave de um Nujabes que ia subindo em direção ao caos controlado. As palavras foram deslizando de sua boca, um *flow* preguiçoso que singrava pelo som, falando sobre a cidade, indo de um detalhe para uma vista panorâmica, sobre as ruas e si mesma – sobre os obstáculos para se chegar ao topo. Em cada letra, palavra, frase, estava o drama que a levara até ali. A vergonha que sentira após o duelo contra Lil Darryl-D, a atenção que nunca recebera. A improvisação se mesclava ao que já havia escrito antes, formulando coisas novas a cada verso. O *tempo* ia aumentando, assim como o tom leve ia dando lugar a um discurso raivoso. Era como imaginar um novo tempo e espaço apenas com um microfone. Sentar na janela do quarto e dialogar com o mundo. Ia cuspindo as rimas, um jogo complexo que fazia um oceano de adrenalina circulasse nas veias. As palavras continuavam a vir, agora eram sobre a velha escola e aqueles que serviram de guias, sobre aqueles que estavam mortos e sobre aqueles que influenciaram todos. O céu é o limite. Notorious B.I.G disse isso. Tudo estava sendo depositado naquele microfone. E seria com aquele canto que faria com que sua voz fosse espalhada pelo mundo, através da qual conseguiria respeito. Seu *flow* foi perdendo a velocidade, acompanhando as notas de piano, e por fim vieram palavras sobre sua mãe. Desejava que ela estivesse ali e não precisasse estar fazendo aquela canção. Sentia falta dela. Como era sua voz ou seu abraço e risada? Lágrimas escorreram pelo seu rosto. Rezava para que algum dia pudesse vê-la mais uma vez, mesmo que apenas em sonhos. As batidas iam sumindo até que a música tivesse ido embora.

Ficou parada por um momento após terminar. Não sabia como reagir. Estou aqui, pensou, estou aqui. Tirou os fones e olhou para Jonas. O garoto a encarava em silêncio, mas seus olhos diziam tudo o que ela precisava saber.

Correu e abraçou-o.

– Você conseguiu, Amber – disse ele. – Foi de verdade. Qual é o nome dela?

– *O mundo é meu* – respondeu ela e sorriu.

Capítulo QUARENTA E QUATRO

É isso o que vampiros tríplíticos fazem em suas noites de folga, brincam de nos costurar.

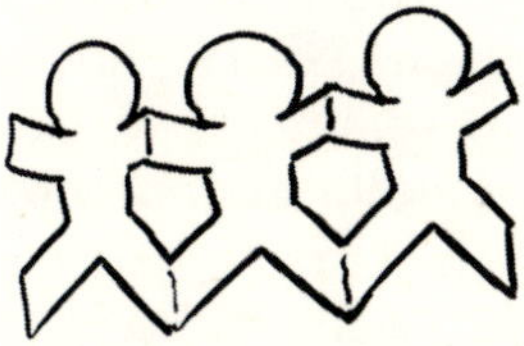

Andrew sentia como se uma baleia-azul houvesse acabado de rolar por cima de sua cabeça. Abriu os olhos com dificuldade. O lado de seu corpo doía e sua boca estava seca. Deixou que seus olhos se acostumassem à semiescuridão e tentou compreender onde estava. Um quarto pequeno de paredes roxas e estrelas fluorescentes no teto, também havia bichos de pelúcia espalhados, assim como livros e discos. As cortinas estavam parcialmente cerradas e tinham desenhos de dinossauros amarelos.

As lembranças da Cidade dos Ratos e o confronto com Astrophel vieram até sua mente em pequenos lampejos – tudo parecia enevoado, distante. Imaginou se tudo não havia passado de um sonho.

Durma, durma, bela luz,
Sonhando com as belezas da noite;
Durma, durma; em teus sonhos
Poucas tristezas sentam e choram.

Os versos de Blake passaram pela sua cabeça, uma das primeiras poesias que guardara em sua vida. Andrew levantou-se com dificuldade e notou que estava vestindo roupas diferentes. Foi em direção à porta, os pés se arrastando pelo chão. Não demorou em descobrir onde estava. A sala era espaçosa e parecia ter sido decorada por uma criança de cinco anos de idade. Vários pôsteres de filmes e desenhos, paredes rabiscadas de cima a baixo com giz de cera e potes de sorvete espalhados pelos sofás – onde num deles, Ive assistia *Adventure Time* repetindo as falas.

– Bom dia, Rip Van Winkle – disse ela sem tirar os olhos da TV. – Você dormiu bastante.

– Quanto tempo?

– Dois dias. Não se preocupe. Seu pai e sua irmã nem vão notar, lancei uma magia de esquecimento temporário neles.

– O que aconteceu? – perguntou.

– O de sempre, você dando trabalho – respondeu Prozy de boca cheia, vinha da cozinha arrastando uma cenoura.

Andrew sentou-se ao lado de Ive, que colocou seu cereal sobre uma mesinha de centro e olhou para ele, dizendo:

– Andy, você estava muito machucado, Astrophel fez um belo trabalho. Eu precisei usar grande parte dos meus poderes para te salvar – o suficiente para não lutar de igual para igual com ele da próxima vez.

– Obrigado por salvar a minha vida.

Prozy bufou:

– Não que ela vá fazer mais sentido agora, sua vidinha continuará sendo um tédio... Até você morrer de vez. E aí, sua *não-vida* vai ser tão chata que seus olhos explodirão pelas orelhas.

– É bom ver que você está de bom humor, sua coelha idiota – falou Andrew.

O garoto andou um pouco pelo apartamento, foi até a janela e ficou a observar. Dresbel havia adquirido novos significados nos últimos tempos. Agora sabia que ninguém estava sozinho de verdade – se até mesmo os esgotos serviam de abrigos para um povo, o que poderia existir em outros lugares? Tocou o lugar onde Astrophel o apunhalara. Ainda doía um pouco. Podia sentir uma cicatriz debaixo da camisa. Ive se aproximou dele.

– Como você está?

– Estou bem, acho. Apenas pensando que procurar os nomes está ficando mais complicado em todos os sentidos. Eu poderia ter morrido. E por quê?

Ive passou os dedos por entre seus cabelos e respondeu:

– Por Briony, não é isso o que você quer?

– É? – perguntou. –Não sei mais se eu quero isso, ou se vale a pena. Nem mesmo sei se eu a amo de verdade ou se me acostumei a amá-la. E acho que tem outra coisa me deixando em dúvida...

Ive sorriu e segurou sua mão.

– Não se preocupe com isso agora, você precisa comer alguma coisa. Venha, hora de encher a barriga com cereal.

Foram até a cozinha, um lugar onde as paredes estavam desenhadas a lápis de colorir e tinta guache, bonequinhos de papel podiam ser vistos espalhados e a porta da geladeira estava coberta com folhas desenhadas. Era um lugar aconchegante e engraçado. Podia escutar Prozy resmungando alguma coisa enquanto assistia TV.

– Eu sonhei com você essa noite – disse Ive.

– O que aconteceu nesse sonho?

– Você conhece uma garota – respondeu ela – mas ela mora longe, muito longe. E aí vocês trocam cartas...

– Ive, ninguém escreve cartas hoje em dia.

– Eu sei, mas é que são mais românticas – e sonhos não precisam ter uma lógica. Vocês fazem juras de amor eterno, ela faz o desenho do apartamento imaginário de vocês num guardanapo. Até o dia em que você compra uma passagem de avião, superando o seu medo de altura, só para ficar com ela, é Natal e há luzinhas coloridas em todos os cantos.

Andrew riu e perguntou:

– O que acontece depois?

– Nada. Ela chuta seu traseiro dias antes da viagem e você fica todo triste porque a companhia aérea não devolve o dinheiro – passa o resto da vida trancado no quarto, ouvindo música triste e lendo livros longos e chatos.

– Obrigado pela vida alegre e emocionante.

Os dois riram em alto som. A garota foi até a geladeira, pegou uma maçã e colocou um pouco de calda de chocolate antes de morder. O que seria de mim num sonho seu, perguntou ela. Uma pergunta difícil de responder. Nunca havia sequer pensando nesses termos acerca de ninguém. Andrew a observou durante um instante e respondeu:

– Acho que você abriria uma sorveteria numa praia distante, onde você poderia ter uma vista legal e sol – porque acho que isso combina com a sua personalidade. Obviamente, seu negócio iria à falência em menos de um mês porque todo o sorvete seria consumido por você mesma. Humn... Não, acho que isso não é o que eu sonharia. Você ficaria em Dresbel e eu poderia te incomodar todos os dias.

Ive forçou um pequeno sorriso e perguntou:

– Você gostaria disso?

– Minha vida seria menos entediante com você por aqui.

Andrew estava mexendo com um polvo monstro de papel quando ela chegou mais perto e se colocou ao seu lado. Ive olhava para os próprios pés e tamborilava os dedos sobre a pia de mármore. Posso te fazer uma pergunta, disse ela visivelmente constrangida.

Andrew foi pego de surpresa pelo tom na voz dela. O fio de brincadeira havia desaparecido e dado espaço para um barulho pouco mais alto que um bater de asas.

– Andy, qual é a outra coisa que te deixa em dúvida com relação à Briony?

As palavras deixaram-no sem guarda. Não, não! Não havia uma resposta certa para aquilo. Em suma, qualquer coisa que dissesse lhe deixaria numa posição desconfortável. Mas tinha de responder. Pareceria tolice, estúpida tolice. O que lhe pedia era impossível. Aquela garota tão diferentemente constituída dele fizera uma pergunta simples e ainda assim, dificílima. Um nó górdio sentimental. Sim, pensou Andrew, erguendo levemente os olhos até ela – o jogo de olhos de pessoas incomodadas, eu não posso me desviar, não mais.

– Você – respondeu num sussurro. – Eu tenho sentido... *coisas* por você. Notei isso de verdade no show de Briony, quando toda aquela confusão começou e a única coisa com a qual eu me preocupei foi com você. Ou quando Astrophel me acertou e eu pensava em como lamentava não ter te levado na loja de chocolates.

O som do televisor chegava até eles. Os dois jovens ficaram em silêncio, um com os olhos pregados no outro. A face da garota estava rósea e suas pupilas estavam dilatadas. Andrew sentia como se o ar da cozinha estivesse se tornando grosso e respirar fosse uma batalha da qual nenhum dos dois poderia sair bem sucedido. Havia colocado para fora o que estivera por sua cabeça desde que se beijaram no cemitério, agora, sentia essa espécie de medo – ou misto de prazer e medo e indecisão. Ali estava o tipo de timidez que Elizabeth Jennings descreveu em um de seus poemas – que existe somente com aqueles dos quais mais gostamos. O tempo pairava em continuidade suspensa dentro de sua mente. Fragmentos de pensamentos se chocavam, a procura de uma reação. Andrew, pela primeira vez em anos, praticava a autoescuta, prestando atenção em cada palavra que acertava em sua mente, em cada uma daquelas que não tinha coragem de dizer a Ive naquele momento. Como ela podia trazer todos os seus pensamentos dessa forma?

Ive deu o passo adiante que Andrew parecia ser incapaz de dar naquele momento. Os lábios se encontraram lentamente. O ar quente que saía da boca dela alfinetou seu rosto. Suas línguas se tocaram levemente num beijo lento e desajeitado. Existe algo de misterioso num beijo pelo qual houve uma espera, como se ele criasse um novo mundo ou estado da mente onde pedras têm o peso de plumas – algo como eliminar qualquer barreira ou lei e sentido. Que extraordinário, que insensato era se entregar assim pela primeira vez, em guarda baixa, como um soldado que dorme em seu posto, permitindo que ondas leves fossem em jornada por sobre cada centímetro de pele. A sensação de lutar contra o dia. Um calor de febre em seus rostos e os olhos fechados, movimentos inexperientes e mãos trêmulas. O beijo que o nortearia quando desse algum passo, que velaria por ele quando dormisse e com quem conversaria quando acordasse. A lâmpada e a luz. Os dois se encararam e começaram a rir simultaneamente. Ive colocou a mão na face dele e beijou seus lábios mais uma vez. Trouxe-a para perto de si num abraço apertado e deslizou a mão por entre os cabelos dela.

Estavam tão distantes da realidade que só notaram a presença de Prozy quando a coelha mordeu a calça de Andrew em busca de atenção.

– Eu odeio atrapalhar essa cena grotesca... – a coelha começou a dizer. – Mas temos companhia, Rayla está na porta.

O clima foi estilhaçado em mil pedaços e um novo tipo de emoção tomou conta de todos. Andrew já havia ouvido histórias o suficiente sobre a irmã de Ive para saber que estavam encrencados. Segurou a mão da garota e se preparou para adentrar na avalanche.

Capítulo QUARENTA E CINCO

Sr. Pym, uma bomba destruiu parte do navio, posso tentar usar um chiclete para consertar?

O mundo começou a desmoronar quando batidas soaram na porta. E continuaram, fazendo com que um segundo fosse se esticando infinitamente, prestes a arrebentar a qualquer minuto. Andrew olhou para Ive e deixou que todo o medo que sentia fosse posto em evidência. O que faremos agora, perguntou, a beira de um colapso. Ela não soube dar nenhuma resposta. As batidas na porta continuaram.

– Abra a porta, Ive, eu sei que você está aí – disse Rayla por atrás da porta.

Andrew sentiu um calafrio ao escutar a voz da irmã de Ive pela primeira vez. Havia algo naquele timbre que fazia com que sua mente fervilhasse com múltiplos medos. Astrophel já havia feito um estrago grande para uma vida inteira, não gostaria de passar pela experiência mais uma vez. A garota mordia os lábios e passava a mãos pelos cabelos à procura de uma solução. Novas batidas na porta.

– Já estou indo, um segundo! – gritou a garota.

Ive levou Andrew até o sofá e fez com que se sentasse. Eu preciso que você preste muita atenção nas minhas palavras, Andy, disse ela, vou usar um feitiço de invisibilidade sobre você, mas ele só vai funcionar enquanto você ficar imóvel, por isso, enquanto Rayla estiver aqui, você não pode fazer nada, entendido?

Andrew assentiu com a cabeça, as ondas de medo ficando maiores. Não poderia aceitar que tudo desse errado agora, quando algo existia entre ele e Ive, deixando Briony em segundo plano pela primeira vez em anos. Ive colocou a mão em sua testa e, com uma série de palavras ininteligíveis, fez com que um frio súbito subisse dos seus pés até a ponta da cabeça. Estava desaparecendo!

– Não se mexa, por favor – disse Ive, e beijou sua bochecha.

A porta foi aberta e passos se fizeram ouvir. Forçou-se a

permanecer quieto e até mesmo com a respiração tão leve quanto era capaz. Palavras foram trocadas, mas não conseguiu distingui-las. Escutou o rosnado do que pensou ser um cão ou animal parecido.

– Você demorou a atender – disse a voz calma da visitante.

– Eu e Prozy estávamos assistindo TV. Você deveria assistir esse desenho, tem um cachorro mágico e uma princesa vampira que canta.

– Não gosto de televisão, é uma ferramenta para deixar as pessoas burras.

– Você continua tão sem graça quanto sempre. Como está mamãe?

– Ela sente a sua falta, assim como eu. O mundo espiritual está agitado nos últimos dias. Nossa mãe decidiu privatizar parte da mineradora de ectoplasma para um grupo de investidores nórdicos – fez uma pausa. – Espero que esteja gostando do mundo humano, tive um período bem agradável em minha estadia aqui.

Foi somente nesse instante que as irmãs entraram no seu raio de visão. Rayla – vestida com a farda preta da D.I.E – tinha um pequeno sorriso no rosto e caminhava lentamente pela sala, parando aqui e ali para observar qualquer coisa que chamasse a sua atenção. Ela parecia desconfiada e Andrew tinha a impressão de que o olhar dela acabava sempre sobre o ponto onde ele estava. Seria ela capaz de enxergar além da magia de Ive? O mais difícil, contudo, foi não se mexer ao ver uma raposa de várias caudas farejando cada parte do apartamento, chegando cada vez mais próxima dele. Ive coçou a cabeça e, desajeitadamente, perguntou:

– O que você está fazendo aqui? As regras dizem que você não poderia se encontrar comigo durante este período.

Rayla se dirigiu ao sofá e Andrew sentiu como se a força da gravidade estivesse invertida. A mulher de cabelos vermelhos sentou-se calmamente, com a mão a menos de um centímetro da sua. Ela usava um perfume que fazia com que ficasse com vontade de espirrar. Tentou ignorar aquilo. O que não era uma missão fácil e nem agradável, feito uma aula de álgebra. Bukowski. Pensou em Charles Bukowski para tentar se distrair da vontade de espirrar e coçar o nariz – velho, encarquilhado e com a barba mais feia que um bêbado pode ter. Considerado um autor obsceno e de segunda linha para alguns, era, para Andrew, uma espécie de herói dos desajustados. Sua narrativa absurdamente real e direta era um de seus objetos de inveja como escritor. Deixou que os personagens do velho Buk passeassem pela sua cabeça, trechos de poemas e frases aleatórias.

– Estou investigando um caso – disse Rayla. – Houve uma pequena confusão num dos departamentos e isso acabou indo parar na minha mesa. Um passarinho que você ressuscita e todos os *hamsters* do além entram com petições para uma segunda vida. O Departamento de Animais de Pequeno Porte já enfrenta muitos problemas com os peixes de estimação, como você sabe. Por que você fez isso, irmãzinha?

Um alarme soou dentro de Andrew. A mulher finalmente estava começando a colocar suas cartas sobre a mesa. Viu os lábios de Ive se comprimirem num fio e uma expressão de raiva contida surgir em seu rosto. Porque eu gostei das cores, respondeu ela bruscamente. Rayla pareceu ignorar o tom da irmã e simplesmente sorriu.

– Apenas isso, Ive? Não existe mais nada que queira me contar ou alguém sobre quem deseja falar? Um garoto, talvez?

– Eu não tenho nada para contar. A raposa saberia caso eu estivesse escondendo algo. Não é isso o que ela faz, lê mentes?

Rayla riu como se houvesse acabado de escutar a piada mais engraçada do mundo.

– Pare com esse teatro, eu e você sabemos que Shaitiri não consegue enxergar nada com Prozy por perto. Admito que esse seja um lance inteligente para alguém que estivesse planejando fazer algo ilegal.

Andrew podia ver nos olhos de Ive que a garota estava sendo encurralada. Agradeceu mentalmente a coelha. Se não fosse por ela, o feitiço lançado por Ive não teria tido utilidade nenhuma. Prozy e a raposa se encaravam com antipatia. A capitã da D.I.E se levantou após alguns instantes, caminhou até a irmã e tomou-lhe a mão.

– Eu não tenho nada para lhe contar – repetiu Ive.

Existe a história de que durante o julgamento de Joana D'arc, um dos presentes fez a seguinte anotação acerca de uma das respostas da guerreira: *péssima resposta*. Andrew teria escrito a mesma coisa com relação a Ive naquele momento. Algumas palavras devem ser trancadas, dribladas e ocultadas, de forma que em hipótese alguma, sejam proferidas. Houve um som de algo que se partia. Também houve o grito incontrolável de Ive. Andrew sentiu-se da forma como Al Collins descrevera seus sentimentos com relação à morte de Charlie Parker: como se tivesse sido empurrado do topo de uma montanha e tentasse parar durante a queda. Rayla acabara de quebrar o indicador da irmã. Prozy tentou correr em direção à garota, mas foi impedida por Shaitiri, que a mordeu e atirou do outro lado da sala. Ive caiu de joelhos e seus gritos pareciam rasgar sua garganta.

Andrew sentia algumas lágrimas lutando para surgir. Nunca sentira tanta agonia em toda a sua vida, o sentimento de impotência diante da situação. Precisava lutar contra o impulso de saltar no pescoço de Rayla e atirá-la pela janela.

– Tão errado, tão errado – disse Rayla. – Você não deveria mentir para mim. Sua brincadeira já prejudicou muita gente. Conversei com algumas pessoas e elas já me disseram tudo o que eu precisava. Mirtza Sosostriz está morta por causa disso e Oberon foi atirado numa cela para apodrecer longe da vista de todos. Era isso o que você desejava?

Andrew lamentou pela bruxa e por Oberon. A culpa pelo que acontecera a eles também era sua e não havia nenhuma reparação para isso. Ive chorava e soluçava como rosto pálido e assustado. Gostaria de ser capaz de se levantar e fazer com que Rayla engolisse cada uma de suas palavras, mesmo que à força. O que ela estava fazendo era errado. Rayla balançou a cabeça em negativa e disse em voz baixa:

– Isso é uma coisa bem humana chamada dor, entenda como parte do aprendizado. Seu indicador está quebrado. Eu tomei seu poder de cura, essa é sua punição por mentir. É melhor procurar um médico logo.

Observou Ive se levantar e segurar Prozy com a mão boa, Shaitiri rosnou e foi completamente ignorada pela garota. O que você vai fazer comigo, perguntou Ive, me jogar no Inferno como fez com Kivian? Porque é só isso o que você sabe fazer, irmã, vigiar e punir, como você consegue se olhar no espelho? Era a primeira vez durante toda a conversa em que Andrew via uma rachadura no mar de calma da irmã mais velha. O semblante se transformou numa carranca de incômodo e ela cruzou os braços.

– Não fale sobre o que você não sabe. Kivian não é a sonhadora incompreendida que as pessoas pensam. Ela estava errada e está pagando por seus crimes. – Após uma pausa, acrescentou – Ive, eu sei que você está procurando os nomes do gato e que envolveu um humano nisso. Está seguindo os mesmos passos de nossa irmã e isso vai apenas fazer com que você tenha o mesmo destino... Não quero mandar outra irmã para o Inferno, mas acredite, eu vou fazê-lo se precisar.

Sentiu que as irmãs estavam a um passo de se agredirem num nível mais baixo e isso o fez se perguntar por quanto tempo seria capaz de permanecer quieto. Suas pernas começavam a ficar dormentes e a ponta de seu nariz continuava a coçar. Ive engoliu o choro, começou a rir e murmurou:

– Você deve odiar, não é? Que a mamãe tenha me escolhido para substituí-la e eu dê as costas para aquilo que você mais deseja – o tom de exasperação se impregnava mais fundo ao tom da garota. – Eu, a filha desengonçada e sem habilidades, sendo melhor que a maravilhosa Rayla, a capitã da D.I.E.

– Ive, sua idiota mimada. Lamento, mas nós temos deveres e responsabilidades das quais não podemos fugir. A minha é cuidar da D.I.E e a sua é se tornar a próxima Morte. Aceite isso e deixe de perder o meu tempo e o seu. Você pode não querer escutar, mas essa é a verdade.

Andrew viu a ruiva se aproximar da irmã. Colocou a mão sobre a cabeça dela e fez um leve carinho. Tire as patas de cima dela, pensou cheio de raiva. Ive permanecia em silêncio e as lágrimas desciam pelas faces como um rio. A irmã ajeitou sua boina e caminhou rumo à porta; seus sapatos faziam barulho e puderam ser ouvidos mesmo depois que ela fechou a porta atrás de si. Prozy afundou o rosto de encontro a Ive e as duas ficaram lá. O garoto não conseguia deixar de pensar em como havia um esvaziamento em Rayla que a permitia ser tão cruel apenas para "*fazer a coisa certa*". Como ela poderia saber que não estava cometendo um deslize descomunal?

Num salto, foi do sofá até onde Ive estava e a abraçou o mais forte que podia. Todos os pensamentos do mundo estavam em seu encalço, embaralhados, sem lhe ensinar como agir ou o que dizer. A felicidade de instantes atrás havia dado lugar a uma coisa azulada, uma gota de orvalho que evaporou com a chegada de um sol negro. Ive continuava a chorar, soluços abafados contra seu peito. Ninguém disse nada, jovens não sabem o que dizer às vezes. Quando um sentimento novo se infiltra entre eles e não há um nome para isso. É como experimentar uma laranja pela primeira vez ou tentar explicar as cores para um cego. Estava além do que as palavras podem descrever. E assim, nessa intimidade muda que cerca os assustados, o trio ficou abraçado enquanto os acontecimentos ruins encontravam assento no anfiteatro das lembranças.

PARTE 3

É PRECISO UMA NAÇÃO DE MILHÕES PARA NOS DETER

"A lontra não está aqui, mas ela te deixou uma carta. Dizia assim: Oi, Sylvia. Ontem uma gaivota pousou na minha toca e disse que um menino das praias de um reino distante estava chamando seu nome. Sylvia, Sylvia, Sylvia. Os olhos dele brilhavam e ele sorria largamente. Disse que sonhava em te ver e estava apaixonado por você."

*– Trecho de "***A Violinista de Fevereiro***".*

Capítulo QUARENTA E SEIS

E eu disse que aqueles patins não eram bons o suficiente para sapateado.

Alguns dias possuem um contorno diferenciado. Como se os detalhes fossem alinhados por uma mão invisível. Ali estava o dia em que existe algum tipo de esperança na esquina. Por outro lado, a esperança é a irmã gêmea do desapontamento. Stella sentiu um peso enorme comprimir seu peito. Fechou e abriu as mãos repetidamente, um movimento inconsciente que servia apenas para alertar ao marido que estava mais preocupada do que o normal. Olhou para o lado, Astrophel estava quieto. Estava mais silencioso e irritado desde o dia em que conseguiram o segundo nome, mal comia e seu sono não durava mais de duas ou três horas por noite. Olhou ao redor, como que procurando um rosto conhecido entre os presentes no restaurante. Conferiu o relógio mais uma vez. O atraso *dela* era como uma faca que penetrava um pouco mais a cada minuto. Estava sendo esticada e se partiria em duas a qualquer momento, sentia. A cada cem anos uma fada banida poderia clamar perdão à rainha. Aquela seria sua quinta apelação. Suspirou.

– Está tudo bem com você? – perguntou Astrophel.

Stella forçou um sorriso e respondeu:

– Não se preocupe comigo, vai ficar tudo bem.

Aquela pergunta a incomodava, como se estivesse à beira de um ataque fatal vinte e quatro horas por dia. Os deuses sabiam que ela poderia estar em melhores condições, isso era um fato, mas não lamentava por isso. Astrophel não lidava, não conseguia lidar com a hipótese de morrer, era-lhe inconcebível que houvesse um fim tanto para ele quanto para ela – havia nele uma angústia sufocada. Ao contrário dele, já fizera as pazes com o fim. Afinal, sabia que apenas a morte permitia que se tornassem pessoas individuais e autênticas. Gostaria que pudesse fazê-lo compreender isso. Mesmo se conseguissem reunir os nomes e uma salvação surgisse para eles, em algum momento, mesmo dali a mil anos seriam obrigados a encarar o fim – ou *um* fim. Já tentara conversar com Astrophel sobre isso, mas era como se batesse num muro. Sua única obsessão era encontrar os malditos nomes e salvá-la. Mas... e se não precisasse – ou quisesse – ser salva? Tivera uma vida longa e feliz, apesar de tudo. Morrer não podia ser uma coisa ruim – mas se tornaria caso prosseguissem por aquele caminho – era apenas uma pequena ruptura.

Começava a ficar entediada.

Seus olhos flanavam de um lado para o outro, se detendo ora na mulher solitária e cheia de joias num canto, ora sobre os homens que conversavam sobre negócios na mesa ao lado. Quão sérios e rígidos! Não gostava de pessoas assim, eram sempre tão penosas de suportar. Tinham uma tendência enorme a falar sobre assuntos *sérios* – um eufemismo para entediante. Olhou para sua aliança, há tantos anos em seu dedo que era impossível imaginar-se completa sem ele. E que também servia para lhe lembrar o motivo de sua proximidade com a morte. Pensar na morte, que coisa incomum para uma fada. O marido abriu a mão sobre a mesa, ela a segurou automaticamente, a força do hábito estava presente naquele pequeno ato. O ar entrou queimando seus pulmões. Hábito. Ali estava uma palavra que regia boa parte do que eram. Uma série de rituais diários. Onde estava a linha que dividia seu amor por Astrophel e o mero costume. Uma dança cujos passos haviam sido ensaiados e decorados. Um garçom passou, o tecido de sua calça roçou a mesa. Atarefados durante todo o tempo, indo aqui e ali com suas enormes bandejas. Quantas pessoas eles deviam ver todos os dias! Todas as formas, cores e origens espalhadas por cada uma daquelas mesas. Ela sentia falta da diversidade, afinal, todos os seus amigos estavam mortos – ou pior, nas cidades altas e cinzentas que serviam de moradia para seu povo. A vida era simplesmente solitária em alguns momentos. Nada de muito irritante, estava acostumada com isso, somente um pouco incômodo. Olhou para o relógio mais uma vez. O tempo não parecia seguir adiante, ponteiros que se moviam ligeiros feito pedras. Astrophel bebia pequenos goles de vinho e mantinha o olhar distante. Estava pensando no garoto. Andrew era o nome dele, ou algo parecido com isso. Parecia ser um bom garoto e era uma pena que estivesse pagando pelos atos da filha da Morte. Lembrou-se de como ele a encarou no cemitério, quando se feriu com os galhos da árvore. Havia um sentimento de preocupação em seu olhar. Tinha o mesmo tipo de olhos que sua filha, Anthea. Deviam ser quase do mesmo tamanho hoje. Qual cor teria seu cabelo? Seria uma garota parecida com ela ou com Astrophel? Cada uma dessas pequenas perguntas levava a um universo de outras especulações.

– Sua mãe está atrasada – disse Astrophel.

– Eu sei.

Homens. Falar o óbvio parecia fazer bem a eles, como se por uma intervenção divina pudessem ter controle de algo por meio disso. Passou a mão pelos cabelos e olhou para o marido. Amava-o, total e completamente, ainda assim, gostaria de poder ficar sozinha às vezes. O mesmo laço que os mantinha unidos funcionava como uma maldição. Não conseguiu evitar que a imagem de uma rêmora viesse à mente. Era isso o que sua vida havia se tornando, pensou com certo humor. Uma relação de comensalismo? Um sorriso surgiu no canto de seus lábios. Iria fazer algum comentário ao marido, mas sua atenção foi chamada para outra coisa. A porta de vidro do restaurante se abriu e um jovem de terno entrou com uma pasta de encontro ao peito. Stella conhecia-o, era um dos pajens da corte de sua mãe. Sabia o significado daquilo. Imagino porque não estou surpreso, murmurou Astrophel e acrescentou algum xingamento enquanto segurava sua mão. Uma recepcionista guiou o pajem até sua mesa. Parecia ter enfrentado chuva durante o percurso, seus sapatos estavam enlameados e seus cabelos desgrenhados. Ah, se Isadore visse um de seus criados caminhando dessa forma! O jovem os cumprimentou, dizendo:

– Boa noite, Stella, primeira princesa. Eu sou Bjastery.

Ele a encarava com curiosidade. Provavelmente assustado com sua aparência. Quão assustadora era a velhice para um cidadão do reino das fadas. Ou talvez imaginasse o que a filha da rainha Isadore fizera para terminar dessa forma. Ousou amar, este havia sido seu crime.

– Eu não mais uso esse título, ainda assim, agradeço a saudação. Por que minha mãe não está aqui?

O garoto empalideceu e suas palavras seguinte vieram num tom tão baixo que foi obrigada a chegar um pouco mais próxima.

– Sua mãe sentia-se indisposta. Os últimos dias tem sido cansativos para nossa rainha, estamos em vias de entrar em guerra com o povo da floresta negra e por isso ela tem gasto muito tempo com os generais.

Stella riu da resposta. Essa possibilidade de guerra já era aventada desde antes de seu nascimento. O que aquela resposta significava de verdade era: Não perderei meu tempo com você. Sua mãe não havia alterado sua decisão e provavelmente nem o faria. Bjastery abriu a pasta que trazia consigo e entregou um rolo de papel a ela.

– Sua mãe mandou lhe entregar essa carta. Lamento não ter sido de mais ajuda.

Tomou a carta em suas mãos e correu os olhos pela caligrafia delicada de sua mãe. A tinta preta borrada em algumas partes. Um fato raro, sua mãe não costumava escrever de próprio punho a não ser quando precisava tratar com realezas vizinhas. As palavras foram lidas com rapidez. Era como mergulhar numa piscina de inconsciência durante todo o tempo de leitura. Então, assim terminaria, pensou com uma dose concentrada de amargura e se levantou para sair do restaurante, ignorando o marido e o mensageiro. Gostaria de correr, mas seria difícil. Ouviu seu nome ser chamado. Já havia dado alguns passos quando sua visão se tornou escura. Caiu desacordada em frente ao garçom.

Cara Stella,

Eu ponderei longamente se deveria ou não me encontrar com você nessa data. Bem, caso você esteja lendo esta, já sabe da minha decisão. Não seria certo. Serviria apenas para tornar tudo ainda mais complicado e fazer com que feridas hoje já cicatrizadas fossem abertas novamente. Nossos caminhos estão partidos, o meu, o seu, o de Astrophel, e, mais do que todos, o de Anthea. Você encontrará meus motivos para que não nos vejamos aí. O que deseja ao surgir na vida dela? Que bem isso pode causar?

Querida, você escolheu uma vida mortal, escolheu um homem ao invés de seu povo, escolheu a morte ao invés dos campos – e eu não poderia permitir que minha neta tivesse o mesmo destino por causa de suas escolhas <u>erradas</u>. A garota não sabe da verdade e eu farei de tudo para que continue dessa forma. Anthea é uma garota inteligente e alegre, que passa suas tardes com livros e se divertindo com os amigos. Stella, você acha que ela continuaria a mesma pessoa caso alguém aparecesse dizendo: Eu sou sua mãe, ame-me?

Como você pode ser tão egoísta e não pensar no que isso desencadearia sobre ela? Como ficaria a mente dela? Eu não preciso que as coisas aconteçam para saber como terminam. Deixe-me descrever. Anthea não conseguiria deixar de te lhe enxergar como uma estranha, intrusa. <u>Nunca</u> seria capaz de lhe chamar de mãe – e nem mesmo pelo nome. E isso faria com que ela se sentisse culpada porque você estaria ali, tentando sufoca-la *com seu "amor" e ela não encontraria um pedaço no coração dela para lhe encaixar. E o quanto ela se afastaria de você seria proporcional ao esforço empreendido por você em se aproximar. Astrophel não seria o pai dela. Apenas estranhos que se esforçam demais, ambos.*

Ela teria vontade de pedir para que você não aparecesse mais, contudo, como a garota educada que é, guardaria isso apenas em pensamentos – o que lhe corroeria por dentro, tornando cada carta, cada conversa e cada visita sua, uma longa e dolorosa sessão de tortura. Ela é feliz hoje, nós somos felizes. Não estrague isso.

Não ouse simplificar as coisas me colocando como a vilã que separa mãe e filha. Pense bastante em tudo o que fez para que a situação chegasse nesse ponto, em como você também machucou o sentimento de várias pessoas ao fazer escolhas erradas. Quantas vezes não lhe alertamos para as consequências? Você simplesmente a deixou no quarto uma noite e fugiu para ficar com um homem, qual direito você pode querer reivindicar a essa altura?

Agora você está morrendo, imagino. Anthea nunca ouvirá seu nome e quando você simplesmente desaparecer, ela não visitará seu túmulo. Eu lamento, é assim que a vida é. Receba essa carta como as minhas últimas palavras dirigidas a você, meu "não" definitivo.

Adeus,

Isadore, Vigésima Oitava Rainha das Fadas

Capítulo QUARENTA E SETE

Oh, meu amor, fomos abandonados no fundo da sala e agora não poderei ficar com você para sempre.

Andrew brincava de enrolar uma mecha dos cabelos de Ive com o dedo enquanto a garota lia um livro deitada em seu colo. *Cursive* tocava em volume baixo no quarto, uma canção chamada *After The Movies* que fizera parte de sua adolescência, quando o mundo parecia pequeno demais para encaixá-lo.

Era estranho que pudesse ouvi-la hoje sem associá-la a coisas ruins. Pelo contrário, aquele era um tempo bom. Haviam decidido tirar o dia de folga e aproveitar. A filha da Morte chegara bem cedo à sua casa e tinham planos de almoçar juntos – purê de batata e carne de hambúrguer, a especialidade de Andrew. Ive ainda tinha a mão enfaixada e sorria menos que o habitual, mas aos poucos a memória do encontro com Rayla incomodava menos. Que coisa estranha era estar junto de uma garota! Por algum desses motivos que fazem com que os pensamentos mais aleatórios surjam, lembrou-se de seu primeiro fracasso amoroso. Tinha sete anos e estava apaixonado por uma garota da escola, foi sua primeira namorada – embora nem se dessem as mãos. Sylvia. Decidiu dar um presente para ela no dia dos namorados, comprou um chiclete que vinha com um anel de plástico, escreveu uma cartinha e colocou os dois num envelope. Mal pôde conter a ansiedade até a hora de ir para a escola. Correu pelos corredores e encontrou-a sentada num banco no jardim. Ela aceitou seu presente e chegou até mesmo a sorrir. Uma pena que dali a pouco uma amiga tenha devolvido o anel dizendo que Sylvia estava terminando com ele. Aparentemente, outro garoto havia dado um perfume a ela. Andrew sorriu consigo mesmo ao se lembrar dessas coisas que não mais importavam. Tudo teria seguido de acordo com o plano se não fossem pelas batidas na porta de seu quarto e a entrada de Amber com Prozy em seus braços. Papai mandou você me levar até a loja de discos, disse ela com um sorriso. Andrew balançou a cabeça negativamente e respondeu:

–Você pode muito bem usar o metrô ou um ônibus. Vocês sabem que eu odeio dirigir. Sem chance, eu estou ocupado.

– Mexendo no cabelo da sua namorada? Grande ocupação! Andy, por favor, não vai demorar nada. Você sabe como o papai é. Seja útil pelo menos uma vez na sua vida, eu juro que não vou te incomodar por pelo menos mais uma semana.

Andrew balançou a cabeça negativamente e respondeu:

– Não. Boa viagem, leve um guarda-chuva.

Ive sentou-se na cama.

– Eu acho que poderíamos ir até lá, passear um pouco – disse ela. – E, bem, eu acho que também preciso comprar alguns discos novos, eu já escutei todos aqueles que você me emprestou. Ah, também poderíamos tomar um sorvete depois.

– Eu não ficaria escutando os discos do meu irmão se fosse você, são todos iguais e do tipo *se mate em quarenta minutos*.

Andrew ergueu os ombros e relutante, cedeu ao pedido da irmã. Calçou um tênis e pegou um de seus cachecóis, a preguiça o impediu de ajeitar os cabelos. Ive colocou sua boina na cabeça e seguiu o jovem. Seu pai estava preparando o almoço e ao vê-los descer lançou um olhar rápido e voltou a se concentrar no que fazia. Gostaria de pelo menos uma vez ser capaz de ler a mente dele e descobrir o que aqueles olhos censuravam naquele momento. Pegou as chaves do carro sobre a mesa e foi até a garagem. Sua irmã brincava de conversar com a coelha, sem ao menos imaginar que a mesma estaria em sofrimento profundo por causa disso, não que ele se importasse.

Em poucos minutos estavam fora de casa. A manhã era calma em Dresbel e algumas pessoas aproveitavam para caminhar e soltar pipas nas praças. Havia um pequeno sinal de sol cortando as nuvens cinzentas e isso era mais do que o suficiente para deixar o dia um pouco mais animado. Quisera que todos os dias fossem assim. Olhou de relance para a irmã pelo retrovisor. Amber já era uma adolescente. Que tarefa difícil era lembrar-se que ela não era mais a garota que corria para sua cama no meio da noite ou que chorava por qualquer coisa. Ela mal podia imaginar as criaturas estranhas que a cercavam por todos os lados, pensou. Cada rua, avenida e bairro escondendo alguma coisa. Talvez fosse melhor assim, ignorando um mundo onde pessoas como Astrophel e Rayla vagavam livremente.

– Andrew, uma senhora de uns duzentos anos acabou de nos ultrapassar – reclamou a garota.

– Amber está certa, você dirige feito uma freira – concordou Ive.

O garoto sacudiu a cabeça e deixou sua indignação escapar:

– Isso não é uma corrida e eu odeio carros. Quão estúpida pode ser a ideia de me pedirem para dirigir?

As garotas riram e fizeram piadas sobre a forma como dirigia. Talvez fosse um motorista – havia ainda a possibilidade de que não apenas isso – tão bom quanto Alver Singer, o personagem de Woody Allen em "*Noivo Neurótico, Noiva Nervosa*". Ou um meio-termo disso. Deixou o motor morrer pelo menos duas vezes durante o percurso. Por que esperavam que ele dirigisse bem? Não gostava de ser obrigado a dirigir. Odiava automóveis! Todo garoto da sua idade parecia pensar neles durante cada segundo, mas lhe parecia absurdamente idiota a ideia de desejar uma lata que serviria apenas para consumir seu dinheiro em impostos e combustível. Talvez dirigir um carro barulhento fosse uma coisa masculina, esse tipo de pensamento fazia com que se sentisse um peixe fora d'água. Tinha aversão às atividades práticas que *todos* os garotos deviam saber; dirigir, consertar coisas ou regras de futebol. A voz de Amber o retirou de seus pensamentos.

– Eu quero mostrar algo pra vocês. Eu e Jonas terminamos de gravar essa música, é parte da *demo tape* que estamos montando. Vocês ouviriam?

– Se você pagar bem posso até fingir que gosto. – respondeu Andrew.

– Seria um prazer, Amber – disse Ive pegando o disco.

Ive desligou a música que o garoto deixara tocando e colocou o CD azul de sua irmã. As batidas começaram. Fazia muito tempo que não escutava nenhuma música dela. Lembrava-se de quando ela começou a se interessar pelo rap. Foi pouco após a morte de sua mãe, quando ela chegou com o *The Slim Shady LP* que um amigo da escola lhe emprestara. Ela costumava ir ao seu quarto a cada dez minutos para contar sobre a nova rima que estava criando ou falar por horas sobre o Wu-Tang Clan ou Tupac. Podia ver um pouco de si mesmo refletido nela, na forma como ela se dedicava de verdade àquilo que lhe interessava, a forma como lia tudo o que encontrava sobre o assunto. Como já a encontrara escrevendo suas letras às três da manhã na mesa da cozinha. Lembrava-se também da forma como se irritava com ela escutando música em volume alto. Talvez não fosse tão estranho assim que ambos encontrassem um caminho no mundo da arte. Prestou atenção no que ela cantava e viu que aquilo lhe dizia mais sobre ela do que pensava saber. Imaginou se aquele trabalho estaria ali caso sua mãe não tivesse partido. Talvez ambos estivessem lidando com o que havia acontecido da maneira que era possível e fosse a falta dela que lhes desse a energia para usar seus talentos. E talvez fosse isso o que tivesse o colocado no caminho de Ive ou de qualquer outra coisa desde então – uma limonada com o limão que foi dado. Não tinha outra escolha senão reconhecer que sua irmã havia crescido e era sobre isso que aquela música falava. Talvez não fosse seu dever protegê-la para sempre, mas faria isso do mesmo jeito.

– Você está chorando, Andy? – perguntou Ive.

– Não seja boba, claro que não.

Chegaram à loja de discos após mais alguns minutos de trânsito caótico. Era uma pequena loja de dois andares e decoração retrô. Pediu para que Ive e Prozy fossem à frente. Sua irmã já estava quase saltando para fora do carro quando chamou seu nome e disse:

– Eu gostei muito da sua música, Ambie, de verdade. Acho que você não é mais uma garotinha indefesa, não é? Você tem uma coisa sua aqui, estou orgulhoso.

A garota riu e disse:

– Eu nunca fui. Obrigada por escutar – o tom dela se tornou mais introspectivo. – Você acha que eu tenho chance? Digo, de atingir alguma coisa com música?

Andrew precisou de um instante antes de responder, afinal, aquela era a mesma indagação que se fazia todos os dias com relação às histórias que escrevia. Seria capaz de publicá-las e viver daquilo que gostava de fazer? Olhou para a irmã e deu sua resposta mais sincera.

– Eu não sei. A mesma coisa se aplica a mim, eu não sei se vou conseguir chegar a algum lugar com o que eu escrevo, mas eu continuo até quando não for possível, então, eu tento mais uma vez. Até eu entrar em colapso. Não é isso o que seu Eminem diz numa letra? Ou quem sabe, encontrar alguém que tenha a solução.

A garota riu. Sentia-se bem em conversar com a irmã daquela forma e em saber que não eram como Ive e Rayla. Que um podia sempre contar com o outro. Não havia medo ou ameaças ali, aprendera a valorizar esse tipo de coisa depois do que acontecera no apartamento de Ive. A busca pelos nomes do gato estava caminhando para um final e tinha esperanças de que tivessem outros momentos como esse. Desceram do carro e foram em passos lentos.

– Andy, você está feliz com ela? – perguntou a garota.

Ali estava algo no qual não precisava pensar muito para responder, bastava um sorriso muito grande. Sim, estava feliz, pela primeira vez em muito tempo não sentia o peso de mil pedras sobre seus ombros. Havia uma pessoa em quem confiava. Alguém que gostava dele e o aceitava exatamente como era – que segurava sua mão enquanto andava pela rua e com quem tirava fotos fazendo caretas. Estava feliz e isso era o bastante.

Capítulo QUARENTA E OITO

Minha capacidade de ser feliz está relacionada com a quantidade de chuva que cai sobre você.

A noite mais fria do ano chegou sem nenhum aviso. As pessoas andavam envoltas em toneladas de agasalho e faziam todo o possível para não saírem de casa, a não ser que algo muito grave ocorresse – como a morte do gato de estimação ou uma antena de TV estragada. Exceto uma pessoa, que sentada sobre o telhado de uma casa, observava a família de Andrew Webley reunida para jantar.

Isso não está certo, pensou Rayla incomodada. Shaitiri deitou-se aos seus pés e ficou quieta, de olhos fechados, sabia que a raposa ouvia tudo o que se passava dentro da casa do garoto – e de sua cabeça, não se incomodava com isso, estava acostumada com a presença dela. Voltou a prestar atenção na família. Assemelhavam-se a qualquer outra em seus hábitos e era bem possível que o garoto não fosse uma má pessoa, apenas tivera a má sorte de entrar no meio de uma batalha que não era a dele. Ive não teria o menor peso em sua consciência? De certa forma, era capaz de entender qualquer atração que Ive pudesse ter pelo mundo humano. Ela mesma já sentira isso durante seu intercâmbio nesse mundo. Vivera durante dois anos em Amsterdam – gostava de passear de barco nos canais e caminhar à noite nas ruazinhas do bairro Jordaan, foi durante a época em que artistas e estudantes lotaram o lugar, havia uma festa diferente a cada dia. Heike. Sim, este era o nome do jovem que trabalhava num dos *bruine cafés* da região e que lhe serviu de amizade durante a estadia. Conheceram-se numa apresentação do *Blondie*. Um garoto forte e de riso fácil, que fazia todos ao seu redor escutarem-no bem. Costumavam frequentar shows de bandas obscuras que tocavam *My Sharona* do The Knack umas cinco vezes por noite e beber cerveja barata. Mais de uma vez sentiu-se tentada a largar tudo e ficar no mundo humano para sempre, se divertindo com os amigos sem preocupações. Mas não poderia fazer isso, era obrigada a voltar para casa e ingressar na Escola Preparatória de Cadetes Espirituais. Tinha responsabilidades com as quais lidar, pessoas que contavam com ela. Chegou a pensar em Heike inúmeras vezes depois que partira e chegara até mesmo a passar em frente a sua casa e observar do lado de fora como estava – envelhecido, casado e com duas filhas. O intercâmbio servia para que conhecesse aquele mundo e como eram responsáveis pelos mais diferentes tipos de vida, não para que se mudasse para lá.

Suspirou e voltou o foco de sua atenção para a família. Ele está pensando em Ive, comentou Shaitiri, parecem gostar um do outro. Rayla apenas forçou um pequeno sorriso. As pessoas costumavam duvidar de sua capacidade de compreender as pessoas, o que não era verdade, e era justamente por compreendê-las que não permitiria que sua irmã causasse destruição desnecessária. Sua mente era capaz de entender aquilo pelo que ela estaria passando, a curiosidade com a mortalidade, contudo, não se pode ter tudo o que se deseja. Às vezes sentia muita raiva do fato de todos a enxergarem como alguém que surgia apenas para drenar a alegria de qualquer outra pessoa – até mesmo sua mãe lhe enxergava como um monstro. Parecia *lhe* culpar pelo destino de Kivian, o que não era justo, visto que apenas fazia seu trabalho. Ive era outra que sempre fora protegida. Ora, ela que a servia sem jamais transgredir uma ordem, nunca sequer ganhara um parabéns. Já essa filha que não dava o mínimo valor a coisa alguma, herdaria tudo. Bastante injusto, tinha que admitir. Sua mãe mal lhe dirigia a palavra a não ser que fosse para reclamar que a D.I.E não mantinha a vigilância adequada em um ou outro lugar, ou para discutir taxas, metas e o andamento de processos. Ive nunca comparecera a nenhuma reunião e nem parecia demonstrar o menor interesse. Se soubesse que as coisas ficariam dessa forma não teria voltado para casa, tinha certeza de que não visitara todos os bares de Amsterdam.

Shaitiri se levantou e começou a rosnar, o que serviu de sinal para que Rayla se colocasse em prontidão. Olhou para a raposa que lhe devolveu uma expressão confusa. Podia sentir uma presença poderosa se aproximando. Era como uma onda de calor que se irradiava por sobre o telhado e fazia com que se sentisse levemente anestesiada. Sabia que essa era a intenção e por isso mesmo tentava não se entregar. Buscou sua faca e aguardou. Imaginou se acaso pudesse ser uma obra de sua irmã, afinal, Prozy era a única coisa que conseguia se ocultar dos poderes da raposa-do-pensamento. Procurou por alguma coisa camuflada na escuridão. Conseguia notar seus sentidos sendo embaralhados, substituídos por um tipo de euforia artificial.

Seus olhos conseguiram notar um vulto a sua esquerda. Tinha apenas uma chance. Atirou sua faca o mais rápido que pôde naquela direção, um tiro que seria capaz de derrubar um urso. Houve um som de choque e logo em seguida a lâmina caindo no chão.

– Não precisamos de tanta agressividade, pequena Rayla – disse uma voz calma que parecia estar se divertindo com o momento. – É um prazer encontra-la pessoalmente.

A capitã da D.I.E olhou naquela direção para observar o visitante – um pequeno e frágil gato preto de rabo quebrado. Rayla sabia que não deveria se deixar levar pela falsa aparência dócil, diante de si estava uma das criaturas mais poderosas já existentes e o ponto de partida de todos os últimos eventos. Precisava de uma reação, responder algo, mas alguma coisa lhe deixara incapaz de esboçar qualquer resposta. Tentou se recompor e não deixar transparecer o que se passava com ela.

– O prazer é todo meu – respondeu. – O que o traz até aqui?

– Eu tenho acompanhado de perto a busca de todos, isso me diverte. As pessoas acham que ter um desejo atendido é a recompensa por encontrarem os nomes, quando na verdade é apenas um prêmio de consolação por me tirarem do tédio.

– Eles estão cada vez mais perto de você.

– Eu sei. Tão excitante, não é verdade? É como se aproximar da parte final da Nona Sinfonia, onde tudo acontece.

Rayla fez um sinal para que Shaitiri se retirasse e se aproximou da outra criatura. Havia um misto de medo e curiosidade dentro de si. O felino caminhou até a ponta do telhado e se sentou, balançava a cauda e assim como ela, observava o jantar da família Webley.

– Eu acho que você deveria voltar atrás nessa história. Minha irmã é a próxima Morte, você precisa impedi-la de conseguir o que deseja. Isso destruiria todo o equilíbrio entre os mundos.

– Isso não é meu trabalho. Todas as pessoas têm o direito de fazer suas escolhas. Pense em mim como um fornecedor de alimentos com alto colesterol, todo mundo sabe que pode fazer mal a elas e ainda assim procuram a minha loja.

Rayla gostaria de poder chutar a cabeça dele até que nada restasse. Não podia acreditar que tudo aquilo era somente entretenimento para ele. Milhões de pessoas estavam em risco por causa daquela busca idiota pelos nomes e o gato nem ao menos se dava ao trabalho de fingir que se importava. Sua irmã e todos os outros, participantes num *reality show* de apenas um espectador.

– Eu não vou deixar que isso chegue até o fim – respondeu ela. – E se isso significa acabar com a sua raça, é isso o que eu vou fazer. Nenhuma outra irmã minha irá cair no seu jogo.

O gato lhe lançou um olhar irritado e isso foi o suficiente para que uma dor excruciante percorresse cada centímetro de carne, como se seu sangue estivesse cozinhando dentro das veias. Tentou gritar, mas sua garganta estava fechada, fazendo-lhe sufocar. Não conhecia nenhum tipo de defesa contra um poder tão antigo. Foi quando a dor começou a afrouxar e o ar voltou a entrar em seus pulmões. Tossiu enquanto tentava se apoiar nos braços. Shaitiri chegou em poucos segundos e se pôs a rosnar contra o felino.

– Não entre no meu caminho, pequenina. Seria um desperdício caso alguma coisa acontecesse a você. Sua mãe não ficaria feliz em perder outra filha.

Rayla permaneceu quieta enquanto a criatura saltou de um telhado para o outro, miando na noite escura e balançando a cauda partida. Sentia uma forma diferente de raiva, o tipo que serve de combustível para se buscar vingança. A garota e a raposa ainda ficaram por ali durante um tempo. E pela primeira vez em sua existência, desejou nunca ter tido irmãs para que não precisasse limpar a sujeira delas.

Capítulo QUARENTA E NOVE

Querido diário, eu tenho certeza... Banana e pólvora são perigosas no seu estômago.

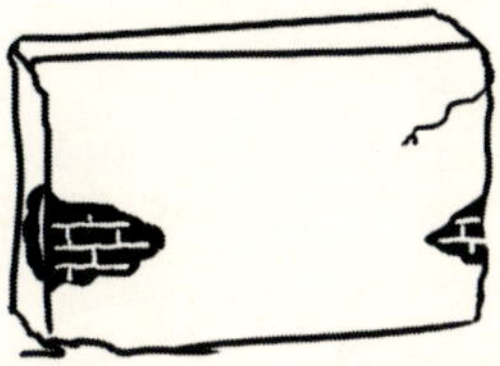

Crescer é algo difícil que pode ter o sentido aplicado a várias coisas. Pode se referir a: plantas, animais, investimentos, lucros, eventos, cabelos, pés e até mesmo a bolos. Também existem as coisas que não crescem, como pedras, salários e privadas. E entre tudo o que foi citado anteriormente, pessoas estão incluídas. Todos crescem – com a óbvia exceção de Peter Pan e fãs de música pesada – embora o pai de Andrew fosse da opinião de que seu filho havia estacionado mentalmente no segundo trimestre de gestação. A única coisa boa em ser um perdedor é que ninguém espera muita coisa de você. O que significava que o mínimo feito seria uma surpresa.

O dia começou com uma briga na mesa do café da manhã. O Sr. Webley reclamou sobre como o garoto não procurava um rumo em sua vida e afirmou em poucas palavras sua desistência de tentar se orgulhar dele. Portas se bateram com força depois disso. A casa havia se tornado uma espécie de abrigo antibombas com um grande buraco no teto. O garoto se trancou em seu quarto e deixou que algum disco do *Saves The Day* fizesse as paredes tremerem.

Deitou-se na cama e ficou a olhar para o vazio. Como explicar a seu pai que nunca conseguiria ser feliz num *emprego decente*, que apenas se deprimiria ao ter seu corpo apossado por uma função – que não gostava de pessoas, que não teria paciência com elas e que as horas de trabalho seriam equivalentes a séculos? Não tinha a menor intenção de trabalhar mil horas por dia e ficar sem tempo para viver – exatamente como seu pai. Desperdiçando todo seu esforço para enriquecer um menos inteligente do que ele.

Andrew esticou a mão para alcançar o celular que tocava sobre a mesa. Provavelmente era Ive ligando para confirmar se iriam mesmo ao cinema naquela noite. Desligou o aparelho sem nem ao menos conferir. Tudo o que desejava era ficar sozinho. Andrew sentia-se como Sylvia – heroína de *A Violinista de Fevereiro*. Estava dividido entre tentar buscar aquilo que realmente desejava ou atender a vontade paterna e casar-se com uma carreira – o deformado príncipe Böll da história. Permaneceu ali, com os pensamentos em desordem.

Rolou de um lado para o outro. Detestava ser comparado com outros garotos da família. Quão responsáveis e esforçados! Odiava essa última palavra de tal forma que a riscaria de todos os dicionários se pudesse. Sempre as mesmas histórias sobre como as coisas foram difíceis para ele ou como tivera de trabalhar desde cedo – imbatível e indestrutível – para que Andrew pudesse levar sua vidinha dissipada. Sabia que precisava fazer alguma coisa, apenas não sabia o quê. Não conseguia se enxergar fazendo alguma coisa prática e ao mesmo tempo, lhe faltava o ânimo necessário para buscar uma vida acadêmica – nada lhe interessava. Poderia pedir uma incalculável soma de dinheiro quando reunissem todos os nomes do gato. Nem mesmo esse pensamento serviu de calmante.

Batidas soaram na porta. Andrew não se mexeu. As batidas continuaram. Levantou-se consternado e desligou a música, abriu a porta e encarou os olhos duros de seu pai. Posso entrar, perguntou ele. O jovem deu de ombros e abriu espaço. Sempre se surpreendia com o tamanho dele, toda aquela força e superioridade física. *Querido pai: perguntaste-me certa vez por que motivo eu afirmava que te temia.* As palavras iniciais da carta que Franz Kafka escreveu para seu pai cruzaram sua mente. Andrew saberia responder caso o homem que se colocava em silêncio à sua frente lhe perguntasse. Já sabia da resposta há alguns anos.

– Andrew, precisamos conversar... – disse o homem.

Não. Estava cansado de correr em círculos com seu pai. Sentiu que era a hora de falar o que realmente pensava sobre tudo aquilo, sem dar voltas ou enfeitar.

– Pai, eu estou cansado de tentar lhe agradar. De tentar *tanto* ser o filho perfeito. Eu lamento que você não goste de mim pelo que eu sou. Eu não consigo ser perfeito. Eu faço de tudo todos os dias para que você goste de mim do jeito que sou. Sei muito bem que não cresci como você queria que eu crescesse, mas você não pode simplesmente ser feliz por mim?

O pai escutou tudo em silêncio e não desviou seu olhar. Andrew fechou e abriu os punhos várias vezes, uma tentativa inútil de ficar calmo. Era interessante ver que apesar de já ter viajado até o mundo das fadas e ter sido esfaqueado por Astrophel, uma coisa que deveria ser simples lhe causava tanto medo. A diferença entre como gostaria de agir e como agia evidentes diante de si. O Sr. Webley puxou a cadeira e sentou-se.

– Você é igual a sua mãe – disse ele.

Não soube como absorver aquilo. Seria um elogio ou uma ofensa – nunca ouvira o pai comentar sobre ela desde sua morte. Andrew apenas sustentou os olhos do outro e aguardou o desenvolvimento daquilo. O homem caminhou até a janela e passou a mão pela cabeça algumas vezes antes de continuar:

– Filho, talvez você me ache rígido ou qualquer outra coisa. Acredite, tudo o que faço é porque eu me preocupo com você. Eu não vou estar aqui para sempre e você precisa aprender a ser homem. Você acha que vai escrever alguma história de monstros e isso vai pagar todas as contas? Esse tipo de coisa não acontece no mundo real. Quando eu tinha a sua idade eu também tinha fantasias e sonhos, eu queria ser jogador de futebol – mas uma hora a realidade bateu na porta e tive que fazer a coisa certa, estudar, arrumar um emprego.

Andrew sorriu, o tipo de coisa que se faz em um momento de nervosismo. Eu não escrevo histórias de monstros, pensou com amargura, seu pai não sabia nada acerca de seus escritos, nada. Aprender a ser homem? O que isso significaria? Ser como ele, um bruto sem uma molécula de gentileza? Se isso significava ser um homem, dedicaria toda a sua vida para não sê-lo. Cada passo que desse seria na tentativa de ser contrário ao pai em todas as formas. O pagamento por suas diferenças irreconciliáveis seria o afastamento puro e simples. Era impossível que tivessem – nem por uma vez na vida – uma conversa pacífica, nunca tiveram. O homem sempre lhe indagava por que não conversava, por qual motivo respondia a tudo o que lhe perguntava com pouco mais do que um *sim* ou *não*. Por causa do pai, assim como aconteceu com Kafka, desaprendera a falar. Não havia espaço para um interlocutor na presença do pai. Lamentava muito que ele tivesse desistido de seu sonho de jogar futebol, mas o garoto afirmava a si próprio que nada do que ouvisse o faria desistir. Seu olhar não se voltaria ao homem com simpatia, nunca mais. Estava cansado de admoestações e longos e tediosos discursos sobre como o passado era melhor, sobre como a nova geração não tinha caráter ou força de vontade ou sobre como deveria se portar ou viver. Aquela era a última estação e todo o seu desejo de querer agradar ao pai desceu do vagão. Talvez, num outro universo, aquele exato momento teria sido diferente. Filho, diria seu pai, vamos tentar outra vez. Contudo, não estavam em outro mundo e de agora em diante o processo de separação apenas se tornaria mais rápido e intenso. Não perderia mais nenhum segundo imerso no mundo incompreensível do pai – ele não havia visitado Hoon, não conhecera todas as criaturas mágicas que o cercavam todos os dias e nem ao menos tinha noção de como as coisas funcionavam.

– Quer mesmo saber? – perguntou Andrew. – Então escuta. Estou cansado de fingir que está tudo bem quando não está. Eu fico me esquivando o tempo todo, fugindo de você justamente por saber que não há nada que possamos conversar sem uma briga. Você acha que eu não sei de nada, mas se você tivesse passado por metade do que passei nos últimos dias... não teria aguentado. Olhe para trás, consegue encontrar algum momento desde que mamãe morreu em que você conseguiu conversar comigo direito? E dizer que estava me educando não é uma forma de justificar. A história é essa, eu não sou o Sr. Agradável e não vou mais tentar ser para te agradar.

– É melhor parar por aí... – murmurou seu pai. – Você não sabe como tem sido para mim desde que sua mãe morreu.

– Não, eu não vou parar. Por sua causa eu sempre pensei que eu não valesse nada, mas você está errado. Você não pega no pé de Amber por causa das músicas dela porque acha que por ela ser garota não tem problema, que ela vai encontrar um cara e se casar. Como você pode ser tão idiota e não perceber que minha irmã nunca vai ser esse tipo de menina? Não ouse usar a morte da mamãe para justificar suas atitudes, o senhor não foi o único a perdê-la.

Os olhos do homem se voltaram contra o jovem. Suas mãos grandes e fortes se agitaram com força e por um momento, Andrew pensou que seria atingido por elas, mas isso não aconteceu. O silêncio entre eles era quebrado pelo barulho dos carros que passavam pela rua e das pessoas. O garoto não podia deixar de imaginar o que passava pela mente do outro. Sob quais perspectivas ou ângulos estaria ele tentando compreender tudo? Pai e filho eram como dois soldados caminhando em um campo minado até o instante em que se ouve o som de uma bomba armada. Ambos permaneceram imóveis, qualquer movimento acarretaria numa explosão. O minuto se resumia em tentar adivinhar quem daria um passo sem ser reduzido a pedaços.

O pai suspirou e saiu em direção à porta. Os passos longos e barulhentos, como os de um soldado cansado.

– Pai... – chamou Andrew antes que ele saísse.

Ele parou, mas não se deu ao trabalho de encarar o filho. Andrew sentia algo preso em sua garganta, implorando para sair. As palavras que tentavam ganhar expressão eram como os personagens do filme *O Anjo Exterminador* de Luis Buñuel, ansiosas para saírem da sala de jantar, mas impedidas por portas e grades invisíveis. Um encarando as costas do outro até que Andrew dissesse:

– Deixa pra lá.

A porta bateu com força. Andrew permaneceu. Sua única companhia foi a certeza de que nunca entenderia aquilo que Robert Hayden considerava os ofícios austeros e solitários do amor. O resto do domingo caminhou tão rápido quanto um inverno.

Capítulo CINQUENTA

Eu tenho um estegossauro na estante, minha mãe não consegue enxergá-lo.

Amber tocou a campainha de novo e de novo. Mal podia conter sua empolgação e tinha certeza de que derrubaria a porta caso Jonas não a abrisse logo. O garoto havia ligado para sua casa e deixado um recado com seu irmão dizendo que havia terminado de produzir a demo. Os minutos que separavam suas casas nunca foram tão longos. Fez a campainha soar mais uma vez. Aquele era o dia em que enviariam a *demo tape* para Dr Dre – um dos maiores produtores de hip hop do mundo e criador do G-Funk[viii]. Dre era um dos três produtores favoritos de Jonas, ao lado de Kanye West, J. Dilla e Marley Marl – aqueles que mais influenciavam as batidas que criava. A porta se abriu dali a pouco e o garoto surgiu fazendo uma careta. Ninguém é surdo por aqui, Amby, disse ele. A garota deu de ombros e foi entrando na casa.

– Onde está todo mundo? – perguntou ela.

– Meu pai saiu para comprar algumas coisas e mamãe está no escritório trabalhando *no* artigo.

A mãe de Jonas escrevia um livro acadêmico há anos, alguma coisa sobre Ralph Ellison ou coisa do tipo. Nenhuma pessoa estava autorizada a incomodá-la quando estava lutando contra aquilo.

A dupla foi até o estúdio e Jonas entregou o trabalho a ela. Amber admirou a capa que o garoto fizera. Uma foto dela quando criança e em letras coloridas estava escrito: *Amber Webley EP*. Era uma piada recorrente entre os dois que todo rapper deveria ter um disco com uma criança na capa desde que Notorious B.I.G e Nas fizeram isso na década de 1990. Olhou a parte de trás do encarte

[viii] O mesmo que *Gangsta Funk*. Foi o Subgênero principal do hip-hop mainstream durante um período que vai do lançamento de "The Chronic" de Dr Dre em 1992 até a queda da *Death Row Records* em 1996. Caracteriza-se pelo ritmo hipnótico, samples de P-Funk, sintetizadores e vocais femininos.

onde estavam listadas as cinco músicas que compunham o EP. A garota sorriu e respondeu:

– Você fez um lance muito bom aqui. Acho que está na hora de despacharmos isso de uma vez. Jo, esse negócio pode nos colocar dentro do jogo.

– Bem, esse é o lado bom de ser um gênio, eu faço esse tipo de coisa.

– Idiota.

Os dois riram e começaram a se preparar para sair. Amber colocou o CD num envelope e escreveu o endereço enquanto Jonas buscava seu skate e um casaco. Ela não pôde evitar se lembrar de quando o conhecera na pista de skate. Ele estava sempre ouvindo alguma coisa nos fones de ouvido e ficava horas observando o pessoal fazendo suas manobras. Começaram a conversar porque em alguns meses Eminem lançaria *Relapse* – depois de vários anos sem gravar nenhum disco – e Amber usava uma camiseta com a capa do disco. Jonas se aproximou sem muita coragem e fez algum comentário sobre a estampa. Começaram a se tornar amigos de verdade quando um descobriu os talentos do outro e decidiram criar alguma coisa. Ela tinha alguns cadernos cheios de letras e ele compusera milhares de coisas no estúdio do pai. Sua ligação com Jonas era um dos principais fatores para que não desistisse do rap e da chance de ser uma artista de verdade.

– Ambie, esse é o melhor trabalho que já fizemos – disse ele.

– Eu sei. E o suficiente para que ninguém tente me chamar de *Feminem* – respondeu fazendo uma careta. – Talvez seja melhor do que *Illmatic*.

– Minha mãe diz que blasfemar é pecado. Nada é melhor do que *Illmatic*. Contudo, é melhor do que qualquer coisa do Vanilla Ice.

– Jo, se eu gravasse o meu arroto em cima de uma batida seria melhor que Vanilla Ice.

Os dois riram e continuaram rumo ao correio. As ruas estavam calmas e Jonas ia de skate ao seu lado. O barulho das rodas deslizando sobre o concreto era familiar, mas era somente agora que prestava atenção nelas. Quantas vezes não as escutara na pista com todos os outros garotos? Porém, o que havia de diferente para que roubasse sua atenção? Não saberia responder. O garoto assobiava alguma coisa, provavelmente estava pensando numa próxima canção. A cola que os unia era essa, música. Que fazia com que suportasse os olhares estranhos, que alimentava sua esperança de ganhar respeito fazendo aquilo que nascera para fazer. Sabia também que a música era o caixote no qual Jonas podia subir e vislumbrar o que estava além da muralha formada pelos idiotas de sua escola e dos acontecimentos diários. A única coisa que faltava agora era que todo esse esforço chegasse até as mãos certas.

– Se fôssemos trabalhar num álbum, o que você acha que poderíamos fazer? – perguntou ela.

Jonas deu de ombro e respondeu:

– O que quisermos. "*Amber Webley EP*" vai nos colocar no mapa e só precisamos continuar a mandar bem. O Hip-hop está morto e a velha escola está se aposentando, tudo o que a gente vê por aí é um bando de *posers* usando auto-tune.

Amber sabia disso desde que começara a se interessar por música, que os artistas estavam mais preocupados em chamar atenção do que em fazer música de verdade. Em que a cada esquina havia uma Nicki Minaj fazendo qualquer coisa que não era rap, enquanto Missy Elliot estava parada. Seu irmão comentara certa vez que quando uma coisa se tornava famosa demais era natural que se diluísse. O mesmo acontecia no mundo dos livros e acontecera com o jazz e o rock.

Chegaram ao correio em menos de vinte minutos. Jonas pegou o disco e olhou para a garota dizendo:

– Você está pronta?

– Não, mas vamos acabar com isso de uma vez e começar a dominação global.

A dupla trocou um aperto e seguiu adiante. Ela com as mãos no bolso e ele com o skate debaixo do braço e um envelope. Não sabiam se aquele pequeno disco de plástico faria algum efeito ou se alguém o escutaria. Isso não fazia diferença, o importante era o sentimento que tinham naquele momento: como se estivessem na mesma altura que seus ídolos.

Capítulo CINQUENTA E UM

Eu adoraria saltar de um prédio de oito andares se isso me curasse.

As pessoas gostam de listas. Melhores escritores, vinhos, queijos, lugares, hotéis, filmes e assim por diante. Contudo, se existisse uma lista que falasse sobre as melhores músicas para pessoas com agorafobia, *Pinkerton*, o segundo disco do Weezer, seria o primeiro colocado. O disco com uma das trajetórias mais complicadas da história, sendo massacrado na época de seu lançamento e se tornando um item obrigatório alguns anos depois. Andrew passou toda sua adolescência em dívida com aquele disco por ser a única coisa no mundo a falar exatamente aquilo que ele sentia em cada momento, fosse o fato de não conversar com uma garota por saber que não daria em nada, ou estar apaixonado e descobrir que ela gostava de outra garota. Todas as suas dores estavam descritas nos trinta e sete minutos de duração e na voz de Rivers Cuomo. Entretanto, dessa vez, era outra música do Weezer que melhor lhe representava naquela altura da vida. O nome da música era *No One Else* e falava sobre como um garoto inseguro desejava uma menina que não sorrisse para nenhum outro cara e que quando não estivesse com ele iria deixar a maquiagem de lado. Esse tipo de pensamento começou a surgir após as coisas com Ive começarem a se tornar mais sérias e passou a notar como os garotos a olhavam quando passava ou tentavam chamar a sua atenção. Andrew já havia lido livros demais para saber que aquilo que sentia se chamava ciúme e que estava sendo ridículo por tê-lo. Não conseguia controlar isso, mesmo que a razão lhe clamasse de joelhos. Tinha a sensação de que todos os garotos queriam roubá-la. Se ela quisesse, um mundo de caras mais interessantes estaria à disposição, bastava ela estalar os dedos. Sabia que Ive conheceria outras pessoas e algumas dessas outras pessoas seriam homens e que alguns deles realmente estariam tentando tomá-la, porém, tinha consciência de que ela o havia escolhido. E no fim, as peças em sua mente não se encaixavam.

Andrew seguia pela rua e tomava cuidado para evitar a chuva como podia. O dia começava a chegar ao fim e centenas de pessoas lotavam as calçadas. Parou um segundo para ajeitar o cachecol e continuou.

Teria sido assim caso estivesse com Briony? Qual era o Iago que abria a porta dos fundos para que esse sentimento entrasse? Passava os minutos em que não estava na companhia dela pensando que alguém estaria tentando seduzi-la naquele instante. E isso fazia com que seu estômago se revirasse. Também fazia com que sentisse vergonha de si mesmo. Um dos personagens de ficção favoritos de Andrew era o Professor Henry Higgins, criado por George Bernard Shaw na peça Pigmaleão. Em determinada altura da história o eminente professor conversa com outro personagem e diz que sempre que se permitia tornar-se amigo de uma mulher, tornava-se egoísta e tirânico. Estaria a mesma coisa acontecendo com ele? Sendo coagido ao ciúme através de sua insegurança? Ora, Ive não é como as outras garotas, pensou, mas, garotos são todos vira latas da mesma rua. Andrew colocou a forma como os outros agiriam da seguinte forma: seriam interessantes e engraçados, começariam a convidá-la para sair e fingiriam ser bons amigos apenas para falar coisas ruins acerca dele na tentativa de fazê-la abandoná-lo para que tivessem uma chance. Era dessa forma que via as coisas em sua mente: todos os homens do mundo apenas desejavam roubar sua namorada. Sabia dentro de si que seria capaz de tratar mal uma pessoa de cujas intenções suspeitasse. Tinha consciência de que era errado pensar dessa forma, mas, como evitar?

Passara tanto tempo absorto em seus pensamentos que mal notou que havia chegado ao seu destino. O *Rei do Sorvete* estava pouco movimentado e as atendentes caminhavam de um lado para o outro sem muito com que ocupar o tempo. Pareciam cansadas e entediadas. Andrew caminhou até uma delas. Preciso conversar com Tord, disse educadamente, fale que um amigo de Ive o procura. A moça deu de ombros e saiu para chamar o dono. O garoto decidiu sentar-se num canto qualquer e levou algum tempo até perceber que havia se sentado no mesmo lugar de quando Ive o trouxera ali pela primeira vez. Qual estranho era estar ali depois de tantas coisas e ainda mais quando pensava no segredo debaixo da sorveteria. Pediu um sorvete e ficou observando as pessoas que andavam de um lado para o outro. Não demorou muito tempo até que o dono da sorveteria se sentasse a mesa. Andrew podia ver que o homem estava visivelmente confuso por vê-lo sozinho.

– Bom dia, Andrew. Em que posso ajudá-lo? É bom ver que ainda está vivo. Onde está Ive?

– Ela está em casa, tentando cozinhar alguma coisa. Dessa vez eu preciso conversar apenas com você – respondeu o garoto.

Tord se recostou na cadeira, como se estivesse esperando por notícias ruins, cruzou os braços e ficou a esperar que o garoto começasse. Andrew sabia que seu palpite poderia ser completamente errado, contudo, valia a pena seguir aquele caminho. A semente para tudo isso havia surgido enquanto conversava com Amber e dissera que continuaria até entrar em colapso ou encontrasse alguém que lhe ensinasse a responder. E todos os seus pensamentos o levaram até Tord. Ele devia saber de alguma coisa. Era surpreendente que não houvesse pensado nisso antes.

– O que você quer? – perguntou ele.

– Eu preciso saber a verdade sobre Kivian, o que aconteceu. E eu acho que você pode me responder tudo. Sabe por quê? Porque você ainda está aqui. Rayla tirou Oberon e Mirtza do caminho, mas não você, que abriu a porta para nós.

Todos os músculos do rosto de Tord foram tensionados. Isso entregou a Andrew a certeza de que havia puxado a corda certa.

– Você está diferente – foi a única resposta dele por um momento. – Jovem, se você quer um conselho, o que tenho a dizer é: fique longe, corra, mude de país, de universo e nunca mais pense nela.

Andrew não aceitaria aquilo como resposta, passaria a noite ali se ele não lhe dissesse nada.

– Eu preciso saber sobre Kivian. Ela se relacionou com um humano... Assim como Ive.

Tord riu. O garoto não sabia se devia achar aquilo relaxante ou assustador.

– Eu conheço essa história melhor do que eu queria. Quem você acha que é o humano? Deixe-me responder, garoto: eu.

A verdade o atingiu sem nenhuma suavidade. As palavras saltaram da boca do homem como uma espécie de maldição. Andrew sentiu-se como o jovem Pi que, naufrago durante uma viagem até o Canadá, fica preso num bote junto a um tigre feroz. Não sabia o que dizer ou como reagir, simplesmente permaneceu quieto. Quando voltou a falar, Tord já havia voltado ao seu normal:

– Andrew, existe muita coisa em jogo. Eu e Kivian estamos pagando por tudo até hoje, ela está no Inferno e eu estou condenado a viver para todo o sempre. Quando este mundo for destruído eu estarei vivo, quando todo o universo for consumido eu estarei aqui. E isso não é a única punição que Rayla impôs. Eu não posso sentir o toque de coisa alguma, tudo o que eu colocar na boca terá gosto de cinzas, o cheiro do melhor perfume do mundo não faz a menor diferença. Tudo isso para que eu não encontre alívio algum nesse mundo.

Não sabia o que pensar acerca daquilo. Como Rayla podia ser tão sem coração? Seria isso o que o aguardava por se envolver com Ive? Uma tortura maior do que a morte, pensou Andrew, atravessar todos os dias suportando pessoas cada vez mais irritantes e estúpidas por toda a eternidade, sem a única que importava. Seria como morar num apartamento sujo e tendo como companhia uma trupe de mentirosos, ladrões e animais de estimação. O mundo se tornaria algo assim. A verdade é que agora, a essa altura dos eventos, não tinha nenhuma outra escolha, era preciso se ater ao plano, conseguir os nomes do gato – inclusive aquele roubado por Astrophel – e se livrar do mundo espiritual como pudesse. No entanto, estaria fazendo a coisa certa? Seus sentimentos por Ive eram assim tão fortes – não mera empolgação – para que se arriscasse a perder tudo? Já estivera disposto a ir tão longe por causa de Briony? Não, com certeza não. Ora, admitia consigo mesmo, já sofrera por amor outras vezes e sobrevivera. A mesma velha história. As palavras de Tord o haviam enchido de medo e seria estúpido de sua parte se não estivesse sentindo exatamente isso. Não deveria estar tentando racionalizar esse tipo de coisa, na verdade era bem simples: arriscaria tudo para ficar com Ive ou não? E também havia o outro lado da história. Ela também estava se arriscando para ficar com ele, deixando toda a sua família para trás, sua casa e tendo que começar uma vida a partir de rascunhos. Não tinha o direito de desistir, não mais.

Andrew levantou-se para sair. Espero que tenha entendido tudo o que falei, disse Tord. O garoto balançou afirmativamente a cabeça e respondeu:

– Sim. E isso não fará a menor diferença. Eu quero ficar com Ive e se acontecer alguma coisa, eu vou dar um jeito.

– Você é um idiota – disse o homem.

– Não tanto quanto você. O que você faz aqui ao invés de tentar salvar a pessoa que você ama? Eu não ficaria quieto se alguma coisa acontecesse à Ive, eu me esforçaria para fazer as coisas darem certo, mesmo que precisasse tentar mil vezes.

Tord sorriu, um movimento que servia para mostrar sua decepção, e respondeu:

– Eu já respondi o que você queria saber. Saia e não apareça na minha frente outra vez.

Andrew deu seus passos para fora da sorveteria. O homem do violão azul, que costumava ficar por ali, dedilhava alguma coisa. O garoto deixou uma nota no estojo dele e continuou a seguir pela calçada. Tudo o que ouviu dentro d'*O Rei do Sorvete* lhe assustara, mas lhe forneceu a certeza de que continuaria a lutar por Ive. Como não lutara por Briony. A garota que agora era uma pequena cicatriz no cantinho da mente. Um comboio de palavras atropelavam suas ideias. A primeira coisa que faria ao chegar em sua casa seria destruir *A Violinista de Fevereiro* – uma história que não o representava mais. Começaria algo novo, que falasse sobre coisas de verdade e sobre si mesmo. Contaria a sua história e a de Ive, algo sobre o qual somente ele poderia escrever. Pisou numa poça e continuou.

Capítulo CINQUENTA E DOIS

Ela estava nadando em creme dental quando o big bang aconteceu no quintal.

Havia combinado de se encontrar com Jonas na pista de skate para que pudessem discutir alguns detalhes sobre uma nova música. Ia murmurando alguma coisa de J Cole – que tanto ela quanto o amigo consideravam o nome mais quente do hip hop nos últimos anos, superando Rick Ross ou Drake. Ficou imaginando se algum dia chegaria a esse nível, em que seu *flow* fosse único e as pessoas o sentissem em qualquer lugar do mundo. O mundo do rap estava cheio de artistas realmente bons que nunca conseguiram chegar ao circuito *mainstream* – como ela poderia escapar disso? Em Dresbel mesmo havia pessoas assim, com *flow* e *delivery* acima da média. Afastou esses pensamentos e continuou a caminhar, fechou o casaco, tentando criar suas rimas.

O dia estava nublado e todos os pés pareciam ter escolhido ficar dentro de casa. Amber gostava daquela breve calmaria e dos poucos carros que iam pelas ruas, não havia muito com o que se incomodar ou buzinas irritantes. Tomou a primeira esquina e chegou até a pista em menos de cinco minutos. Não havia barulho de rodas ou música e o lugar estaria completamente abandonado não fosse por uma figura sentada num canto. A garota sentiu a raiva ferver seu sangue. Lil Darryl-D estava pichando palavrões numa das paredes.

– Ei, babaca, o que você pensa que está fazendo? – gritou Amber.

O garoto se virou e a encarou em silêncio. Ao contrario de qualquer expectativa que a garota pudesse der sobre o próximo minuto, Lil Darryl voltou a dar as costas e foi caminhando em direção à saída. Não houve nenhum xingamento ou gesto obsceno, apenas ombros caídos e a lata de tinta jogada no chão. Entretanto, Amber não aceitaria isso como resposta depois de vê-lo sujar a pista daquela forma. Correu até o garoto e o puxou pela jaqueta, atirando-o no chão com violência.

– Saia da minha frente antes que engasgue com a próxima frase – disse Lil Darryl se levantando.

– Você não tem nada na cabeça – respondeu ela. – Você acha mesmo que pode ir embora depois de fazer isso?

– O que você vai fazer? Chamar sua mamãe rica para te ajudar?

– A minha mãe está morta, a não ser que eu tenha algum poder vodu, não dá pra contar com essa ajuda.

Isso pareceu pegar Lil Darryl de surpresa, pois ele simplesmente continuou a encará-la, boca meio aberta – a possível resposta atrás dos dentes. Amber se preparou para o ataque que não veio. O garoto coçou a nuca e quando voltou a falar sua voz havia perdido a rispidez.

– Foi mal ter dito isso da sua mãe. Eu nunca conheci minha mãe, ela usava drogas e abandonou a família um dia. Pelo menos eu não sou um daqueles bebês do crack.

Amber sentiu sua raiva por ele sumir como ar escapando de um balão. Lamento pela sua mãe, foi a única coisa que conseguiu dizer. Darryl forçou um sorriso e balançou a cabeça dizendo:

– Isso é história antiga, eu nem ligo. Nem sei por que eu falei, deve ser porque hoje o dia tá uma porcaria, saca? Meu irmão, o HOL-K, foi preso hoje, acho que vou ter que arrumar um emprego agora.

Amber ficou imaginando como teria sido a vida dele até então, sem uma mãe e com um irmão que precisava vender drogas para sustentar todo mundo. Ela sabia que nunca seria capaz de compreender a vida de Lil Darryl e das pessoas parecidas com ele. Não quando seu pai conseguia lhe dar todo o conforto necessário e sua única preocupação era estudar para as provas de matemática. Nem todos tiveram as vantagens que ela tivera, seu pai costumava falar isso. Talvez por isso, o garoto depositasse tanta coisa no *rap*, porque era a única coisa que tinha realmente, sua única chance de ir para frente. Era como Eminem perguntava em *Lose Yourself*. Alguém com apenas uma oportunidade de alcançar tudo deixaria isso escapar ou agarraria a oportunidade?

– Sinto muito pelo seu irmão, cara.

– De boa.

Ela não conseguia deixar de se surpreender com a reação dele diante de tudo aquilo. Era óbvio que estava irritado e triste – caso contrário, não teria ido até ali para pichar obscenidades. Ao mesmo tempo, parecia resignado, como se o destino já estivesse selado e tentar fugir não fosse uma opção. Seus pensamentos foram se desenrolando. Ficaria ele em casa rabiscando versos como ela? Suas músicas falariam sobre algo particular ou não? Quantos amigos ou familiares já teria perdido para as ruas? Isso fazia com que pensasse no mundo do *rap* como um todo. Quase todos os seus artistas favoritos já haviam tido algum problema com a lei. Tupac e The Notorious B.I.G já haviam sido presos – e foram assassinados. A lista se ramificava por outras direções. Em 1999, Jay-Z foi acusado de esfaquear uma pessoa. Proof matou e foi morto numa briga de bar. 50 Cent alvejado por nove tiros e o NWA foi advertido pelo FBI por causa do disco *Straight Outta Compton*. Não sabia como pensar sobre isso corretamente.

– Ah, Maurice me mostrou a demo que vocês fizeram, seu amigo deixou uma cópia com ele – disse Darryl. – Ficou bem legal, o seu *flow* é bom.

– Eu sei que é.

Os dois riram e o garoto começou a andar para fora da pista. Ele ia com os passos arrastados e os braços frouxos, nesse momento, ele parou e sem olhar para trás, disse:

– A gente ainda tem que terminar aquele lance no duelo.

– Eu vou chutar sua bunda, não se preocupe.

Lil Darryl-D continuou a andar. Amber permaneceu ali mesmo depois que o garoto virou a esquina e desapareceu. Ambos viviam atrás das linhas inimigas de formas diferentes. Era o que Nas chamava na música *Got Urself A Gun* de "soldados da mesma luta". Sorriu do pensamento e foi sentar-se no banco para esperar que Jonas chegasse. Foi somente alguns minutos depois que se lembrou de que deveria ter feito Darryl limpar a parede antes de ter ido embora.

Capítulo CINQUENTA E TRÊS

Treze maneiras de se olhar um harmônio e sentar-se sobre vinte montanhas nevosas.

Era uma manhã preguiçosa. Estavam no quarto de Andrew ouvindo música e conversando sobre coisas banais. Ive tentava encontrar algo interessante, acabara de ler *O Apanhador no Campo de Centeio* e sentia uma espécie de ressaca literária, em que nada parecia ser interessante. Alguma coisa a incomodara profundamente no livro – ainda que ela não soubesse responder o quê quando questionada. Andrew sabia o que era isso. A mesma coisa aconteceu ao ler *Grandes Esperanças* pela primeira vez, depois de ter gasto dois dias inteiros acompanhando a vida de Pip, Estelle e todos ao seu redor. Charles Dickens tinha alguma espécie de poder que fazia com que se apegasse aos personagens como se fossem todos velhos conhecidos, e ao fechar a última página foi como se estivesse dizendo adeus a todos eles. Era aquilo que Ive sentia nos últimos tempos, a pontada no coração por ter passado horas agradáveis com pessoas de papel e ser obrigada a deixá-las partir. A garota suspirou e suspendeu sua busca para deitar-se ao lado dele na cama.

– Estou entediada – disse ela.

– Deveríamos estar pensando em como encontrar o próximo nome e pegar aquele que Astrophel levou.

– E depois disso poderíamos ir num karaokê e celebrar. Eu canto Bon Jovi e você faz a coreografia, moleque – murmurou Prozy, que estava deitada num canto assistindo a um filme.

– Prozy, sua opinião não conta – respondeu Andrew.

A coelha não se deu ao trabalho de responder e saiu do quarto para ir atrás de Amber, a única pessoa que parecia ser capaz de aguentá-la. Ive apoiou-se sobre os cotovelos e encarando Andrew firmemente sorriu e disse:

– Eu quero te fazer uma pergunta. Você ainda sente alguma coisa por Briony?

Aquela pergunta o pegou desprevenido. Pensou por um instante e respondeu:

– Não daquela forma. Não mais, Ive, eu gosto de você. Fui iludido durante muito tempo. Briony e eu seremos amigos, não mais do que isso.

Ive deu um sorriso pequeno que desapareceu rapidamente. Ela levantou-se e caminhou pelo quarto. Andrew a seguiu com os olhos, sabia que ela lutava para lhe dizer alguma coisa e preferiu esperar até que ela estivesse pronta. Ive desligou a TV que Prozy deixara ligada e puxou uma cadeira para perto da cama.

– Andy, se houvesse uma maneira de saber o que Briony pensa sobre você?

– Por que você está dizendo isso?

– Porque não quero que você fique comigo sem ter certeza. As coisas podem dar errado para nós. Preciso que saiba se ainda existe alguma possibilidade de você levar uma vida normal.

– Eu pensei que você não pudesse ler pensamentos.

– Não é leitura de pensamento, é uma visita onírica. E ela permitiu a visita.

Andrew lembrou-se da noite em que as duas estiveram juntas, Briony dissera que Ive estava convidada a fazer uma visita, apenas não podia imaginar que seria uma coisa tão literal. A oportunidade única de observar a mente de uma pessoa, embora, ao mesmo tempo, estivesse invadindo a única coisa que deveria permanecer território soberano. Qual seria seu direito de entrar na mente de outra pessoa e enxergar tudo aquilo o que ela guardava dentro de si? Pôs-se a imaginar se isso não seria tão errado quanto usar os nomes do gato para tomar o livre arbítrio de alguém. Entretanto, a oportunidade que qualquer escritor gostaria de ter em mãos estava ali, enxergar alguém por dentro.

A briga entre quem ele era e quem poderia ser prosseguiu mais forte do que antes. Não tinha mais nenhuma interesse por Briony, disse para si mesmo. Estava certo de que aquilo não era nada demais. Algo produzido pela curiosidade. Unicamente. Nenhum dano a ela e sua literatura iria se beneficiar de forma imensurável. Ora, James Joyce não deixaria que uma chance assim escapasse por entre seus dedos, pensou. É isso o que escritores fazem, usam suas palavras para cavar a mente de outras pessoas, a única diferença era que poderia fazer isso literalmente ao invés de literariamente.

– Tudo bem, Ive, vamos fazer isso.

A garota assentiu com a cabeça e após trancar a porta, pediu para que se sentasse no chão de pernas cruzadas e fechasse os olhos. Isso o deixou levemente desconfortável, mas não fez nenhuma objeção. Ela segurou sua mão e disse:

– Eu preciso que você imagine uma campina tão grande que é o mundo todo.

Andrew seguiu as ordens de Ive. Vibrações estranhas começaram a ressoar em sua cabeça. Sonolento, levemente anestesiado. Tentava mover alguma parte de seu corpo e nada acontecia. Sentiu-se subitamente fraco, como se sua percepção de espaço e tempo estivesse sendo realocada por uma batedeira. Sua mente formava rápidas associações de ideias, ao mesmo tempo em que o desconforto inicial dava lugar a uma onda de euforia e agitação. O rio de todos esses sentimentos escoou tão rápido quanto veio e numa questão de segundos, havia somente paz.

Estava descalço. Sentia o vento batendo em seu rosto, o sol não estava muito quente e o silêncio era intocável. Uns poucos arbustos se destacavam na paisagem verde. O que mais saltava aos olhos eram as portas azuis que se espalhavam por ali, sem nenhuma organização em particular. Se fosse um pintor, aquilo era algo que colocaria numa tela. Gostava do lugar, como se as preocupações da existência houvessem sido abolidas.

– Estamos na entrada da mente dela e cada uma dessas portas corresponde a um pensamento – disse Ive, surgindo de algum lugar atrás do garoto.

– Esse lugar é incrível.

– Andy, todas as pessoas do mundo passam grande parte de suas vidas por aqui, todas as noites. Quando Kivian criou esse mundo, ela distribuiu uma área para que cada um pudesse guardar seus pensamentos e sonhos. Morte e sono estão no mesmo departamento.

Ive começou a cantarolar algo dos Beatles e a andar, o garoto a seguiu em silêncio e notou que havia uma placa em cada porta, Andrew reconheceu a letra bordada de Briony: *Música Pop* – anunciava a primeira delas. Prosseguiram passando em frente às portas de *Roupas, Escola, Família* e *Compromissos*. A filha da Morte continuava a melodia de poucas notas dizendo que traria ajuda. Não sabia se isso era sério ou apenas mais uma invencionice de Ive. À medida que o tempo passava, o céu ganhava uma tonalidade roxa

– Briony estava fazendo alguma coisa agradável, de acordo com Ive. O que acontecia atrás de uma das portas no momento, indagou-se Andrew. Já estava com a boca aberta para comentar isso quando foi interrompido pelo pio do melro pousado sobre uma das portas. As asas negras batiam e os olhos da ave estavam fixos sobre a dupla.

– Estão longe de casa – grasnou o melro. – O que buscam nos meus campos?

– A porta com o meu nome.

– Precisamos que nos guie – disse Ive. – A soberana desse lote nos deu permissão de estar aqui. E por isso, emplumado, você obedecerá.

O pássaro a encarou sem se mover ou falar. Andrew podia jurar que a criatura não estava nem um pouco feliz em ter visitantes, como se estivessem poluindo o lugar com a mera presença.

– Eu os levarei até lá – disse o melro e partiu.

Andrew segurou a mão de Ive e seguiu a ave. Os passos afundavam no verde debaixo de seus pés e aquele mundo parecia nunca ter fim. A busca por alguma porta que tivesse seu nome se tornava mais longa. As horas deviam estar se amontoando umas nas outras, suspeitava Andrew, correndo sem parar atrás da ave negra e silenciosa.

O garoto deixou que o seu descontentamento caísse.

– Eu estou cansado de não chegar a lugar nenhum, estamos aqui há eras.

Ao que Ive sorriu e respondeu:

– Não seja bobo. Estamos num pedaço da mente de Briony, o tempo psicológico corre de forma diferente – funciona de acordo com o estado de espírito da pessoa. Ela deve estar sonolenta ou distraída, é por isso que os minutos ficam se esticando aqui dentro.

Depois daquilo que pareceu mais uma hora, o melro pousou sobre uma porta. A última que havia, pois tudo o que havia a seguir era uma palmeira – a única árvore vista por ali – e um branco infinito, como uma folha de papel em branco que houvesse sido posta sobre tudo. Andrew se aproximou da porta e leu a placa. *Andy*, seu nome estava escrito da mesma forma que a dedicatória do livro que lhe dera.

– O tempo de vocês está acabando – disse o pássaro. – Visitas futuras não serão aceitas.

O melro mexeu as asas e voou para dentro da imensidão branca. O coração de Andrew bateu mais forte, sentiu a testa suar e seus dedos tremerem. Olhou para Ive, que apenas deu de ombro e o incentivou a abrir. O jovem estendeu a mão para a maçaneta de vidro e a girou. Ive entrelaçou os dedos nos seus e juntos começaram a seguir pelo corredor escuro que se abria diante deles. Não demorou muito tempo para descobrir onde estavam, era uma enorme sala de cinema na qual, exceto por duas cadeiras no centro, estava lotado por manequins em roupas de gala.

– Isso está ficando muito estranho – murmurou Andrew.

– Acredite em mim, poderia ser bem pior. Eu ouvi falar da mente de um homem que era cheia de armadilhas e guilhotinas.

A dupla tomou seus lugares e esperou até que as luzes se apagassem e o barulho do projetor ficasse audível. A tela se iluminou e alguma música de Cole Porter começou a tocar enquanto as imagens se formavam em preto e branco. Os créditos apareceram e, por fim, o título, *Andy Não Pode Saber*, surgiu.

Havia uma sala onde várias pessoas dançavam *charleston* e bebiam destilados. Andrew teve a impressão de que estava assistindo alguma filmagem recuperada da Era do Jazz. A câmera se focou numa garota fumando com uma amiga num sofá. Tinha cabelos cortados, saia curta e usava bastante maquiagem. Andrew, numa de suas noites de insônia assistiu a um filme de Clara Bow, uma das mulheres mais bonitas que já vira, e as garotas se pareciam com ela, fossem em gestos ou sorrisos. Foi com alguma dificuldade que a reconheceu como sendo Briony e a outra como Kayla, sua companheira de banda.

– Eu ouvi uma coisa por aí – Kayla disse.

– O quê?

– Seu amigo, o escritor, está apaixonado por você. Há muito tempo pelo que parece. Você sabia disso?

– Eu imaginava, Kay. Não é uma situação fácil. Eu gosto dele, eu me preocupo com ele, mas falta aquela coisa para dizer que eu morreria por ele.

Kayla tomou mais um pouco do champanhe e acrescentou com um sorriso:

– A faísca do amor?

Andrew sabia que apesar de se parecer com um filme, aquelas palavras eram verdadeiras e expressavam os sentimentos de quem dizia. Não sabia como filtrar ao que assistia. Ive colocou sua cabeça no ombro dele e segurou sua mão. As garotas na tela se distraíram olhando para o grupo de rapazes que dançava ali perto, mas logo em seguida, retomaram o assunto.

– Andrew é um pouco estranho, admito – dizia Briony. – Eu gosto dele, é uma ótima pessoa, simpático, educado e inteligente.

– Mas não é o suficiente, correto? Ora, Andy é um garoto tão bom, estou certa de que você teria todo o amor do mundo, Bri.

Briony riu com o canto dos lábios e após bebericar mais um pouco de bebida, respondeu:

– Não existe isso de amor que não se bloqueia ou que não se cobra, amiga. O amor é uma coisa insegura. Existem tipos diferentes de amor: Amor de mãe, amor de amigo, mas, o amor de relacionamento não anda sozinho.

– Que coisa mais triste, Briony.

– Eu não sou de ficar por ficar, mas sou uma pessoa intensa. Tenho sentimentos intensos. Sem meio termo, por isso, não posso ficar com Andrew. Porque estar com ele seria um meio termo. Não, paixão é o que importa, sem isso, tudo fica muito neutro. O que salva o amor é isso, que vem de mãos dadas com a raiva, ciúmes, ódio, inveja e vingança. E sabe, eu fiquei pensando... Será que ele não sente apenas uma empolgação? Eu dou atenção, apoio, me preocupo com ele... Preencho um vazio dele.

Andrew não se incomodou em assistir ao resto da cena. Não precisava. Levantou-se num salto e saiu tropeçando nas pernas dos manequins. Ali estava sua ervilha do pensamento verdadeiro de uma pessoa! Fora um idiota por ter não ter esperado exatamente o que havia acontecido. Começou a empurrar os espectadores de plástico e fibra com violência. Rejeitava tudo o que havia escutado. Não e não. Que tinha ele na cabeça? Ingenuidade, estupidez e a coragem de um verme. Mas ele se lembrava de cada conversa com Briony e permitia que o revisionismo da cabeça trabalhasse a revelia. O que ela faria caso soubesse disso, que ele tinha ciência de tudo? Iria sentir-se envergonhado por ter sua máscara destruída?

Foi nesse momento que sentiu os braços de Ive o envolverem com força.

– Está tudo bem.

Andrew caiu de joelhos e ainda vislumbrou uma última imagem da versão melindrosa de Briony dançando com um jovem ao som de uma banda. Ive segurou sua mão. Escutou o grasnar do melro e o som de suas asas longe e longe.

Capítulo CINQUENTA E QUATRO

Se Eilert Løvborg escrevesse uma canção, ela seria mais ou menos assim, Juanita.

O teatro estava lotado e qualquer pessoa seria capaz de escutar um alfinete caindo. Todos concentrados em admirar a tragédia de *Hedda Gabler* e das pessoas ao seu redor. Era a quinta vez que Astrophel e sua esposa assistiam aquela peça. Entretanto, esta era uma representação diferente da obra, em que a Noruega era substituída por alguma ilha no Caribe. Feiticeiros dividiam o palco com os dramas da esposa de Jørgen Tesman e suas tramas. Isso o lembrava da versão vodu que Orson Welles fizera de Macbeth, uma das favoritas de Stella.

As mãos dela se entrelaçavam nas suas. Sabia que ela ainda estava abalada pelo que acontecera no restaurante, mas ambos tentavam evitar o assunto todas as vezes em que o mesmo ameaçava surgir. Isso apenas piorava na companhia dos pequenos acontecimentos da última semana. Ao olhar-se no espelho, Astrophel encontrara mechas brancas em seus cabelos e rugas espalhadas pela face – um sinal claro de que Stella estava ainda mais fraca e que a espiral decrescente os carregaria em breve. Quanto tempo mais poderia suportar dessa forma? Um ano, dois no máximo? Essa certeza de que poderia deixar de existir em breve fazia com que cada pelo de seu corpo tremesse.

Assistiam a parte da peça em que Hedda lamenta que seu antigo admirador não tenha se matado da forma triunfal planejada por ela, mas com um tiro acidental no baixo ventre num bordel. Algumas pessoas soltavam risinhos nervosos e outras permaneciam enclausuradas em sua seriedade. Astrophel, um membro do segundo grupo, acabou desviando os olhos, apenas para encontrar Mefistófeles na porta. O demônio fazia um sinal para que fosse ter com ele e o feiticeiro sabia que mesmo enojado, precisava fazê-lo.

Avisou a Stella que precisava sair e avançou por entre as cadeiras. A presença do outro significava uma coisa: a localização do terceiro nome. E isso o deixaria a um passo do grande prêmio.

O demônio o aguardava logo na saída para a área dos banheiros. Havia possuído o corpo de uma mulher dessa vez, roupas sóbrias e elegantes. Astrophel fechou a porta atrás de si e encarou o demônio.

– Não sabia que você gostava de teatro, Astro. Eu amo Hedda Gabler, ela definitivamente joga no meu time. Teremos uma montagem de *Fausto* no andar de baixo semana que vem – com um final melhorado – posso conseguir os melhores assentos da casa para você.

O homem cruzou os braços e respondeu:

– Não tenho tempo para algo que nem vale a pena ser assistido. Agora diga o que você tem para mim.

Mefistófeles sorriu e disse:

– Antes que eu revele onde está o nome, preciso avisar mais uma vez que essa é sua última chance. Recupere o nome perdido para que eu possa ter minhas férias.

Astrophel sustentou o olhar e o silêncio. Estava cansado e isso lhe tirava as forças necessárias até mesmo para responder alguma coisa. O ânimo com o qual começara a busca se perdera pelo caminho, havia chegado ao limite em que apenas um fim – qualquer um – lhe interessava. O último nome tanto para ele quanto para a filha da Morte e somente um deles sairia contente. A busca pelos nomes era como ter uma cenoura pendurada na sua frente, que não importava o quanto andasse, estaria sempre adiante. Chegava a desejar que Baz nunca tivesse lhe contado sobre os nomes. Frustração, a palavra necessária para definir o nó. E se conseguisse todos os nomes e salvasse Stella, isso traria felicidade esperada? Traria sua filha? Ou uma nova necessidade surgiria para fazer com que continuasse a perseguir a cenoura? Talvez, não fosse tão diferente de Hedda Gabler – trazendo destruição sobre tudo o que encostava.

– Você ouviu o que eu disse, feiticeiro?

– Sim, eu ouvi.

O demônio enfiou a mão no bolso e tirou um pedaço de papel colorido. Astrophel leu as informações que estavam contidas ali e pensou que o local era apropriado como qualquer outro. O *Finale* daquela sinfonia já começava a tomar forma e os coristas logo se colocariam a cantar. Podia vê-los no palco, esperando pelo momento em que a explosão de vozes começaria.

– Nos veremos em breve, Astrophel. De um jeito ou de outro.

Mefistófeles se afastou e em menos de segundos, já havia desaparecido de vista.

O homem permaneceu ali – não soube por quanto tempo – buscando uma resposta. Suspirou e deixou que seus olhos se fixassem no teto, nas lâmpadas. Conhecia bem o verme que dançava em seu estômago naquele momento, o seu nome era medo. Tentava buscar alguma imagem de conforto: visões da infância, o rosto da mãe, algum cheiro ou memória de quando as horas e as pedras não eram as mesmas coisas. Nada foi encontrado. Encostou-se parede ao escutar o barulho de um tiro. Um instante de silêncio. Astrophel sabia o que isso significava, Hedda Gabler havia acabado de se matar com a arma de seu pai – acolhendo a morte ao invés do vazio que a aguardava pelo resto da vida. Centenas de aplausos explodiram, a peça havia terminado. Astrophel escorregou as costas até estar sentado no chão. Então, aquilo era a vida. Hedda estava morta.

Capítulo CINQUENTA E CINCO

O que eu encontrei lá era mais verdadeiro do que estranho, e depois eu tomei um chá.

1+1=1

Sempre acontece de repente e com um golpe. Primeiramente você sente que não está lá e que tudo o que já foi ou seria era falso. Sem substância ou peso. Sair de um sonho é como estar sem roupas no frio polar.

Andrew acordou e seu quarto surgiu quieto diante de si. Ive estava na sua frente e o observava com olhos grandes e atenciosos. O garoto levantou-se e caminhou de um lado para o outro. Lamento por tudo isso, disse Ive. Encostou-se à janela, gostaria de responder alguma coisa, mas tudo aquilo que vira na mente de Briony ainda estava passando por sua mente. Seria ele uma pessoa que se levava escondido – uma praia escura? As palavras de dela ficaram passando por sua mente: *o que salva o amor é isso, que vem de mãos dadas com a raiva, ciúmes, ódio, inveja e vingança*. Não poderia acreditar nisso. Se assim fosse, o amor era apenas uma flor de plástico: muda, imutável e sem cheiro. Tudo o que fizera nos últimos anos era regar essa coisa inanimada com águas que não mereciam esse fim.

Ive o abraçou por trás e perguntou:

– Como você se sente?

– Bem, como alguém que descobriu a verdade.

– E a verdade o libertou... – ao ver que o garoto permanecia apático, acrescentou – desculpa, era pra ser engraçado.

Ela segurou sua mão e fez com que se virasse para encará-la. Ninguém disse coisa alguma. Ive acariciou sua face e sorriu. Havia algo de diferente naquele sorriso. Algo que não sabia explicar, mas que produzia um tornado em seu cérebro – aprisionando seus pensamentos com apenas um olhar. Ela se ergueu nas pontas dos pés e encostou os lábios nos seus. O calor da respiração de um na face do outro, capaz de apascentar um coração como um pastor e suas ovelhas. Ali no quarto, num mundo de dois, os jovens desconstruíam os muros de qualquer timidez que existia antes. O perfume dela, quase imperceptível, era impossível de ser ignorado. Então é isso que se deve comparar a um dia de verão, sentia Andrew em cada poro da pele. Era capaz de perceber o relevo de cada linha nas palmas das mãos da garota, o formato dos dedos e a temperatura. O raio de sol depois do inverno que passou e da chuva que cessou. Fique comigo, ouviu a si mesmo dizer por entre um beijo. Ive balançou a cabeça afirmativamente e colocou uma mão atrás de sua cabeça enquanto o abraçava com a outra. Andrew não sabia definir onde estava a linha entre a beleza e o terror.

As cortinas da janela se agitaram e fizeram barulho. Os olhos estavam fechados, mas seus ouvidos velavam. Fique comigo, pensava enquanto era guiado até a cama; amiga minha, namorada minha, ave minha. Seu coração, uma pianola que executava melodias descompassadas, confundia pausas e batidas.

Se deitaram na cama e ficaram de olhos bem abertos.

– Eu estou com medo – disse a garota.

– Eu também – respondeu Andrew.

Ive chegou perto.

Estendidos sobre o lençol, um garoto e uma garota, trocando o silêncio por um vai e vem de olhares.

Ive chegou bem perto.

Um abraço desajeitado aconteceu por entre tentativas erradas. As línguas que se esbarravam levemente ou com força. As mãos que exploravam cada parte um do outro. Os olhos que vez por outra se abriam para espiar. Era o fluxo e o refluxo de um mar desconhecido por cada um deles de forma diferente. A mão dela em suas costas, se esgueirando por debaixo da camisa – um deslizar. O garoto tinha o rosto quente, ela também. Algumas palavras eram murmuradas ao pé do ouvido, mas nenhuma delas era registrada na mente. Andrew teve sua camisa retirada lentamente pela garota. Seu corpo tremia por mil motivos. O jovem se aproximou com cautela, como se um movimento em falso pudesse fazer com que ela se machucasse. Houve um tremor quando ela beijou seu pescoço para logo em seguida morder levemente seu ombro.

Lembrou-se da primeira vez em que a vira – sorrindo na praça. Gostaria que houvesse alguma música tocando agora, cogitou em dizer isso em voz alta, mas tinha medo de ser um passo em falso. Sentia-se vivo como nunca se sentira antes, como se estivesse no meio de uma floresta e Ive houvesse se tornado aquela coisa que ficava no limite entre a luz de sua fogueira e a escuridão além das árvores.

– Eu gosto de você, docinho de tinta – disse ela.

– Eu gosto de você – respondeu.

Andrew ajudou a garota a se livrar de sua blusa, com certa dificuldade e calma. O corpo era delgado e havia uma pequena marca perto do umbigo. Encararam-se durante um momento. Passou a mão nos cabelos dela, enrolando uma das mechas. Moveu-se lentamente, tinha medo de fazer qualquer movimento brusco e assustá-la. E se fizesse alguma coisa errada? Tentou deixar esses pensamentos num canto da mente e encostou os lábios sobre os ombros da garota, passando por entre o seio até chegar perto do umbigo. Ajoelhou-se na cama e tirou os sapatos dela e os seus em seguida. Ela encolhia os dedos.

Ive sussurrou alguma coisa e desabotoou a calça, o garoto a imitou. E assim eles se despiram, sem nenhum som que não o silêncio. Andrew sentiu-se envergonhado de estar nu diante de uma garota e a julgar pelo olhar baixo, a garota também estava. Abraçaram-se com força, o que servia como um código de amparo entre eles. Uma canção pacífica e melódica, acústica e suave sem nenhuma percussão.

Ela o puxou para bem próximo.

E daí em diante ele não teve mais consciência de onde começava seu corpo e terminava o dela. Um balé romântico de passos improvisados. Sentia seus corpos deslizando um sobre o outro. Havia suor escorrendo pelo meio de suas costas. Ive respirava pesadamente e sua boca entreaberta deixava que vocais desconexas fugissem.

No meio dos pensamentos que cruzavam a mente de Andrew naquele momento, estava o fato de que se sentia protegido, como se nada no mundo pudesse atingi-los naquele momento e um fosse o abrigo do outro.

Andrew não soube quanto tempo aquilo durou. Quando o fim chegou, foi sem fogos de artifícios ou gritos, chegou calmamente, uma música que vai perdendo intensidade no final. Permaneceram abraçados ainda, até que Ive sorriu e disse:

– Você está com o sorriso de uma marmota numa casa na árvore.

– Pelo menos eu não pareço uma torta de abóbora.

Os jovens deixaram que a risada escapasse por entre a serenidade e o constrangimento.

Teriam rido de qualquer coisa. O tipo de contentamento que poucas pessoas conseguem sentir. A alegria de rasgar uma calça, desenhar um relógio no pulso, cantar no chuveiro, jogar sapatos no mar, ter um bigode de leite ou pintar o rosto com tinta guache. O cheiro de um livro novo, um abraço inesperado, a risada de nosso melhor amigo, um filme que nos faz sorrir quando estamos tristes. Correr na chuva, rir de uma piada sem graça, assistir a um episódio de *Doctor Who* com alguém que amamos ou descobrir que sua prova de química orgânica não foi tão ruim.

A felicidade tão efêmera, ainda assim, tão eterna para quem sente.

Capítulo CINQUENTA E SEIS

Pai, a mulher louca tem um gato chato e um cachorro fedido, eu os odeio.

Rayla e Shaitiri foram as primeiras. A Torre de Dresbel estava iluminada e vazia naquela noite. Caso subisse até o topo dela poderia enxergar toda a cidade, mas como não se interessava por turismo, permaneceu ali embaixo, onde a grama estava amassada e suja, com pontas de cigarros e latas de refrigerante espalhadas – algumas pessoas consideravam o local agradável para piqueniques e namoros. Pensou em seu plano outra vez, tudo deveria ser feito com perfeição, caso contrário, as coisas desmoronariam e o centro não conseguiria sustentar[ix].

Olhou para a raposa-do-pensamento que caminhava de um lado para o outro. Sabia que Shaitiri estava tão ansiosa quanto ela para que tudo acabasse e pudessem voltar para suas vidas normais, mas isso não seria possível até que resolvesse as coisas com sua irmã. Caminhou até sua parceira e afagou os pelos de seu dorso.

As memórias de infância foram surgindo aos poucos: lembrou-se do dia em que Gengis Khan chegou ao mundo espiritual. Ela e Kivian estavam curiosas para vê-lo pela primeira vez, contudo, eram obrigadas a ficar cuidando de Ive, a menor do trio – e o maior incômodo. O imperador mongol chegaria por um dos portões da Cidade Vermelha e seria encaminhado ao antigo centro de treinamento da D.I.E, onde ministraria uma palestra sobre táticas de guerra. Rayla teve a ideia de deixar Ive com alguns brinquedos e dar uma espiada na agitação que estava acontecendo. Ela e Kivian correram o mais rápido que podiam pelas ruas da cidade. Grande parte dos funcionários olhava pelas janelas das centenas de prédios

[ix] A mente de Rayla faz uma referencia ao verso: "Things fall apart; the centre cannot hold" de William Butler Yeats no poema "The Second Coming".

administrativos. Todos estavam curiosos com a presença do humano que conseguira conquistar tanto poder.

Naquele tempo, tanto a Base de Operações quanto o Centro de Treinamento da D.I.E ficavam no mesmo lugar – antes que um marechal desmembrasse as duas coisas – e não havia muito problema para se chegar até lá. Levariam apenas alguns minutos e estariam em casa bem antes que alguém voltasse. O que não saiu exatamente como o esperado. Já estavam quase na entrada quando avistaram a mãe esperando por elas alguns passos adiantes. Ela havia voltado para buscar uma pasta que havia esquecido e encontrou a filha mais nova sozinha – e Ive não havia tido nenhuma dificuldade em delatar tudo o que as irmãs haviam feito a ela, com um pouco de expansão da verdade incluída. Os humanos temiam a morte sem conhecê-la, Rayla e Kivian temiam bem mais por serem filhas dela.

O rosnado de Shaitiri a tirou de dentro dos devaneios, as graças da infância seriam trancadas agora. Precisava focar sua atenção. Olhou para o relógio e confirmou o horário de encontro, tudo corria dentro do planejado.

– Estão chegando – disse Shaitiri.

– Todos os três?

– Sim.

– Ótimo.

Houve um risco verde no céu, seguido por outro e outro. Rayla aproximou-se um pouco mais da torre e acompanhou a trajetória das luzes em descida veloz. Vinham cada vez mais rápidas e em menos de um minuto chocaram-se contra o chão, fazendo com que o solo tremesse e uma nuvem de poeira se formou. Esperou até que a confusão se assentasse para distinguir as três formas paradas a alguns passos de distância em seus uniformes da D.I.E. Dois jovens e uma garota a olhavam com um sorriso. Todos os três eram seus amigos desde os tempos na academia: estava Larrabeite, o mais forte do grupo, Faaih, a garota tatuada e de cabelos curtos que parecia ser incapaz de sorrir, por fim, havia Ekopo, o franzino de olhos assustados.

– Bem vindos ao mundo humano, meus amigos – disse Rayla apertando a mão de cada um. – Como estão as coisas no mundo espiritual?

– O mesmo de sempre – falou Ekopo. – O sindicato dos ceifadores pretende entrar em greve, querem um aumento.

– Quem não quer? – respondeu Larrabeite com sua voz de

trovão. – E sua mãe decidiu modernizar o lado de lá e abandonar as máquinas de cartões perfurados. Parece que um desses gênios da tecnologia humana chegou e a convenceu.

Rayla sorriu e sentou-se no chão, o grupo de amigos fez a mesma coisa. Shaitiri ficou ao lado de sua dona e não disse coisa alguma. Era bom estar com pessoas que não a odiavam por estar fazendo o seu serviço.

Faaih fez um movimento de cabeça e perguntou:

– Hora de acabar com a festa. A gente não veio até aqui para colocar a fofoca em dia, certo, capitã?

– É por isso que eu nunca vou namorar você, Faaih – respondeu Larrabeite.

A mulher murmurou alguns palavrões que fizeram com que os presentes se entreolhassem. Rayla sorriu e fez um sinal para que prestassem atenção no que ela tinha a dizer. A primeiro-tenente tinha razão. Todos os minutos eram importantes e não havia espaço para brincadeiras. Esperou até que os ânimos se acalmassem e começou a falar:

– Faaih está certa. Eu os convoquei porque uma situação delicada está na balança. Todos conhecem Ive, minha irmã mais nova. Ela está envolvida na busca pelos nomes do gato. Os universos estariam em risco se ela tiver sucesso. Ive é a próxima Morte e não pode fugir disso. Precisamos neutralizá-la e extraí-la.

– Mas isso não é tudo, é? – indagou Ekopo.

– Não. Astrophel, o feiticeiro, também estará presente e ele é perigoso. Também existe a possibilidade de que o próprio gato não goste da ideia de alguém atrapalhando sua diversão. Minha irmã já encontrou um garoto humano que preenche os requisitos. Precisamos fazer o possível para que ele não se machuque, mas, tenham em mente que extrair Ive é nossa prioridade.

Todos ficaram calados, ainda tinham na memória os eventos do banimento de Kivian. Aquilo havia sido um dos capítulos mais dolorosos na história do mundo espiritual, talvez não estivessem esperando que voltasse a acontecer tão cedo. Era isso que acontecia em todas as histórias, pensou Rayla, elas se repetiam indefinidamente? Não, ela não permitiria isso. Pela segunda vez em toda a sua existência, não sentia orgulho de ser parte da D.I.E. Gostaria que outra pessoa estivesse responsável por toda essa bagunça e pelas coisas que viriam depois que o trabalho de campo estivesse concluído: os relatórios infinitos, as audiências, depoimentos e interrogatórios por parte de seus superiores. A burocracia era mil vezes pior que estar em ação e tinha consciência de que seria julgada publicamente mais uma vez.

Olhou para cada um dos oficiais que estavam ali. Todos assentiam com a cabeça ao que ela dissera. Tudo estava pronto para que a missão acontecesse da forma mais rápida e cirúrgica possível. Shaitiri deitou a cabeça sobre seu colo.

– Estamos dentro, Ray – disse Larrabeite. – Vamos arroxear traseiros, como fizemos com aquele *poltergeist* canadense.

– É isso aí – responderam Ekopo e Faaih ao mesmo tempo.

Rayla não respondeu de imediato, apenas olhou para o céu e reconheceu aquele como o último momento de paz antes do dilúvio. Respirou fundo e estalou os dedos. Todos os olhos estavam fixados nela. Começou a explicar o plano e o que cada um deles faria quando chegasse a hora certa.

Shaitiri uivou como se soubesse o futuro.

Capítulo CINQUENTA E SETE

Não, querido, você não é Molly Brown, agora, pule na água e se afogue de uma vez.

Jonas caminhou pelo corredor a passos rápidos, como sempre, era um dos últimos a sair. Gostava de permanecer na sala de música após o fim, isso se devia ao fato de que tentava compor algo usando o piano da escola – bem melhor do que aquele em casa. Quanta coisa não precisaria para entrar de verdade no mundo da musical? Seu pai dissera que caso suas notas permanecessem altas ganharia uma nova mesa de som, o que facilitaria bastante sua vida.

– Que venha isso – murmurou consigo mesmo.

Os murais de avisos estavam lotados com as datas dos eventos escolares daquele mês e até mesmo um cartaz sobre um cão: *Se você encontrar nosso cachorrinho, por favor, avise. O nome dele é Flush e se trata de um spaniel muito amado. Ofereço Recompensa.* O garoto leu aquilo e continuou a caminhar. Lamentava pela pessoa que havia perdido seu animal, mas era obrigado a admitir que não era o maior fã de coisas peludas. Isso fazia com que se lembrasse de uma história que sua mãe contava sobre seus dias de faculdade. Ela dividia um apartamento com outras três garotas. Uma delas tinha um gato e um cachorro – cheios de pulgas e vazios de educação – e reclamava quando alguém não limpava a sujeira que ela mesma fazia. A outra garota evitava o uso de papel higiênico para que não precisasse tomar parte na limpeza do banheiro. A terceira – que tinha os cabelos pintados de rosa e gostava de desenhos japoneses – era mentirosa e dissimulada. Sua mãe viveu com aquelas pessoas durante quase seis meses e aprendeu uma coisa: não importava quão sujos os animais pudessem ser, as pessoas conseguiam ser piores.

Bem, as coisas não haviam mudado tanto desde a época dela. Podia ver isso na sua escola, com todos os garotos que lhe incomodavam diariamente. Chegava a se perguntar que diferença seu esforço na música poderia fazer num mundo com gente desse tipo. Continuou a distribuir seus passos pelo corredor. Não podia se permitir pensar dessa forma. Sua arte era a única coisa que ninguém poderia ferir. Um dia as aulas acabariam e o mundo de verdade começaria e ter sido do time de futebol não terá nenhum valor. Lembrou-se de que a mesma coisa acontecera com Eminem e que ele chegou a entrar em coma por causa de uma das várias pancadas que levou. Anos depois o garoto que impunha pânico na escola cresceu para se tornar catador de lixo e ser humilhado numa das músicas do *The Slim Shady LP*.

Ia de cabeça baixa, olhando para o piso que estava cheio de marcas. Fez a curva que levaria até onde estava sua bicicleta e empurrou a porta de saída. O céu já começava a escurecer e o pátio estava vazio. Chutou algumas pedrinhas no meio do caminho e tirou o cadeado. Seu pai lembrava-o mil vezes todos os dias que era importante trancar sua bicicleta porque muitos bandidos rondavam escolas. Ao guardar a chave acabou encontrando o dragão de cerâmica que Amber lhe dera.

Riu consigo mesmo. Ela tinha ideias estranhas, pensou, como aquilo iria protegê-lo se um asteroide decidisse cair sobre sua cabeça ou se dinossauros tentassem comer seu cérebro? Apesar disso, ficava contente por ela ter se preocupado. Amber era a única que entendia a importância de conseguir sair de onde estavam e ganhar respeito. Poucas pessoas encontravam sua metade criativa e isso fazia a diferença na amizade deles, para cada batida que ele criasse ela conseguiria encontrar o *flow* adequado ou o *delivery* exigido. Talvez ela não soubesse o quanto o garoto admirava sua coragem ao ter subido no palco para enfrentar Lil Darryl. Talvez a lógica da coisa fosse isso, não parar.

– Indo embora, choco? Eu fiquei curioso; seus pais nunca te pediram para fugir de casa?

Reconheceria aquela voz em qualquer lugar. Virou-se rapidamente para encarar Gabe parado na escada com um sorriso. Conhecia o ritual que viria a seguir. Apertou o dragão com força. Olhou para os lados a procura de algum adulto que pudesse estar por ali, ninguém surgiu. Tentou não demonstrar o medo que sentia enquanto o outro garoto vinha em sua direção – os ombros balançando como os de um gorila e o sorriso de um selvagem pendurado. No ano anterior sua mãe lhe dera um livro de presente:

O Senhor das Moscas. Naquela época, leu-o apenas como uma história de aventura sobre meninos numa ilha, mas pela primeira vez, compreendeu-a de verdade. Tudo aquilo era verdade, garotos são propensos a maldade e matariam uns aos outros se lhes fosse dada a chance. Gabe era apenas um dos milhares de Jacks espalhados pelo mundo. E nenhum Jack daria ouvidos ao seu Simon ou Porquinho interior – a concha pertencia somente a ele.

– Eu não quero briga – obrigou-se a dizer.

– Quem liga? Se você beijar a sola do meu sapato eu prometo não te bater muito.

Estavam a dois passos um do outro. Gabe deixou a sola do calçado levemente à mostra, esperando que cumprisse sua ordem. Os olhos de Jonas foram do chão para a face do outro. Tentou encontrar algum motivo que desse a ele o direito de fazer isso. Olhou para o dragão em sua mão. Gabe havia sido um incômodo de todas as formas possíveis nos últimos. E isso nunca terminava, apenas piorava. É apenas eu contra o mundo, cantou Tupac lá atrás e mais, nunca se contentar com pouco e manter sua essência mesmo quando estiver ilhado. Eu contra o mundo. Isso era a verdade. Nunca conseguiria respeito se não fosse com suas próprias mãos. Sem nada a perder. Todos aquelas pessoas da *Harlem Renaissance*[x] que sua mãe estudava fizeram isso. Tupac não aceitaria que alguém lhe dissesse o que fazer. Jay-Z, Ice Cube, Rakim, Eminem e Nas também não. Então, essa era a função de se ter heróis: mostrar que um sonho não precisa ser postergado, mas explodido[xi].

– Estou esperando – disse o gordo.

Jonas colocou seu dragão no bolso e se aproximou do garoto sorridente. Ao contrário do que esperava, sentia-se calmo e atento, como se nada pudesse dar errado.

A hora certa.

O que aconteceu no momento seguinte foi rápido e inesperado. A mão de Jonas fechou-se e voou de encontro ao rosto de seu oponente. Houve um baque surdo quando seu inimigo caiu. A chance havia se apresentado. Saltou de joelhos e não parou de acertá-lo. Podia escutar o outro guinchando e tentando se livrar, mas isso

[x] Movimento cultural negro que aconteceu entre os anos de 1920 e 1930; também conhecido como "New Negro Movement".

[xi] Referência ao poema "A Dream Deferred", de Langston Hughes.

não faria com que cedesse. Viu sangue escorrer pelo rosto de Gabe. Ele não parecia tão durão agora.

Levantou-se e limpou as mãos na calça. Olhou para a criatura encolhida e chorosa. Era difícil acreditar que passara tanto tempo com medo de um garoto tão insignificante. Prometeu a si mesmo que nunca mais deixaria alguém quebrá-lo.

– Você nunca mais encostará em mim – disse Jonas se agachando ao lado de Gabe. – As coisas mudaram, bola de carne, e se você não sabia, agora está sabendo.

Chutou a perna do colega de classe e caminhou até sua bicicleta. Amber adoraria ouvir sobre o que acabara de fazer. Começou a pedalar sem pressa pelo pátio. Jonas acreditava que tudo aquilo seria lembrado anos depois como um marco de onde as coisas começaram a mudar. E levaria esse mesmo sentimento às suas músicas, como cantava Rick Ross: é melhor ir para a cova do que ser um fracote. Colocou mais velocidade na bicicleta, a saída já estava adiante. Era a primeira vez que sentia orgulho de si mesmo por ter tomado uma atitude. Não tinha nenhum medo, não poderia dizer se o nome daquilo era felicidade – mas, podia afirmar que era tranquilidade. O nome do primeiro disco do The Notorious B.I.G era *Ready To Die*, talvez porque fosse dessa forma que Christopher Wallace – também conhecido como Biggie Smalls, Big Poppa, Frank White – se sentisse ao escrever aquelas músicas, pronto para morrer. O garoto nunca saberia a resposta para isso e não se importava, pois, naquele momento, Jonas estava diametralmente oposto à Biggie: Pronto para viver.

– Eu tenho 99 problemas, mas o mundo não é um deles – murmurou consigo mesmo e riu.

Estava tão distraído por seus pensamentos que mal viu o ônibus que lhe acertou.

Capítulo CINQUENTA E OITO

Eu preciso de fósforos, pólvora e dinamite para celebrar o aniversário do meu chefe.

Andrew conferiu o embrulho mais uma vez e esperou o elevador fazer sua trajetória até o andar de Ive. Seus olhos se distraíram observando os tênis molhados, já fazia algum tempo que uma chuva tão forte não caia sobre Dresbel. O trânsito estava caótico e cada carro parecia empenhado em mostrar ao da frente quem oferecia a buzina mais irritante. Gostava da cidade, apenas não suportava a maior parte dos moradores. As pessoas eram o problema: jogando lixo ou cuspindo no chão em cada esquina, pessoas que tentavam tirar vantagem uma das outras a qualquer custo, pessoas que fumavam e sopravam fumaça em sua cara pelas calçadas e outros paramécios que agiam de forma pior, mas, eram considerados alfas sociais por outros tão idiotas quanto.

Seus pensamentos foram interrompidos pela porta do elevador se abrindo. A filha da Morte já o aguardava ao lado de Prozy. Ela lhe deu um beijo. Não podia deixar de notar como estava bonita. Ive vestia uma camisa do *Lucy and The Popsonics* que pegara dele e um casaco preto de tweed com calça e tênis.

– Vocês poderiam ser menos nojentos e não trocar saliva na minha frente? – disse Prozy. – Eu acabei de acordar.

– Se isso te irritar eu devo estar fazendo alguma coisa certa – respondeu Andrew.

– Você demorou, docinho de tinta!

– Eu passei numa loja antes e comprei isso para você – disse ele entregando o embrulho.

Ive sorriu e sem perder tempo, rasgou o pacote tirando o *Pooh* de pelúcia que se escondia ali. Andrew sentiu a revoada de borboletas no estômago ao escutá-la soltar gritinhos de felicidade. Sentia algo diferente na forma como se relacionavam agora, capaz de compreender a porção feminina que a habitava. Gostava de observá-la distraída com algum pensamento ou quando experimentava algum doce pelo qual se apaixonava. Costumava pensar que um relacionamento, até o mais simples deles, residia na felicidade que o outro lhe proporcionaria, mas era o contrário. Talvez parte do sentimento de estar com alguém fosse se alegrar por fazê-la feliz.

– Obrigada, Andy, eu amei de verdade e em excesso.

O trio entrou no apartamento e Ive foi até a cozinha buscar biscoitos e leite para que pudessem discutir sobre o terceiro nome. Ive caminhava como se fosse mais leve do que qualquer coisa ao redor. Ela voltou carregando uma bandeja e juntou-se a ele no sofá. O rímel deixava seus olhos ainda mais vivos. Era obrigado a conjecturar quanto tempo levaria até que uma garota tão legal notasse que poderia conseguir alguém mais interessante do que ele. Deixou esses pensamentos de lado e levou sua atenção para a busca pelos nomes.

– O que faremos hoje? – perguntou já com medo da resposta.

Ive sorriu e respondeu:

– Um telefonema.

– O que você quer dizer com isso?

– Exatamente o que ela quis dizer, moleque – disse Prozy. – Um telefonema, com a diferença que é para o Inferno e o atendimento deles é péssimo.

A garota fez uma careta e ergueu os ombros. Andrew sabia que a essa altura não deveria se surpreender com nada, mas telefonar para o Inferno era uma coisa nova. Minha irmã é a única pessoa que sabe onde está o último nome, disse ela, e minha mãe me mataria se eu descesse até lá, e estamos falando da pessoa que faz isso melhor do que ninguém... por isso o telefonema. Ive falou tudo isso como se estivesse explicando a razão de preferir água gaseificada ao invés de refrigerante. Olhou para Prozy em busca de alguma resposta e recebeu apenas a versão cunicular de dar de ombros. A filha da morte abriu um armário e tirou uma caixa de papelão, colocando sobre a mesa de centro. Dentro dela havia um velho aparelho de telefone que parecia ter escapado diretamente de 1990 e um calhamaço: *Lista Telefônica dos Mundos Espirituais – 365ª Edição*. Era uma coisa enorme e empoeirada que fazia com que se lembrasse da antiga casa de sua avó.

– Onde você conseguiu isso? – perguntou.

– Eu uso para conversar com mamãe quando sinto saudades.

Não é um telefone comum, ele consegue filtrar o ruído branco espiritual e alcança sinal em setenta e oito universos.

– E eu achava que o meu telefone tinha boa recepção – respondeu Andrew, ajudando a conectar todos os cabos.

Tudo aquilo não levou mais do que cinco minutos e logo em seguida todos se sentaram ao redor da mesinha trocando olhares ansiosos. Prozy expressou pela centésima vez sua desaprovação e tinha certeza de que Rayla havia grampeado todas as linhas. Ive respondeu que era um risco necessário e tirou o telefone do gancho.

– Vou deixar no viva-voz para que escutem.

Andrew assentiu com a cabeça e deixou que a garota procurasse o número na lista. Foi até a cozinha e pegou um copo de água. Estavam perto do último nome, pensou, e agora não sabia o que poderia solicitar. O desejo que o carregara havia deixado de existir: Briony não lhe interessava mais, sabia disso, Ive era a pessoa com a qual se conectara. Era isso que o motivava agora, fazer com que ela conseguisse se tornar humana para que permanecessem juntos. Poderia até mesmo dar o outro nome para Astrophel, mas não faria isso – não depois de ter levado uma facada. Deixou o copo vazio sobre a mesa e voltou para a sala, onde Ive digitava uma longa série de números. Sentou-se ao lado dela e ouviu a chamada sendo completada.

– Acho que teclei corretamente – disse ela.

O telefone chamava: uma, duas, três vezes. Imaginou se tudo aquilo não passava de perda de tempo, mas na décima chamada uma voz entediada e fanhosa respondeu:

– Portaria do Inferno. Agripina Minor, péssima tarde.

Ive pigarreou e respondeu:

– Humn... Meu nome é Ive, bem, Princesa do Fim Inevitável, você deve ter ouvido falar. Eu gostaria de conversar com Kivian, ela está no Nono Círculo.

– Qual é o assunto, por favor?

– Pessoal, ou seja, não é da sua conta. Faça imediatamente ou vou prestar queixa contra o seu atendimento. Não acho que Hades gostaria de ouvir que a sobrinha dele foi maltratada.

Silêncio. Todas as não palavras do mundo e muitas outras contidas ali. A voz, quando surgiu novamente, foi em síncope e raiva contida:

– Estarei transferindo sua chamada para o ramal correto, aguarde um instante.

Andrew e Ive se entreolharam. As palavras de Agripina Minor foram substituídas por uma valsa irritante. Interessante notar que até mesmo no além o atendimento era terrível. Olhou para a garota a tempo de vê-la franzir o cenho e suspirar pesadamente.

– O que foi?

Ive se aproximou um pouco mais e disse:

– Já faz muito tempo que não converso com minha irmã. E se alguma coisa der errado... – deixou o resto suspenso.

– O Inferno é pior do que você imagina, moleque – disse Prozy. – Eu já vi pessoas enlouquecerem nas primeiras horas. Eles passam documentários sobre isso no mundo espiritual. Você não acreditaria no que fazem com Hitler, um cacto e dois potes de maionese.

– Prefiro não imaginar – respondeu Andrew e virando-se para Ive, acrescentou – Não se preocupe, vai dar tudo certo. Eu estou com você.

– A mesma coisa que estar sozinha – murmurou Prozy.

Houve um clique e a valsa deixou de ser tocada. Alguém estava do outro lado, sabiam disso por causa da respiração entrecortada que inundava a sala. As palavras que saíram do aparelho eram mal articuladas e cheias de pausas:

– Quem é? Você, Rayla, irmãzinha? Eu imaginei que fosse sentir minha falta. É, eu tava certa, você tá roída por dentro... Igual a um queijo, né?

Andrew segurou a mão de sua namorada com força. Faria tudo o que estivesse em seu alcance para acalmá-la. Ive era uma das únicas pessoas a quem enxergava como mais do que sombras projetadas numa parede. A garota respirou e respondeu:

– Sou eu, Ive.

– Irmãzinha? Que surpresa! Você vai me tirar daqui não é?

– Lamento, não posso fazer isso – um ganido escapou do outro lado da ligação. Ive continuou: – Eu preciso da sua ajuda. Estou procurando o terceiro nome.

Kivian gargalhou tão alto que Andrew e Prozy cobriram as orelhas.

– Mamãe tem outra traidora nas mãos. Rayla deve estar muito contente, afinal, ela se tornará filha única como sonhou e eu ganho companhia.

– Irmã, preciso saber onde está o terceiro nome. Eu sei que você conseguiu localizá-lo.

– NÃO! – gritou Kivian. –É errado que você consiga realizar o seu desejo enquanto eu permaneço aqui pela eternidade.

– Usaremos o segundo desejo para tirar você daí.

As palavras escaparam da boca de Andrew antes que tivesse tempo de pensar corretamente. Mas, afinal, era a única solução que conseguia encontrar no meio de tudo. Não tinha nenhum plano para o seu desejo e se isso permitisse que Ive continuasse ao seu lado, que assim fosse. Voltou sua atenção ao telefone que havia se tornado mudo após sua interferência. Ive olhava daquilo para ele sem saber como agir e Prozy sacudia a cabeça negativamente como se ele houvesse acabado de fazer um acordo com o diabo em pessoa. Quando a irmã mais velha voltou a falar sua voz era mansa e baixa.

– Agora eu entendo... você está *realmente* seguindo os meus passos. É fácil se apaixonar por eles. Tão frágeis e vulneráveis. Vamos fazer o seguinte. Eu dou o terceiro nome para vocês e ganho minha liberdade.

Andrew olhou para a garota e assentiu com a cabeça.

– Isso mesmo. Quando conseguirmos reunir os três nomes eu me tornarei humana e você estará livre.

Kivian permaneceu quieta, Andrew tinha a impressão de que ela saboreava aquele momento, sua tão aguardada oportunidade de fuga. Não confiava nela e tinha consciência de que talvez fosse um erro deixá-la sair. Um pequeno palpite no canto da mente.

– Tudo bem, temos um acordo – disse ela finalmente. – O terceiro nome está com um escritor num clube no sul de Dresbel. Ele se reúne todas as sextas-feiras à meia-noite com alguns camaradas, é a sua melhor chance.

– Certo – murmurou Ive.

O trio ouviu as instruções que Kivian distribuía. Andrew pensava em tudo o que poderia acontecer. Os cenários possíveis se desenrolavam a sua frente como mil novelos de lã. Ponderou sobre a forma como a vida se complicava a cada minuto. Seu único alívio era a certeza de que em nenhum futuro contemplado mentalmente a libertação de Kivian estava incluída. Segurou na mão de Ive e continuou a escutar.

Capítulo CINQUENTA E NOVE

**Todos esperam que eu falhe,
mas eu tenho uma serra elétrica
e uma máscara.**

Correu atrás do ônibus como nunca fizera. Suas pernas tremiam; a chuva atrapalhava sua visão. Aproximou-se do veículo em movimento e bateu com a palma da mão na lateral. Foi assim que Amber conseguiu entrar e sentar-se ao lado de uma velha no fundo.

Seus pensamentos corriam em direção a Jonas que havia sido levado para o hospital no fim da tarde. A mãe dele deixara um recado na secretária eletrônica e nem seu pai ou irmão estavam em casa para lhe dar uma carona. Tentara telefonar para os pais do garoto, ninguém atendeu, por isso, pegou sua mochila e o dinheiro que tinha, saindo em disparada. Alguma coisa muito grave havia acontecido, percebera isso pelo tom de voz da mulher.

Os carros pareciam estar empenhados em permanecer no mesmo lugar e o número de sinais vermelhos, multiplicado. Isso tudo vai ser apenas um susto, pensou, e daqui a pouco ele vai estar de volta e fazer uma música sobre isso para ganhar credibilidade de rua. Afinal, 50 Cent levou nove tiros e Tupac fora alvejado por cinco balas em 1994 – ambos sobreviveram. Embora o segundo não tenha repetido o feito dois anos mais tarde. Lembrou-se de uma vez em que se sentaram para escutar *Stillmatic* do início ao fim no quarto dela. Comentavam sobre como a guerra contra Jay-Z, que estava no auge durante o lançamento daquele disco, fizera com que Nas desse o seu melhor – após anos lançando discos que apesar de bem feitos não eram tão bons quanto o primeiro. Jonas estava num ponto difícil, mas conseguiria sair. Não era isso que *Stillmatic* significava para eles? Surgir com tudo depois de um período escuro?

O ônibus tomou a rua que levava para a área hospitalar e só então notou o número de idosos que viajavam com ela. Seu pai costumava dizer que velhos gostavam de passear em farmácias e hospitais, talvez fosse assim mesmo. A última vez em que estivera nessa parte da cidade foi quando sua mãe estava doente. Antigamente havia um restaurante chinês chamado *Mulan* com um grande boneco na porta. Ao olhar para a janela viu que aquilo fora substituído por um estacionamento. Notou como a cidade mudava depressa, com mais prédios sendo erguidos e mais pessoas que se mudavam para lá a cada dia. A cidade de Dresbel estava se tornando maior e maior, mas isso não diminuía o sentimento de que as pessoas estavam se tornando menores e o mundo, mais complicado. Para o resto das pessoas o fato de ela ser boa em alguma coisa não fazia diferença, não era mais a garotinha que todos mimavam; o concreto era insensível a todos e os jornais nunca falariam sobre sentíamos sentimentos de cada um.

O número de passageiros foi diminuindo e dali a pouco o hospital surgiu na paisagem, um colosso envidraçado rodeado por árvores. Amber desceu em frente ao laguinho na entrada, peixes coloridos iam de um lado para o outro. Cada gota de chuva produzia círculos na água que cresciam até desaparecer. Ajeitou o capuz e continuou a andar. O sentimento dentro de si era aquele que uma pessoa em rota de colisão possui ao se dar conta de que o *airbag* está estragado.

Seguiu o caminho que levava até a portaria. Tentava se esconder da chuva andando sob as árvores, jurou a si mesma que de agora em diante carregaria uma sombrinha na mochila. Um crocitar chamou sua atenção e ao olhar para cima deparou-se com um pequeno corvo saltando de um galho para o outro. Os olhos da ave estavam atentos sobre ela. Talvez esteja esperando a alma de alguém, pensou e riu consigo mesmo daquela besteira. Ao entrar no hospital, dirigiu-se até a recepcionista e soube que Jonas passava por uma cirurgia. Os pais do garoto se encontravam numa das salas de espera.

Nunca soubera como reagir em relação à doença ou morte. Quando sua mãe passou pelas duas coisas as pessoas disseram muitas coisas. Sempre pensava em como seria melhor se todos ficassem calados. Seguiu as placas até a sala de espera e viu o Sr e a Sra. Hurston sentados num dos bancos. A mulher lhe abraçou:

– Oh, Amber, que bom que você está aqui. Jonas gosta tanto de você.

Devolveu o abraço sem dizer nada. Os pais de Jonas explicaram que ele havia sido atropelado depois de ter brigado com outro garoto na saída da escola. Amber sabia exatamente de quem ela falava e imaginou se não deveria contar a ela o que acontecia, entretanto decidiu que não era o melhor momento. Faria isso quando tudo estivesse mais calmo, nenhum deles precisava de mais um fardo para carregar.

Ficaram ali durante duas horas, indo de um lado para o outro e mendigando informações a qualquer enfermeira. Ninguém parecia saber de nada e a angústia que sentiam era esticada até quase arrebentar. Tomavam vários copos de um café amargo que era oferecido e encaravam as paredes em silêncio. A mãe de Jonas orava de cabeça baixa e a garota escutava os sussurros nos quais ela pedia para que seu filho não fosse tomado. Amber também se achou fazendo negociações mentais com alguma entidade superior.

Levantou-se e saiu em busca de água. Os corredores brancos faziam com que se sentisse pior do que já estava. Pessoas doentes eram empurradas em cadeiras de rodas e lançavam olhares curiosos – como se estivessem dizendo que logo ela estaria como eles. Uma voz rouca blasfemava dentro de um quarto. Uma enfermeira empurrava um carrinho onde vidros e seringas estavam milimetricamente organizadas. Amber lembrou-se da vez em que estavam todos os amigos na pista de skate e ela decidiu tentar uma manobra, o que resultou numa queda e joelhos ralados. Eu te avisei, Jonas dissera naquela vez. Uma das frases que ele dizia constantemente. Eu te avisei. Talvez, porque o garoto nunca houvesse sido um otimista nato. Ou porque realmente possuísse a calma de pensamento que faltava nela. Como poderia sequer pensar em fazer música sem Jonas ou não ter um amigo de verdade com o qual conversar? Ainda ontem haviam conversado por telefone, entusiasmados em criar coisas novas. O entusiasmo com o qual ele falara sobre possíveis nomes do álbum que fariam: *Ela é a rapper, eu sou o DJ*[xii]. Um pequeno sorriso apareceu no canto do rosto ao se lembrar disso. A água do bebedouro era fria e desceu pela sua garganta em pequenas doses.Tirou o seu telefone do bolso e tentou ligar para casa, ninguém atendeu. Seu pai ficava até tarde no trabalho e seu irmão não desgrudava de Ive. Voltou para junto dos pais de Jonas e tomou mais café.

– Alguma notícia? – perguntou.

O casal balançou a cabeça em negativa. Amber estava num cabo de guerra com o desespero e cada minuto que passava favorecia

[xii] O título faz uma brincadeira com o álbum "He's the DJ, I'm the Rapper" do duo DJ Jazzy Jeff & The Fresh Prince.

o seu adversário. Passou-se mais uma hora até que um médico alto e de cabelos grisalhos surgisse para falar com eles. Ele vinha com passos curtos e a cabeça levemente inclinada, andava devagar como se não estivesse querendo chegar a algum lugar. Isso era o suficiente para Amber. Não foi preciso nenhuma palavra para que ela compreendesse o que havia acontecido. Conhecia aquela expressão.

– Lamento informar que seu filho... –

A garota não pôde escutar o resto. Não queria que nada entrasse em seus ouvidos. Saiu em disparada. Não conseguiu impedir nenhuma das lágrimas que escorriam pelo seu rosto. Precisava se afastar das palavras do médico, daquele lugar. Estava em queda livre. O abismo a encarava e contava piadas ruins. Tudo era mentira e mentira. Sentia como se todo o ar do mundo estivesse desaparecendo e seu estômago, golpeado por pedras. Que sentimento era aquele? Um desprendimento do mundo. As coisas se tornavam pó. Seus passos eram pesados, como se cada azulejo tentasse aprisioná-los. Jonas não existia mais. Não haveria nenhuma música, piada ou telefonema. Precisava ir para o mais longe possível, onde pudesse gritar e chorar sem os olhos de ninguém.

A saída já estava próxima. Mais alguns passos, poucos. *Precisava* sair. Foi nesse momento em que bateu tão forte numa pessoa que caiu. Falou algum palavrão e levantou a cabeça que latejava de dor, viu cabelos pretos encaracolados com muitos fios grisalhos, uma gola tartaruga, luvas escuras e uma mulher velha ao lado.

O homem lhe estendeu a mão e com um sorriso, disse:

– Espero que você não tenha se machucado. Meu nome é Astrophel.

Capítulo SESSENTA

Eu tenho um martelo, Karenina, agora, preciso testá-lo na sua cabeça.

Andrew foi o primeiro a chegar naquela noite, Ive e Prozy vieram meia hora depois e se juntaram a ele em frente a mansão em *Pound Boulevard*, ficaram escondidos atrás de uma grande árvore. Havia um sem número de residências iluminadas e ateliês de alta costura onde pessoas ricas se encontravam para debater a vida alheia. A única vez em que visitara aquela parte da cidade foi quando acompanhou seu pai numa festa oferecida por um dos clientes do banco. Observaram a construção branca que se erguia diante deles, assim como os carros que começavam a estacionar para que seus passageiros, homens e mulheres em seus melhores trajes, entrassem um após o outro. Um homem forte recebia os convites e tomava conta da entrada.

– Esse é o lugar certo? – perguntou Andrew.

– Pelo menos foi o que Kivian nos disse – respondeu a garota.

– Claro que estamos ignorando o fato de que ela é uma sociopata presa no Inferno – disse Prozy. – Isso é apenas um detalhe, não liguem para mim.

O garoto era obrigado a concordar com a coelha.

Aguardaram até que todos os convidados tivessem entrado. Ive ajeitou seu *trench coat* e começou a caminhar até a mansão. Andrew tomou Prozy em seus braços e a seguiu esperando por desastres. Podiam enxergar um jardim atrás do portão gradeado. O porteiro encarou o grupo com desconfiança à medida que se aproximavam e sem tirar os olhos de Ive, falou:

– Convites, por favor.

Andrew viu a garota parar por um momento e sorrir.

– Lamento muito pelo incômodo e espero que sua aterrissagem seja suave – disse ela.

O porteiro fez uma cara confusa, mas antes que tivesse a

oportunidade de reagir, foi atirado para dentro da mansão pela magia de Ive. O trio o viu atravessar o grande salão de entrada e chocar-se contra um busto de Palas.

O lugar era decorado com centenas de peças antigas: máscaras, tapeçarias, armaduras, pinturas e esculturas de todas as épocas. Andrew imaginou quem seria o dono de tudo aquilo e ficou tentado a pedir algo parecido quando estivessem com todos os nomes do gato. O grupo já começava a caminhar para procurar aquilo que a irmã mais velha de Ive dissera, quando ouviram:

-... agora, Chabul! Fomos invadidos, desça aqui.

Ive fez o rádio do porteiro explodir em sua mão e continuou a caminhar. Kivian dissera que precisavam encontrar a sala de reuniões. Tentaram abrir todas as portas à medida em que iam pelos corredores. Precisavam sair dali antes que mais seguranças surgissem. Ive não desanimava em sua tarefa e Prozy corria pelo chão tentando sentir qualquer energia estranha. Passaram por mais de dez corredores em minutos e isso fazia tanta diferença quanto ser capaz de amarrar uma forca com os dentes.

– Nos não conseguiremos fazer isso a tempo – disse Andrew.

– Não me diga, Einstein – respondeu Prozy.

Ouviram o barulho de conversas numa das alas e seguiram por lá. Andrew sentia um medo crescente. Os passos ecoavam no piso de mármore. Abriram a porta no fim do corredor e descobriram que as vozes ouvidas pertenciam ao grupo de cozinheiros que preparavam um banquete – o garoto reconheceu o cheiro de *ziti* à distância. Todos olharam para os intrusos e xingaram alguma coisa em italiano. O trio ainda estava se desculpando quando a outra porta de acesso da cozinha se abriu com violência e uma nova figura entrou. Os olhos de Andrew foram dos tênis vermelhos ao suéter azul com listras laranja, somente então se detiveram no rosto e na metralhadora que ele tinha em mãos. Uma cabeça verde e cheia de tentáculos, olhos enormes e escuros que refletiam todos os presentes e uma boca cheia de dentes.

– Acho que sabemos quem é o tal de Chabul – disse Prozy. – É bem mais feio do que eu esperava.

Após um breve silêncio em que os presentes olharam de um para o outro, todos os cozinheiros se jogaram desastrosamente no chão e balas voaram rumo ao grupo que saiu em disparada. Ive mandou que ele e a coelha se escondessem atrás de uma das pilastras da entrada e ficou parada enquanto o perseguidor vinha pelo corredor. Andrew espiava a metralhadora ser apontada contra a garota e mais tiros sendo liberados. Ive derrubou parte da parede com os seus poderes para se defender e escondeu-se atrás de uma armadura. Mas isso não iria deter a criatura, que continuava firme em seus passos e em seus tiros, acertando sem fazer distinção.

Ela tentava atacar mais uma vez, lançando objetos e blocos de cimento. Poeira e lascas se misturavam no ar enquanto Andrew e Prozy se afastavam à medida que a briga ia se aproximando deles. Saiam daqui, gritou Ive enquanto se defendia de uma nova rajada. Andrew balançou a cabeça negativamente, não faria isso, não poderia deixá-la para trás. Olhou ao seu redor em busca de alguma coisa que pudesse lhe ajudar e teve uma ideia. Disse a Prozy o que pretendia fazer e mandou que encontrasse o que procuravam.

Ive corria em direção a Chabul e lançava relâmpagos vermelhos que não surtiram efeito. A garota podia ser ouvida proferindo xingamentos enquanto seu oponente recarregava a arma. Andrew deu as costas para esses eventos e subiu as escadas empunhando a espada e o elmo de uma das armaduras caídas. Evitou olhar qualquer espelho por estar certo de que parecia ridículo. Ficou parado no balcão superior e gritou:

– Eu tenho uma ideia, Ive! Traga-o para perto da escada.

– Isso não vai dar certo, Andy – respondeu ela.

– Faça o que eu disse.

A garota não disse nada, mas Andrew percebeu que ela fazia o que lhe fora pedido e a criatura se tornava cada vez mais nítida. O garoto se abaixou quando tiros vieram em sua direção. Ive lançou uma granada de anti-imaginação que fez com que Chabul sacudisse os tentáculos e investisse contra ela feito um touro. Andrew torceu para que ao menos uma vez em sua vida algo não desse errado. Subiu no parapeito e segurou a espada com força. Tentou ignorar o significado do tremor em suas pernas. Lá embaixo, a luta se tornava mais ferrenha. Esperou até que o inimigo estivesse bem visível e saltou com um brado que poderia ser descrito apenas como uma mistura de Tarzan com Marilyn Monroe.

Um momento de frio no estômago e a negociação mental com alguma entidade divina de que seria uma pessoa melhor caso sobrevisse. Tudo aquilo pareceu levar horas para acontecer, enxergava o monstro perfeitamente, cada vez mais perto. Ive lhe encarava boquiaberta. O chão se aproximava. Fechou os olhos e cerrou os dentes. O impacto chegou sem nenhuma sutileza e fez com que sua cabeça explodisse em dor como se uma bomba atômica tivesse sido detonada lá dentro, contudo os danos provocados em Chabul eram mais extensos: sua metralhadora havia sido derrubada e uma lâmina estava cravada em suas costas.

A criatura gritava em dor, foi quando uma nuvem de fumaça negra escapou fazendo com que as mãos de Andrew tremessem e sua visão fosse obscurecida. Sentiu sua garganta ser envolta por tentáculos frios e um hálito de carcaça marinha invadir seus pulmões. Tentou desferir socos que resvalavam no corpo gelatinoso do inimigo sem nenhum efeito. Sua traqueia ia sendo comprimida impiedosamente. Tentou chamar Ive, mas nenhum som escapou de sua boca.

Já imaginava o que seria escrito em seu epitáfio quando o aperto afrouxou-se de repente. Caiu de forma pesada e rolou para o mais longe possível. Não fazia ideia do que poderia ter acontecido, mas precisava se afastar daquele monstro.

– Está tudo bem, Andy – disse Ive e ajudou-o a se erguer.

Os cozinheiros italianos corriam desesperados para fora dali gritando coisas que Andrew não compreendia. Esperaram alguns minutos até que seus olhos voltassem ao normal. Chabul jazia morto com a espada em suas costas e Ive se certificara de que a cabeça não estivesse ligada ao pescoço. O salão de entrada estava em pedaços, com vidros estilhaçados e buracos de balas.

Subiram as escadas onde a coelha os aguardava coberta de poeira e espirrando incessantemente. O garoto imaginou se aquilo era causado pelo excesso de pó ou por ela mesma. Eu encontrei a sala, disse ela, não é longe daqui. Enquanto seguia as direções dadas por Prozy, o garoto notou que a perna de Ive sangrava.

– Você foi atingida – disse Andrew com preocupação.

– Sim, o idiota me pegou distraída – respondeu ela dando de ombros. – Isso não vai me matar, só incomoda um pouco. Corpos humanos são muito frágeis.

Ive segurou em sua mão e continuou em seus passos, mancando levemente. Sabia que de acordo com o que vira antes ela estaria bem em poucos dias, apenas precisava descansar. Aquela era a vantagem de ser uma criatura sobrenatural, pensou, um plano de saúde melhor e poderes legais. Caminharam pelo corredor do segundo andar até se depararem com uma porta dupla de madeira. Havia barulho vindo de dentro, conversas e microfonia.

– Posso sentir uma força estranha aqui dentro – falou a garota. – Acho que está na hora de conhecer nossos anfitriões.

Ive fez alguns gestos e escutaram o som de trancas sendo abertas. Andrew olhou com curiosidade enquanto as portas deslizavam, dando visibilidade a um enorme auditório e um palco onde alguns homens e uma forma translúcida dividiam uma mesa e microfones. Todos os olhos se viraram para o trio que se caminhava pelo centro. Andrew capturava a plateia de relance, com a nítida sensação de que conhecia alguns rostos. Uma tempestade de murmúrios e protestos se fez ouvir entre olhares assustados. Ive parou de repente e os olhos no fantasma que tentava flutuar para fora do palco.

– Fique onde está! – gritou ela. – Não tente fugir ou eu contarei para a minha irmã sobre o seu passeio. Estou muito desapontada com o senhor, Bill.

O queixo de Andrew desabou e seu coração bateu mil vezes por segundo. Havia reconhecido o fantasma. Ali, naquele auditório, estava o maior escritor de todos os tempos, aquele que inventara o homem moderno: William Shakespeare.

Capítulo SESSENTA E UM

Eu vou me esconder no seu meio, em frente a sua casa e sob a luz mais brilhante.

Astrophel olhou de um lado para o outro do *jazz bar* – um espaço decorado com sofás vermelhos e mesas de madeira escura, um palco onde instrumentos aguardavam os músicos que não tocariam naquela noite, um *jukebox* brilhante, um pequeno bar com inúmeras garrafas de bebidas e copos de inúmeras formas e cores. Várias fotos de artistas famosos como John Coltrane, Ella Fitzgerald e Charlie Parker se espalhavam pelas paredes, ficou a observá-las por um momento. Lançou um olhar para Stella, que sentada numa cadeira perto do palco, exibia o efeito acumulado dos últimos dias: encurvada, emagrecida e elegante como um cadáver. Quando se viu refletido num espelho chegou à conclusão de que não estava imune, seus cabelos já estavam completamente grisalhos e rugas mapeavam seu rosto.

– Chame uma das aias, elas precisam cuidar dos meus cabelos – murmurava Stella. – Converse com Próspero, ele sabe o que fazer.

Tentou fazê-la compreender que não estava mais no reino das fadas e que nenhuma aia viria lhe ajudar, contudo, ela teimava em pedir para que os servos viessem atendessem seus pedidos. Já não o reconhecia, assim como alguns objetos simples e certas palavras, que começavam a desaparecer de seu dicionário mental. Os movimentos já lhe abandonavam e as atividades mais básicas inspiravam dificuldade. O tempo estava acabando.

– Me deixe ir embora – ouviu uma voz fraca dizer. – Eu juro que não conto nada para a polícia.

A irmã do garoto, quase se esquecia de sua presença. Ela estava amarrada numa cadeira e não falou muita coisa desde que chegara até ali. Conseguia notar o medo que sentia e lamentava tê-la envolvido nisso, mas era sua única chance de salvar Stella. Sabia que a garota havia acabado de perder um amigo, um triste fato que pesava ainda mais naquele momento. Prometeu a si mesmo que faria o possível para que ela saísse com vida daquela história, tinha sangue demais em suas mãos para que acumulasse mais. Observou a garota com atenção. Anthea já deve estar do tamanho dela, pensou, ou um pouco maior. Todas as garotas que via faziam com que pensasse na filha perdida. Tentava construí-la mentalmente juntando pedaços alheios: um modo de caminhar, olhar, gesticular ou até mesmo um cheiro. Qualquer pessoa servia para que começasse a imaginar. Sem desviar os olhos de Amber, respondeu:

– Eu prometo que não vou te machucar. Tudo ficará bem caso seu irmão faça o que eu disser.

– Quem é você?

– Um homem desesperado.

Virou as costas e foi até sua esposa que respirava com dificuldade. Stella já estava no meio do caminho para a demência; suas palavras confusas e inacabadas. Os olhos já não enxergavam e suas mãos não conseguiam segurar um copo sem que tremesse. Ajeitou os cabelos que caíam sobre a face dela e molhou os lábios secos com um guardanapo umedecido. Era obrigado a resolver tudo o mais rápido possível. Ela não sobreviveria outro dia, e por causa disso, ele também não.

Flutuava entre seus pensamentos quando uma névoa escura começou a se infiltrar por debaixo da porta. Vinha devagar e sem nenhum barulho. A temperatura ambiente despencou imediatamente fazendo com que a respiração de todos formasse nuvens em seus rostos. Uma forma emergiu da nuvem. Mefistófeles estava ali. Era um homem forte e bem vestido; terno gravata e luvas que assentavam perfeitamente. A única coisa que denunciava sua origem verdadeira era o pequeno par de chifres que brotavam do topo da cabeça.

– Boa noite, Bruxo da Terra Velha.

– Conseguiu permissão para sair?

– Eu tenho a alma de um político para recolher e resolvi passar por aqui – e ao olhar para Amber, acrescentou: – E acho que vim num momento propício.

Astrophel conseguia enxergar o horror expresso nos olhos da garota. Entrou na frente do demônio e disse:

– Deixe-a em paz, as coisas são entre eu e você.

– Você é engraçado, feiticeiro. Hoje é sua última chance de conseguir os nomes e pagar sua dívida, caso contrário – deixou em suspenso –, vim para lhe alertar que um esquadrão da D.I.E foi despachado para o mundo humano, você terá companhia.

– Estou preparado para isso.

O fato de que seu destino estava ligado a Mefistófeles lhe agonizava, era como ser obrigado a conviver com uma pessoa que desejava matar. Sentia que cada minuto o aproximava do fim absoluto. Estava, pois, perdido num mar de estorvos que se ampliava a cada braçada. Sua vida era uma tragédia encenada para um publico cego, o destino que lhe aguardava era escuro e cada estratagema usado para escapar lhe deixava mais perto dele. Suspirou, perturbado. O demônio falou alguma coisa que foi completamente ignorada e desapareceu em sua nuvem de fumaça. Qualquer ameaça feita, não era o suficiente para que precisasse ouvir. Observou a garota de um lado e sua esposa de outro, duas pontas de uma corda. Deu um pouco mais de água para Stella e tratou de deixá-la mais confortável usando uma almofada. Enfiou a mão no bolso dianteiro da jaqueta e tocou no segundo e terceiro nome do gato. Agora, era uma questão de tempo até que a filha da Morte surgisse com o garoto para terminar aquela busca. Caminhou até o *jukebox* e deixou que Miles Davis invadir o ambiente com seu *Kind of Blue*.

Capítulo SESSENTA E DOIS

Oh, não, o coelho zumbi está atrás do meu avô e ninguém poderá salvá-lo.

Aquilo não era verdade, pensou Andrew.

Fadas, ceifadores, gubbinals e até mesmo filhas da Morte poderiam existir, mas não William Shakespeare num palco. Passava pelo mesmo tipo de emoção que pessoas fantasiadas em convenções de ficção científica sentiriam caso Philip K. Dick surgisse diante delas. Olhou as pessoas ao redor e entendeu porque pareceram familiares à primeira vista: ali estavam os escritores mais famosos do mundo, educadamente acomodados para ouvir uma palestra do bardo. Reconheceu Tonya Ellison – autora de *O Olho Mais Verde* – sentada logo adiante. Assim como identificou dois dos três homens que presidiam a palestra: Sam Rush, o indiano que escrevera um de seus livros infantis favoritos, *Hassan e o Oceano de Poemas*; ao seu lado estava Phil Rock, que escrevia sobre judeus neuróticos e famílias disfuncionais – forte candidato ao Nobel de Literatura. O último homem permaneceu uma incógnita por tempo maior, um senhor de uns sessenta anos e dentes estranhos, ostentava uma camisa de dinossauro voador e um bigode igual ao de Pancho Villa. Ao olhar para o crachá em seu pescoço, leu o nome Thomas Pinkerton e soube que se tratava do autor mais recluso do mundo – cuja única foto conhecida datava de cinquenta anos atrás. Uma das anedotas acerca dele dizia que saltou pela janela e fugiu para a Espanha quando um repórter bateu em sua porta. Andrew desejou que deixassem a busca pelo último nome para depois da palestra, adoraria perguntar uma coisa ou outra sobre Iago ao seu criador.

– É melhor pegar o seu queixo no chão, moleque – disse Prozy.

Ive mancava em direção ao palco. Andrew a seguia, envergonhado por interromper o evento. Tinha a impressão de que um semiólogo italiano estava profundamente consternado com o alvoroço. Todos os olhos e comentários estavam sobre o trio. Ainda sem acreditar muito no que via, observou Shakespeare, era bem parecido com o que as pinturas mostravam dele e se movia lentamente, olhando a filha da Morte com atenção.

– Não sabia que você gostava de dar voltas por aí – falou Prozy. – Marlowe comentou que você sumia às vezes.

– Ah, Prozy, minha querida, a arte é para os vivos – disse o poeta. – Mortos não lidam bem com a tragédia, sensíveis demais, a comédia lhes é muito mais interessante.

Foi nesse momento que Sam Rush se levantou e chegando um pouco adiante, disse:

– Este é um evento particular. Receio estejam atrapalhando nossa palestra.

– Você diz isso porque não viu o que fizemos lá embaixo – respondeu Ive. – Lamento pelo incômodo, mas preciso perguntar uma coisa para o Bill. Estaremos fora daqui antes que percebam e em troca eu garanto outros escritores mortos. Acho que não me apresentei, sou uma das filhas da Morte e a próxima na cargo. Tenho certeza de que Oscar Wilde adoraria vir aqui, ele adora a alta sociedade.

O auditório se encheu de sugestões. *Rimbaud,* gritava um, *manda o Conrad,* pedia um africano, outros pediam nomes que iam de Homero até Dante Alighieri e Jane Austen. Andrew se encolheu em meio a tantos gritos e somente quando Phil Rock pediu silêncio em seu microfone o frenesi foi contido. William Shakespeare se aproximou do trio. Era um homem calmo e de olhar melancólico, que evitava qualquer contato visual na maior parte do tempo.

– Do que precisam? – perguntou ele.

– Estamos procurando o terceiro nome do gato – falou a garota tentando se manter em pé. – Kivian disse que você sabia onde estava.

O fantasma suspirou e respondeu:

– Pequena Ive, sempre a minha favorita, se isso lhe tiver algum valor, ouça o que digo, não prossiga. Apenas um mar de provações lhe espera nessa região sem volta.

Andrew imaginava se Shakespeare não estaria certo e o futuro de ambos estivesse armado de setas e pedras. Seria mais nobre que aceitassem o destino que lhes fora reservado ou deveriam pelejar até que um fim aprazível existisse? Ou talvez, esse tipo de questionamento fosse a muleta do covarde, separando o cérebro da ação.

A garota balançou a cabeça negativamente e respondeu:

– Desistir não é uma opção – disse ela. – Rayla está atrás de mim. Vê esse garoto ao meu lado, eu preciso dos nomes para ficar com ele. É igual seu Romeu e Julieta, com a diferença de que não queremos morrer. Por favor, nos ajude.

Ao escutar a garota referir-se a ele daquela forma, Andrew sentiu como se um balde de lava escorresse pelo seu rosto. Algo indescritível que rodava à procura de expressão. Por ser um escritor, esperava ter a capacidade de analisar os acontecimentos – emocionais ou não – e encontrar as palavras que melhor faziam justiça, mas ali estava mais uma vez, a rebeldia das letras, lhe impossibilitando de absorver a situação adequadamente. Uma coisinha branda e violenta. A única definição que fazia sentido para sua mente estava num paradoxo.

– Por favor, Sr. Shakespeare – conseguindo falar pela primeira vez – nos ajude. Se aprendi algo lendo tudo que o senhor escreveu, foi ouvir a mim mesmo. É exatamente isso que estamos fazendo: ouvindo o que nós dois queremos.

– Bem, acho que você ignorou a parte do descrédito que deposito na humanidade e da ironia dramática – respondeu o fantasma. – Jovens, adoraria ajudar vocês, mas isso não está mais ao meu alcance. O terceiro nome estava aqui duzentos anos atrás, mas o próprio gato o levou e eu não faço a mínima ideia de onde possa estar.

Os ânimos do trio bateram num *iceberg*. Estavam perdidos, pensou, Astrophel não demoraria em encontrar o terceiro nome e quando fizesse isso, todas as esperanças estariam soterradas. Olhou para os escritores ali reunidos e concluiu que nem o mais inteligente dentre eles teria uma solução para aquele impasse. Thomas Pinkerton diria alguma coisa relacionada com paranoia e entropia; Phil Rock provavelmente lhe mandaria procurar um psiquiatra e escrever um livro e Sam Rush chegaria à conclusão de que o fracasso era um bom adubo para alegorias. Nenhuma resposta útil.

– Muito obrigado, Bill – falou Ive. – Vamos encontrar outra forma. E me desculpe por ter matado o polvo da metralhadora.

– Não se preocupe, eles têm outro no estoque – respondeu ele.

Estavam se despedindo do fantasma quando viram um enorme corvo invadir o auditório e derrubar um rolinho aos pés da filha da Morte. A garota se abaixou e apanhou o papel enquanto a ave pousava sobre um dos lustres. Andrew viu os olhos de Ive percorrendo as linhas e seu rosto adquirir traços de medo que nunca existiram ali. Emily Dickinson escrevera que o pressentimento é uma longa sombra na grama indicando que o sol vai embora. O garoto sentia isso passar por sobre ele.

– O que está escrito? – perguntou.

A garota não respondeu. A boca dela se movia sem que nenhum som fugisse. Enxergou uma lágrima presa no canto do olho e sem outra escolha, tomou o papel de suas mãos. As palavras lhe acertaram uma de cada vez, lentamente, como se prazerosas em saber o que significavam. Andrew retesou os ombros. A respiração interceptada e os lábios que tremiam.

– Temos que ir agora – disse ele saindo sem dizer adeus a qualquer um dos presentes.

Tinha que entrar no primeiro táxi que visse. Escutou Ive e Prozy chamando seu nome, não se deu ao trabalho de responder. Seu pensamento exclusivo era correr. *Estou com a irmã de seu namorado e o terceiro nome no Holiday Jazz Club, traga o primeiro ou ela morre*. Astrophel havia ganho o jogo e a única coisa que lhe restava era resgatar sua irmã com vida – uma coisa difícil levando em consideração que o feiticeiro não era a melhor das pessoas, sua cicatriz confirmava isso.

Capítulo SESSENTA E TRÊS

Largue a concha de uma vez, porquinho!

O time escolheu o teto do prédio como forma de acesso. Rayla chegou até a beirada e olhou os seis andares abaixo. Astrophel e Stella estavam no terceiro com uma refém. Seus parceiros terminavam de se preparar, ajustando luvas e armas cujas balas eram capazes de perfurar noventa tipos de matérias espirituais, assim como ela, vestiam os uniformes negros. Sabia que não poderia contar com a ajuda de Shaitiri pelo menos até o quarto andar, de onde ela poderia escutar os pensamentos do inimigo. Ficou perdida durante um tempo com o olhar sobre a cidade. Já fazia anos desde a última vez em que permanecera no mundo humano por tanto tempo em uma missão, no caso anterior, perseguiu Jack, o Estripador – um *ghoul* que escapara do além. Saiu dali e foi se juntar à sua equipe. Faaih, Ekopo e Larrabeite estavam prontos e aguardando ordens.

– Nossa missão é capturar minha irmã e neutralizar o inimigo. Precisamos descer até o quarto andar e aguardar até que estejam reunidos. Nós sabemos que Astrophel deixou surpresas pelo caminho, vamos acabar com cada uma delas.

Os três soldados assentiram em silêncio e seguiram a capitã que rumava em direção à porta. Podia perceber pelo rosto de cada um que havia algo diferente naquela missão, um oceano de distância entre capturar criminosos ou traficantes de *dharma* e aquele momento. Todos conheciam Ive desde pequenos.

Ekopo abriu a porta de metal e deu passagem para o resto do time. As luzes da escada foram acionadas automaticamente, Rayla prosseguiu com a pistola apontada e evitou qualquer barulho. O corredor do sexto andar estava vazio e com as portas trancadas, as lâmpadas do teto zumbiam levemente. Faaih fez um sinal para que prestassem atenção. Rayla olhou para o que a soldado apontava:

riscos na parede em direção ao quinto andar. Alguém tentou segurar-se ali, mas fora arrastado, fato confirmado ao encontrar uma unha presa ali.

Faaih desceu os primeiros degraus, Larrabeite a seguiu para dar cobertura. Barulhos vinham do andar de baixo. Passos ecoando. Rayla e Ekopo foram os últimos a avançar. A capitã sentiu sua bota deslizar sobre algo no chão. *Sangue*, falou Shaitiri em sua mente, *o corpo de um segurança está no corredor*. A capitã tirou sua lanterna e avistou o que a raposa-do-pensamento lhe dissera. As luzes do teto haviam sido quebradas.

– Ekopo, ilumine o lugar – sussurrou. – Nós entraremos logo em seguida.

O oficial assentiu em silêncio e retirou quatro esferas de vidro do bolso, murmurou algumas palavras e jogou cada uma em diferentes partes. Dali a alguns segundos houve uma explosão de luz esverdeada e o corredor pôde ser avistado, assim como os visitantes presentes: cinco gubbinals momentaneamente desorientados. Movimento esperto, Astro, pensou assim que os viu, essas coisas não têm pensamentos para serem lidos.

– Mas que... – disse Larrabeite. – Ray, de boa, eu pensei que fosse ser divertido.

Rayla balançou a cabeça negativamente e ordenou:

– Preparar os silenciadores e avançar.

O time saltou por sobre o cadáver do segurança e se agrupou em um círculo.

A capitã avaliou rapidamente o cenário que se apresentava. Os monstros caminhavam com as garras se arrastando no piso e respiração audível. Já haviam enfrentado aquelas criaturas em treinamentos e geralmente lidavam com as versões mansas que habitavam o túnel até o mundo das fadas. Começaram a atirar em tudo o que se movia. A situação ficou confusa enquanto projeteis recheados de ectoplasma cortavam riscavam o ar com um brilho verde. Após a primeira baixa os inimigos recuavam, mas eram perseguidos sem descanso. Shaitiri investia contra um dos gubbinals que tentava lhe acertar sem sucesso e o punia com mordidas e arranhões, para, finalmente, saltar sobre seu pescoço e cravar os dentes.

Rayla eliminou o seu oponente com um tiro na cabeça e se uniu a Larrabeite que, sem munição, usava uma faca.

– Você está fora de forma, Sr. Eu Pensei Que Fosse Ser Divertido. – disse ao se juntar a ele e neutralizar o último gubbinal.

– Eu estava me divertindo até você se intrometer.

Riram daquilo enquanto as armas eram recarregadas. Faaih se certificou de que nenhuma criatura se escondia naquele andar. Rayla chamou a raposa para perto de si e tomaram os degraus que levariam até Astrophel. Seguiam o mesmo esquema de anteriormente. Ouviam o som de música vindo de baixo, um jazz leve. *Eu consigo ouvir o pensamento de todos,* avisou Shaitiri, *Astrophel espera por sua irmã.* Gesticulou uma ordem para que todos se colocassem prontos para invadir a qualquer momento.

Então esse é o fim, pensou amargamente, eu prendo minha irmã e provavelmente recebo uma medalha por isso. Talvez nenhuma outra pessoa tenha galgado postos tão rapidamente quanto fizera, porém, aquela missão deixava um gosto amargo na boca. Não se arrependia de ter atirado a irmã mais velha no Inferno, faria o mesmo mil vezes. O que lhe incomodava era o fato de ter agido dessa forma com a intenção de impedir que Ive fosse destruída, apenas para assistir a própria fazer isso.

Suspirou e ficou pronta para atirar.

Capítulo SESSENTA E QUATRO

Todas as coisas do mundo estão contra mim, contudo, eu saúdo o oeste e o leste.

Andrew olhou a cidade pela janela do táxi. O mundo parecia mais lento e ainda assim tudo sobre o qual colocava a vista era apenas um borrão: rostos, prédios e ruas – pinturas de luz que se chocavam contra a retina e desapareciam. Seu estômago se revirava e sua cabeça estava pronta para explodir em dor. Amber não deveria estar no meio dessa história, mas em seu quarto, fazendo músicas com Jonas. E isso não era tudo, Ive tremia ao seu lado, a face ainda mais pálida e uma atadura improvisada na perna – o que diminuía qualquer chance de vencer Astrophel numa luta. Prozy estava deitada sobre o colo de sua dona e se mantinha em silêncio. Não poderia deixar que nada acontecesse com sua irmã por causa da busca. Havia prometido isso para sua mãe, que cuidaria dela. E se Astrophel a... – não podia pensar nessa hipótese.

– Eu prometo que ela ficará bem, Andy – disse.

Preferiu o silêncio, sabia que se abrisse a boca alguma coisa estúpida saltaria dela. Aquela não era a melhor hora para perder o controle. Preferiu pensar em outras coisas. Lembrou-se de quando ele e a irmã costumavam assistir a filmes de terror, o que fazia com que ela corresse para sua cama durante a noite dizendo que *Beetlejuice* estava no quarto dela. Sabia que hoje ela não teria medo desse tipo de coisa, mas podia afirmar que Astrophel era bem pior do que qualquer monstro do cinema. Um movimento sujo até mesmo para ele, usar uma garota inocente para obrigá-los a entregar o nome, o tipo de atitude que servia apenas para validar o fato de que uma pessoa assim não merecia continuar vivendo. Rangeu os dentes. Fora um idiota por pensar que o feiticeiro não iria atrás de sua família.

Olhou para Ive mais uma vez, insistira para que ela fosse para um hospital, mas ela se recusou. Haviam buscado o primeiro nome e feito um curativo improvisado na perna da garota antes de tudo. Não fora um trabalho profissional, mas o suficiente para que aguentasse aquela noite. Duas horas já haviam se passado desde o momento em que largaram Shakespeare e os outros escritores.

– Precisamos pensar em alguma coisa – disse Andrew.

Ive sacudiu a cabeça e respondeu:

– Não. Vamos entregar o nome para ele e recuperar sua irmã, simples assim.

– Se fizermos isso você não será humana.

– Não se preocupe, você não vai me perder tão fácil assim, *senhorito*.

Trocaram um beijo rápido. *In The Air Tonight* tocava no rádio do taxista. Quase pediu que desligasse a música, mas Phil Collins era preferível ao que passavam por sua cabeça – pensamentos que gritavam tão alto quanto a vontade de chorar. Os últimos tempos haviam sido bons, porém, isso desafiava a lei que regia sua vida: nada de bom poderia lhe acontecer sem que fosse obrigado a pagar ao flautista com juros. Os dias que passara com Ive foram uma amostra grátis do que sua existência poderia ser caso fosse outra pessoa. E o que acontecia com sua irmã era a punição por quase acreditar que nenhum homem é uma ilha. Melhor fosse que ninguém tivesse sentimentos, como Rivers Cuomo cantara em Pinkerton: sentimento é dor.

– Mantenha a calma, Andrew. Nós vamos sair dessa.

– Não dessa vez – respondeu. – Acho que está na hora de encarar a realidade.

A garota lhe encarou e voltou a face para as ruas. Gostaria de saber o que se passava pela cabeça dela naquele momento. Seria ela capaz de sentir medo como os humanos sentiam? Gostaria de poder tirá-la dali, levá-la para o mais longe possível e fazê-la dormir em seu ombro, mas isso não seria possível. Como acreditar que aquela garota sem cor ou olhos brilhantes era a mesma que lia *O Pequeno Príncipe* e ria das ilustrações? O rosto que se apresentava tão cansado e a voz despida de ânimo.

– Chegamos – disse o motorista.

O carro parou em frente ao local marcado: *Museu Histórico de Dresbel*. Um prédio de arquitetura moderna, cujos vidros circunspectos observavam os visitantes do alto até embaixo. Entregou uma nota ao motorista, que partiu rapidamente, e ficou ali parado. O *jazz bar* ficava no terceiro andar, também conhecido como café do museu pelos jovens da cidade, que iam até ali para conversar sobre filmes de arte e músicos desconhecidos. Costumava frequentar o lugar com Briony e Kayla, sentavam-se por horas e brincavam de *cadáver esquisito*[xiii]. Guardava boas lembranças daquele lugar, das tardes perdidas com os poucos amigos e as conversas preguiçosas, agora, havia um novo significado imbuído naquela estrutura.

– Hora de chutar o traseiro dos velhinhos e pegar sua irmã, ela me dá comida – disse Prozy.

– Isso é você tentando ser gentil? – perguntou.

– Consegui?

– Não.

– Imaginei.

Caminhou em direção à entrada segurando a mão de Ive.

Empurrou a porta de vidro que se abriu como a boca de um tubarão aguardando comida. Ive lançou uma magia para que ninguém entrasse e o trio seguiu rumo ao elevador. O saguão estava vazio. Cartazes anunciavam uma exposição de fotos de André Kertész no segundo andar e pinturas de Keith Haring no último. Um pequeno quadro na entrada dizia: *Prato do dia – Panela de cogumelos com shiitake, shimeji e cogumelo-de-paris – Porção para duas pessoas*. Como desejava estar ali somente para apreciar a comida. Sorriu consigo mesmo do pensamento e aguardou o elevador. Olhou para um vaso cheio de gerânios pendurado na parede, estavam vivos e cheios de cor – pequenas vidas alheias ao caos que habitava cada um deles e que os aguardava no terceiro andar.

– Andy? – disse Ive.

– Sim?

Andrew sustentou o olhar que ela exibia; os lábios que tremiam sem que ela pudesse controlá-los e as mãos enfiadas no bolso da calça para ocultar os dedos hiperativos e constrangidos. A boca dela se moveu. A voz baixa demais para ser ouvida. O garoto aguardou, sabia que algo importante se debatia dentro dela em busca de escape. Ive baixou os olhos. As palavras vieram:

– Eu te amo.

As quatro sílabas flutuaram dentro de sua cabeça. Sentia, apenas

---

[xiii] Jogo coletivo inventado pelos Surrealistas em 1925, na França. O *cadáver esquisito* tem como objetivo colocar palavras inusitadas numa frase usando a seguinte estrutura: artigo, substantivo, adjetivo e verbo.

sentia, ali, naquele saguão frio e desolado, vigiado por flores e quadros e estátuas e ruídos noturnos, que lhe era impossível analisar, ainda que minimamente, o impacto de tudo. Moveu o braço com certa rigidez. Sua alma iria se despedaçar. Tocou o rosto dela.

– Eu também te amo, Ive.

A porta do elevador se abriu e os três entraram. Andrew abraçou a garota por lhe faltar palavras. E o que diria mesmo se as tivesse? A última coisa que viu antes das portas se fecharem completamente foram os gerânios no saguão iluminado.

Capítulo SESSENTA E CINCO

Um dos sete magníficos não cavalgará rumo ao sol dessa vez, meu caro *consigliere*.

Astrophel olhou da esposa para a refém, recolhida num silêncio cheio de medo. A impaciência subiu um pouco mais ao conferir o relógio, a espera piorava tudo. Havia pavimentado o caminho para que o garoto e a filha da Morte não tivessem nenhum problema para chegar ali. Os seguranças estavam mortos e as portas destrancadas. Desligou o *jukebox* com um movimento de mão, precisava de foco. Pensou no futuro: avançaria pelo mundo das fadas – a personificação do caos – até que recuperasse a filha. Anthea estaria ao seu lado de novo, só precisava girar as engrenagens certas ao seu favor. Pousou o olhar sobre Stella, quebradiça como uma estátua de cinzas. Doía-lhe saber que a fada se encontrava naquele estado por sua culpa. O mínimo que podia fazer era salvar as vida. Calma, pensou, era tudo o que precisava para que pudesse salvá-la, calma e fé.

Ouviu o som de passos no corredor. Sorriu. Os visitantes estavam ali! O pensamento lhe enchia de expectativa, afinal, levara muito tempo até que tivesse os nomes do gato tão próximos. Imaginou como algo tão poderoso pudesse existir. Uma divindade de outro universo dando suas dádivas aos homens, um Prometeu selvagem e obscuro. E ele, Astrophel, usaria tal coisa para vencer o único temor dos deuses antigos temiam: o fim.

Tirou sua adaga de dentro da jaqueta e ficou de prontidão. A porta se abriu lentamente e a silhueta do garoto foi a primeira a surgir, seguido pela coelha e a Princesa do Fim Inevitável.

– Andrew! – gritou sua refém ao vê-lo chegar – Me tire daqui, por favor. Chame a polícia.

O garoto disparou no rumo da irmã, mas foi impedido pela magia do feiticeiro.

– Ela está bem, apenas um pouco abalada – disse.

Astrophel deixou o jovem de lado e voltou seus olhos para algo mais interessante. Ive, tão atrevida e irritante, estava muda e sem nenhuma linha no rosto. Chegou a pensar brevemente que algum truque se escondia por trás daquela atitude, mas o ferimento na perna dela lhe revelou o oposto disso, a filha da Morte estava fraca e não seria de muita utilidade. Seus inimigos estavam acuados e incapazes de atrapalhar.

– Entregue o nome e a garota estará livre.

– Está comigo – respondeu a filha da Morte e começou a caminhar em sua direção.

– Não – disse. – Eu quero que o garoto me entregue.

– Por que você não pede uma embalagem rosa com laços? – disse a coelha. – Ei, Amber, desculpa não ter conversado com você antes, ordens do seu irmão.

Sua refém soluçou assustada. Astrophel ignorou a pequena distração e manteve seu pedido com firmeza.

– Isso não é negociável. Ou serei obrigado a cortar o braço de uma inocente para comprovar minha seriedade?

A garota de mechas verdes ficou estacionada no impasse e o encarou com raiva, estava avaliando suas possibilidades.

Astrophel viu o garoto pegar a moeda prateada das mãos de Ive e caminhar em sua direção com passos lentos e arrastados. Olhou para sua esposa, ela acompanhava sem compreender que sua vida estava sendo decidida ali. Não voltou a desviar sua atenção do prêmio que chegava. O jovem era um retrato ambulante do medo. Poderiam ter sido amigos numa outra vida, pensou, afinal, ambos gostavam das artes e distribuíam poucos sorrisos; mas o destino quis que um fosse o obstáculo do outro. O que uma pessoa tão jovem poderia desejar de forma a se envolver numa batalha tão maior que ele. O que lhe servia de propulsão?

Andrew parou a sua frente e estendeu a mão com o primeiro nome. Astrophel pegou a moeda sem nenhuma cerimônia. Um pedaço de metal tão pequeno, porém, tão importante.

– Solte minha irmã e iremos sem problemas.

O garoto ameaçou se distanciar, mas Astrophel segurou-lhe pelo punho:

– A garota escondeu a verdade, não é?

– Não acredite em nada, Andy! – gritou Ive. – Ele está mentindo.

O feiticeiro viu o rosto do ganhar um verniz de dúvida. Pobre tolo, atuando no palco sem ter lido o roteiro da peça. Decidiu que as próximas palavras a saírem de sua boca seriam as mais claras que já dissera em toda a sua vida, para que nenhuma dúvida restasse quando o ponto final fosse colocado.

– Lamento que sua namorada não tenha lhe contado: *você é a ovelha de sacrifício*. Encontrar os nomes é uma parte do jogo. O sangue de alguém com grandes esperanças é o pagamento. O gato não atende pedidos, eles os troca por almas.

– NÃO ACREDITE EM NADA DISSO, ANDY! – berrava a filha da Morte a plenos pulmões.

Mas Astrophel sabia que ele acreditava. Quase enxergava os pensamentos ganhando forma. Lembrou-se de um *bog*: o pântano de várias camadas, capaz de preservar coisas por séculos. O garoto estava retirando os pedaços de turfa com as mãos, aproximando-se da verdade, aquele Homem de Tollund[xiv]. Que fascinante, lindo mesmo, era ver o súbito despertar numa mente jovem. O garoto cavava, fatiando o chão. Para baixo. Sem relaxar. Não demorou até que sua pá encontrasse o esqueleto no fundo: Foi traído pela pessoa que amava, assim como Isaac fora levado por Abraão para ser degolado. A diferença maior era que nenhum anjo desceria dos céus para salvá-lo.

[xiv] O "Homem de Tollund" é um cadáver descoberto na Dinamarca – viveu no século IV a.C. Foi morto e jogado num *bog*, tendo consequentemente, seu corpo preservado devido à camadas de musgos, ausência de oxigênio e ação de compostos antimicrobianos.

Capítulo SESSENTA E SEIS

E nada do que eu disser será ouvido, ela está usando um chapéu de papel alumínio.

Rayla esperou até o último minuto. Quando Shaitiri deu o sinal, tudo aconteceu rapidamente. Larrabeite derrubou a porta com um chute e deu passagem para o time. A capitã fez um rápido reconhecimento, vendo sua irmã ferida num canto, uma garota humana presa e o amigo de Ive sendo segurado pelo feiticeiro, que se assustou ao ver os quatro soldados.

Sabia que não havia tempo para discutir, apontou sua arma e atirou várias vezes, assim como seus companheiros. Astropheu gritou e se correu para perto da esposa, erguendo uma parede de luz verde. Seria ele tão idiota ao ponto de pensar que aquilo era o suficiente para detê-la?

Copos se quebravam em mil pedaços e o balcão de madeira ganhava centenas de furos. A ofensiva continuava enquanto o feiticeiro atirava mesas e cadeiras sem muito efeito. Não muito longe dali o garoto tentava desamarrar a irmã com a ajuda de uma Ive visivelmente chocada pela presença da D.I.E. Shaitiri afastou-se o suficiente de Prozy e passou a transmitir as táticas do feiticeiro, nenhum ataque dele chegava a causar um perigo real.

– Bruxo da Terra Velha, entregue-se ou não sairá daqui com vida – disse Rayla.

Sua ordem foi ignorada, iria devolver os ataques. *Gubbinals*, disse a raposa-do-pensamento. Repassou a mensagem aos companheiros, que se prepararam para lutar contra as formas que saiam das paredes. O feiticeiro era um inimigo forte; poucos seriam capazes de domar criaturas assim – apenas uma pessoa sem nenhum pensamento bom.

Rayla não desviou sua atenção da batalha. Astrophel tentava acertá-la com raios azuis capazes de rasgar o chão. Rolou para trás de uma mesa para se proteger e continuou a se aproximar. Os outro oficiais da D.I.E tentavam limitar os inimigos como podiam. Uma zona de guerra sem espaço para segundos pensamentos. A raposa lhe repassava tudo o que acontecia ao redor de forma didática: sua irmã lutava contra dois gubbinals e Larrabeite estava eliminando o quarto. Ekopo havia sido atingido no braço e agora, Faaih o ajudava a se colocar de pé.

Quando sua munição acabou, Rayla foi obrigada a abandonar sua arma e avançar contra Astrophel usando magia – o que de forma alguma era sua especialidade. Raios se chocaram no ar e fizeram o som de uma explosão. Derrubou um gubbinal e voltou ao seu adversário. *Mire na fada,* disse Shaitiri, *ela é a fonte de vida dele.* Assentiu com a cabeça e mudou o seu alvo principal para a mulher. Mirou com cuidado e lançou seu ataque contra a idosa assustada.

Rayla chegou ainda mais perto, estava a menos de cinco metros do outro. Os gubbinals se amontoavam mortos pelo chão e Astrophel não podia fazer nada além de defender sua esposa dos ataques. Foi nesse momento que a surpresa atingiu a todos de uma vez: um jorro de luz roxa acertou a fada no lado esquerdo e fez com que ela voasse por sobre o marido. Astrophel gritou em agonia enquanto a capitã se virava para Ive, a mão ainda envolta em brilho. Acenou com a cabeça e caminhou para perto do inimigo tombado.

A esposa morta se desfazia em cinzas coloridas até que nada sobrava e o marido passava por uma mudança pior: seu corpo secava e as rugas de centenas de anos reclamavam um lugar ao sol. As mãos se atrofiavam e os dentes caíam enquanto os cabelos grisalhos se tornavam tão longos que resvalavam no chão, ossos se partiram com estalos e olhos se tornaram claros e cegos. Toda a força e orgulho desapareceram.

O time se encarregou de lidar com os últimos gubbinals e a raposa-do-pensamento Ive e os dois humanos. Olhou para a figura patética na sua frente e pediu a arma de Faaih, que entregou prontamente. Havia apenas uma saída misericordiosa para aquele sofrimento, como um cavalo que após quebrar uma perna deve ser sacrificado. Encostou o revólver na têmpora de Astrophel e apertou o gatilho. Não houve nenhum som. O dedo não obedecia à ordem enviada pela mente. Tentou mais uma vez e nada aconteceu.

– Você não irá matá-lo – disse alguém atrás dela.

Um tremor percorreu até o último pelo do corpo e seu coração parou momentaneamente. Conhecia aquela voz. A forma como cadenciava cada sílaba, lentamente, esticando-as como parte de um novelo de lã. A única criatura poderosa o suficiente para controlar uma filha da Morte.

O gato estava ali.

Capítulo SESSENTA E SETE

Eu vou fingir que você não existe, na esperança de que se torne verdade.

1 = 1

Andrew sentia-se perdido e desorientado com todas as coisas que Astrophel dissera. Não queria acreditar em nada do que ouvira, mas sabia que era a verdade: Ive o havia usado desde o início. Deixou que seus olhos fossem de Amber, abraçada em sua cintura, passando por Rayla que apontava uma arma para o feiticeiro caído, e o gato negro que entrou calmamente. Era difícil de acreditar que uma criatura tão pequena pudesse ser tão poderosa. Todos os presentes o observavam com atenção, exceto Ive, que olhava para o garoto, ainda tentando expressar sua inocência.

Andrew ignorou e focou sua atenção na criatura, que saltou sobre uma cadeira e após um miado baixo, começou a transformar-se em outra coisa. Pernas esticaram aqui, pelos ali e seu tamanho dobrava e triplicava. Levou algum tempo para que o garoto reconhecesse a forma humana assumida pelo gato, mas em alguns segundos a lembrança atingiu-lhe em cheio: lá estava o homem que tocava o violão azul em frente à sorveteria de Tord.

– Boa noite, meus caros participantes – disse o gato-homem. – É uma verdadeira felicidade conversar com todos, sério, isso é muito bacana. Acompanhei tudo o que fizeram até aqui. A última vez em que me emocionei tanto com algo foi durante a Guerra de Tróia.

Andrew viu a irmã de Ive perguntar:

– Tudo isso é apenas diversão para você? As pessoas que morreram e a interferência no mundo humano, desrespeitando toda e qualquer regra existente?

O homem balançou a cabeça afirmativa e abriu um sorriso.

– Claro que sim! Eu sou a criatura mais poderosa em noventa e sete universos, isso é o bastante para entediar qualquer um. Eu não obriguei ninguém a sair por aí procurando pelos meus nomes, aliás, meus nomes falsos.

Andrew olhou para o gato e sentiu toda a raiva acumulada subir. Tantas pessoas feridas naquela história para que ele se divertisse. Lembrou-se de seus amigos no mundo das fadas: Horatio, Nina, Mary, Mirtza Sosostriz e, principalmente, Yorick. Pensou no livreiro do Mercado Central, Astrophel, Stella e até mesmo em Ive, que se enganara ao acreditar em tudo. Fez um esforço para soltar-se da irmã e se aproximou do gato que lhe encarava.

– O que você quer, Andy, meu garoto?

– Eu não posso acreditar que foi tudo em vão. Você se aproveitou dos nossos sonhos com um propósito egoísta. Isso não te faz a criatura mais poderosa, apenas a mais patética.

Sem esperar por uma resposta, virou as costas e começou a se afastar. Segurou na mão de Amber e empurrou uma cadeira que lhe atrapalhava o caminho. Pensou ter visto aprovação no rosto de Rayla e de um dos soldados da D.I.E – o maior deles. Sabia que poderia ser fulminado antes de atravessar a porta, mas isso não importava. Não queria saber de nada e não tinha medo. Queria que o mundo sobrenatural explodisse em mil pedaços e que seus habitantes sumissem. Tentou não pensar na garota que lhe mostrara o admirável mundo novo que agora desmoronava ao seu redor.

– Andrew, precisamos conversar – falou Ive. – No início era por interesse, mas as coisas mudaram no meio do caminho. Eu realmente gosto de você.

O garoto ignorou e continuou a caminhar, não precisava daquilo. Talvez no fim das contas o seu destino fosse permanecer sozinho. Todas as garotas iriam machucá-lo, filhas da Morte ou não.

– Eu acho que temos um vencedor! – disse o gato finalmente.

Andrew parou onde estava e olhou para o dono da voz. Aquilo havia de ser mais um truque dele, afinal, gatos são assim: dissimulados, mentirosos e cruéis. Queria sair correndo dali, mas o outro veio em sua direção com os braços estendidos e lhe abraçou, dizendo:

– Andy, você merece isso. Nomes são poder, eu nunca deixaria que os meus caíssem em mãos erradas, existem bichos piores do que você imagina por aí e fariam um belo estrago na realidade com os meus nomes. Mas... O que realmente importa pra mim, cara, é a cabeça. Eu acompanhei cada um durante os últimos meses e de boa, você é o meu garoto. Quer que eu traga sua mãe de volta, todo o dinheiro do mundo ou uma namorada? Dois pedidos.

A torrente de palavras pegou o jovem desprevenido. Seria possível que o gato estivesse realmente lhe entregando os desejos numa bandeja? O homem balançou a cabeça lhe incentivando a dizer qualquer coisa. Ficou tentando a perguntar por que ele? Astrophel teria um objetivo mais nobre, assim como Ive ou qualquer um dos presentes. Talvez, até mesmo Rayla tivesse uma maior utilidade para eles. Amber apertou sua mão, o mesmo gesto de apoio que fazia quando brigava com seu pai.

– Mas Astrophel disse que era necessário sacrificar alguém para que você atendesse aos pedidos.

– As pessoas inventam muitas histórias, eu gosto de comer peixe, não gente. Experimentei uma vez e não foi bom, gosto forte. É preciso sacrificar alguma coisa na busca para que eu atenda desejos, não uma pessoa. Todos aqui fizeram isso de uma forma ou de outra, você sabe quais caminhos o trouxeram até aqui, menino Andrew.

Pensou em sua mãe, poderia tê-la de volta. Sua família voltaria a ser completa e poderia até mesmo ser um adolescente comum. Poderia apagar o passado e deixar de ser o garoto fraco e emotivo que se esgueirava pelos cantos. Seu pai não precisaria sentir vergonha de um filho que se interessava apenas por livros e música triste, assim como todas as brigas poderiam ter um fim. E mais do que tudo, poderia deixar Ive e o buraco que tinha no peito, para trás. Olhou para ela. Sentiu raiva e vontade de abraçá-la ao mesmo tempo. Pensou em todos os pedidos que poderia fazer, contudo, lhe soavam feios e obscenos – exceto um: deveria fazer a coisa certa e ela não iria lhe trazer nenhum benefício.

– Eu já sei o que eu quero – disse. – Existe um garoto no mundo das fadas, o nome dele é Yorick Cabeça-de-Chiclete-Doido, eu quero que ele seja livre e esqueça de tudo o que aconteceu na cidade dos adultos.

O gato meneou a cabeça e respondeu:

– Já está feito. Próximo pedido.

– Eu quero que você ressuscite Mirtza Sosostriz, a bruxa da cidade de Hoon, as crianças precisam dela e por nossa culpa, ela não está lá.

– Já está feito, cara. Você deve estar imaginando por que eu te dei os desejos. A verdade é: se o meu amigo Astro tivesse ganhado, um demônio escaparia do Inferno e acabaria com a Terra. Eu gosto muito de *blues* para permitir que isso aconteça. Se a linda do cabelo verde se tornasse humana, não haveria uma nova Morte quando a mãe dela se aposentasse, e irmão... a velha realmente precisa de umas férias. – O gato virou-se para os outros e continuou – Eu agradeço pela diversão, mas, tenho que ir. Combinei de tocar no aniversário de um amigo.

Sem mais nada a dizer o homem voltou a sua forma de gato e foi embora como se nada houvesse acontecido. Andrew ficou sem acreditar que todas as coisas se resolveriam dessa forma. Sentiu alívio por aquela história ter chegado ao fim.

– Vamos para casa – pediu Amber.

Andrew assentiu com a cabeça e já estava saindo quando Ive entrou na sua frente:

– Não vou deixar que você vá enquanto não conversarmos.

Sorriu. Não conseguia pensar em nenhuma outra atitude. Permitiu que seu olhar e o da garota se cruzassem e as palavras que saíram de sua boca não foram medidas.

– Não temos o que conversar, Ive Princesa do Fim Inevitável. Eu confiei em você e sua única intenção durante todo o tempo era me usar. Acho que nunca precisou dos nomes para ser humana. Já tem o dom de enganar e trair quem se importa com você. Nota dez em humanidade, Ive. Não me procure mais.

A garota não conseguiu dizer mais nada, apenas se limitou a deixar que dois filetes de lágrimas escorregassem pelos olhos e abriu caminho para que passasse. Abraçou sua irmã e saiu porta afora, evitou olhar para trás. Não desejava que a garota soubesse que estava sofrendo, ela não teria esse privilégio. De agora em diante deveriam se tornar dois polos de um mundo, frios e distantes. Ela nunca saberia que em sua raiva profunda e emaranhada na fossa, ele a amava. Não ficaria sabendo da mudança do mar, do sangue nos trilhos e dos tigres de papel.

Capítulo SESSENTA E OITO

Sabe qual é a graça em uma onda gigante? Ela levará seu coração para o fundo do mar.

Apenas agora o cansaço se fazia sentir de verdade. Rayla assistiu a tudo em silêncio. Os outros membros da D.I.E se entreolhavam confusos e Shaitiri ficou ao seu lado sem dizer nada, podia ver que a raposa-do-pensamento estava levemente machucada em uma das patas. O inimigo estava neutralizado e sua irmã estava a alguns passos de distância, encarando-a como se soubesse o tamanho da punição que a capitã jogaria sobre ela. Viu Astrophel caído sobre as cinzas de sua mulher e decidiu que viver seria punição o bastante – apenas se certificaria de que sua esposa encontrasse a cela correta no Inferno. Fez um sinal para os seus subordinados e disse:

– Agradeço a todos pela ajuda, isso não será esquecido. Dispensados, preciso conversar com minha irmã. Esperem do lado de fora.

Faaih abriu a boca para protestar, mas foi impedida por Ekopo, que a tomou pela mão e foi saindo. Larrabeite deu de ombros e saiu logo depois de ajeitar sua arma no ombro. A porta se fechou com barulho.

Rayla se colocou de frente com Ive e disse:

– Prozy, minha irmã não precisa mais dos seus serviços. Siga Shaitiri, ela te escoltará até o mundo espiritual, onde uma nova atividade lhe será designada.

A coelha baixou a cabeça e disse:

– Sim, senhora. Eu poderia me despedir de Ive?

– Seja breve.

Sua irmã passou a mão sobre os pelos de sua guardiã carinhosamente. Ela se esforçava para sorrir, embora falhasse miseravelmente na tarefa. Lembrava-se do dia em que a garota escolheu Prozy para ser sua guardiã. A mãe havia insistido para que escolhesse um espírito sábio ou poderoso para aconselhá-la, mas Ive e a coelha se conectaram na primeira troca de insultos.

– Sentirei sua falta – disse Ive. – Arrume um remédio para sua alergia, certo? Não é bom ser alérgica a si própria.

– Eu também quase vou sentir a sua, tola. Eu... Você é legal.

A garota abraçou a pequena criatura. Rayla então fez um sinal e Shaitiri empurrou a coelha, ambas seguiram pela mesma saída usada pelo trio de soldados. Voltou sua atenção para a irmã e começou a falar:

– Ive, você desrespeitou inúmeras leis e colocou humanos em contato com o mundo espiritual, mesmo sabendo que isso é proibido. E sua lista de crimes não termina com isso: viagem ao mundo das fadas, uso indevido dos poderes e ter me desobedecido mesmo depois de um aviso. Você entrou em contato com Kivian!

Não houve resposta. Ive se limitava a olhar para ela sem nenhum traço no rosto. Aquele silêncio lhe irritava, ela lhe devia explicações. Não teria ela pensado em tudo o que poderia acontecer caso se tornasse humana? Em como todas as pessoas iriam tentar quebrar as regras? Rayla sentiu uma onda de raiva tomar conta de si e antes de pensar qualquer coisa, desferiu um tapa na face da irmã.

– Diga alguma coisa! – gritou.

Ive levou passou a mão no rosto e respondeu:

– O que você quer que eu diga? Desculpas e promessas? Rayla, você sabe por que eu estava atrás dos nomes? Para não ser a porcaria da Morte e me tornar uma burocrata sem coração. Você jogou Kivian no Inferno porque não podia aceitar que ela amasse algo mais do que um cargo.

Rayla balançou a cabeça. Jovens são idiotas, pensou, afoitos para encontrar uma dose de romantismo até mesmo no amontoado de esterco. Não era capaz de acreditar que as coisas houvessem chegado naquele estado. Era interessante notar a visão que as pessoas tinham de tudo o que acontecera e de que a maior parte dos problemas de sua existência tinha alguma ligação com a irmã mais velha. Talvez devesse aumentar o castigo dela naquela semana pela paz de consciência que isso lhe proporcionaria. Colocando sua arma no coldre, disse:

– Não, Ive. Eu fiz isso porque ela é louca e perigosa. Você era muito pequena para se lembrar, mas ela não queria os nomes para ficar com Tord. Ela pretendia destruir o mundo espiritual e faria isso começando pela sua cabeça, afinal, mamãe sempre gostou mais de você. Então, estude um pouco mais antes de falar daquilo que não sabe.

A garota ficou em silêncio durante um tempo. É uma menina bonita, pensou ao vê-la assim parada. Não seria Ive um pouco como ela mesma? Indagava-se ao se pensar em si mesma naquela idade – quando se metia em confusões com seus amigos e sua mãe era obrigada a lhe buscar. Pensava em quantas outras vezes seria obrigada a limpar a sujeira de Kivian – fosse direta ou indireta. Sua mãe odiaria saber o que Ive fizera durante seu tempo no mundo humano, mas era provável que, como sempre, a garota não fosse ter uma punição adequada.

– Me desculpe, irmã. Eu não devia ter... Eu nunca vou conseguir ser como você e a mamãe.

Rayla colocou a mão sobre o ombro da irmã que chorava. Que interessante era notar como o vínculo forjado na infância se fazia notar agora, após tantas desventuras e acontecimentos. Ive precisava amadurecer, ainda era uma criança mimada que teve um péssimo exemplo dentro de casa. Era fato que precisava de disciplina, caso contrário, todos os universos entrariam em colapso quando sua mãe se aposentasse. Ambas tinham obrigações com cada ser vivo e não poderiam abdicar das mesmas. Uma parte de si acreditava que Ive aprenderia todo o necessário para ser a melhor Morte que o mundo espiritual já viu. Precisava acreditar nisso, um pouco de esperança não poderia lhe machucar. Ainda estava irritada com a irmã, mas isso iria embora, eventualmente.

Os dias de Rayla no mundo humano haviam sido recheados de trabalho e dificuldades que ameaçaram engoli-la, mas aquele momento fez com que se lembrasse do porque de ter descido até ali: salvar sua família mais uma vez. E faria isso quantas vezes fossem necessárias, mesmo que fosse preciso enfrentar Kivian novamente.

Um outro dia, talvez.

Capítulo SESSENTA E NOVE

Nas primeiras horas da manhã é que você sente mais falta de um abacate.

Astrophel acordou, a consciência chegou aos poucos. Vinha entre imagens fraturadas da memória e a luta para continuar desperto. Era difícil se mover, seus braços estavam lentos e sua visão era tão pouca que mesmo as coisas mais próximas dos olhos eram disformes. Lembrou-se do que havia acontecido: sua esposa estava morta, a filha da Morte a havia assassinado. Tudo estava perdido, toda e qualquer razão para viver. Como prosseguir sua vida sem Stella? Após tantos meses, anos e séculos juntos? A dor que sentia não podia ser dimensionada.

Sabia o que fazer para resolver aquela situação. Havia somente um caminho, juntar-se a ela em morte. Apoiou-se numa cadeira e fez um esforço sobrehumano para ficar de pé. Sua última ação seria a epítome de todas as escolhas de sua vida. Ergueu a mão e concentrou-se no feitiço necessário para fazer com que o teto desmoronasse, transformando aquele espaço em sua tumba. O que anteriormente seria uma coisa simples havia se transformado na coisa mais difícil do mundo e foi somente após tentativas inúteis que reconheceu: a magia o havia abandonado.

Como uma gota de orvalho que cai no chão, a melancolia caiu sobre sua alma. Tudo é inútil e sem propósito, dizia Astrophel a si mesmo. O que fazer? Poderia sair dali, mas não faria diferença, não tinha para onde ir. Cego e sem forças, a única coisa que podia fazer era encontrar o caminho para o topo daquele prédio e esperar que a gravidade fizesse a sua parte. Perdera tanto a esposa quanto a filha, qual fim senão a morte?

Estava começando a tatear seu caminho para fora dali quando ouviu passos que se aproximavam. Deteve-se na espera de mais informações. Sua audição permanecia boa ao menos. Sabia que sua visita já estava ali dentro.

– Quem está aí? – perguntou, mal reconhecendo sua própria voz.

A outra pessoa parou de caminhar e respondeu:

– Relaxe, é apenas seu bom amigo, Mefistófeles.

E assim vem o demônio colher o joio, pensou. Sentia o cheiro de um perfume caro se desprendendo dele. Ficou imaginando qual seria o corpo daquela vez. Ouviu uma cadeira ser arrastada e o visitante sentar-se.

– Astro, estou decepcionado – disse ele. – Tanto esforço e perder tudo no final, amigo. Isso não é muito o seu estilo.

– Mate-me, Mefistófeles, por favor.

O demônio bateu palmas e respondeu:

– E promover um encontro com a fada lá embaixo? Não é divertido. Vou refrescar sua memória, você já deveria estar a sete palmos, camarada. A fadinha era a única coisa que lhe mantinha vivo.

Todos os últimos eventos fizeram com que se esquecesse brevemente dessa lógica. Não fazia sentido que estivesse inteiro sem ter de onde retirar sustento. Uma teoria perpassou sua mente, mas ainda assim preferiu perguntar:

– Por que estou vivo?

– Porque eu quero assim – respondeu Mefistófeles. – Nós tínhamos um trato e você não desempenhou seu papel. Levar sua alma não seria uma boa punição, é exatamente o que deseja nesse instante. Preste atenção no que vou dizer: eu te dei a vida eterna. Astro, mundos serão consumidos, universos criados e você ainda estará aqui. Uma carcaça de homem que viu tudo.

Astrophel reconheceu de imediato o sentimento que cruzou seu espírito: medo. Até algumas horas atrás tudo o que desejava era viver pelo maior tempo possível, mas sem Stella isso era uma ideia descabida de razão. Não podia ser deixado para trás, não daquela forma. Esticou o braço a procura do pescoço do demônio, mas foi repelido com um tapa que lhe atirou no chão.

– Esse não foi o nosso trato, Mefistófeles! Você tem que levar a minha alma.

– Fez um pacto com um demônio e reclama de sair perdendo no final? Você deveria ser um comediante. Não se preocupe, sua esposa está sendo bem cuidada. O pessoal se afeiçoou a ela bem rápido. Bem, eu tenho que ir, o dever me chama.

Mefistófeles se levantou e foi seguindo em direção à porta, mas voltou até o feiticeiro e colocou um papel em sua mão dizendo:

– Ela voltou a ser bonita, Astro. Eu trouxe uma foto, é uma pena que não possa enxergar.

O homem segurou o papel com força e passou os dedos sobre ele. A esperança tola de que ela poderia sentir seu toque distante. Quando a porta se fechou atrás do demônio, Astrophel soube pela primeira vez em centenas de anos o que era estar sozinho. Sua única companhia seria a memória, onde se lembraria daquela mulher de cabelos longos e dourados, olhos vivos e sorriso sincero – sem nenhum traço do serviço dos anos.

Pensou no pequeno coração de vidro dentro do bolso da calça: o último nome do gato, um souvenir de seu fracasso. Foi o que restou e bastaria. O amante de estrelas abraçou a imagem da mulher em sua mente e se levantou para viver o primeiro minuto da eternidade.

EPÍLOGO

VIDA APÓS A MORTE

"Violinista, disse o gigante, eu te mostrarei o caminho no pó. As montanhas do norte se erguem contra você, as terras dos seus antepassados não aceitam seus passos. A desolação do sul não traz alívio e os homens de lá odeiam o seu nome. O leste esqueceu-se de tudo. Vá para o oeste: a terra escura, a terra úmida e quebrada."

– *Trecho de* "**A Violinista de Fevereiro**".

Amber

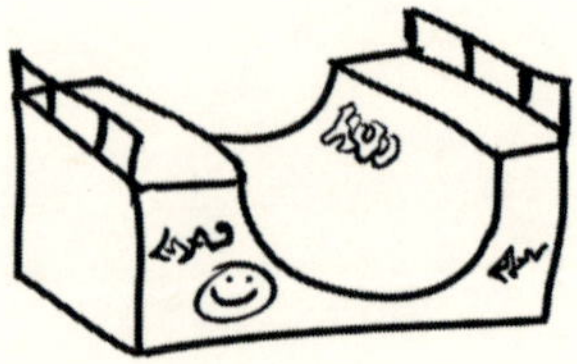

Amber encarou o teto. O fim da tarde produzia sombras disformes pelo quarto e elas eram sua única companhia. Permaneceu debaixo dos cobertores e escutando o silêncio sendo quebrado pelas gotas de chuva na janela. Os olhos corriam pelos pôsteres, pela cômoda abarrotada e os sapatos espalhados até chegar à pasta verde jogada no chão – e isso fez com que seu coração doesse. Sabia que ali estavam os CDs com as últimas músicas que gravara com Jonas e os milhares de rabiscos que fizeram no estúdio do porão. Ainda não conseguia se envolver no fato de que nunca mais haveria outra música feita por ele e que estava sozinha. Era simplesmente errado que houvesse partido dessa forma, tão de repente e sem adeus. Rolou de um lado até o outro da cama. Pensou em tudo o que vira nos últimos dias. Se Ive era a filha da Morte e a cidade estava repleta de coisas mágicas, ainda havia alguma coisa além da curva. Tinha que se apegar a esses pensamentos ou desabaria. Sua casa se tornara mais quieta do que o habitual e seu irmão parecia meramente decorar a paisagem.

Levantou-se e trocou de roupa, precisava sair de casa ou enlouqueceria. Pegou a capa de chuva e os fones de ouvido e saiu do quarto sem fazer muito barulho. A porta de Andrew estava fechada, mas sabia que ele estava por causa da música que escapava. Imaginou se deveria tentar conversar, mas abandonou a ideia e desceu as escadas. Esfregou os braços para afugentar o frio, seu pai havia deixado dinheiro para o jantar na mesa da sala, um sinal de que não voltaria cedo. Deu de ombros e saiu de casa.

As ruas de Dresbel estavam tão molhadas e movimentadas quanto sempre e isso não lhe incomodava. *I Need a Doctor* tocava nos fones de ouvido, mas não sentia vontade de cantarolar ou imitar o *flow* – apenas não desejava ouvir a cidade. Podia enxergar os telões de propaganda do centro brilhando na noite que começava. Ficou ali parada por um tempo, tentando decidir o que fazer e foi caminhando em direção à pista de skate na esperança de que os garotos ainda estivessem por lá. Olhou para uma jovem que corria para se esconder da chuva e imaginou se ela seria humana. Quantas pessoas naquela cidade eram? Bem, gostaria de ter tido a chance de perguntar a Ive como era a vida do outro lado, embora, tivesse uma leve impressão de que ela não responderia. Tinha saudades dela andando pela casa. Sentia falta até mesmo de Prozy. O que estariam fazendo naquele momento? Apesar do que acontecera, acreditava que Ive realmente gostasse de seu irmão.

Atravessou a rua e entrou na pista. Estava vazia, a enxurrada trouxera lixo e galhos de árvore para o lugar. Talvez nenhum dos garotos da turma se sentisse confortável em voltar ali depois do que acontecera com Jonas, pensou. Olhou para os bancos onde costumava se sentar com o amigo e seu coração saltou duas batidas. Flores amontoadas e cartazes feitos em grafite. *Thug Life, Jonas,* estava escrito num deles, assim como *Stillmatic* e *Drezbell Most Wanted!* Ver aquelas homenagens fez com que tudo o que segurara desabasse. As lágrimas guardadas e sua vulnerabilidade estavam ali. Como poderia continuar adiante sem seu amigo, conselheiro, *hype man* e irmão? A mesma pergunta penetrando mais fundo na alma.

Caminhou até as flores e ajeitou a foto de Jonas que alguém havia deixado ali. O funeral na casa dele e ela ainda não havia conseguido encontrar coragem para ir até lá. Sabia que se o fizesse a coisa seria de verdade. Não queria que a última visão do amigo fosse aquela. Lembrou-se de quando ela e o garoto assistiram a uma velha reportagem sobre o funeral do The Notorious B.I.G em Nova York, como as pessoas se aglomeravam para receber seu corpo, as flores vermelhas que formavam BIG e todos os rádios que tocavam *Hypnotize* em uníssono. Todos no vídeo estavam tristes, mas ao mesmo tempo tinham consciência de que Christopher Wallace estaria sempre com elas através de suas músicas, que a cada vez que alguém apertasse play e *Juicy* ou *Who Shot Ya* tocasse, elas estariam em boa companhia. Talvez o segredo para superar alguém estivesse em se lembrar delas antes da perda.

No meio das coisas sua atenção foi capturada por algo, um folheto anunciando um duelo naquela noite. Segurou-o em suas mãos durante um longo momento, deixando sua mente trabalhar. Talvez aquele fosse onde precisava ir antes de se despedir amigo. E os pensamentos seguindo um ao outro: Jonas não iria deixar que ela se afundasse daquela forma, caso contrário, todo o esforço que fizeram teria sido em vão e o hip hop nunca a levaria a lugar nenhum. Deveria ir até lá e fazer com que outros falhassem. Jogou o papel numa lata de lixo e saiu dali.

Tomou um atalho cruzando Hope's End e seguiu direto. Ajeitou o capuz e enfiou a mão nos bolsos. Bateu de frente com uma senhora que a xingou com voracidade, mas Amber permaneceu em seu caminho. *Eu tenho 99 problemas, mas vencer o mundo não é um deles*[xv]. Deveria usar tudo o que sentia ao seu favor. *A minha música é a única coisa que eu tenho, porque sou eu contra o mundo*, Jonas dissera quando ela engasgara no primeiro duelo. Aquela era sua única oportunidade de colocar tudo para fora e colocar tudo em dia.

Estava completamente encharcada ao chegar no viaduto onde o duelo de MC's já acontecia. Amber olhou ao redor e viu as dezenas de pessoas que se acotovelavam. Os mendigos que se reuniam para pedir dinheiro e os vendedores de bebidas. O cheiro de suor, roupas molhadas e cigarros. O som que vinha das ruas. Olhou para o palco onde dois garotos duelavam – que logo reconheceu como Big Vinny e Lil Darryl-D. As rimas eram cuspidas cheias de vontade e a plateia reagia com barulho. Não sabia o que a havia levado até ali, mas parecia ser o lugar certo para estar. Abriu caminho por entre o povo e chegou perto do palco. Maurice, o dono da loja de discos, era o mestre de cerimônia mais uma vez. Os aspirantes faziam uma fila e desafiavam o vencedor daquela noite. Os minutos iam passando e Lil Darryl permanecia como o campeão.

A garota colocou seu nome na lista de competidores. Alguns dos garotos a sua frente soltaram risadas ao notarem sua presença, comentando sobre a última vez em que estivera ali. Fingiu não ouvir e tratou de observar seu oponente em busca de falhas. Os duelos continuavam e os aspirantes iam sendo eliminados um a um. Sem medo, pensou. Maurice aproximou-se dela. Lamento pelo seu amigo, Amby, disse ele, tem certeza de que quer duelar hoje? A garota assentiu com a cabeça e o homem deu passagem para que subisse ao palco. Não havia se esquecido do sentimento de estar ali, todos os olhos sobre ela.

Lil Darryl-D lhe lançou um olhar que ela interpretou como uma condolência silenciosa por Jonas. Ele não poderia mostrar mais do que isso, estavam no palco e aquilo era um ringue, não havia espaço para solidariedade. Maurice fez as devidas apresentações.

[xv] Amber brinca com a música "99 Problems" de Jay-Z, "Black Album".

Os competidores se cumprimentaram e uma moeda foi jogada para decidir quem começaria. Amber foi a escolhida. A multidão gritou e fez piadas.

Tomou o microfone e se colocou de frente para seu oponente. O DJ coreano fez um sinal e deu início às batidas. A garota olhou para a multidão, esperando e esperando. Todos aguardavam o seu fracasso. A primeira batida passou. A segunda, terceira e quarta também. As palavras vieram logo depois. Faria de cada verso um soco e através deles conquistaria o trono. Ela era o A para o B do MBER[xvi]. Lograria aquela vitória e todas as seguintes em nome do amigo, para que lá do céu ele soubesse que a lista dos melhores incluía o nome dela. E ela seguiria em frente até o dia em que não estivesse matando numa música, sacudindo as masmorras do rap. Precisava de apenas um microfone para isso. Seu *flow* iria colocá-la no topo e se o hip hop estivesse morto, iria ressuscitá-lo. Sabia que seu tempo estava acabando, mas não iria parar até que todos soubessem que *ela* era cada rua de Dresbel e estava colocando o rap em um novo platô. As batidas chegaram ao fim. Suas palavras duraram um pouco mais.

Jogou o microfone para Lil Darryl-D e caminhou até a beirada do palco e olhou para a plateia. Os aplausos vieram logo depois e seu nome foi gritado por todos da primeira até a última fila. Não conseguiu encontrar nenhuma outra reação que não a de olhar para cada um dos rostos.

Contudo, Jonas não estava lá.

Illmatic.

[xvi] Referência a Rakim que criou o padrão de usar o próprio nome dessa forma, posteriormente, outros rappers, como Nasir Jones, a tornaram ainda mais popular.

Andrew

O garoto esperou que o mundo derretesse a qualquer segundo. Vinha pensando isso desde que a busca pelos nomes chegara ao fim, infelizmente, tudo continuava sólido – dentro e fora. Sendo assim, permanecia trancado em seu quarto tendo um exemplar de *Jimmy Corrigan*, um filme de Sofia Coppola e um disco do *Sunny Day Real Estate* como opiáceos. Permanecia mergulhado num limbo sentimental onde tentava se esquecer dos últimos meses e de cada visão que tivera, mas isso se provava difícil: o cheiro de Ive estava em sua cama, os livros que emprestara a ela ainda exibiam as marcas do manuseio errado e as fotos que tiraram juntos ainda estavam no mural de seu quarto. As memórias precisavam ser postas de lado até que pudesse lê-las com olhos distantes, assim era com as histórias que escrevia e os acontecimentos dos últimos dias. Finalmente era capaz de entender certa canção do *Mineral* sobre querer saborear uma vitória, mas ter a boca permanentemente seca.

Escutou a porta do quarto de Amber bater, mal havia conversado com a irmã nos últimos dois dias. As coisas deviam estar sendo difíceis para ela, além de ter passado por tudo aquilo, a perda do melhor amigo estava gravada em cada gesto seu. Gostaria de poder ajudá-la, mas sentia-se incapaz de fazer isso quando não conseguia apoiar a si mesmo. Mesmo se o mundo estivesse acabando, o máximo que poderia fazer era observar. Era inacreditável que Ive o tivesse usado desde o início e que não se importava com ele.

Levantou-se da cama e decidiu que precisava sair de casa, comprar um livro que não iria ler ou coisa parecida. Pegou um cachecol e calçou seus tênis vermelhos, estava chovendo lá fora, mas não se importava com isso. Colocou um casaco e saiu dali, atravessando a casa muda até ganhar a rua. Foi seguindo sem prestar muita atenção nos carros que buzinavam e nas pessoas que passavam com suas sacolas e vidas, sem nem imaginar que havia outro mundo se escondendo em cada parte de Dresbel. Então, isso é ter o coração partido, pensou, um ruído no canto da mente durante todo o tempo. Enxergava mechas verdes em qualquer garota, escutava a risada dela na televisão e nas esquinas, tinha a impressão de que todas as meninas tinham algum traço da filha mais nova da Morte. Seus pensamentos transformavam-na em uma paráfrase de Charles Dickens: Ive foi a melhor das garotas, foi a pior das garotas.

Às vezes com quem eu amo, eu me enraiveço, pois temo a indiferença:
Mas agora eu penso que não há amor sem resposta – o pagamento é certo de uma forma ou de outra;
(Eu amei ardentemente e meu amor não foi correspondido:
E mesmo assim, escrevi essas canções.) [xvii]

A livraria *Shakespeare e Amigos – 221B* ficava a quinze minutos de sua casa. Riu ao imaginar o que o bardo pensaria dessa homenagem. Era uma loja antiga, propriedade de um velho que passava seus dias ouvindo músicas antigas e falando sobre autores que ninguém lia. Andrew entrou e não conseguiu evitar pensar em como aquele lugar parecia pequeno e sem graça quando comparado com a livraria de Oberon: não haveria uma edição de *Onde Vivem os Monstros* comentada por Lewis Carroll em nenhuma das prateleiras, assim como o luxuoso exemplar de *O Sol é Para Todos* ilustrado por Sir John Tenniel nunca seria visto pelos frequentadores daquele estabelecimento.

Já estava saindo quando ouviu:

– Olá, Andy.

Reconheceu a voz já na primeira sílaba. Virou-se lentamente e sorriu para Briony, que carregava o estojo de seu violino numa mão e um livro de partituras na outra. Olá, respondeu forçando um sorriso, já está indo embora?

Briony balançou a cabeça negativamente. Era interessante notar como ela parecia menos atraente do que antes e seu sorriso não parecia fazer efeito sobre ele. Talvez, seu amor por ela seja como o mar que foi até a costa e depois voltou para onde veio um fluxo e refluxo sentimental.

– Não, vim comprar um guia de viagens – respondeu ela. – Eu vou me mudar para os Estados Unidos em breve, estudar música na Juilliard.

[xvii] Poema de Walt Whitman – "Sometimes with One I Love".

– Bem, esse sempre foi o seu sonho, não é? Espero que dê tudo certo – olhou para o relógio e completou: – Eu estou atrasado para um compromisso, Bri, mas, prometo ligar para nos despedirmos direito, certo?

A garota sorriu e lhe abraçou. Conversaram um pouco mais e tomaram caminhos distintos após afirmações de que nunca perderiam contato ou de que seriam sempre amigos. Andrew não se lembrou de perguntar quando ela iria embora e o número de telefone da casa nova.

Tomou uma rua qualquer e seguiu direto até a Praça Benjamim W. Talvez o encontro com Briony o tivesse levado até aquele lugar, afinal, tudo começara ali no dia do aniversário dela. A chuva havia afastado a maior parte do público naquele fim de tarde. Os idosos que praticavam ioga não estavam em nenhum lugar para serem vistos, assim como as crianças que costumavam brincar com seus cães. Sentou-se num dos bancos cobertos e fez um esforço considerável para sobreviver à primeira página de *O Longo Adeus*. Sua mente simplesmente não se prendia à narrativa de Raymond Chandler e seu detetive Philip Marlowe. Avançava um parágrafo inteiro apenas para descobrir que não entendera nada. Os pombos gordos que faziam barulho ao seu redor também não serviam de ajuda. Ficou olhando para o lago e as estátuas. Talvez o pai estivesse certo e o seu caminho na vida fosse realmente encontrar um emprego e dedicar-se a ele pelo resto de seus dias. Não era nem mesmo um bom escritor, nunca terminara nada do que começara e *A Violinista de Fevereiro* era mais um fracasso para contar. Não escreveria nunca mais, nem uma palavra sequer. Por que insistir quando via claramente que não tinha a disciplina ou o talento requerido pela tarefa?

Ainda estava tomado por esses pensamentos quando viu uma figura atravessando a extensão da praça com passos curtos e cabeça baixa. Seu corpo foi tomado por uma febre súbita e todos os cacos de vidro se afundaram ainda mais dentro do peito. Ive caminhava por ali. Pensou em sair correndo e voltar para casa, mas não seria possível, ela o olhava diretamente agora.

Fechou o livro e aguardou até que a garota estivesse perto o bastante. O rosto dela parecia cansado e exibia olheiras escuras, estava vestida de forma menos elegante do que o normal, com jeans e uma jaqueta de vinil.

– Aí está você – disse ela.

– Aqui estou.

– Tenho vindo aqui na esperança de te encontrar, não queria ir até sua casa.

– Já encontrou. O que você quer, me sacrificar para o deus alienígena da semana?

– Não faça isso, por favor, não me afaste desse jeito. Andy, você precisa saber que eu realmente gosto de você. As coisas nem sempre são claras, mas isso pelo menos é. Eu deveria ter contado antes, mas eu simplesmente não queria perder você.

Andrew olhou para a garota em silêncio. Ainda estava bravo com ela, mais do que já estivera com qualquer pessoa em toda a sua vida. Apesar disso, o outro lado também era verdade: amava-a como nunca fizera antes e isso fazia com que os tijolos do muro que construíra ao seu redor caíssem. Gostaria de se levantar e gritar – mostrar a ela, de dentro de seu orgulho ferido – como se sentia; ao mesmo tempo, desejava abraçá-la e dizer que estava perdoada, pedir para que nunca fosse embora. O curso de sua vida seria decidido por suas próximas ações. Era como em *Hamlet*: o príncipe da Dinamarca perdia tudo justamente por não ter sido um homem de ação e pensar demais, ao contrário de Fortimbrás, o guerreiro que tomava as rédeas de sua própria fortuna.

– Ive, você sabe por que eu sempre uso um cachecol? – perguntou.

A garota não respondeu.

– Quando eu era criança minha mãe costumava dizer que fora de casa estava frio e que eu deveria me agasalhar, ficar protegido. Eu acho que desde então eu uso um cachecol para todas as coisas na minha vida, entende? Você é a única pessoa que já me viu sem um e foi terrível descobrir que eu poderia estar errado sobre uma pessoa em quem eu confiei tanto.

– Andy, eu... – ela começou a dizer.

– Não fale nada. O que eu quero dizer é... Eu acredito em você, Ive. Eu não quero usar um cachecol para sempre e espero que você esteja comigo para me esquentar quando estiver nevando. Eu não quero que você saia da minha vida. Se eu não conseguir perdoar a pessoa que eu amo, talvez a minha vida não faça mesmo muito sentido.

A garota o abraçou com força e ficou ali por um longo tempo. Ive segurou seu rosto e disse:

– Isso é tudo o que eu preciso, docinho de tinta. – Sua voz ficou embargada ao continuar – Andy, eu volto para o mundo espiritual essa noite, foi o prazo que Rayla deu para me despedir de você. Tudo o que eu precisava era saber que estava perdoada. Acho que agora eu entendo a razão desse intercâmbio.

– Não me abandone jamais.

– É como *O Pequeno Príncipe*, querido – eu parecerei estar morta, mas não será verdade. Esse corpo não estará com você, será uma casca vazia. Eu estarei com você durante cada minuto, em cada pensamento e lembrança. Durante todo o tempo em que você se lembrar que eu te amo, eu vou estar ao seu lado, estragando seus livros, arranhando discos e rindo do seu penteado.

Andrew abraçou a garota e deixou que as palavras dela entrassem em cada milímetro de sua pele. Não queria falar mais nada. Precisava ficar ali, naquele minuto que era o último e ao mesmo tempo era infinito. Quando pensasse nela futuramente, não seria ali, quando se despediam um do outro num abraço sem palavras, isso se tornaria irrelevante com o passar dos anos. Iria preservá-la de outra forma: a garota do sorriso diferente que gostava de sorvete e palavras engraçadas, o rosto que fazia caretas e as mechas verdes que pendiam de um lado para o outro quando caminhava.

Numa praça de Dresbel os dois jovens se conheceram e o garoto se tornou mais ridículo do que qualquer outro jamais fora.

Shanti.

FIM DO QUARTO E ÚLTIMO PERÍODO DAS ESPERANÇAS DE ANDREW

Afogamento e Dúvida (Drowning and Doubt)

(The Airplanes Underwater)[xviii]

Eu vejo seu rosto na janela e os meus erros,
O pensamento de não fazer nada, ter permanecido
Na mesma terra, ardendo em vozes diferentes.
Fechamos os olhos para o dia que passava,
Lamentando cada mês perdido, tão escuro, tão frio.
Estou chorando sozinha no meio da sua indiferença.

Eu estou tão errada, eu estou tão errada,
Você não vê que estou infeliz? Idiota.
Eu não estou aqui, isso não é real, nada continua.
As coisas que encontrei não fazem mais sentido.
Eu estou tão errada, afogada na enxurrada.

O que eu sou atrás dessa linha reside numa canção
Sobre um anjo que vê através de mim.
Você grita e me toca à distância, porque não mais me enxerga.
Rostos que se movem contra a maré, ratos e rotas.
Pedras sob a chuva. Eu acho que sou de Sagitário.
Minha carne não rima com a sua vida. Nunca mais.

Eu estou tão errada, eu estou tão errada,
Você não vê que estou infeliz? Idiota.
Eu não estou aqui, isso não é real, nada continua.
As coisas que encontrei não fazem mais sentido.
Eu estou tão errada, afogada na enxurrada.

Sua traição disfarçada de glória e derrota. Aqui,
Deixe que o justo e o dócil compartilhem uma cova.
Encontre o que busca. Por favor, morra.
Deveria existir outra forma de arrancar meu coração,
Bem mais confortável e barata. Não se sinta mal.
Eu finalmente aprendi a cometer erros como os seus.
Estou vomitando o seu amor.

[xviii] The Airplanes Underwater foi uma banda de rock alternativo que desempenhou um papel importante no cenário independente de meados dos anos de 1990 – durante a "segunda onda" emocore. Formada por Jill Bielschowski (vocal, guitarra), Tom Delgadillo (baixo) e Rachel Bryant (bateria). A banda terminou em 2001 em decorrência do suicídio da vocalista e principal compositora. "Hey, I'm Alergic to Myself", um álbum póstumo, foi lançado em 2005."Drowning and Doubt" faz parte do disco "Little Miss Ive and Death", de 1997.

Este livro foi impresso em papel pólen bold na
Printing & Internet Solution S/A em setembro de 2012.